KB206536

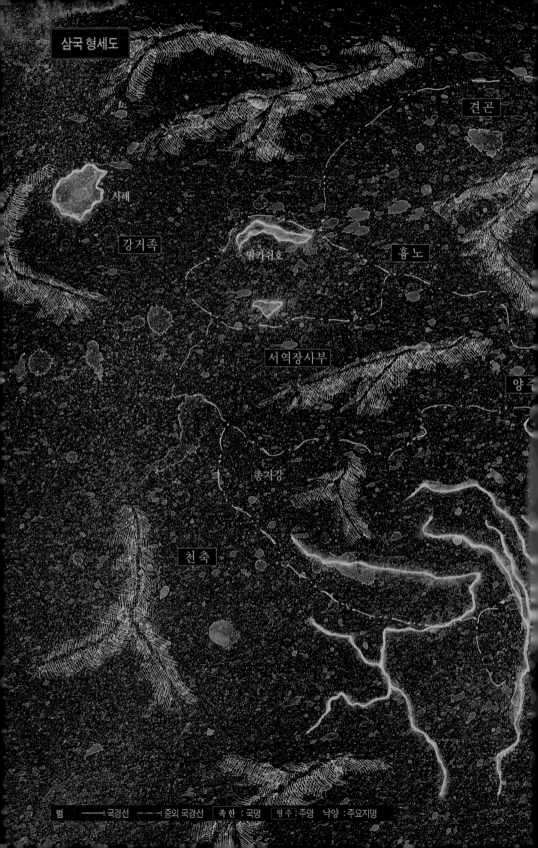

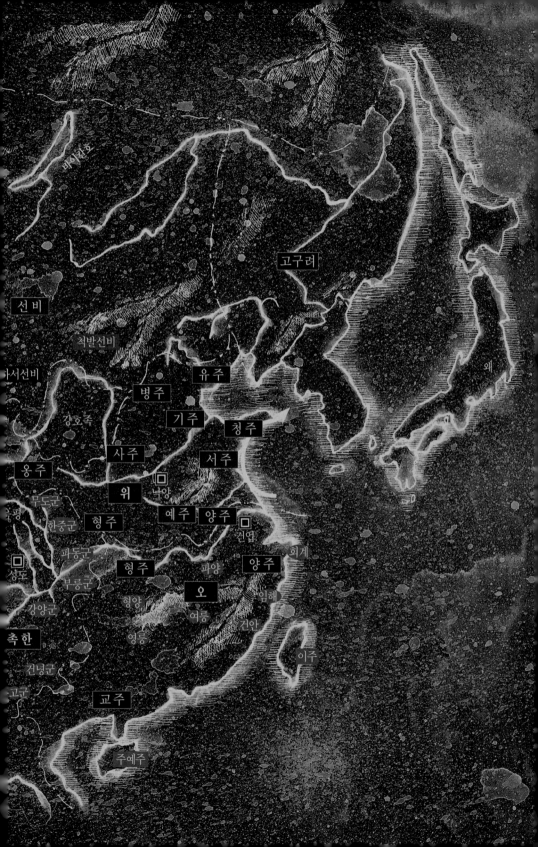

바이칼호

선비

고구려

척발선비

가서선비

강호족

유주

병주

기주

청주

사주

서주

옹주

위

무도군

낙양

북평

한중군

예주

양주

형주

권엽

파동군

성도

형주

회계

부릉군

파양

양주

강양군

오

임해

촉한

형양

여릉

건안

건녕군

영릉

이주

고군

교주

주예주

왜

三國志

4

三國志

나관중 지음 · 정비석 옮김

4

공명, 출사표를 올리다

은행나무

● 등장인물

사마의司馬懿 (179-251년)

위(魏)의 권신. 서진(西晋) 왕조의 시조. 자는 중달(仲達). 그의 손자 사마염 때에 제위를 빼앗아 진나라를 일으키는 터전을 닦았다. 조조의 부하가 된 이후로 그 아들인 조비의 유언을 받아 명제 및 제왕을 보좌했으며, 삼국정립의 위기에 처하여 외적을 물리치는 데 큰 공헌을 했다. 특히 촉한(蜀漢)의 제갈공명을 오장원에서 막아낸 일은 유명하다. 또 요동을 정벌하여 요동 태수 공손연을 멸망시키고 위나라의 영토로 삼았다. 그밖에 남방의 오나라에 대비하여 회하 유역에 광대한 군둔전(軍屯田)을 설치하여 국방을 튼튼히 했다.

조비曹丕 (186-226년)

위(魏)의 첫 번째 황제인 문제(文帝). 조조의 둘째 아들. 자는 자환(子桓). 재위 기간은 220-226년. 후한의 헌제에게 선양받는 식으로 위나라를 세웠다. 조조와 동생 조식과 함께 건안 시대의 대표적인 문인이다. 특히 그의 시(악부시)는 알기 쉬운 어휘와 치밀한 묘사로 이루어졌다. 또한 그의 치세 동안에 제정된 9품관인법은 6조시대의 귀족사회제도의 기초를 이루었다.

양수楊修 (175-219년)

위(魏)의 재사. 자는 덕조(德祖). 청렴과 덕망을 겸한 명문 출신. 재기가 발랄하고 두뇌 회전이 매우 빨랐다. 조조는 자기도 기지가 뛰어난 재사였기 때문에 '계륵(鷄肋)' 등의 수수께끼를 양수가 쉽게 푸는 것을 보고 놀라는 한편, 질투가 섞인 경계심을 품게 되었다. 조조는 조비를 후계자로 정한 이상 조식의 참모로 활발히 일하고 있는 양수의 존재가 장차 화근이 될 것이라고 판단하여 계륵 사건으로 꼬투리를 잡아 죽인다.

여몽呂蒙 (178-219년)

오(吳)의 명장. 자는 자명(子明). 유학자도 따르지 못할 학식을 지녔다. 강적 관우와 형주에서 대결했을 때는 젊은 육손을 앞세워 상대를 방심하게 하고 그 틈에 후방을 급습하여 관우를 고립무원의 상태에 빠뜨렸다. 인간의 심리를 역이용한 이 작전은 그만이 할 수 있는 명작전이었다.

마초馬超 (176-222년)

촉(蜀)의 장수. 자는 맹기(孟起). 제갈량이 장비와 겨룰 만한 용장이라고 한 인물. 아버지 마등 때부터 양주에 근거하여 독립적인 세력을 구축하고 있었다. 211년, 적벽대전에서 패해 서쪽으로 온 조조 군과 동관에서 싸워 대패하고는 일시 장로의 휘하에 있다가 성도를 포위한 유비 군에게 투항했다.

이엄李嚴 (?-234년)

촉(蜀)의 장수. 자는 정방(正方). 원래 유장 휘하에 있었으나 유비의 촉 입성 때 전향했다. 그 후 촉에서 요직을 역임했고, 유비가 죽음에 임하여 후사를 제갈공명과 함께 당부할 정도로 신임을 얻었다. 그러나 제갈공명이 네 번째 위나라 정벌에 나섰을 때, 군량 보급의 임무를 소홀히 했다가 책임 추궁을 받는다.

장송張松 (?-212년)

유장의 모사. 208년 7월, 형주를 빼앗은 조조의 전승을 축하하러 갔으나 풍채가 좋지 못하다는 연유로 무시를 당했다. 그리하여 그는 유비를 찾아간다. 211년, 한중의 장로 토벌에 나선 조비에 대한 대비책으로 유비와 함께 한중을 치도록 유장에게 진언했다. 이어서 법정과 함께 유비를 위해 서촉 탈취 계획을 추진했으나 결국은 형인 장숙의 밀고로 유장에게 죽임을 당한다.

종요鍾繇 (151-230년)

위(魏)의 중신. 자는 원상(元常). 이각·곽사가 장안에서 횡포를 부리던 시기에 헌제의 장안 탈출을 도와왔다. 후에 조조 휘하로 들어가서 관중에서 세력을 떨치고 있던 한수·마초 등을 내몰고, 관도의 싸움 때는 말 2천여 두를 공급하여 조조를 감격케 했다. 위 건국 후 태위에 올라 명제(明帝) 때까지 중신으로 있었다.

감녕甘寧

오(吳)의 용장. 자는 흥패(興霸). 손권이 가장 아끼는 용장으로, 조조의 남침을 유수구에서 맞이했을 때는 불과 백 명의 기병으로 위나라의 진중을 휩쓸어 강좌호신(江左虎臣)이라고 불렸다. 유비가 관우·장비의 원수를 갚으러 출병했을 때 병을 무릅쓰고 종군했다가 맹장 사마가가 쏜 화살에 맞아 죽었다.

장로張魯

한중(漢中) 군웅의 하나. 자는 공기(公祺). 조부인 장릉이 창시한 오두미도(五斗米道)를 계승하여, 오두미도에 입각한 독립국을 세웠다. 215년, 조조가 토벌군을 이끌고 오자 투항하려 했으나 동생의 반대로 마침내 대항하여 싸웠다. 요새인 양평관이 함락된 뒤 소수 민족 지역으로 도망쳐 저항을 계속했으나 마침내 조조의 설득으로 귀순하여 진남장군에 봉해졌다.

하후연夏候淵 (?-219년)

조조의 장수. 자는 묘재(妙才). 조조의 누이동생을 아내로 맞았다. 조조의 거병에 참가하여 원소 및 한수와의 싸움에서 용맹을 떨쳤다. 후에 서정장군(西征將軍)으로서 한중을 지켰으나 유비의 공격을 받고 황충에게 죽임을 당했다.

서황徐晃 (?-227년)

조조의 장수. 자는 공명(公明). 적벽대전에서 패배한 조조가 허도로 후퇴하자 조인과 함께 강릉을 지키며 추격군에 대비했다. 219년, 조인이 지키던 번성이 관우에게 포위되자 구원병을 이끌고 가서 관우 군을 패세로 몰아넣었다.

순욱荀彧 (163-212년)

조조의 모사. 원래는 원소의 부하였으나 조조가 청주의 황건적을 칠 때 그의 막하로 들어왔다. 조조를 위하여 평생을 바쳤으나 그가 위공(魏公)이 되어 권세를 누리려 하자 이를 반대했다. 그 이유로 조조의 노여움을 사게 되었고 화가 두려워 자결했다.

가규賈逵 (?-228년)

위(魏)의 문신. 자는 양도(梁道). 홍농군 태수로 있다가 조조에게 인정을 받아 간의관으로 작전에 임했다. 문제 때는 예주를 다스려 이름을 날렸고, 다시 명제를 섬기면서 오나라 토벌에 공을 세웠으나 중도에 병으로 죽었다.

한수韓遂 (?-215년)

후한 말 군웅의 하나. 자는 문약(文約). 영제 때 변장과 함께 서북에서 반란을 일으켰으나, 장온 · 동탁 등의 공격을 받고 양주로 근거지를 옮겼다. 헌제 때 마초 등과 손을 잡고 조조와 싸우다 패하고, 수년 후 서평(西平) 금성(金城) 지방의 장수에게 죽임을 당했다.

관흥關興

관우의 아들. 자는 안국(安國). 유비가 관우의 원수를 갚으러 출병했을 때, 장비의 아들 장포와 함께 종군하여 그를 도왔다. 난군 중에 아버지의 원수인 오나라의 반장을 찾아내어 죽이고 아버지가 쓰던 청룡도를 되찾아와 평생 사용했다. 무용이 뛰어나서 아버지 못지않다는 평을 들었다.

화흠華歆 (157-231년)

위(魏)의 중신. 자는 자어(子魚). 하진에게 발탁되어 벼슬을 했으나 동탁이 전횡하자 일단 은퇴했다가 헌제 때 예장 태수가 되었다. 그 후 위나라에 가서 대신이 되었다. 청렴결백하기로 유명했다.

관평關平 (?-219년)

관우의 아들. 정사(正史)에는 아버지와 같이 오나라 마충에게 체포되었다는 기록밖에 없으나, 소설에서는 아버지를 따라 크게 활약하다 같이 목이 잘린다.

조휴曹休

조조의 조카. 자는 문열(文烈). 조조의 아들 조비를 섬겨 정동대장군이 되고, 조비가 죽을 때 그 아들 조예의 보필을 부탁받았다. 228년, 대사마(大司馬)로서 오나라 방위를 담당하다가 손권의 유인작전에 말려 대패하고 도망했으나, 결국 등에 생긴 악성 종양으로 죽었다.

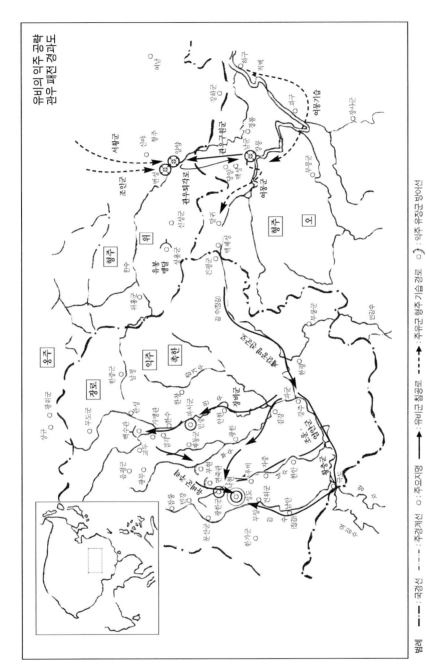

유비의 익주 공략
관우 패전 경과도

범례 ──: 국경선 ----: 주경계선 ○: 주요지명 ┅┅: 유비군 침공로 ━━▶: 주유군 형주기습 경로 ━━▶: 주유군 형주기습 경로 ○⟩: 익주 유장군 방어선

차례

절묘한 탈출극

손 부인과 함께 강변으로 나와 조자룡을 만난 유비는 곧장 도망을 치려했다. 강동에서 형주로 가는 길은 육로와 수로를 이용하는 두 가지 방법이 있었다. 배를 미처 준비하지 못한 그들은 육로를 택하기로 했다.

유비 일행은 긴 시간 동안 말에 채찍질을 가하며 일시도 쉬지 않고 길을 재촉했다. 부지런히 길을 재촉한 결과 석양 무렵에는 시상구 지경에 이르렀다.

유비는 그제야 다소 마음을 놓으며 걸음을 늦추었다. 바로 그때였다. 문득 뒤에서 수상한 기미가 보이기에 돌아다보니, 일표 군이 맹렬히 추격해 오며 소리쳤다.

"유현덕 일행은 도망갈 생각을 말고 결박을 받으라. 손권 장군의 명령이다."

유비는 가슴이 서늘하여 조자룡을 돌아다보았다.

"이 일을 어찌했으면 좋겠소?"

"뒷일은 제가 감당할 테니, 주공께서는 어서 앞으로 달려가십시오."

유비가 그 말을 듣고 다시 말에 채찍을 가해 달려가는데, 이번에는 뒤에서 추격해 오는 군사보다도 더 많은 군사가 산속에서 홀연 나타나더니 앞을 가로막으며 소리쳤다.

"유비는 거기 섰거라! 주유 도독께서는 네가 도망갈 것을 미리 아시고, 우리더러 여기 매복해 있다가 너를 체포하라는 분부를 내리셨다."

그제야 보니 서성, 정봉 등의 장수가 삼천 기를 거느리고 앞을 막아 서 있었다. 유비는 글자 그대로 진퇴유곡(進退維谷)의 위험에 직면했다.

"아, 나는 이제 여기서 죽어야 한단 말이냐!"

유비의 입에서 저도 모르게 비통한 탄식성이 나왔다.

그때 조자룡이 달려와 말했다.

"주공, 염려 마십시오. 군사 공명은 이런 경우에 대비해 비책이 들어 있는 금낭을 주셨습니다. 금낭이 아직 하나 남았으니 그것을 열어보기로 하겠습니다."

자룡이 최후의 금낭을 열고 비책을 꺼내 유비에게 보였다.

유비는 그것을 읽어보고 나서 곧 손 부인 앞으로 걸어와 눈물을 뿌리며 말했다.

"부인, 우리가 여기까지는 함께 왔으나 나는 이제 여기서 자결을 아니할 수 없게 되었소. 부인은 다시 강동으로 돌아가 행복하게 살다가 내세의 저승에서나 다시 만납시다."

손 부인은 그 소리를 듣고 깜짝 놀랐다.

"장군께서 자결을 하시다니 그게 무슨 말씀이시오?"

"실상인즉 손 장군은 부인을 미끼로 나를 강동에 꾀어다놓고 형주를 빼앗은 뒤에 죽이려는 계획이었소. 나는 그것을 알고 있으면서도 부인에게 장가들고 싶은 일편단심에서 강동으로 왔던 것이오. 그러나 서둘러

도망을 치는 이 마당에 강동의 군사들이 전후에게 추격을 해오니 우리가 무슨 힘으로 저들을 당해 내겠소. 어차피 저들의 칼에 죽을 바에야 차라리 자결을 할 생각이오."

손 부인은 그 소리를 듣자 한편으로는 놀라고, 다른 한편으로는 손권을 크게 원망하며 말했다.

"여자는 한번 출가하면 마땅히 지아비와 운명을 같이해야 하는 것으로 알고 있습니다. 오라버니가 나를 미끼로 쓰고 있는 이상 이제 친정에 무슨 미련이 남아 있겠습니까. 생사 간에 저는 낭군과 운명을 같이하겠나이다."

손 부인은 결심을 토로하고 나서, 곧 앞으로 달려나가 서성과 정봉을 매서운 어조로 꾸짖었다.

"너희들은 대체 뭐하는 놈들이냐?"

서성과 정봉은 주공의 매씨인 손 부인을 보자, 얼른 말에서 내려 허리를 굽히며 말했다.

"저희들은 주유 도독의 명을 받들고 유비를 붙잡으러 온 서성, 정봉입니다."

"내 낭군을 붙잡다니, 그게 무슨 소리냐? 나는 분명 어머님의 승낙을 받고 현덕 장군과 화촉을 밝혔느니라. 주유가 만약 현덕을 체포하라고 지시했다면 이는 모반이 분명하구나."

서성과 정봉은 송구하여 허리를 연방 굽실거렸다.

"주유 도독이 그럴 리 있습니까? 이 일에 대해서는 주공께서도 언질을 주셨을 것입니다."

"주공과 나와는 남매간이니 너희들이 관여할 일이 아니지 않느냐? 만약 나에게 손끝 하나라도 대보아라! 그러면 내가 너희들을 그냥 두지 않겠다."

"저희들은 부인을 해치려는 것이 아닙니다. 다만 유비를……."

"닥쳐라! 현덕 장군으로 말하자면 한나라의 황숙인 동시에 나의 낭군이시다. 우리는 어머님의 승낙을 받아 대혼식을 거행하고 지금 고향으로 돌아가는 길이 아니냐!"

손 부인은 그렇게 말하며, 허리에 차고 있던 칼을 금방이라도 뽑을 것처럼 나무랐다.

서성과 정봉은 더욱 당황했다.

"실은 그런 것이 아니라, 주유 도독께서……."

"닥쳐라! 너희들은 주유만 무섭고 나는 무섭지 않단 말이냐? 만약 내 일로 인해 주유가 너희들을 견책한다면 내가 가만 내버려두지 않을 것이다. 너희들은 빨리 돌아가 내 말을 주유에게 그대로 전하라!"

손 부인은 거기까지 말하고는 수레에 올랐다.

"빨리 수레를 몰아라."

서성과 정봉은 꼼짝 못하고 수레를 끄는 말의 잔등에 채찍질을 가했다.

잠시 후, 손권이 직접 파견한 진무와 반장이 그곳에 도달했다. 그들은 서성과 정봉에게 자세한 이야기를 듣더니, 두 부대가 힘을 합하여 맹렬히 추격하기 시작했다.

이윽고 추병은 유비를 따라잡았다. 그러자 손 부인은 다시 수레에서 내려서더니, 노여운 눈으로 네 장수를 말없이 노려보았다. 네 장수는 자기들도 모르게 말에서 내려 손 부인에게 허리를 굽혀 보였다.

손 부인은 그제야 노여운 어조로 입을 열었다.

"너희들은 산적이냐, 해적이냐? 진무와 반장은 무슨 일로 여기까지 왔느냐?"

"주공의 분부대로 현덕과 부인을 모시러 왔습니다."

"나는 어머님의 승낙으로 결혼하여 시가에 가는 길인데, 그것이 대체 무슨 소리냐? 너희가 주공의 말씀을 잘못 들은 게 아니냐?"

"아닙니다. 만약 뜻을 거역하면 목이라도 베어 오라는 분부이십니다."

"오라버니가 나의 목을 베어 오라고……?"

"……."

"주공께서 내 목을 베어 오라고 했단 말이지?"

"아, 아닙니다. 현덕의 목을……."

"입 닥쳐라! 내 목이나 내 낭군의 목이나 마찬가지가 아니고 무엇이냐? 만약 너희가 그렇게 나온다면 나도 목숨을 걸고 싸우려니와 내가 죽는다 하더라도 여기 계신 조자룡 장군이 너희들을 그냥 두지는 않을 것이다. 설령 무사히 돌아간다 하더라도 어머니께서 너희들을 살려두지 않을 것이다."

이때 옆에 읍하고 서 있던 자룡이 눈을 크게 뜨고는 네 장수를 노려보았다. 이리하여 네 장수는 이번에도 유비 일행을 놓아 보내고 면목 없는 귀로에 올랐다.

십 리쯤 가노라니 손권이 추격자로 보낸 장흠, 주태가 한 무리의 군사들을 이끌고 급히 달려왔다. 그들은 서성, 진무 등에게 물었다.

"유비 일행은 어찌 되었소?"

이에 네 장수는 번갈아가며, 손 부인을 무사히 보내준 까닭을 설명했다.

장흠이 그 소리를 듣고 나무랐다.

"그러잖아도 주공께서는 그리 될 것을 염려해 우리를 보낸 것이오. 주공께서 내려주신 이 칼을 보시오! 주공은 손 부인을 먼저 베고 그런 연후에 유비를 죽이라는 분부이셨소. 그들이 이제는 수로를 택해 도주하고 있을지도 모르니, 우리는 수로와 육로 두 길로 추격합시다. 어느 편이 붙잡든 간에 사정없이 죽여야 하오."

이제 여섯 장수 중에서 서성과 정봉은 주유에게 정세를 보고하러 돌아가고, 네 장수가 두 패로 갈려 또다시 유비 일행을 추격하기 시작했다.

한편, 유비 일행은 길을 재촉하여 유랑포(劉郞浦)에 이르자 강을 건너려 했다. 그러나 아무리 두루 살펴도 배가 보이지 않았다. 눈앞에는 장강이 유유히 흐르는데 배가 없으니 이제는 나갈 길이 없었다.

"자룡!"

"네?"

"우리가 호구(虎口)를 벗어난 것은 다행이나 이제 더는 갈 수 없게 되었으니 이를 어쩌오?"

"염려 마십시오. 군사께서 이곳에 대해서도 무슨 대책을 마련하고 계셨을 것입니다."

조자룡은 유비를 위로했으나 유비는 침통한 안색으로 말이 없었다. 이제는 손 부인마저 용기를 잃어 표정이 어두웠다. 이때 홀연 산속이 소란해지더니, 아까보다도 훨씬 많은 군사가 이편을 향하여 몰려들었다.

"아, 또다시 추병이 나타났으니 이제는 끝장이로다!"

유비가 하늘을 우러러 탄식하는데, 문득 강가의 갈대밭 속에서 물소리가 나더니, 이십여 척의 쾌속선이 강기슭에 배를 멈추고 큰소리로 재촉하는 소리가 들려왔다.

"주공은 이 배를 빨리 타십시오!"

유비가 깜짝 놀라 살펴보니, 선두에 있는 선상에는 윤건도포(綸巾道布)를 입은 사람이 공손히 읍하고 서 있는데, 그는 다른 사람이 아니라 바로 제갈공명이었다.

유비가 크게 기뻐하며 선상에 오르니, 배 위에는 장사치로 꾸민 수많은 사람이 있는데, 그들은 모두 변장한 형주의 수군들이었다.

배가 막 강기슭을 떠나는데, 강동의 추격병들이 물가에 이르렀다. 공명이 물가까지 따라온 무리를 향해 웃음을 지으며 말했다.

"내 진작부터 주유의 계교를 간파하고 있었으니, 너희들은 돌아가거든 다시는 미인계 따위는 쓰지 말라고 일러라!"

장흠의 무리는 즉시 배를 향하여 활을 쏘았다. 그러나 배에는 이미 포장을 두르고 있어 화살은 부질없이 포장에만 들이박힐 뿐이었다.

유비가 공명과 더불어 배를 타고 십여 리를 오다 보니, 이번에는 강 위에서 함성이 일어나며 수백 척의 군선이 다가왔다. 서성, 정봉에게서 보고를 받은 주유가 손수 수전에 능한 군사들을 영솔해 추격을 해온 것이었다. 그 수군의 좌편 대장은 황개요, 우편 대장은 한당이었다.

"아, 주유의 대선단이 몰려온다. 이거 큰일이구나!"

유비의 수군들은 크게 당황했다. 그러나 공명은 지극히 침착한 어조로 새로운 군령을 내렸다.

"이 일은 이미 예측했던 바이니 조금도 당황하지 말라. 그 대신 배를 곧 육지에 대어 상륙할 준비를 갖추라!"

배를 강기슭에 대자 일행은 즉시 육지에 올랐다. 말을 탈 사람은 말에 올랐고, 걸을 사람은 도보로 형주를 향해 앞으로 나아갔다.

주유도 강변까지 따라와 육로로 추격을 전개했다. 수군들은 모두 보행이었고, 장수 몇 사람만이 말을 타고 유비 일행을 뒤따랐다. 주유는 한당, 황개, 서성을 앞세워 빠른 추격전을 벌였다.

"대체 여기가 어디쯤인가?"

"여기는 황주(黃州) 지경입니다."

다시 바라보니 유비의 일행이 바로 눈앞에 있었다.

"현덕이 저기 보인다. 급히 추격하라!"

주유가 물불을 가리지 않고 추격하는데, 홀연 숲속에서 한 장수가 청룡도를 휘두르며 나타나니, 그는 유비의 의제 관우였다.

"주유는 여기가 어디라고 방자하게 덤비느냐?"

관우의 고함에 뒤이어 호랑이 같은 장수들이 주유를 목표로 말을 달려오고 있었다.

"황충이 여기 있다!"

"위연도 여기 있다!"

주유는 소스라치게 놀라 말머리를 돌려 도망가기 시작했다.

관우, 황충, 위연은 일변 주유를 쫓고, 일변 강동의 군사들을 무찔렀다. 그 바람에 강동의 군사들은 한번 싸워보지도 못하고 무참히 흩어져 버렸다.

주유가 쫓겨 가까스로 배에 오르니, 멀리 가버린 줄 알았던 공명이 홀연 강가에 나타나 큰소리로 비웃었다.

周郞妙計高天下

陪了夫人又折兵

주랑의 묘계는 천하에 높구나.

손 부인을 보내오고, 군사마저 잃었으니!

주유는 그 소리에 노발대발하여 소리쳤다.

"다시 육지로 올라가 죽기로 싸워볼 테니, 공명은 가지 말고 거기 서있으라."

주유가 다시 육지에 오르려 했으나 황개와 한당 등이 한사코 말렸다.

"아아, 이 수모를 당하고 내가 이제 무슨 면목으로 주공을 뵙는단 말이냐! 대도독 주유의 면목은 오늘로 완전히 파멸이로다."

주유는 배 위에서 길길이 날뛰며 주먹으로 가슴을 치더니, 마침내 붉은 피를 토하고 뱃바닥에 쓰러져버렸다. 황개, 한당 등은 깜짝 놀라 주유를 잡아 일으켰다.

"도독! 이게 웬일이십니까?"

주유는 간신히 눈을 뜨더니, 조그맣게 소곤거렸다.

"배를 시상구로 돌려주게!"

장흠과 주태 등은 병든 도독을 모시고 시상구로 돌아왔다. 그러나 주유의 병은 이미 골수에 들어 좀처럼 낫지 않았다.

한편, 손권은 패전의 보고를 받고 이를 갈며 앙심을 굳게 먹었다.

"내 유비에게 반드시 원수를 갚고야 말리라!"

마침 그때, 주유가 장문의 서한을 보내왔다.

……주공께서는 정보를 도독으로 임명하시고 군사를 빨리 일으켜, 형주를 토벌하여 이 원수를 갚게 하소서…….

손권은 그 편지를 받아보고, 정보를 도독으로 삼아 형주를 치려 했다. 그러자 장소가 간했다.

"조조가 적벽대전의 원한을 풀려 하면서도 선뜻 군사를 일으키지 못하는 것은, 우리와 유비와의 연합작전을 두려워하기 때문입니다. 그러한 이때 우리가 군사를 일으켜 유비를 친다면 조조는 기회를 놓치지 않고 우리를 공격해 올 것입니다."

듣고 보니, 과연 옳은 소리였다. 이번에는 모사 고옹이 말했다.

"우리는 지금 유비와 싸우기보다는 유비와 조조가 화친을 맺지 못하도록 대비책을 강구하는 것이 급선무일 것입니다."

"유비가 조조와 화친을 맺는 일이 있을 수 있는 일이오?"

"목적을 위해서는 수단을 가리지 않는 것이 병가의 상식입니다. 만약 저들이 화친을 맺는 날에는 큰일입니다."

"그야 물론 큰일이겠지!"

그 말에 손권의 표정도 어두워졌다.

"어찌하면 그것을 방지할 수 있겠소?"

"지금 우리나라에는 조조의 세작(細作)이 많이 와 있습니다. 조조는 유비와 우리 사이가 이번 일로 크게 벌어졌다는 것을 이미 알고 있을 것입니다. 그러하니 우리는 유비와 원수지간이 아니라는 점을 조조에게 먼저 인식시켜야 합니다."

"그 방법으로 뭐가 있겠소?"

"지금 곧 허도로 사람을 보내어, 조정에서 유비를 형주 태수로 봉하도록 우리가 청원을 넣어야 할 것입니다."

"유비를 형주 태수로 봉하라고 우리가 조정에 상소를 한단 말이오?"

손권은 매우 못마땅한 표정이었다. 그러나 고옹은 서슴지 않고 계속하여 간했다.

"물론 주공의 심정은 충분히 이해가 갑니다. 저인들 어찌 그것을 모르오리까? 그러나 우리가 원수지간이 아니라는 점을 조조에게 인식시키기 위해서는 반드시 그래야만 합니다. 그래놓고 나서 조조와 유비를 이간시켜 싸우게 한 뒤에, 유비가 기진맥진해지거든 그때에 가서 형주를 치는 것입니다."

손권은 그제야 고개를 끄덕이며 물었다.

"고옹의 계책은 매우 좋으나 누구를 허도로 파견하는 게 좋겠소?"

"조조가 평소에 무척이나 경모하는 사람이 우리에게 있으니, 그를 보내면 될 것입니다."

"그 사람이 누구요?"

"평원(平原) 사람인 화흠(華歆)입니다."

"그러면 어서 화흠을 부르시오."

손권은 즉석에서 화흠을 불러 허도에 다녀오기를 명했다.

화흠이 명을 받고 허도에 가니, 조조는 동작대(銅雀臺)의 낙성식에 참석하려고 업군에 가 있었다. 화흠은 곧 업군으로 조조를 찾아갔다.

조조는 적벽대전에서 크게 패한 뒤로 원수를 갚을 생각이 간절했으나 손권과 유비가 한데 뭉쳐 대항할 것이 두려워 군사를 일으키지 못하고, 우울한 심정을 달래기 위해 동작대의 낙성식에 참석하게 된 것이었다.

주유의 분사

건안 십오년 봄이었다. 업군성에 동작대를 짓기 시작한 지 팔 년 만에 공사가 완성되자 조조는 문무백관들을 한자리에 초대하여 성대한 낙성식을 거행했다.

장하의 강변에 임해 있는 이곳에 조조가 동작대를 세우게 된 유래는, 지금부터 구 년 전에 그가 북진하여 이곳을 점령했을 때, 땅속에서 청동참새가 나왔기 때문이었다.

넓은 지대의 한복판에 우뚝 솟은 것은 동작대요, 좌편에 있는 것은 옥룡대(玉龍臺)요, 우편에 있는 것은 금봉대(金鳳臺)인데, 그 높이가 모두 십 장(丈)이 넘었다. 그리고 누각의 사이에는 무지개다리를 놓아 서로 통하도록 되어 있었는데, 천문만호(千門萬戶)에 금벽(金碧)이 찬란하여 장려하기가 천하에 비할 것이 없었다.

이날 조조는 칠보금관(七寶金冠)에 홍금나포(紅錦羅袍)를 입고, 황금대도(黃金大刀)에 옥대(玉帶)를 띠고 구슬 신발을 신어서, 그가 한 걸음 움직일 때마다 전신에서 찬란한 광채가 발했다. 좌우에 시립해 있는 문무백관들은 이날의 성연을 경축하며 제각기 조조를 향해 축원을 마지않았다.

"규모의 장대함과 결구의 화려함이 천하에 으뜸입니다."

조조도 지극히 만족스러워했다.

"오늘의 가일을 위해 경들의 활쏘기 재주를 한번 겨루어봄도 매우 흥미 있는 일일 것이오."

조조는 평소에 소중히 여겨 오던 홍금전포(紅錦戰袍) 한 벌을 수양버들 가지에 걸어놓으며 말했다.

"백 보 밖에서 저 전포의 홍심(紅心)을 쏘아 맞추는 사람에게는 저 전포를 상으로 주리라!"

문무백관들은 모두 긴장했다. 이날 조씨 일족은 모두 홍포를 입었고, 그밖의 현관들은 모두 녹포(綠袍)을 입고 있었기 때문이다.

조조가 다시 말했다.

"전포의 홍심을 쏘아 맞히는 사람에게는 상으로 홍포를 주어 조씨 문중과 같이 홍포 입기를 허락할 것이나, 만약 과녁을 맞히지 못한 사람은 벌주를 한 잔씩 마시도록 하오."

조조의 말이 끝나고 경연의 종이 울리자 조씨 문중에서 젊은 무사 한 사람이 용감하게 앞으로 걸어 나왔다. 얼굴을 보니, 조조의 조카 조휴(曹休)였다. 조휴는 백 보 앞에 말을 멈추고, 활시위를 잔뜩 잡아당겼다가 놓으니 화살이 전포의 홍심 한복판에 깊숙이 박혔다.

"명중!"

돌연 당상, 당하에서 박수와 환호성이 우레같이 일어났다. 시위들이 달려가 전포를 조휴에게 가져다주려 하니, 문득 다른 장수 하나가 뛰어나오며 소리쳤다.

"승상께서 내린 상을 승상의 일족이 타는 것은 당치 않은 일이오. 내가 과녁을 쏘아 맞힐 테니, 그 전포를 나에게 주오!"

모두 그 사람을 바라보니, 그는 형주 사람 문빙(文聘)이었다.

문빙이 말을 몰아 나와 과녁을 대번에 쏘아 맞히니, 군중 속에서는 박수갈채가 우레처럼 터져 나왔다.

"저 홍포를 빨리 나에게 가져오라!"

문빙이 시종에게 그렇게 말하는데, 이번에는 조씨 문중에서 조조의 종제 조홍(曹洪)이 달려 나오며 말했다.

"문빙아! 그대는 어찌 감히 홍포를 빼앗으려 하느뇨? 내 재주를 보아라!"

조홍의 화살이 정확하게 과녁을 쏘아 맞혔다. 그리하여 의기양양하게 홍포를 자기가 차지하려 하니, 이번에는 녹포 대열에서 하후연이 말을 달려 나오며 활을 쏘아 갈기니 세 대의 화살이 꽂혀 있는 한복판에 맞았다.

그리하여 하후연이 홍포를 가지려 하니, 녹포 대열 속에서 또 하나의 장수가 달려 나오며 과녁을 쏘아 맞혔다. 그는 장합이었다.

"자, 이만했으면 전포는 나의 소유요!"

그러자 또 하나의 장수가 달려 나와 활을 쏘아 뒤로 맞히는데 그는 서황이었다. 서황은 몸소 달려가 전포를 부둥켜안고 조조에게 말했다.

"삼가 금포를 배수하나이다."

그러자 녹포 대열 속에서 급히 또 하나의 장수가 달려 나오더니, 서황의 손에서 전포를 빼앗으려 하며 외쳤다.

"네가 전포를 어디로 가지고 가려 하느냐? 그것은 내 것이다."

그 장수는 허저였다.

한 사람은 빼앗으려, 한 사람은 주지 않으려 하는 통에 두 장수는 자연 육박전이 벌어졌다. 그 바람에 비단 전포가 찢겨졌다.

"그만들 하오!"

조조가 급히 사람을 시켜 싸움을 뜯어 말렸을 때에는, 전포는 이미 갈 가리 찢어지고 말았다.

조조는 모든 장수들을 대 위에 불러 올렸다. 서황과 허저는 대 위에 올라와서도 서로 노려보며 싸울 기세를 보였다.

조조가 웃으며 모든 장수들에게 말했다.

"진실로 모두 장한 일이오. 내 공들의 무예를 보기 위함이지, 어찌 한 벌의 금포를 아끼겠소."

그런 다음 모든 장수들에게 홍금(紅錦) 한 필씩을 골고루 나눠주었다. 조조는 모든 사람들을 제각기 서열대로 앉히고, 곧 연락을 베풀기 시작했다.

삼현육각(三絃六角)이 유랑하게 울려 나오는 중에 술잔이 한동안 오고 가자, 조조는 술이 거나하게 취하여 문관들을 둘러보며 말했다.

"무사들은 궁시(弓矢)로 평소의 조예를 보여주었으니, 문관들이 가장(佳章)으로 강호의 박학을 보여줄 차례요!"

그러자 문관 왕랑(王郞)이 국궁배례를 했다.

"조명(朝命)에 의하여 동작대부(銅雀臺賦)를 한 수 읊어드리겠나이다."

그리고 나서 목소리도 낭랑하게 조조의 위업을 찬양하는 시를 읊었다.

조조는 만족스럽게 웃었다.

"경은 나를 지나치게 칭찬하였소. 그러나 생각건대 이 조조가 없었던들 천하의 혼란은 아직도 그치지 않았을 것이고, 그로 인해 제왕을 자칭하는 원술 같은 무리가 몇 십 명이나 더 나왔을지 알 수 없는 일이오. 그나 그뿐이오? 여포, 원소, 유표를 내가 정벌했으니 이제 무엇을 더 바라겠소. 제공은 아무도 나의 뜻을 모를 것이오."

"황공합니다."

모든 사람이 머리를 숙여 조조의 공덕을 찬양했다.

이윽고 연락이 끝나고 만조백관이 모두 돌아간 뒤에 조조가 아직도 동작대를 배회하며 시흥에 겨워하는데 문득 정욱이 들어오더니 아뢰었다.

"강동의 손권이 화흠을 사신으로 보내왔습니다."

"손권이 사신을 보내와? 무슨 일로 왔다고 하오?"

"유현덕을 형주 태수로 추천하니 승낙해 달라는 부탁이라 합니다."

"손권이 어찌하여 현덕을 형주 태수로 추천하게 되었다오?"

"손권이 이번에 누이동생을 현덕과 결혼시켰다고 합니다."

"뭐, 손권과 현덕이 처남 매부 사이가 되었단 말이오?"

조조가 소스라치게 놀라며 손에 들고 있던 술잔을 떨어뜨렸다.

정욱이 얼른 술잔을 집어 올리며 물었다.

"천군만마의 적진 속에서도 놀라시지 않던 승상께서 어찌된 일입니까?"

"내 어찌 놀라지 않을 수 있겠소. 유비는 인중지용(人中之龍)이오. 평생에 물을 얻지 못해 활약을 못하고 있다가 이제 형주를 얻었으니, 그것은 마치 물을 얻은 것이나 진배없소. 그러니 내 어찌 놀라지 않을 수 있겠소."

"그러나 저는 반드시 그리 생각지 않습니다. 평소 원수처럼 지내던 손권과 유비가 급작스럽게 처남 매부 사이가 된 데에는 필연코 무슨 곡절이 있을 것입니다."

"곡절이라니요? 어서 말해 보오."

"손권은 내심 당장이라도 유비를 치고 싶을 것입니다. 하지만 그랬다가는 우리의 공격을 받게 될까봐 두려운 것입니다. 화흠을 사신으로 보낸 것도 우리의 동태를 파악하려는 의도일 겁니다. 그들이 혼사를 맺은 목적 또한 유비와의 화친을 과시해 우리를 섣불리 움직일 수 없게 만들려는 것입니다. 그러하니 속히 허도로 돌아가서 화흠이라는 자를 직접 만나보는 게 좋을 것 같나이다."

"좋은 생각이오. 그자를 만나 어찌했으면 좋겠소?"

"강동의 손권이 하늘같이 믿는 자는 오직 주유뿐입니다. 차제에 주유를 남군 태수로 봉하시고, 정보를 강하 태수로 제수하십시오. 그리고 화흠은 당분간 허도에 붙들어두어 높은 관직을 주십시오. 그러면 모두들 기뻐할 것입니다."

"과연 좋은 계교요."

조조는 다음날 허도로 돌아와 화흠에게 대리시경(大理侍卿)이라는 관직을 주고, 손권에게는 칙사를 따로 보내어 주유와 정보에게 각각 태수의 직위를 내려 보냈다.

시상구에서 요양하고 있던 주유는 뜻밖에도 남군 태수의 배명을 받고 크게 감격했다. 그러나 남군 태수란 명칭일 뿐이고 실상인즉 남군땅은 유비가 통치하는 지역이었다.

주유는 유비에게 원수를 갚고 싶은 욕망이 더욱 간절하여, 하루는 손권에게 글을 올려 다음과 같이 호소했다.

천자께서 은명을 내리셔서 불초 주유를 남군 태수로 배명하셨습니다. 그런데 남군은 이미 유비가 점령하고 있는 땅이니 저는 다스려야 할 지역을 가지고 있지 못합니다. 게다가 유비로 말하자면 주공의 매제이오니, 제가 조명(朝命)에 충성을 다하려면 주공의 매제를 배반해야 하고, 주공에게 충성을 다하려면 조명을 어기는 결과가 되니 이를 어찌했으면 좋을지 명찰하시어 현명한 방도를 하교하소서.

손권은 형주를 찾으려는 것을 일시도 잊은 적이 없었다.

손권이 곧 노숙을 불러 말했다.

"전일에 노숙 장군이 보를 써서 형주를 유비에게 잠시 빌려주었는데, 유비가 언제까지나 돌려주려고 하지 않으니 이를 어찌했으면 좋겠소?"

"서촉을 얻는 대로 형주를 돌려준다고 문서상에 써 있지 않습니까?"

손권은 노기를 띠며 말했다.

"서촉을 취하겠다는 것은 말뿐이고, 군사를 일으키는 것은 생각조차 안 하고 있소. 그들이 서촉을 취할 때까지 우리가 언제까지고 기다려야 한다는 것은 말도 안 되는 소리요."

"그러면 신이 지금이라도 현덕을 찾아가 담판을 지어보도록 하겠습니다."

노숙은 입장이 난처하여 그 길로 곧 배를 타고 형주로 향했다.

이때 유비는 공명과 함께 군사들을 조련하고 산업을 일으켜 머지않아 찾아올 새 시대에 대비하고 있었다. 또한 백성들을 덕으로 다스리며 인정을 베푸니, 원근 각지에 숨어 있던 현사들이 날마다 꼬리를 이어 찾아들었다. 노숙이 찾아온 것도 바로 그 무렵의 일이었다.

유비는 공명을 보고 물었다.

"노숙이 무슨 일로 왔을 것 같소이까?"

공명이 대답했다.

"손권이 주공을 형주 태수로 추천한 것은 실상 조조의 공격이 두려워서입니다. 조조가 주유를 남군 태수로 봉한 것은 우리와 손권을 이간시키려는 술책입니다. 이제 노숙이 우리를 찾아온 것은 주유가 남군 태수로 배명된 것을 이용해 형주를 찾기 위함입니다."

유비가 걱정스러운 표정으로 물었다.

"그러면 나는 노숙을 만나 뭐라고 대답하면 좋겠소?"

"노숙이 그 얘기를 꺼내거든 주공께서는 아무 말씀 마시고 목을 놓아 통곡만 하십시오. 그때 제가 들어가 뒷수습을 하겠나이다.”

밀약이 끝나자 유비는 곧 노숙을 부중으로 영접했다.

인사가 끝난 뒤에 유비가 앉기를 청했지만 노숙은 굳이 사양하며 말했다.

“오늘날 황숙께서는 강동의 여서(女婿)가 되셨으니, 제가 어찌 감히 한 자리에 앉을 수 있으오리까?”

유비는 웃으며 손을 끌어당겼다.

“노숙 공은 나의 옛 친구인데 하필 그렇듯이 사양하실 것이 무어요.”

노숙은 그제야 자리에 앉더니 입을 열어 말했다.

“저는 이번에 우리 주공의 특명을 받고 황숙을 뵈러 왔나이다. 황숙께서 당초 하신 약속은 형주를 잠깐 빌린다는 것이었는데, 오늘날까지 돌려주지 않으시니 우리 주공께서 적이 노여워하십니다. 이제는 양가가 결친(結親)까지 하셨으니 의리상으로도 속히 돌려주는 것이 옳을까 하나이다.”

유비는 그 말을 듣기 무섭게 두 손으로 얼굴을 가리며 목을 놓아 울었다. 노숙은 깜짝 놀라 유비를 바라보기만 할 뿐이었다.

마침 그때, 공명이 방안으로 들어서며 노숙을 보고 물었다.

“노숙 장군은 주공께서 어찌하여 우시는지 그 연고를 아시오?”

노숙이 대답했다.

“모르겠소이다.”

공명은 자리에 앉아 조용히 말했다.

“당초에 우리 주공께서는 서촉을 얻는 대로 형주를 돌려드릴 예정이었소. 그런데 서촉의 유장은 황숙과 한줄기의 피를 받은 종친이라는 것을 알게 되었소. 이제 주공이 유장을 치면 천하의 치소를 사지 않을 수 없을 것이오. 그렇다고 형주를 무조건 돌려드리면 주공께서는 몸 둘 곳이 없지 않소. 주공은 그 때문에 비통해 하시는 겁니다."

유비는 처음에는 연극을 꾸미느라 울었을 뿐이었다. 그러나 공명의 말을 듣고 보니 자신의 신세가 가장 처량한지라 이제는 정말로 비통하여 가슴을 치며 통곡하기 시작했다.

노숙은 그 광경을 보니 민망하기 그지없어 공명과 더불어 위로하기에 바빴다.

"황숙은 너무 비통해 하지 마십시오. 제가 공명과 상의하여 좋은 방도를 강구하도록 하오리다."

그러자 공명이 말했다.

"장군은 돌아가시거든 손 장군을 만나 뵙고 주공이 형주를 조금만 더 빌려달라고 하시더라고 전해 주오."

그 말에 노숙은 문득 본연의 자신으로 돌아와 손을 흔들며 대답했다.

"말씀을 전하는 것은 어렵지 않으나 만약 우리 주공께서 들어주지 않으면 어떡하시겠소?"

"남도 아닌 매제의 일인데 손 장군도 그처럼 가혹하지는 않을 것이오. 설사 표면상으로는 노여워할지 몰라도 내심으로는 결코 그렇지 않을 것이오."

노숙은 워낙 온후관인(溫厚寬仁)한 사람인지라 유비의 애통해 하는 모습을 보고 그 이상 박절하게 말하지는 못했다.

"주공이 들어주실지 모르나 저 또한 힘써 말씀을 드려보리다."

유비와 공명은 노숙에게 무수히 치하를 올렸다.

노숙은 돌아오는 길에 시상구에 들러 주유에게 자초지종을 말했다. 이야기를 다 들은 주유는 발을 동동 구르며 분해 했다.

"공은 또 공명의 계교에 속아 넘어갔구려. 유표에게 몸을 의탁하고 있을 때부터 유비는 형주를 노리고 있었소. 서촉의 유장 운운하는 것은 구실에 불과하오. 유비는 형주를 돌려줄 생각이 아예 없는 것이오."

"그러면 주공께는 뭐라고 여쭈었으면 좋겠소?"

"주공께 사실대로 말씀드렸다가는 노숙 공의 목숨이 무사하지 못할 것이오. 그러하니 수고스러운 대로 유비를 다시 한번 만나고 오시오. 내가 좋은 계교를 알려드리리다."

"다시 찾아가서 뭐라고 해야 하오?"

"유비가 같은 종친인 까닭에 유장을 칠 수 없다고 하거든 남매간의 의리에 따라 우리가 대신 치겠으니 그때에는 형주를 돌려달라고 이르시오."

노숙이 고개를 갸웃거리며 반문했다.

"서촉은 길이 멀고 험한데 우리가 어찌 그곳을 칠 수 있겠소?"

그러자 주유는 소리를 크게 하여 웃으며 말했다.

"하하하, 서촉을 친다는 것은 한낱 구실에 불과하오. 강동에서 서촉으로 가려면 반드시 형주를 통과해야만 하오. 우리는 그 기회를 노려 유비를 쳐부수는 것이오."

노숙은 주유의 말을 듣고는 고개를 끄덕이며 다시 형주로 향했다.

유비는 노숙이 다시 찾아온 것을 보고 공명에게 물었다.

"노숙이 어찌하여 다시 온 것 같소?"

"아마 노숙은 시상구에 들러 주유를 만나 그의 지시를 듣고 다시 찾아왔을 것입니다. 주공께서는 노숙의 말을 듣고만 계시다가 제가 고개를 끄덕이거든 그의 말에 찬성을 표하십시오."

유비는 공명과 짜고 노숙을 다시 만났다.

노숙이 유비에게 말했다.

"제가 돌아가 주공께 말씀드렸더니 황숙의 인덕을 높이 칭찬하셨습니다. 우리 주공께서는 황숙을 대신해 서촉을 정벌한 다음 형주와 바꿔드리겠다고 했습니다. 우리 군사가 서촉을 치기 위해 형주를 지나거든 유황숙께서는 부디 전량(錢糧)을 도와주십시오."

말이 끝났을 때, 공명이 고개를 끄덕이니 유비는 매우 기쁜 얼굴로 노숙을 칭찬해 마지않았다.

"손 장군께서 우리를 위해 그처럼 애써주시겠다니 이런 고마울 데가 어디 있겠소. 모두 다 노숙 공이 애써준 덕분이오."

그 말에 공명도 곁들어서 말했다.

"만약 강동의 군사가 형주에 오면 우리는 힘닿는 데까지 도와드리겠소."

노숙은 매우 흡족한 심사로 다시 돌아갔다.

그가 돌아간 뒤에, 유비가 공명을 보고 물었다.

"서촉을 쳐서 우리에게 주겠다니, 대체 무슨 말이오?"

공명이 크게 웃으며 대답했다.

"그것은 손권이 아닌 주유의 계교입니다. 주유가 아마 죽을 날이 가까웠나 봅니다. 그렇지 않고서는 어찌 그런 어린애 같은 계책을 꾸밀 수 있겠습니까."

"무슨 말씀인지 도통 모르겠구려."

"그것이 바로 가도멸괵지계(假途滅虢之計)라는 것입니다. 서촉을 칠 테니 길을 빌려달라는 구실을 대고 군사를 보내어 먼저 주공을 잡은 뒤에 형주를 빼앗으려는 술책입니다."

"그런 줄 알면서 어찌 저들의 제안을 환영한다고 하셨소?"

"주공은 염려 마십시오. 주유가 군사를 이끌고 오거든 제가 곧 사로잡아 꼼짝 못하게 하겠나이다."

공명은 곧 조자룡을 불러 강동의 군사들에 대한 대비책을 세밀하게 지시했다.

한편 노숙이 시상구로 돌아와 회담 결과를 보고하니, 주유는 손뼉을 치며 기뻐했다.

"공명이 이번에야 내 꾀에 속아 넘어가는구나. 곧 주공을 찾아뵙고 그 계책을 아뢰시오."

노숙이 손권을 찾아가 그 사실을 보고하니, 그 역시도 무릎을 치며 감탄했다.

"과연 주유 도독은 천하의 지략가이구려. 유비, 공명의 운명이 이제야 다했나 보오."

손권은 특사를 보내 주유를 격려하는 동시에, 정보를 대장으로 삼아 주유를 돕게 했다.

몸이 회복된 주유는 친히 군을 통솔하고 나서기로 했다. 감녕을 선봉으로, 서성과 정봉을 중군으로, 능통과 여몽을 후군으로 한 오만의 육군을 보내고, 주유 자신은 수군 이만오천을 따로 거느리고 사상구를 떠났다.

주유는 하구에 도착하자 먼저 온 군사에게 물었다.

"누구 영접을 나온 사람은 없더냐?"

"유 황숙의 명을 받고 미축이라는 사람이 영접차 와 있습니다."

미축이 나와 주유에게 정중하게 인사를 올리며 말했다.

"원로에 오시느라 노고가 많으십니다. 군사에 필요하신 모든 물자를 다 준비해 놓았습니다."

주유는 자못 흔쾌한 기색으로 물었다.

"유 황숙께서는 지금 어디 계시오?"

"주공께서는 형주성 밖에 나오셔서 강동의 군사들이 도착하기를 기다리고 계십니다."

"이번 출정은 순전히 유 황숙을 위한 일이니, 십분 편의를 보아주셔야 하겠소."

"충분히 알아 모시겠나이다."

미축이 물러가자 주유는 배에서 내려 육로로 형주성을 향하여 떠났다. 그런데 공안(公安)에까지 왔는데도 영접 나온 사람이 보이지 않았다.

주유는 매우 괘씸하게 여겼다.

"여기서 형주가 몇 리나 남았느냐?"

"십 리 남짓 남았습니다."

"그것 참 이상하구나. 아무도 영접을 안 나왔으니 웬일인가?"

바로 그때 앞서가던 군사들이 급히 와서 보고했다.

"형주의 상황이 매우 이상합니다. 도무지 사람 그림자는 보이지 아니하고, 형주 성문에 두 폭의 백기만이 꽂혀 있을 뿐이니 웬일인지 모르겠습니다."

주유는 즉시 감녕과 정봉을 불러, 자기와 함께 형주성에 가보자고 했다. 그들이 성문 밖에까지 왔으나 성안에서는 아무런 동정이 없고, 성문은 굳게 닫혀 있었다.

주유는 군사들을 시켜 외치게 했다.

"강동의 대도독 주유께서 오셨는데, 유 황숙은 어찌하여 영접을 아니하느냐?"

그러자 성 위에 매복해 있던 군사들이 일제히 창과 활을 겨누고 일어서는데, 대장 조자룡이 성 아래를 굽어보며 큰소리로 외쳤다.

"주 도독은 대체 무슨 일로 이곳에 오셨소?"

"오, 조자룡 장군이 아니오? 우리는 유 황숙을 위해 서촉을 치러 가는 길인데, 장군이 그것을 모르고 있다니 웬일이오?"

주유가 성루에 서 있는 조자룡을 올려다보며 말했다. 그러자 조자룡이 코웃음을 치며 말했다.

"제갈공명 군사께서는 이미 주 도독의 꾀를 알고 다른 데로 몸을 피하시면서 나더러 이 성을 지키라 했소. 우리와 싸울 생각이 있거든 나하고 한판 싸웁시다."

조자룡은 성 위에서 금방 활을 쏘아 갈길 듯 엄포를 놓았다.

주유가 기가 질려 뒤로 물러서는데, 문득 탐마가 달려오더니 급히 보고를 올렸다.

"도독, 지금 사로(四路)에 군마(軍馬)들이 일제히 우리를 목표로 쳐들어오고 있다고 합니다."

"사로에 군마라니, 그게 무슨 소리냐?"

"관우는 강릉 방면에서 공격해 오고, 장비는 자귀 방면에서 공격해 오고, 황충은 공안 방면에서 공격해 오고, 위연은 이릉 방면에서 쳐들어오는데, 그 병력을 자세히 알 수는 없으나 함성이 천지를 뒤덮고 있다고 합니다. 게다가 촌부주졸(村夫走卒)들까지 강동의 주유를 사로잡겠다며 큰 소리로 떠들고 다닌다고 합니다."

"어이쿠……."

주유는 기가 질려 말 위에 푹 쓰러지더니, 즉석에서 피를 토하며 땅으로 떨어졌다.

장수들은 주유를 급히 막중으로 모셔 들여 약을 먹였다. 바로 그때에 군사가 급히 들어오더니 보고를 올렸다.

"공명과 현덕은 바로 뒷산 위에서 술을 마시며 환담을 즐기고 있다 합니다."

그 소리를 들은 주유는 더욱 흥분했다.

"도독께서는 지금 흥분하시면 몸에 해롭습니다. 모든 것을 잊어버리시고 당분간 몸조심하셔야 합니다."

수하 장수들이 간곡히 말했다. 그러나 대군을 이끌고 적지에 들어와 함정에 빠져 있는 이 판국에 몸조리가 가능할 턱이 없었다.

마침 그때 손권의 동생 손유(孫瑜)가 대군을 이끌고 응원을 왔다. 손유는 모든 지휘를 자기가 맡고 주유를 억지로 배에 태워 하구로 보내버렸다.

주유는 하구로 오자 곧 영을 내려 수군을 나가게 했다. 그러나 파구에 이르자 유봉과 관평이 수군의 진로를 가로막고 나섰다. 주유가 더욱 노여움을 참지 못하는데 공명이 편지를 보내왔다.

한(漢)의 군사 중랑장 제갈량이 삼가 강동의 대도독 주유 선생께 글월을 보내나이다. 양이 시상구에서 선생을 한 번 뵌 이후로 이제껏 연연하여 한시도 잊을 수 없던 차에, 이제 선생이 서촉을 취한다는 말씀을 듣고, 열 번 생각해도 옳지 않다고 생각하여 이렇게 글을 올리게 되었습니다. 익주는 백성이 강하고, 땅이 험하여 유장이 비록 약해도 취하기 어려운 곳입니다. 더구나 조조는 적벽에서의 대패 이후로 호시탐탐 강동을 노리고 있으니, 서촉을 취하려다가 강동마저 빼앗기게 될까봐 걱정입니다. 양은 강동의 멸망을 앉아서 볼 수 없기에 일깨워드리는 것이니 선생은 부디 다시 한번 생각하소서.

주유는 공명의 편지를 읽어보고 전신을 와들와들 떨다가 별안간 붓과 종이를 가져오라고 명했다. 주유가 어지러운 필적으로 몇 자의 유서를 휙 갈기더니, 그 자리에 탄식하며 쓰러져 숨을 거두었다.

"아아, 하늘도 무심하도다. 하늘이여, 이미 주유를 내셨으면 그만이지 제갈량은 왜 또 내셨나이까?"

이때 주유의 나이는 겨우 서른여섯이었다.

장수들은 주유를 파구에 장사지내고, 그의 유서를 손권에게 전했다. 손권은 목을 놓아 울면서, 그의 유언에 따라 노숙을 대도독에 봉했다.

봉추 선생과 마등

어느 날 밤, 공명이 밤하늘을 우러러 천문을 보고 있노라니까, 문득 하늘에서 장성 하나가 꼬리를 길게 뽑으며 땅으로 떨어지는 것이었다.

"아, 오늘밤 주유가 죽는구나!"

공명은 혼잣말로 중얼거리며, 곧 유비를 찾아가 그 소식을 알렸다.

다음날 유비가 강동에 사람을 보내 알아보니, 과연 주유가 간밤에 세상을 떠났다는 것이었다.

유비가 공명에게 물었다.

"주유가 죽었으니 장차 어찌했으면 좋겠소?"

"이제부터 주유를 대신해 강동의 병권을 잡을 사람은 노숙입니다. 근자에 천문을 본즉 많은 현사들이 강동으로 모일 기미가 보였습니다. 제가 문상을 핑계로 강동을 방문해 현사들을 이리로 모셔 오도록 하겠나이다."

"선생이 직접 가시면 강동의 장수들이 해치려고 들 것이오."

유비는 걱정이 앞서 공명을 만류했다.

"주유가 살아 있을 때도 두렵지 않았는데, 그가 죽은 오늘날 무엇이 두렵겠습니까? 제가 조자룡과 함께 군사 오백 명을 데리고 다녀오겠나이다."

다음날 공명은 조자룡과 함께 문상의 길에 올랐다.

공명은 강동에 도착하자마자 주유의 영전을 찾았다. 공명을 본 주유의 부장들이 분개해 목청을 높였다.

"공명의 목을 베어야 한다."

"그렇다! 공명의 목을 베어 주유 장군의 영전에 올리고 제사를 지내야 한다."

그러나 공명의 옆에는 항상 조자룡이 붙어 있는 까닭에 아무도 그를 해치지 못했다. 공명은 경건한 태도로 분향을 올린 뒤에, 친히 써가지고 온 조사를 구슬프게 읽기 시작했다.

슬프다, 공근(公瑾)이여! 공은 이렇게도 일찍이 세상을 떠났으니 이제 남아 있는 우리들의 슬픔은 끝이 없소이다. 슬픔을 가슴에 안고 공의 영전에 한잔 술을 따르노니, 만약 영혼이 있거든 이 술을 받으소서. 양은 워낙 무재천학(無才淺學)하여 모든 계략을 공에게 물었고, 강동을 도와 조조를 친 것도 모두 공의 지략에 의한 것이 아니었던가. 그렇듯 신계묘략(神計妙略)에 능하던 공이 홀연 세상을 떠났으니, 양은 이제 누구를 믿고 천하를 도모하리오. 아아, 슬프도다. 그대의 죽음이여…….

공명이 조문을 낭독하고 그 자리에 엎드려 목을 놓아 통곡하니, 그를 해치려던 주유의 부하들은 모두 옷소매로 눈물을 닦았다.

그들은 눈물을 지으며 마음속으로 생각했다.

'세상에서는 주유와 공명을 원수처럼 알고 있지만, 이제 알고 보니 그들은 둘도 없는 친구였구나!'

그리하여 그를 죽이려던 사람들조차 공명에게 친밀감을 품게 되었다.

조문을 끝낸 공명은 노숙이 만류하는 것도 듣지 않고 그날 당장 귀로에 올랐다. 공명이 강변으로 나와 배를 타려는데 문득 저만치서 남루한 옷차림을 한 사람이 급히 달려오며 큰소리로 외쳤다.

"와룡은 잠깐만 기다리시오. 그대는 주유를 죽이고 이제 조문까지 왔구려. 강동의 인사들을 비웃어도 유만부동이지 세상에 이럴 수 있단 말이오?"

공명은 간담이 서늘해 오도록 깜짝 놀랐다. 그리하여 급히 달려오는 사람을 쳐다보니 그는 일찍부터 안면이 두터운 봉추 선생 방통이었다.

"오오, 나는 누군가 했더니 봉추 선생이구려."

공명이 그를 반가이 대하고 나서 말했다.

"봉추 선생이 강동에 와 계신다는 소식은 일찍이 들었지만 이렇게 만나 뵐 줄은 몰랐소이다. 양이 생각건대 손권은 덕망이 부족하여 공을 중히 쓰지 못할 것이니, 뜻이 맞지 않거든 언제든 나를 찾아와 유 황숙을 모십시다. 유 황숙은 후덕한 분이니 공의 참된 가치를 알아줄 것이오. 그때를 위해 내가 글월 한 장을 초해 드리겠소."

공명은 친히 지필을 꺼내어 방통에게 글월 한 장을 써주고 다시 길을 떠났다.

한편, 손권은 주유의 죽음을 애석해 마지않아했다. 하루는 노숙이 그 모습을 보고 손권에게 말했다.

"제가 돌아가신 분의 유언대로 도독이 되기는 했사오나 저의 일천한 지략으로는 주공을 충분히 보필할 자신이 없습니다. 그러하니 주공께서는 현사를 높이 쓰셔서 대사를 도모하는 데 지장이 없도록 하소서."

"주 도독이 이미 세상을 떠났으니 나의 대사를 도와줄 사람이 어디 있단 말이오?"

"돌아가신 어른을 대신해 주공을 보필할 현사가 꼭 한 분 계십니다."

"그 사람이 누구요? 그런 사람이 있거든 빨리 말해 보오."

"양양 사람으로 이름은 방통이라 하고, 호는 봉추라는 분입니다. 그분이라면 제갈공명과 재주를 견줄 만합니다."

"오오, 그렇다면 그분을 어서 만나게 해주오. 봉추 선생이라면 나도 진작부터 명성을 듣고 있었소."

손권은 크게 기뻐하며 급히 방통을 만나기를 간청했다.

그로부터 며칠 동안 노숙은 방통을 찾느라 무진 애를 썼다. 그러나 정작 방통을 데리고 오니 손권은 그의 초라한 풍채를 보고 적잖이 실망하는 눈치였다. 손권은 마뜩찮은 빛이 역력한 얼굴로 방통에게 물었다.

"공은 평소에 무슨 재주를 가지고 있소?"

방통이 표표(飄飄)한 어조로 대답했다.

"내게 무슨 재주가 있겠습니까. 그저 아무것에도 구애받지 아니하고, 그때그때 형편에 따라 응해 가며 살 뿐이지요."

손권은 그 대답에 더욱 실망했다.

"공의 재주는 주유와 비교하면 어떻소?"

"주유는 주유고, 나는 나입니다. 나를 어찌 주유와 비교하십니까?"

손권은 그 대답이 몹시 비위에 거슬려 즉석에서 쫓아버렸다.

"잘 알았으니 그만 물러가오. 필요하게 되면 후일에 다시 부르리다."

노숙이 기가 차서 손권에게 말했다.

"주공은 어찌하여 봉추 선생을 그토록 내쫓으시나이까?"

"그런 미친 사람이 무슨 쓸모가 있단 말이오?"

"인재의 능력을 외모나 풍채로 따질 일이 아닙니다. 적벽대전 때에 주도독에게 연환책(連環策)을 쓰게 한 사람이 바로 방통이니 꼭 가까이 두서야 합니다."

"어쨌든 나의 비위에 맞지 않으니 그런 줄 아시오."

노숙은 그 이상 간해 본들 소용이 없을 것 같아 그 길로 방통을 찾아갔다.

"내가 선생을 천거했으나 주공이 말을 듣지 않으니 잠시만 때를 기다려주기 바라오."

봉추는 웃기만 할 뿐, 아무런 대꾸도 하지 않았다.

"혹시 선생은 이 기회에 강동을 떠나시려는 게 아니오?"

"형편에 따라서는 떠나게 될 수도 있을 것이오."

"가신다면 어디로 가서 누구를 섬길 생각이시오?"

"조조나 찾아가볼까 하오."

"이왕 떠나시려거든 유 황숙을 찾아가십시오. 유 황숙이라면 선생을 후히 대접하리다."

"실은 나도 그럴 생각이오. 조조를 찾아간다는 것은 농담에 불과했소."

"선생이 유비를 섬기게 되시거든 우리 두 나라가 힘을 합하여 조조를 치도록 하십시다."

"나도 평소부터 그런 뜻을 품고 있었으니 공은 너무 염려 마오."

"선생이 유비를 찾아가신다면 내가 소개장을 써드리겠소."

방통은 노숙의 편지를 받아 그 길로 곧장 유비를 찾아 떠났다. 방통이 유비를 찾아왔을 때, 공명은 공교롭게도 지방으로 민정 시찰을 떠나고 없었다.

유비는 방통이 왔다는 소리를 듣고 크게 기뻐하며, 사람을 보내 정중하게 모셔 들이게 했다. 평소 공명을 통해 그 이름을 익히 들었기 때문이었다. 그러나 방통을 실제로 만나본 유비는 그의 왜소한 풍채에 적이 실망했다.

"공은 어떻게 나를 찾아오셨소?"

"황숙께서 현사를 융숭히 대접한다기에 찾아왔소이다."

방통은 공명의 편지와 노숙의 소개장을 가지고 왔건만, 그것은 내놓지 않고 대답했다.

유비는 방통을 대해 볼수록 실망했다. 그리하여 이렇게 말했다.

"우리 형주는 이미 질서가 잡혀 공을 높이 써줄 자리가 없구려. 여기서 백여 리쯤 떨어진 뇌양현(未陽縣)의 현령 자리가 비어 있으니 잠시 거기에 가 계시면 어떻겠소? 차차 자리가 나거든 중용하지요."

"현령이오? 그거라도 가라면 가보지요."

방통은 내심 매우 섭섭했으나 그날로 임지를 향해 떠났다.

현령으로 부임한 방통은 백성을 다스릴 생각은 아니하고 날마다 술만 마셨다. 현령이 가려주어야 할 송사가 무수히 밀려 있다는 소문이 유비의 귀에까지 들어왔다. 유비는 그 소식을 듣고 크게 노하여 장비를 불렀다.

"돼먹지 못한 선비가 나라의 법도를 어지럽히고 있으니, 아우가 가서 실정을 알아보고 오라!"

장비는 분부를 받고 손건과 함께 곧 뇌양현으로 떠났다.

모든 관리들이 성문 밖에까지 나와 영접을 하는데, 현령 방통만은 코빼기도 보이지 않았다.

"현령은 어디 가고 너희들만 나왔느냐?"

"현령은 부임한 지 백 날이 넘건만 아침부터 밤중까지 술만 마시고 있습니다. 어젯밤에도 늦게까지 술을 마시고, 오늘. 아침에는 일어나지도 못하고 있습니다."

관리들의 대답에 장비는 크게 노했다.

현청에 든 장비는 즉시 현령을 불러내었다. 방통은 옷도 제대로 갖추어 입지 않은 채 취기로 몽롱한 얼굴을 하고 나타났다.

장비는 방통을 보고 불호령을 내렸다.

"주공께서 너에게 현령의 직위를 내렸거늘 어찌하여 공사를 처리할 생각은 아니하고 날마다 술만 마시느냐?"

"내가 공사를 게을리 한 것이 무엇이오?"

방통은 조금도 겁내는 기색 없이 태연히 대답했다.

"공사를 게을리 하지 않다니? 소송사건이 산적해 있는데, 그래도 공사를 게을리 하지 않았단 말이냐?"

"그런 소소한 일을 가지고 무얼 그리 대단하게 생각하시오? 그런 일이라면 내가 하루 동안에 깨끗이 처리할 테니 장군은 두고 보시오."

다음날 방통은 소송할 사람들을 일렬로 세워놓고 사연을 듣기 무섭게 판결을 내려갔다. 백여 건이 넘는 시비곡절을 가리는 데 있어서 추호도 어긋남이 없었다. 방통이 소송을 즉석에서 판결해 버리는 데 걸린 시간은 반나절밖에 되지 않았다.

장비가 그 광경을 목도하고 진심으로 경탄하며 사죄의 말을 했다.

"선생의 탁월하신 재주를 몰라 뵈어 죄송하오. 내가 돌아가거든 가형에게 선생을 극구 천거하오리다."

방통은 그제야 노숙의 소개장을 장비에게 내보였다. 장비는 소개장을 읽어보고 방통에게 물었다.

"선생은 어찌하여 이 소개장을 형님에게 보이지 않으셨소?"

"그것을 보시면 이 소개장을 믿고 찾아온 줄로 아실 것 같아 일부러 숨겼소."

"아, 내가 하마터면 선생 같은 대현(大賢)을 잃어버릴 뻔했소이다."

장비가 형주로 돌아와 사실대로 고하니, 유비는 그제야 깊이 뉘우치는 바 있었다.

"내가 외모만 보고 대현을 그릇 판단했으니 이런 실수가 어디 있으랴!"

마침 그때, 공명이 오랜 여행에서 돌아와 유비에게 물었다.

"봉추가 오셨다는데 지금 어디 있나이까?"

"내가 사람을 잘못 보고 뇌양현 현령으로 보내었소."

"그런 훌륭한 분을 일개 현령으로 보내셨다니, 그게 무슨 말씀입니까? 제가 천거의 편지를 써주었는데 주공은 그 글을 못 보셨나이까?"

"군사의 추천장은 못 보았고, 노숙의 소개장만 보았소이다."

"그분은 저의 추천서를 일부러 내놓지 않았나 봅니다. 그분은 결코 그렇게 대접할 분이 아니니, 곧 부중으로 모셔다가 중히 쓰십시오."

유비는 그 말을 듣고 곧 장비를 보내어 방통을 모셔오게 했다.

장비가 방통을 형주로 모셔오자 유비는 뜰아래까지 내려와 잘못을 빌었다. 그리고 나서 유비는 방통을 부군사(副軍師) 중랑장(中郎將)으로 중용했다.

그 옛날 서서는 유비에게 와룡과 봉추 두 사람 중에서 어느 한 사람만 얻어도 가히 천하를 도모할 수 있다고 말한 일이 있었다. 그런데 오늘날 유비는 그 두 사람을 모두 얻었으니, 내심 그의 기쁨은 이루 말할 수가 없을 지경이었다.

봉추는 그날부터 지략을 다하여 군사를 훈련시키기 시작했다.

유비의 그늘에 숨어 있던 세작이 허도로 급히 달려와, 그 사실을 조조에게 고했다. 그리고 나서 덧붙여 말했다.

"유현덕의 세력은 날로 왕성해지고 있습니다. 공명의 휘하에는 관우, 장비, 조자룡이라는 천하 삼걸이 있는 데다가, 방통까지 가세했으니 그의 인적 진용은 거의 완벽에 가깝습니다. 군사들은 날마다 맹렬한 조련을 받고 있고, 곡물 생산은 해마다 증진되어 그들의 세력은 욱일승천(旭日昇天)의 기세로 커가고 있습니다."

조조는 그 말을 듣고, 모사 순유에게 물었다.

"우리는 어떤 대비를 하면 좋겠소?"

"유비가 세력을 키우는 것을 마냥 두고 볼 수는 없는 일입니다. 그러나 적벽대전의 패전으로 인한 손실이 너무 커 당장 대군을 일으키기 어려우니 먼저 손권을 쳐없애고 나서, 유비를 도모하는 것이 올바른 순서일 것입니다."

"나도 그리 생각하고 있소. 그러나 우리가 군사를 일으켜 손권을 치는 사이에 서량의 마등이 허도로 엄습해 오지 않을까 걱정스럽구려."

"마등을 정남장군(征南將軍)에 봉하여 허도로 불러올린 연후에 없애버리면 그런 우려를 씻을 수 있을 것입니다."

"그것 참 좋은 생각이오."

조조는 크게 기뻐하며 그날 당장 조서를 보내 마등을 허도로 불러올렸다.

서량 태수 마등은 복파장군(伏波將軍) 마원(馬援)의 후예로, 그의 부친 마숙(馬肅)은 천수(天水) 난간현위(蘭干縣尉)로 있다가 벼슬을 잃고 서량에서 방랑 생활을 하는 동안 마등을 낳았다.

마등은 영제(靈帝) 말년에 서량 토병들이 반란을 일으켰을 때, 그들을 토벌한 공로로 정서장군(征西將軍)에 봉하여졌다. 그의 슬하에는 호랑이 같은 아들 삼 형제가 있었으니 맏아들은 마초(馬超)요, 둘째는 마휴(馬休)요, 셋째는 마철(馬鐵)이었다. 또한 마등은 진서장군(鎭西將軍) 한수(韓遂)와는 의형제를 맺고 있었다.

조서를 받아본 마등은 곧 맏아들 마초를 불러 말했다.

"내 조서를 받았으니 허도로 아니 올라갈 수 없구나. 내가 없는 동안에 너는 정사를 잘 다스리도록 하여라."

마등은 둘째 아들 마휴, 셋째 아들 마철, 조카 마대 등을 데리고 그날로 길을 떠났다.

마등은 허도에 올라와 조조를 만났다. 조조는 마등을 정남장군에 봉하면서 유현덕을 치라고 명했다. 마등은 내심 매우 못마땅했다. 일찍이 동승과 함께 의대조(衣帶詔)를 받을 때 유비와 힘을 합하여 조조를 치기로 결의했던 의리가 있기 때문이었다.

마등은 조조의 명을 받고 천자를 배알했다. 그리하여 유현덕을 토벌하라는 명령을 받았노라고 하니, 천자는 매우 난처한 기색을 보이면서 눈물을 흘렸다.

"공의 선조 마원은 청사에 길이 남을 충신이었소. 공은 부디 선조의 명예를 더럽히지 말도록 하오. 유현덕은 한실의 종친이오. 조정의 역신은 현덕이 아니라 조조란 말이오. 공은 그 사실을 깊이 명심하여 신중하게 행동하기 바라오."

"폐하의 심금을 어지럽혀 황공 무비하옵니다. 신 마등은 어명을 깊이 명심하여 그릇됨이 없도록 하겠나이다."

마등은 눈물을 흘리며 어전을 물러 나와 곧 일족을 불러놓고 말했다.

"조조는 천자의 뜻을 거스르고 나더러 현덕을 치라 하는구나. 지금이야말로 우리가 충성을 다할 천재일우의 기회이다. 너희들도 내 뜻을 깊이 명심하여 간신 조조를 없애버리도록 하라."

그로부터 이틀 후, 조조의 문하시랑(門下侍郞) 황규(黃奎)가 마등을 찾아와 말했다.

"승상께서는 남정을 급히 서두르고 계십니다. 남정을 떠나실 때 저더러 참모로 같이 가라는 분부이셨습니다. 장군께서는 언제 남정을 떠나시려는지요?"

"모레쯤 떠나기로 하였소."

마등은 황규에게 술을 대접했다.

황규는 술이 취하자 옛 시를 읊다가 물었다.

"장군은 도대체 우리가 진심으로 토벌해야 할 사람이 누구라고 생각하시오?"

마등은 황규를 경계하는 마음에서 대답을 아니했다. 그러자 황규는 마등의 비겁함을 비웃으며 이렇게 말했다.

"나의 부친 황완(黃琬)은 그 옛날 이각, 곽사의 난에 금문을 지키다가 죽은 충신이었소. 그렇듯 충신의 아들인 내가 오늘날 간적(奸賊)의 권문(權門)에 굴하여 그의 녹을 먹고 산다는 것은 참으로 부끄러운 일이오. 그러나 장군으로 말하면 서량에 굳건한 지반과 많은 군사를 가지고 있으면서 어찌하여 간웅의 수족이 되려 하오?"

마등은 그래도 황규를 믿을 수 없어 이렇게 물었다.

"공은 간적이니 간웅이니 하는 말을 함부로 쓰는데, 그것은 도대체 누구를 말하는 것이오?"

"그야 물론 조조를 두고 하는 말이지요."

"너무 큰소리로 떠들지 마오. 조 승상으로 말하면 그대의 주인이 아니오?"

"나는 한나라 명장의 아들이오. 장군 또한 충신 마원의 후예가 아니오? 그러한 우리 두 사람이 한실의 종친인 유현덕을 토벌해야 한다니, 세상에 이런 불충이 어디 있단 말이오. 그것도 역신 조조의 명을 받들어서 말이오."

"공은 과연 진심으로 그런 소리를 하고 있는 것이오?"

"장군은 나를 의심하고 계신 거요? 그렇다면 내가 증거를 보여드리리다.”

황규는 손가락을 깨물어 피를 내더니 백지에 ‘충(忠)’ 자를 크게 써보였다.

마등은 그제야 안심하고 말했다.

“실은 나도 현덕을 도와 조조를 없애버릴 결심을 진작부터 품고 있었소. 나는 이미 천자의 밀명까지 받고 있소.”

황규는 무릎을 치며 기뻐했다.

“과연 충신의 후예가 틀림없으시구려. 장군이 천자의 밀명까지 받고 있는 줄은 몰랐소이다.”

두 사람은 밀담을 거듭한 결과, 내일 아침에 출병을 앞두고 조조가 사열을 나왔을 때, 그를 죽여버리기로 합의를 보았다. 황규는 밤이 늦어서야 집으로 돌아왔다.

황규에게는 이춘향(李春香)이라고 하는 애첩이 있었다. 춘향은 황규와 살고 있으면서도 묘택(苗澤)이라는 정부가 따로 있었다. 묘택은 마등을 만나고 돌아온 황규의 태도가 약간 수상한 것을 보고 춘향에게 말했다.

“황규가 마등을 만나 무슨 밀계를 꾸민 모양이니, 오늘밤 잠자리에 들거든 네가 넌지시 그의 마음을 한번 떠보아라!’

춘향은 나이가 어려 철이 없는 계집인지라 이날 밤 자리에서 묘택이 시키는 대로 물어보았다. 그러자 황규는 취한 끝에 이렇게 대답했다.

“네가 나와 같이 살면서 나의 뜻을 그렇게도 몰라 어떡한단 말이냐? 나의 평생 소원은 역신 조조를 내 손으로 죽이는 것이로다.”

“어마! 조 승상을 무슨 방법으로 죽인단 말씀이오?’

“걱정 마라! 내일 성 밖에서 조조가 사열을 하는 기회에 죽여버리기로 마등과 약속이 다 되어 있다.”

다음날 아침 춘향은 모든 사실을 들은 대로 묘택에게 전했다. 묘택은 그 길로 부중으로 달려들어가 조조에게 그 사실을 고해 바쳤다.

비밀이 탄로 난 줄도 모르고 마등은 조조를 죽이기 위해 군사들을 모아놓고 사열 준비를 하고 있었다. 그러나 조조는 조홍과 허저에게 황규를 체포해 오게 하고, 하후연과 서황에게 마등을 체포해 오게 했다.

이윽고 결박을 당한 채 부중으로 끌려온 마등은 황규를 보자 이를 갈며 원망했다.

"이 썩어빠진 유생 황규야! 네 어쩌자고 주둥이를 함부로 놀린단 말이냐? 아, 하늘도 이제는 정녕 한실을 버리셨나 보구나. 거사를 두 번 계획하여 모두 사전에 발각되었으니 이것도 천운인가 보구나!"

조조는 소리 내어 웃으며 마등과 황규의 목을 자르게 했다.

그런 다음 마등의 집에 불을 지르고, 그의 일가친척은 말할 것도 없고, 휘하 장성들도 사정없이 죽여버렸다. 그 바람에 마등이 데리고 왔던 아들 형제도 죽고, 조카 마대만이 가까스로 도망쳐 목숨을 보존했다.

그 사실을 밀고한 묘택은 조조에게서 상을 크게 받을 줄 알았다. 조조 앞으로 불려 나온 묘택이 말했다.

"상보다는 소인을 이춘향과 같이 살게만 해주시면 고맙겠나이다."

조조는 그 말을 듣고 껄껄껄 웃더니 추상같은 호령을 내렸다.

"너처럼 불의(不義)스러운 자를 살려두어 무슨 소용이 있겠느냐! 여봐라, 당장 저놈의 목을 베어라!"

결국 밀고자 묘택의 목도 달아나고 말았다.

마초의 복수전

그 무렵 조조의 승상부에는 형주 방면에서 중대한 새 정보가 들어왔다. 유비가 대군을 일으켜 서촉을 친다는 정보였다.

조조는 그 소식을 듣고 크게 놀랐다. 만약 유비가 서촉을 얻는 날이면 용이 바다를 얻는 것과 다름없었기 때문이다. 그렇게 되면 유비를 쳐부술 기회를 영영 잃어버리게 될 것이었다.

조조는 모사들을 일당에 모아놓고 긴급 대책 회의를 열었다. 승상부의 치서시어사(治書侍御史)로 있는 진군(陳群)이 말했다.

"저에게 묘책이 하나 있습니다."

"무슨 묘책인지 어서 말해 보오."

"유비와 손권은 사실상 화목하지 못한 사이지만 서로 돕고 지키려 하고 있습니다. 유비가 서촉을 손에 넣으려 하므로 승상께서는 손권을 치십시오. 그러면 손권이 유비에게 구원을 청할 것이니, 서촉으로의 출병을 당장 중지하게 될 것입니다."

"음, 그것도 일리가 있는 말이오. 그러나 유비에게는 공명이 있으니, 손권이 구원을 청한다고 해서 우리 뜻대로 움직여줄지는 의문이 아니오?"

"유비가 태도를 결정하지 못하고 망설이면 우리에게는 더욱 좋은 일이 될 것입니다. 만약 유비가 서촉을 치기 위해 군사를 움직이면 그 또한 환영할 만한 일입니다. 그리 되면 우리는 그대로 대군을 진격시켜 손권을 쳐 없앨 수 있을 것이기 때문입니다."

"과연 묘계가 틀림없구려. 그러면 그대로 해봅시다."

"손권을 쳐 없애고 나서 유비를 도모하는 것은 그리 어려운 일은 아닐 것입니다."

"과연 옳은 말이오!"

조조는 곧 영을 내려 삼십만 대군으로 손권을 치게 하되, 합비성을 지키고 있는 장요에게 선봉을 서게 했다.

조조의 대군이 국경에 도달하기 전에 손권은 미리 그 정보를 듣고 모사들을 모아 급히 대책을 강구했다.

그 자리에서 장소가 말했다.

"노숙 공의 친서를 현덕에게 급히 보내어 그들의 도움을 받아야 합니다. 현덕은 의리가 두터운 사람이어서, 결코 우리의 패전을 그냥 보고 있지는 않을 것입니다."

손권은 그 말을 옳게 여겨 곧 사자를 시켜 노숙의 친서를 유비에게 전하라 했다.

유비는 노숙의 친서를 읽어보고 사자를 일단 객관으로 돌아가 있게 한 뒤에 지방으로 여행 중인 공명을 급히 불러 올렸다. 공명은 노숙의 편지를 읽어보고 나더니 유비에게 물었다.

"주공께서는 이 편지를 보고 뭐라고 대답하셨나이까?"

"군사께서 없으시기에 아직 아무런 대답도 아니했소이다."

"잘하셨습니다. 이 편지에 대한 답장은 제게 맡겨주십시오."

"군사께서 잘 처리해 주시기 바라오."

공명은 곧 노숙에게 답장을 쓰기 시작했다.

만약 조조가 강동을 쳐 내려가면 유 황숙이 도중에서 깨끗이 쳐부술 테니 조금도 염려 말고 편히 계시기 바라오.

유비가 그 회신을 읽어보고 눈이 동그래지며 물었다.

"조조가 삼십만 대군을 이끌고 온다는데, 우리가 무슨 힘으로 그를 막아낸단 말이오?"

"염려 마십시오. 서량에 있는 마초의 군사를 이용하면 우리는 손가락 하나 움직이지 아니하고도 조조를 막아낼 수 있습니다. 서량 태수 마등과 그의 두 아들이 엊그제 조조의 손에 죽은 까닭에, 그의 맏아들 마초는 지금 이를 갈고 있습니다. 마초만 움직여주면 조조의 삼십만 대군도 문제가 아니니, 주군께서는 마초가 군사를 일으키도록 친서를 보내십시오."

"과연 명안이오."

유비는 곧 마초에게 보낼 친서를 초했다.

그 무렵, 서량에 있는 마초는 어느 날 밤 괴상한 꿈을 꾸었다. 눈 위에 누워 있었는데, 사나운 호랑이 떼가 덤벼들어 전신을 물어뜯는 꿈이었다. 마초는 꿈에서 깨어나 곧 모사 방덕(龐德)을 불러 해몽을 시켰다.

"매우 불길한 꿈입니다. 허도에 가 계시는 노장께서 무슨 불길한 일이나 당하지 않으셨는지 걱정스럽습니다."

바로 그때, 종제(從弟)인 마대가 황망히 달려와 땅에 엎드리더니 통곡을 하면서 비극을 알렸다.

"숙부님과 동생들이 조조의 손에 죽었습니다."

마초는 마대에게서 자세한 연유를 듣고 나자 원통함을 참지 못해 땅을 치고 통곡하며 이를 북북 갈았다.

"내 무슨 일이 있어도 이 원수는 갚고야 말리라."

마침 그때, 시종 하나가 유비가 보낸 친서를 들고 왔다. 그 글월은 마등의 비명지사(非命之死)를 적절히 조상한 뒤에 조조의 죄역(罪逆)을 통렬히 규탄한 뒤 이렇게 맺었다.

……조조로 말하자면 귀군에게는 불구대천지 원수요, 만민에게는 아정을 펼치는 적이요, 조정에서 보자면 천자의 위엄을 더럽히는 간당(奸黨)이니, 우리가 이제 그를 치지 아니하면 무사로서의 대의명분을 어디서 구할 수 있으리오. 조조가 이제 대군을 일으켜 남침을 기도한다니, 바라건대 귀군은 서량으로부터 그를 공격해 주오. 유비는 남쪽에서 그를 쳐 올라가겠소.

마초는 유비의 친서를 읽고 나서 이미 결심한 바가 있었다. 때마침 아버지 마등의 의형제 진서장군 한수가 마초를 찾아왔다.

"바로 오늘 조조에게서 내게 이런 밀서가 답지했네."

한수는 품안에서 편지 한 통을 꺼내어 마초에게 보여주며 말했다. 그 밀서는 만약 마초를 사로잡아 오면 한수를 서량후(西凉侯)로 봉하겠다는 내용이었다.

마초는 허리에 차고 있던 칼을 풀어놓고 두 팔을 내밀며 말했다.

"아저씨께서 조조에게 저를 잡아 바치시겠다면 어쩔 수 없는 일입니다. 자, 저를 묶으십시오."

한수는 그 소리에 마초를 꾸짖으며 말했다.

"내가 자네를 잡아가려면 무엇 때문에 이곳까지 왔겠는가? 자네가 만약 부친의 원수를 갚을 각오가 되어 있다면 나도 온힘을 기울여 도우려고 찾아온 것일세. 각오는 되어 있는가?"

"저는 이미 가친의 원수를 갚을 각오가 돼 있습니다."

"실로 장한 일일세. 그렇다면 나도 온힘을 기울여 도울 테니, 곧 군사를 일으키도록 하게!"

마초는 한수에게 깊이 사례하고, 수하의 팔대 장수들을 급히 소집했다. 그의 수하에는 후선(侯選), 정은(程銀), 이감(李堪), 장횡(張橫), 양흥(梁興), 성의(成宜), 마완(馬玩), 양추(楊秋) 등 여덟 명의 맹장이 있었다. 거기에 방덕, 마대, 한수가 가세해 이십만 대군으로 장안을 향해 쳐들어가기 시작했다.

불의의 공격을 받고 크게 놀란 사람은 장안 태수 종요(鐘繇)였다. 그는 마초가 쳐들어온 사실을 조조에게 급히 알리는 동시에, 온힘을 다해 방어했다. 그러나 선봉장 마대의 치열한 공격을 당해 낼 재주가 없었다. 종요는 성문을 굳게 닫고 싸우려 하지 않았다.

장안성은 서한(西漢)의 도읍지로 성곽이 매우 튼튼하여 난공불락의 철옹성이었다. 서량군은 십여 일을 에워싸고 있었으나 적의 반응이 없자 방덕이 꾀를 내 이런 말을 퍼뜨리게 했다.

'장안은 물이 짜서 서량 군사들이 토질을 일으키고, 화목(火木)이 부족하여 모두 추위에 떠는 관계로 포위망을 풀고 퇴군하였다.'

마초는 포위망을 풀고 수십 리 밖으로 이동했다.

장안 태수 종요는 그 후로도 여러 날을 두고 적을 경계했다. 그러나 사오 일이 지나고 칠팔 일이 넘어도 아무런 변고가 없자 성문을 활짝 열어놓고 성안 출입을 마음대로 하게 했다.

열흘째 되는 날, 마초의 군사가 또다시 장안으로 쳐들어왔다. 백성들은 너도나도 물밀 듯이 성안으로 몰려 들어갔다.

마초가 성 밖에서 큰소리로 외쳤다.

"너희가 성문을 열지 않으면 성안의 군사와 백성들을 모두 불태워 죽일 테다. 그래도 좋은가?"

종요의 동생 종진(鍾進)이 성 위에서 마초를 굽어보며 간간대소를 터뜨렸다.

"하하하, 장안의 철옹성이 입심으로 함락될 줄 아느냐?"

그날 해가 질 무렵 성안에서 별안간 큰불이 일어나더니 누군가의 고함소리가 들려왔다.

"서량의 방덕이 이미 며칠 전부터 오늘이 있기를 기다려왔다."

종진이 소스라치게 놀라 뒤를 돌아다보려니, 누구인지도 모르는 사람이 그의 목을 베어버렸다. 그와 때를 같이하여 사방에서 성문이 활짝 열리며 마대, 한수의 군사가 노도처럼 성안으로 밀려들어와 장안의 군사들을 마구 베었다. 장안 태수 종요는 동문으로 쫓겨 나와, 다음 요처인 동관(潼關)에 근거를 잡고 허도에 급히 응원병을 청했다.

조조는 경악했다. 이제는 손권을 치는 것이 문제가 아니었다. 그는 조홍과 서황에게 군사 일만 명을 주어 동관으로 가 종요를 돕게 하고, 자기 자신은 십여 일 간 군비를 충분히 갖춘 연후에 대군을 이끌고 떠나기로 했다.

조홍과 서황은 동관에 도착하자 종요를 대신해 성문을 굳게 닫고 성을 지키기만 하면서 조조의 대군이 도착하기를 기다렸다.

마초는 군사를 서문 밖까지 이끌고 와서 조홍에게 갖은 욕설을 다 퍼부었다.

"도대체 네놈들도 무사란 말이냐? 허리에 칼을 찼거든 당당하게 나와 싸워라!"

"모르는 소리 그만하게! 조홍이나 서황 따위가 무슨 용기로 우리와 싸우겠는가!"

"싸우지도 못하는 졸장부들이 무슨 놈의 장수라고 그러는가? 에라, 조조가 올 때까지 우리는 낮잠이나 자고 있세. 조조가 와야 싸우려는 모양일세!"

서량 군사들은 조홍이 들으란 듯 저희들끼리 희롱했다.

조홍이 듣다못해 성문을 열고 뛰쳐나가려 했다. 그러자 서황이 황급히 앞을 막아섰다.

"승상께서 대군이 도착하기 전까지는 절대로 싸우지 말라고 했소."

그러나 혈기가 왕성한 조홍은 뼈에 사무치는 모욕을 더 이상 참고 들을 수가 없었다.

"저런 놈들을 어찌 그대로 내버려둔단 말이오?"

마침내 조홍은 성문을 열고 뛰쳐나와 사면팔방으로 서량의 군사들을 무찔렀다. 서황도 어쩔 수 없이 군사를 이끌고 뒤쫓아 나왔다.

"멀리 쫓아가지 마오!"

서황이 소리를 크게 질렀다. 그러나 조홍은 물불을 가리지 않았다.

바로 그때 커다란 둑 밑에 잠복해 있던 한 무리의 군사들이 북소리와 함께 함성을 올리며 일어섰다.

"서량의 마대가 여기 있다. 이 칼을 받아라!"

조홍이 깜짝 놀라 급히 말머리를 돌리니, 이번에는 등 뒤에서 외치는 소리가 들려왔다.

"여기에 서량의 방덕이 있다. 조홍은 어디로 도망을 가려 하느냐!"

조홍의 군사들이 사방으로 흩어져 이리 쫓기고 저리 밀리고 하는 동안, 마초와 한수는 정병을 이끌고 성안으로 들이닥쳤다. 그러나 마초는 성을 점령한 것으로 만족하지 않고, 조홍과 서황을 맹렬히 추격했다.

조홍과 서황은 허도를 향하여 비참한 패주를 계속했다. 몇 백 리쯤 쫓겨 온 그들은 다행히 조조가 이끌고 오는 선봉군을 만나 간신히 몸을 피할 수 있었다.

조조는 크게 노하여 두 장수를 불러내어 군법에 회부했다.

"열흘 동안 싸우지 말고 수비만 하라고 했는데, 제장들은 어찌하여 군령을 어기고 싸우다가 그 꼴이 되었는가?"

서황이 겁에 질려 사실대로 고했다.

"처음에는 승상의 군령대로 싸우지 않았습니다. 그러다가 마초의 군사들이 희롱하는 것을 견디지 못한 조홍 장군께서 기어코 성문을 열고 나가는 바람에 이렇게 되었습니다."

"그러면 군법에 의하여 참형을 내리라!"

조조가 칼을 들어 조홍의 목을 베려 하니, 서황이 한 걸음 나서 앞을 막아서며 말했다.

"소장 또한 죄가 같으니 저부터 죽여주소서."

그러자 그 자리에 참석했던 장수들이 모두들 특사를 내리도록 탄원했다.

"참형은 당분간 유예할 터인즉 전공을 크게 세워 용서를 받도록 하라!"

조조는 겨우 칼을 거두었다.

다음날 조조의 대군은 서량의 대병과 동관 동방에서 정면으로 대전했다. 조조가 말을 타고 나서자 좌우에서 하후연과 조인이 호응하며 나왔다. 조조가 마초에게 크게 외쳤다.

"오랑캐의 자식 마초는 어디 갔느냐? 내가 인도(人道)를 가르쳐줄 것이니 빨리 나오너라!"

마초가 마상에서 이를 갈며 조조를 보고 외쳤다.

"오오, 내 아버님의 원수인 네 놈을 이제야 만나게 되었구나. 조조야, 이리 나오너라. 용기가 있거든 생사를 걸고 싸워보자!"

몸에 주홍 전포를 입고, 머리에 은빛 투구를 쓴 마초는 어느 모로 보나 청년 맹장이었다. 마초가 앞장서서 달려나오자 그의 뒤로 십여 명의 맹장들이 뒤따랐다.

"아아, 저 젊은이가 바로 마초인가?"

조조는 내심 겁을 집어먹으며 무심중에 경탄했다. 그러나 그는 용기를 내어 외쳤다.

"마초야! 너는 천자의 위엄도 모른단 말이냐?"

"이 역적 놈아! 네 입에서 감히 천자라는 말이 어찌 나오느냐!"

마초가 창을 비껴 잡고 달려오니, 등 뒤에 있던 우금이 급히 나섰다. 십여 합쯤 싸우다가 우금이 견디지 못하고 쫓기자, 이번에는 장합이 뒤를 이어 싸움을 맡았다. 그러나 그 역시 이십 합을 못 견디고 쫓기는 신세가 되었다. 이번에는 이통(李通)이 대신 나가 싸웠으나 미처 다섯 합을 견디지 못하고 목이 달아났다.

창을 높이 치켜든 마초가 의기양양하게 뒤를 돌아다보며 소리쳤다.

"이제부터 총돌격이다!"

서량의 대군이 일시에 함성을 울리며 까마귀 떼처럼 쳐들어왔다.

조조의 군사는 크게 패하여 쫓기기 시작했다. 마대와 방덕이 조조의 덜미를 눌러 오며 외쳤다.

"이놈 조조야! 네가 어디로 가느냐!"

조조가 난군(亂軍)의 틈에 끼어 급히 쫓기는데, 서량 군은 여전히 덜미를 눌러 오며 외쳤다.

"홍포(紅袍)를 입은 놈이 조조다. 그놈을 사로잡아라."

조조는 말을 달리며 홍포를 급히 벗어던졌다. 그러자 다시 함성이 들렸다.

"수염 긴 놈이 조조다. 수염 긴 놈을 잡아라!"

조조는 저도 모르게 칼을 뽑아 수염을 잘라버렸다.

이번에는 마초가 급히 쫓아오며 외쳤다.

"수염 짧은 놈이 조조다. 그놈을 잡아라!"

조조는 깃발을 찢어 숫제 얼굴을 싸매고 죽을힘을 다하여 피신했다. 그러나 마초의 추격은 여전히 맹렬했다.

조조는 쫓기다 못해 마침내 숲속으로 뛰어들었다. 그러자 마초가 거의 목덜미를 붙잡을 만큼 급박히 다가오더니 창을 힘차게 내찔렀다. 조조가 기겁을 하고 놀라 목을 홱 돌리니, 마초가 내찌른 창이 굵다란 나무에 깊숙이 들이박혔다.

조조가 그 틈을 타서 다시 쫓겨 달아나니, 마초는 다시 창을 뽑아 들고 덤벼왔다. 마침 그때, 산기슭으로부터 조홍이 번개처럼 나타나더니 마초의 앞을 가로막으며 소리쳤다.

"이놈, 마초야! 네가 어쩌자고 우리 주공에게 덤벼드느냐! 조홍이 여기 있다. 내 칼을 받아라!"

마초와 조홍이 어울려 싸우기를 삼십여 합이나 계속했다. 그 동안 조조는 겨우 사지를 벗어났다.

조홍이 싸우고 싸우다가 마침내 힘에 부쳐서 쫓기려는데, 이번에는 하후연이 나타나 싸움을 도왔다. 마초는 두 사람을 한꺼번에 당해 내기 어려워 마침내 말머리를 돌려 돌아오고 말았다.

한편, 조조는 본진으로 무사히 돌아오자 모든 장수들을 한자리에 불러 놓고 물었다.

"오늘의 싸움에서 나를 도와 마초를 격퇴시킨 장수가 누구냐?"

옆에 있던 하후연이 대답했다.

"바로 조홍 장군입니다."

"오오, 그랬던가? 내가 지난번에 너를 죽였던들 오늘 난 살아 돌아오지 못할 뻔했구나. 오늘의 공로로 너의 죄는 용서되었다."

그러고 나서 다시 장수들을 둘러보며 말했다.

"내 일찍부터 싸움터에 나가 참패한 경험이 많지만 오늘처럼 절박한 상황을 겪어보기는 처음이었소. 마초는 과연 불세출의 맹장이니, 제공들은 결코 그를 가볍게 여기지 마오!"

조조는 이날로 곧 군사를 재정비하고 진지를 새로 구축했다. 한 번쯤 참패했다고 쉽게 주저앉을 만큼 조조의 힘이 약하지는 않았다.

위수의 지구전

조조는 마초에게 참패를 당한 후로는 성을 지키기만 할 뿐, 일절 응전을 못하도록 엄명을 내렸다.

마초는 승세를 믿고 매일같이 싸움을 걸어왔으나 조조는 절대로 응하지 않았다. 그러자 조조 휘하의 장수들이 오히려 답답해 은근히 싸움을 권할 지경이었다.

"승상! 적은 장창(長槍)의 기술이 능할 뿐이니, 우리가 궁노로 싸우면 문제없이 이길 수 있나이다."

그러나 조조는 머리를 좌우로 흔들었다.

"싸우고 안 싸우는 것은 우리에게 달렸소. 아무리 싸움을 걸어와도 우리가 응하지 않으면 제풀로 지쳐 물러갈 것이니 두고 보시오."

조조의 깊은 계략을 모르는 부장들은 몰래 비웃기조차 했다.

"우리 승상께서 마초에게 한번 혼이 나시더니 이제는 기가 질린 모양일세."

"나이 때문이신가? 동작대의 대연(大宴)이 있은 이후로 승상은 눈에 띨 정도로 백발이 많아지셨어!"

그러면 조조는 과연 늙은 것일까. 그가 늙었다고 보기에는 아직 정신적으로나 육체적으로나 정열이 너무도 왕성했다.

그로부터 며칠 후에 세작이 조조에게 새로운 정보를 가져왔다.

"적에게 응원군 이만 명이 새로 도착했습니다. 모두가 정예부대의 강병들이라 합니다."

조조는 그 보고를 받고 소리를 내어 웃었다.

"승상, 적에게 응원군이 이만이나 붙었다는데 무슨 연유로 웃으십니까?"

"어쨌든 머지않아 우리가 축하해야 할 일이 있을 테니 두고 보게. 그런 의미에서 오늘은 술이나 마시세."

이날 밤 주연이 크게 벌어졌다. 여러 장수들은 술을 마시면서도 속으로는 조조를 비웃었다.

조조가 눈치를 채고, 장수들을 둘러보며 말했다.

"제장들은 내게 마초를 깨뜨릴 전략이 없는 줄 알고 비웃는구려. 만약 제장들에게 좋은 계책이 있거든 기탄없이 말해 보오."

서황이 대답했다.

"지금 적은 관상(關上)에 진을 치고 있으니, 필경 하서(河西)에는 아무런 경비도 없을 것입니다. 만약 우리 일진이 포판진(蒲阪津)을 건너 적의 귀로를 차단하고, 승상께서 대군을 거느리고 하북을 치면 적은 크게 패할 것입니다."

"공의 말은 바로 나의 생각과 일치하오. 그러면 공에게 정병 사천을 줄 테니 주령(朱靈)과 함께 하서로 건너가 골짜기에 잠복해 있으면서 나의 명령을 기다리시오. 나도 곧 하북으로 건너가 적을 몰아내도록 하겠소."

조조는 즉석에서 군령을 내렸다. 그 정보가 이내 마초에게 입수되었다. 대장 한수가 손뼉을 치며 마초에게 말했다.

"병법에 반도가격(半渡可擊)이란 것이 있소. 적이 강을 절반쯤 건너왔을 때에 치면 어떤 군사를 막론하고 반드시 패하는 법이오."

마초는 그 말을 옳게 여겨, 첩자를 사방으로 보내 조조가 물을 건너오는 것을 엄중히 감시하게 했다.

조조는 그것도 모르고 대군을 세 부대로 나누어 강을 건너게 했다. 제일군은 위수의 북쪽으로 강을 건너게 했다. 선봉 부대가 강을 무사히 건넜다는 보고를 받은 조조는 자기 주변에 백여 명의 군사만 남겨두고 제이 부대와 제삼 부대를 한꺼번에 건너게 했다.

나중 부대가 강을 절반쯤 건넜을 때였다. 조조의 부중에서 멀지 않은 곳에서 하얀 전포를 입은 장수 하나가 홀연 나타나더니 이천여 명의 군사를 이쪽으로 번개같이 휘몰아쳐 오는 것이었다.

"저게 누구냐?"

"마초다!"

"승상, 큰일 났습니다. 마초가 기습해 오고 있습니다."

조조의 군사들은 벌집을 쑤셔놓은 듯 와자지껄 떠들어대며 앞을 다투어 배에 올랐다. 그러나 조조만은 칼을 잡고 서서 군사들을 태연히 꾸짖었다.

"마초가 오기로 무슨 걱정이냐! 싸워 이기면 그만 아니냐!"

이미 그때에는 마초, 방덕을 비롯한 서량의 군사들이 조조의 군사들을 닥치는 대로 무찌르며 백 보 가까이까지 근접해 왔다.

"승상, 큰일 났습니다. 승상은 빨리 배에 오르십시오."

장수 하나가 달려오며 크게 외치더니 다짜고짜 조조를 등에 업고 강가에 있는 배로 달려갔다. 그는 심복 장수 허저였다.

조조가 배에 오르자 그를 호위하고 있던 군사들도 앞을 다투어 배를 향해 기어올랐다.

"배가 뒤집히게 되니 그만 오르라!"

허저는 기어오르는 군사들을 노로 휘갈기며 배를 저었다. 그러나 물결이 워낙 심해 배는 사정없이 아래로 밀려 내려갔다.

"저게 바로 조조다!"

"저놈을 놓치지 마라!"

서량 군이 큰소리로 외치며 강가로 달려 나와 화살을 빗발치듯 쏘아갈겼다. 허저는 조조에게 퍼붓는 화살을 몸으로 막아내었다.

조조는 구사일생을 얻어 가까스로 도망을 칠 수 있었다. 조조로서도 그처럼 비참한 꼴을 당했으니, 그 밖의 군사들의 참패는 이루 말로는 다 설명할 수 없을 지경이었다.

만약 그대로 내버려두었다면 조조의 군사는 글자 그대로 전멸을 면하기 어려운 지경이었다. 그러나 그때 뜻하지 않았던 일이 벌어졌다. 위남(渭南) 현령 정비(丁斐)는 조조의 군사가 몰살당한다는 급보를 전해 듣고 산 위에서 기르던 수천 마리의 말과 소를 한꺼번에 산 밑으로 내리몰았다. 부지불식간에 남산 밑에는 놀라 날뛰는 소와 말들로 인해 아수라장이 되었다.

조조 군을 공격해 오던 서량의 군사들은 말과 소를 붙잡는 데 정신이 팔려 싸움을 포기하고 말았다. 조조 군은 그 틈을 타서 강을 무사히 건널 수 있었다. 북쪽 강안에 내려서 보니 허저는 몸에 화살이 수없이 꽂혀 만신창이가 되어 있었다. 모든 장수들이 급히 모여들어 문안을 드리니, 조조는 껄껄껄 웃으면서 태연히 말했다.

"내 하마터면 오늘 마초에게 큰 봉변을 당할 뻔했구려!"

그리고 나서 장수들을 돌아보며 명했다.

"우리가 오늘의 위기를 모면할 수 있었던 것은 위남 현령이 마침 소를 놓아 보낸 덕택이었다. 위남 현령 정비를 이곳으로 불러오라."

정비가 곧 조조의 부름을 받고 나타났다.

"오늘 남산에서 소와 말을 몰아 보낸 사람이 바로 그대였는가?"

"정세가 하도 위급하기로 도움이 될까 해서 마소를 내려 보냈습니다. 국가의 소중한 마소를 수천 필이나 잃어버렸으니 저에게 벌을 내리십시오."

"우리는 그 때문에 전멸을 모면할 수 있었는데 어찌 그대에게 벌을 내릴 수 있으랴! 그대가 오늘 싸움에서 큰 공을 세웠으니 마땅히 상을 주리라!"

조조는 즉석에서 정비에게 전군교위(典軍校尉)의 벼슬을 내렸다.

정비가 벼슬을 받고 나서 품했다.

"마초가 내일이면 다시 쳐들어올 것이니, 급히 대책을 세워야 할 것입니다."

"내 이미 계책을 세워두고 있으니 그 점은 염려 마라!"

조조는 즉시 전방에 수많은 함정을 파놓고, 그 위에 풀을 덮으라는 명을 내렸다.

한편, 마초는 조조를 놓쳐버린 것이 분해 발을 구르며 탄식했다.

"오늘은 조조를 잡을 수 있었는데, 그놈을 업고 달아난 장수 때문에 놓쳐버렸다. 도대체 그 장수가 누구였는가?"

그러자 대장 한수가 대답했다.

"그 사람이 바로 유명한 맹장 허저라는 자요."

"허저?"

"허저는 바로 조조 호위군의 총대장이오."

"그 장수가 그렇게 맹장입니까?"

"날뛰는 소의 꼬리를 잡고 끌면 소가 끌려올 정도니 천하의 장수이지요. 그러기에 사람들은 그를 호치(虎痴) 또는 호후(虎侯)라는 별명으로 부르고 있소. 그러하니 일후에 허저를 만나거든 단독으로 상대하지 않는 게 상책일 것이오."

마침 그때, 첩자들이 돌아오더니 조조의 군사가 진지를 견고하게 구축하는 품이, 서량 군의 배후를 찔러볼 기색이 농후한 것 같다는 보고를 올렸다.

그 소리를 듣고 한수가 말했다.

"시일을 오래 끌게 되면 조조가 그 동안에 진지를 견고하게 구축할 것이오. 시일을 오래 끌수록 우리에게는 불리하오."

"음, 그도 그렇겠군요!"

마초가 고개를 끄덕였다.

"내가 일부 군사들을 거느리고 조조를 공격할 터이니, 장군은 본진을 지키면서 적이 강을 건너지 못하게 하시오."

"지키는 것은 저 혼자서도 충분하니 장군께서는 방덕과 함께 가시지요."

한수와 방덕은 군사 천 명을 거느리고 밤중에 적의 진지를 공격하기 위해 떠났다. 그러나 그 작전은 조조가 이미 예측했던 바였다. 마초의 군사들은 조조의 복병이 어둠 속에서 별안간 들고 일어나는 바람에 몰살을 당하고 말았다.

방덕이 적의 함정에 빠졌다가 가까스로 기어 올라오니, 적병들이 사정없이 창으로 찔러댔다. 방덕이 적병 수십 명을 찔러 죽이고 간신히 함정에서 빠져나오니, 이번에는 조조의 일가인 조승(曹承)이란 자가 덤벼들었다.

방덕은 조승을 한칼에 찔러 죽이고, 그의 말을 빼앗아 타기 무섭게 적진 속에서 단신 돌격을 감행했다. 그리하여 함정에 빠져 있는 한수 장군을 가까스로 구출해 냈다.

이날 밤의 기습은 대참패로 끝났다. 마초가 군사를 수습해 보니, 천여 명 중에서 돌아오지 못한 자가 삼백여 명이나 되었다. 더구나 마초를 화나게 한 것은 평소에 무척이나 아끼던 정은(程銀)과 장횡(張橫)을 잃은 것이었다. 그러나 마초는 실망하지 않았다.

"이렇게 되고 보니 조조가 진지를 견고하게 구축하기 이전에 때려 부수지 않으면 승리의 기회를 영원히 놓쳐버리게 될지도 모른다는 생각이 드는구려."

마초는 이날 밤에 두 번째의 기습 작전을 세우고, 이번에는 마초 자신이 선봉으로 나섰다. 그러나 조조는 과연 백전노장다웠다. 그는 마초가 두 번째 기습을 감행해 올 것을 예견하고, 만반의 준비태세를 갖추어놓았다.

마초가 육십여 리의 길을 돌아 조조의 중군을 습격했다. 그러나 깃발만 잔뜩 세워져 있을 뿐 단 한 명의 군사도 보이지 않았다.

"아차, 속았구나!"

마초가 크게 실망하고 군사를 돌려 빠져나오려는데 별안간 일성호포(一聲號砲)를 신호로 사방에서 복병들이 뛰쳐나오며 맹렬한 공격을 퍼부어댔다.

서량 군은 크게 놀랐다. 군사들이 뿔뿔이 흩어지며 적에게 무참히 짓밟혔다. 마초의 부장 성의(成宜)도 하후연의 칼에 전사했다. 마초를 비롯하여 방덕, 마대 등의 장수는 목숨을 걸고 싸웠으나 적을 당해 낼 방도가 없었다.

결국 마초와 조조의 싸움은 위수를 사이에 두고 일승일패를 거듭하며 좀처럼 결판이 나지 않았다. 위수는 본디 큰 강이지만 물이 얕은 곳이 많아 말을 타고도 건널 수 있었다.

조조가 북쪽 강안에 야진(野陣)을 치자 서량 군은 기회만 있으면 야습을 감행해 왔다. 조조는 적의 야습에 대비하여 반영구적인 진지 구축 공사에 착수하는 한편, 이만여 명의 인부들을 동원해 강에 부교(浮橋)를 놓는 공사를 시작했다. 그러나 마초가 공사가 끝날 때까지 그냥 있을 리 만무했다.

진지와 부교가 거의 완성되어갈 무렵, 마초는 군사를 이끌고 쳐들어와 부교와 진지를 깨끗이 불태워버렸다. 무엇으로 만들었는지 서량 군이 주먹만한 물건을 내던지면 그대로 터지면서 불길을 일으켰다. 군사들이 달려들어 아무리 밟아도 불은 꺼지지 않았다. 서량 군이 그런 괴상한 무기까지 동원하니 조조는 도저히 당해 낼 수가 없었다.

모사 순유가 거기에 대한 방어책으로 말했다.

"위수의 둑을 이용하여 토성을 높이 쌓고, 지하성을 만드는 것이 좋을까 합니다."

"지하에 굴을 뚫고 들어가 있으면 제아무리 마초라도 불로 태워버리지는 못하겠구려."

조조는 순유의 말대로 지하에 진지를 구축하기 시작했다. 수만 명의 병력을 동원하여 지하 진지를 구축하기 위해 흙을 파내고, 그 흙으로는 높은 토성을 쌓았다. 그야말로 위수 강변 일대는 흙으로 만리장성을 이루었고, 지하에는 어마어마한 진지가 구축되고 있었다.

마초도 그때부터는 습격을 가해 오지 못했다. 그리하여 이제는 어느 정도 안심을 하고 있는데, 하루는 비가 오기 시작했다. 비가 제법 많이 왔는데도 강물은 좀처럼 불어나지 않았다.

조조가 이상하게 여기고 있는데, 어느 날 밤 상류에서 별안간 홍수가 밀려오기 시작했다.

"홍수다! 대홍수다!'

군사들이 아우성을 치는 사이에 강물은 집채 같은 파도를 일으키며 토성을 무너뜨리고 지하 진지를 향해 밀려들었다. 마초는 이미 오래 전부터 상류에 물을 억류해 두었다가 한꺼번에 둑을 무너뜨려 공격을 가해 온 것이었다.

그로 인해 토성은 괴멸되고 지하 진지에는 모래가 가득 들어차 모두가 평지로 화해 버리고 말았다. 그 홍수로 인해 조조 군이 막대한 인마의 손실을 입었음은 새삼스러이 말할 것도 없었다. 조조는 땅을 치며 탄식했다.

어느덧 구월이 되었다. 북국은 겨울이 일러 어느새 날이 추워지고 눈이 오기 시작했다.

"서량의 오랑캐들이야 추위를 견디는 데 강하지만, 우리는 이 겨울을 어떻게 나야 할까?'

조조는 막료들을 모아놓고 월동 대책에 부심했다. 마침 그때 종남산 (終南山) 산중에 은거한다는 몽매거사(夢梅居士)라는 백발의 도사 한 사람이 조조를 찾아왔다.

"무슨 용무로 나를 찾아오셨소?'

조조가 손님을 맞아 물었다.

"승상이 월동 대책에 부심하고 있다는 소문을 듣고 찾아왔소이다.'

"무슨 묘책이 있으시거든 가르쳐주오.'

"승상께서는 용병에는 귀신이시면서, 어찌하여 영채 구축에는 천시(天時)를 이용할 줄 모르십니까. 날이 점점 추워 오니 바람이 한번 터지면 모든 것이 얼어버릴 것은 당연지사일 겁니다. 그러하니 날이 추워졌을 때 토성을 높이 쌓고 물을 끼얹으십시오. 그러면 토성이 하루아침에 빙성(冰城)이 되어버릴 것이오.'

조조는 크게 기뻐하며 몽매거사에게 상을 후히 내렸다. 그러나 몽매거사는 웃으면서 상을 사양하고 표연히 자취를 감추어버렸다.

마침 이날 밤에 북풍이 크게 일었다. 조조는 군사를 총동원하여 토성을 높이 쌓은 다음 그 위에 물을 끼얹게 했다. 그러자 토성은 하룻밤 사이에 높다란 얼음성이 되어버렸다.

다음날 아침에 마초의 군사가 그것을 건너다보고 크게 놀랐다.

"밤 사이에 저런 둑이 어떻게 생겨났을까?"

"저것은 얼음이 아닌가?"

마초와 한수까지 나와 보고는 고개를 절레절레 흔들었다.

"장군, 조조가 또 잔꾀를 부린 모양이니, 우리가 또 한번 습격해서 저 놈을 분쇄해 버려야겠습니다."

마초는 즉시 군사를 거느리고 강을 건넜다. 그러자 조조도 말을 타고 마주 나오는데, 그의 뒤에 장수 하나가 따르고 있었다.

마초는 금방이라도 덤벼들어 조조를 죽이고 싶었다. 그러나 뒤에 따라오는 장수가 혹시 허저가 아닐까 염려되어 큰소리로 고함만 질렀다.

"조조야! 용기가 있거든 나와 싸우자!"

그러자 조조 역시 큰소리로 외쳤다.

"이 방자스러운 놈아! 지금 내 옆에는 천하의 맹장 호후(虎侯) 장군이 있다는 것을 모르느냐! 너 같은 쥐새끼는 문제도 안 된다!"

그 소리가 채 끝나기도 전에 허저가 앞으로 말을 달려 나오며 산이 쩡쩡 울리게 큰소리를 쳤다.

"마초야, 어서 오너라. 허저가 여기 있다. 용기가 있거든 나와 한번 싸워보자."

마초는 언젠가 한수에게서 허저에 대해 주의를 받은 말이 번개처럼 떠올라 은근히 겁이 났다. 그리하여 슬며시 말머리를 돌려 그냥 돌아와버렀다.

"다음 기회에 한번 싸우기로 하자!"

군사들은 그 광경을 보고 깜짝 놀랐다.

'마초 장군조차 겁을 먹고 피할 정도면 허저란 대체 얼마나 대단한 장수란 말인가.'

조조는 자기 진영으로 돌아오자 장수들을 한자리에 모아놓고 허저를 크게 칭찬했다.

"허저의 위력을 그대들도 보았는가? 허저야말로 우리가 자랑하는 호후(虎侯)일세!"

허저도 의기양양하여 말했다.

"승상, 제가 내일은 마초를 기어이 사로잡아 오도록 하겠습니다."

"마초는 영용무쌍한 장수이니 너무 업신여기지 마오!"

"아니올시다. 제가 죽기로 싸워 그놈을 꼭 잡고야 말겠습니다."

허저는 그날로 마초에게 결전장을 보냈다.

내일 나와 단둘이 승부를 결하자. 만약 이에 응하지 않으면 만천하에 웃음을 사게 될 줄 알아라!

마초는 결전장을 보고 크게 노했다.

"이놈이 무엇을 믿고 이렇게도 큰소리를 치는 것인가? 내가 내일은 기어이 나가 허저의 목을 베어 오리라."

이튿날 마초는 방덕, 마대, 한수 등의 장수들을 거느리고 전선으로 나왔다.

허저는 벌써 기다리고 있다가 말을 달려 나오며 외쳤다.

"마초야! 네가 비겁자가 아니거든 어디 나와 한번 겨뤄보자!"

마초도 단신으로 말을 달려 나왔다.

조조가 허저의 뒤쪽 멀리에서 싸움을 관망하고 있었다. 두 장수가 드디어 싸움을 시작했다. 허저는 칼을 들었고, 마초는 창을 들었다. 말과 말이 달려들 때마다 창과 칼이 맞부딪치는 소리가 산과 들을 쩡쩡 울렸다. 그러나 쌍방이 모두 날쌔고 용감하여 좀처럼 승부가 나지 않았다. 싸움은 백 합에 이르기까지 계속되었다. 그래도 두 장수는 지친 빛을 보이지 아니하는데, 양편 말이 모두 지쳐 비틀거렸다.

두 장수는 말을 바꿔 타고 나와 다시 싸움을 시작했다. 창과 칼이 부딪치는 소리가 하늘을 울리는 가운데 두 장수는 이리 번쩍 저리 번쩍 번개처럼 날뛰었다.

구경꾼들은 모두 손에 땀을 쥐고 숨도 제대로 못 쉬었다. 누가 보아도 승부는 좀처럼 날 것 같지 않았다. 다시 백여 합을 계속 싸웠지만 두 장수는 여전히 날쌔고 용감했다.

"땀이 너무 흘러 눈을 뜰 수가 없구나. 마초야, 잠깐만 기다려다오!"

허저는 한참 싸우다 말고 그렇게 외치더니, 본진으로 달려 들어왔다.

조조 이하 모든 장수들이 깜짝 놀라고 있노라니까, 허저는 본진에 돌아오기 무섭게 갑옷과 전포를 죄다 벗어버리고 알몸뚱이로 다시 달려나가더니, 칼을 높이 치켜들고 소리쳤다.

"자, 다시 싸우자!"

그 동안 땀을 씻고 있던 마초도 다시 말을 달려 나왔다.

세 번째의 싸움이 다시 시작되었다. 허저가 칼을 내리갈기며 비호처럼 덤벼들자 마초는 기합소리를 높이며 창으로 칼을 쳐냈다. 다시 삼십 합가량 더 싸웠을 때였다. 허저가 고함을 지르며 칼을 내리치니 마초가 창으로 칼을 후려 때렸다. 그와 동시에 마초의 창이 허저의 가슴팍을 노리며 파고들었다. 그러나 창에 찔릴 허저가 아니었다. 그가 번개처럼 옆으로 피하며 손에 들고 있던 칼을 던지는 동시에 마초의 창을 붙잡았다.

한 자루의 창을 마주 잡고 두 장수는 서로 빼앗기 위해 힘을 겨뤘다. 누구든 창을 놓는 날에는 목숨을 빼앗길 수 있는 위험한 순간이었다. 서로 빼앗기지 않으려 혼신의 힘을 다하여 잡아당기니 마침내 창이 부러지며 두 장수는 뒤로 넘어질 뻔했다. 가까스로 중심을 잡은 두 장수는 두 동강이 난 창을 들고 다시 혈투를 벌였다.

조조는 혹시 허저가 무슨 실수나 저지르지 않을까 하여 하후연과 조홍에게 응원을 나가게 했다. 그러자 지금까지 구경만 하고 있던 방덕과 마대가 말을 달려 나왔다. 여러 장수가 한데 어울려 싸우는 와중에 허저는 팔에 화살을 두 대나 맞았다.

전세가 불리해지자 조조의 군사들이 허둥지둥 도망을 쳤다. 마초가 약세를 보고 맹렬히 엄습해 오는 바람에 조조 군은 적잖은 손실을 입었다.

진지로 돌아온 조조는 더 이상 나가 싸우려 하지 않았다. 마초도 어쩔 수 없어 진지로 돌아왔다. 그가 장수들을 보며 말했다.

"내 지금까지 수없이 싸워봤지만 허저 같은 장수는 처음이오. 허저야 말로 정말 호치(虎痴)요!"

이간책

    조조는 마초를 힘으로 정복하기 어렵다는 것을 깨닫고, 지략으로 깨뜨릴 방법을 생각했다. 그리하여 서황과 주령에게 군사 사천 명씩을 주어 위수의 서편에 매복시켜놓고, 자신은 정면에서 공격해 들어갈 계획을 세웠다. 그러나 마초가 사전에 계획을 알아채고 군사 수백 기를 이끌고 와서 빙성을 공격하는 바람에, 조조는 혼비백산하여 도망을 치고 말았다.

    "마초란 놈을 토벌하지 못하면 내 죽어도 눈을 감지 못하겠다."

    조조의 입에서 마침내 그런 비장한 말까지 나오게 되었다.

    "승상께서 마초 때문에 그처럼 심려가 크시다면 소장이 그자의 목을 베어 오겠나이다."

    하후연이 그렇게 말하며 당장 천여 기를 이끌고 마초 토벌에 나섰다. 그러나 출전한 지 얼마 안 되어 그가 곤경에 빠졌다는 급보가 날아들었다. 이번에는 조조가 친히 하후연을 구하러 나갔다.

    마초가 조조를 발견하고는 하후연을 내버려둔 채 덤벼들었다.

"천하의 역적 조조가 나왔구나!"

마초의 기세에 눌린 조조는 제대로 싸워보지도 못하고 중군으로 도망을 쳐버렸다.

마초가 조조의 진중까지 추격해 들어가려는데, 때마침 후방에서 급보가 날아들었다. 뒤쪽에서도 적들이 쳐들어올 기미가 보인다는 것이었다. 마초는 군사를 급히 수습해 영채로 돌아와 부장들과 상의했다.

"적이 지금 뒤쪽에도 나타났다는 것이오?"

"조조의 군사들이 허를 찔러 우리의 후방을 노리고 있습니다."

"그럼 우리는 적을 전후로 맞아 싸워야 하는 셈이니 이를 어찌했으면 좋겠소?"

범 같은 장수 마초도 이번만은 크게 놀랐다.

부장 이감이 나서며 말했다.

"사태가 이쯤 되었으니 영토를 조금 떼어주고 거짓 화의를 맺었다가 봄이 오거든 새로운 대책을 세워 조조를 다시 공격하는 것이 유리하겠습니다."

그러자 한수도 즉석에서 찬성했다.

"이감의 말이 지당한 것 같소."

마초가 결단을 내리지 못하고 있는데 양추, 후선 등의 부장들은 모두 이감의 제안에 찬성의 뜻을 표하는 것이었다.

드디어 결심을 굳힌 마초는 급히 서신을 작성한 다음 양추를 조조에게 보내 할지(割地) 의화(議和)를 제안했다.

조조가 편지를 보고 나서 양추에게 말했다.

"내가 내일 회신을 보낼 테니 돌아가 있으시오."

조조는 양추를 돌려보내고 모사 가후를 불러 물었다.

"공은 적들의 제안을 어떻게 생각하오?"

"적들은 분명 거짓 화친을 제안한 것입니다. 그러나 그것을 거부해서는 안 됩니다. 적들의 제안은 받아들이고, 우리는 우리대로 손을 써야 합니다."

"손을 쓰다니? 어떻게 한다는 것이오?"

"마초가 강한 것은 그의 수하에 한수라는 전략가가 있기 때문입니다. 두 사람을 이간시키면 서량 군은 하루아침에 망하고 말 것입니다."

조조는 그 말을 옳게 여겨 다음날 아침 마초에게 화친을 승낙한다는 서신을 보냈다. 그러나 마초는 그 서신의 내용을 좀처럼 믿으려 하지 않았다. 조조가 비록 화친에 응하겠다고는 하나 간웅의 심중을 믿을 수 없었다.

"장군은 조조를 가끔 만나 감시해 주십시오."

마초는 한수를 보고 그렇게 말했다.

조조는 그 정보를 듣고 내심 매우 만족스러워했다. 적을 이간시킬 천재일우의 기회가 왔다고 생각되었기 때문이다.

며칠 후, 한수가 조조와 화친 조약을 맺으려고 온다는 기별이 왔다. 조조는 그 기회를 이용할 생각에 이날따라 최대의 성장(盛裝)을 하고 모든 장수들을 좌우에 거느리고 조인 장소에 나타났다.

서량의 군사들은 조조의 화려한 복장에 모두 눈부셔하며 그를 구경하려고 덤볐다. 조조는 금포(錦袍) 금관(金冠)으로 마상에 높이 앉아 서량 군사를 굽어보며 넌지시 희롱조로 말했다.

"너희들은 어찌 나를 보려고 덤비느냐? 나 또한 너희들처럼 눈은 둘, 입은 하나밖에 없는 평범한 인간이다. 다만 다른 점이 있다면 지모가 누구보다도 깊다는 것뿐이니라."

물론 그것은 농담에 불과했지만 서량 군사들은 그의 말에 모두들 입을 다물었다.

조조는 말을 가까이 달려오더니 한수를 반갑게 맞았다.

"한수 장군, 참으로 오래간만이오. 그 옛날 나는 장군의 엄친과 효렴(孝廉) 벼슬을 같이 지낼 때, 그 어른을 숙부처럼 모셔왔다오. 그 후에 공과 함께 관직에 있었던 것도 어제 일 같구려. 공은 금년에 춘추가 몇이시오?"

조조는 사뭇 격의 없는 말투로 물었다. 한수는 조조가 자기를 알아주는 데 감격했다.

"올해 갓 마흔이올시다."

"허어, 벌써 그렇게 되셨소? 왕년에 우리가 경사(京師)에서 처음 만났을 때에는 청춘이더니, 어느덧 불혹의 나이가 되셨구려, 허허허."

"승상께서도 이미 백발이 성성하십니다."

"하하하, 인생은 무상한지라 하루빨리 태평세월을 맞아 여생을 편히 보내고 싶은 마음뿐이오."

두 사람은 한 시간 가까이 정담을 하고 헤어졌다.

한수가 생각하니, 오늘의 회견은 싱겁기 짝이 없었다. 본진으로 돌아오노라니, 마초가 말을 급히 달려 나왔다. 그는 한수가 조조와 단둘이 정담을 나누고 있더라는 정보를 듣고 급히 달려 나왔던 것이다.

마초는 한수를 만나자마자 대뜸 물었다.

"오늘 조조와 무슨 이야기를 하셨습니까?"

"옛날에 벼슬을 같이 할 때의 회고담을 이야기했을 뿐일세."

"어째 군무(軍務)에 대해서는 아무런 이야기가 없었습니까?"

"조조가 아무런 말도 꺼내지 않기에 나도 그냥 돌아왔네."

마초는 심중으로 한수를 크게 의심했다.

그 무렵, 영채로 돌아온 조조는 가후를 불러 물었다.

"오늘의 계교는 성과가 어떠할 것 같소?"

"물론 오늘 일만으로도 마초는 한수에게 의심을 품었을 것입니다. 그러나 그것만으로 두 사람을 이간시키기는 어렵습니다."

"그러면 어떤 수단을 더 쓰는 것이 좋겠소?"

"승상께서 한수에게 친서를 한번 보내도록 하시지요."

"편지 사연을 뭐라고 써야 하오?"

"내용이 문제가 아닙니다. 마초가 승상께서 친서를 보냈다는 사실을 알게 되면 한수를 몹시 의심할 것입니다."

"과연 좋은 계교요."

"편지 사연을 되도록 애매하게 써서 이렇게도 해석할 수 있고, 저렇게도 해석할 수 있도록 쓰십시오."

"알겠소."

조조는 고개를 끄덕이며 즉석에서 한수에게 보내는 편지를 썼다. 그런 다음 사뭇 중요한 서찰이거나 한 것처럼 군사를 십여 명이나 딸려 보냈다. 한수가 편지를 받아 읽고 있는데 마초가 달려왔다. 그는 한수한테 조조의 밀서가 답지했다는 정보를 듣고 급히 달려온 것이었다.

"조조에게서 편지가 왔습니까?"

"조조가 뭐가 뭔지 모를 편지를 보내왔소이다. 친히 읽어보시오."

한수는 조조의 편지를 아무 거리낌없이 마초에게 내보였다. 마초가 편지를 읽어보니 내용이 모호하기 짝이 없었다.

"조조가 어째서 이런 애매모호한 서찰을 보냈을까요?"

"글쎄, 그건 나도 모르겠소이다. 조조가 그런 걸 보내 받았을 뿐이니까요."

"혹시 장군께서는 조조와 무슨 밀약이 있는 것이 아닙니까?"

한수는 너무도 뜻하지 않았던 질문에 악연히 놀라며 마초를 나무랐다.

"무슨 그리 섭섭한 말을 하시오?"

"그 편지를 보고서야 누군들 의심하지 않을 수 있겠습니까?"

"나를 그렇게까지 의심한다면 내가 절대 그렇지 않다는 증거를 보여주겠소."

"무슨 증거를 보여주시겠습니까?"

"내가 내일 조조를 불러내 이야기를 할 터인즉 장군은 어딘가에 숨어 있다가 나타나 그자를 아예 죽여버리도록 하시오. 그러면 나에 대한 의심이 절로 풀릴 게 아니오?"

"그것 참 좋은 말씀입니다. 내일 꼭 그렇게 하십시다."

다음날 한수가 이감, 마완, 양추, 후선, 양흥 등의 다섯 장수들을 거느리고 조조의 영채로 출전하자 마초는 회견 장소에 미리 가서 숨어 있었다.

한수는 조조의 영채를 방문해 말했다.

"조 승상을 뵙고자 하오."

그러나 한수 앞에 나타난 사람은 조조가 아니라 조홍이었다.

"어젯밤 보내주신 친서는 잘 받으셨다고 말씀하십니다. 마초에게 발각되지 않도록 부디 조심하십시오."

조홍은 한수 앞에 이르자 그 한마디를 던지고는 돌아가버렸다.

마초가 그 말을 엿듣고 대로하여 즉석에서 한수를 찔러 죽이려고 했으나 부장들이 말리는 바람에 뜻을 이루지 못하고 돌아왔다.

한수는 너무나 기가 막혀 수하의 오장(五將)들을 한자리에 불러놓고 마초의 의심을 풀 대책을 논의했다.

양추가 말했다.

"우리는 장군의 충성심을 잘 알고 있나이다. 그러나 마초는 자신의 무용만 믿고 장군에게 의심을 품으니, 그런 사람과 무슨 일을 같이 도모할 수 있으오리까. 차라리 후일의 영달을 위해 조조에게 충성을 바치는 것이 어떻겠나이까?"

한수는 그 소리를 듣고 매우 못마땅한 듯이 이렇게 꾸짖었다.

"그게 무슨 소리인가? 나는 마초의 선친 마등과 결의형제를 맺은 사람인데, 어찌 그를 배반하고 조조에게 항복을 한단 말인가?"

"장군께서는 마초를 짝사랑하고 있는 것에 불과합니다. 부당한 의심까지 받아가면서 왜 장군 혼자 신의를 지키려 하십니까?"

심복 부하 다섯이 모두 열을 올려가며 조조에게 투항하기를 권하니, 한수도 드디어 마음이 움직였다.

"그럼 누가 조조에게 우리의 뜻을 전하고 오겠는가?"

"제가 다녀오겠습니다."

양추가 손을 들고 나섰다.

한수가 조조에게 친서를 써서 양추를 사신으로 보냈다. 조조는 한수의 밀서를 받아보고 크게 기뻐했다. 그리하여 즉석에서 한수를 서량후로 봉하고, 양추를 서량 태수로 삼았다. 뜻을 같이한다는 네 장수에게도 각각 관직을 내리기로 약조했다.

양추는 감격한 나머지 조조에게 헌책했다.

"오늘밤 마초를 한수 장군 장중으로 초청하여 술좌석을 베풀다가 불을 놓아 신호를 보낼 터이니, 그때 승상께서 군사를 보내서 마초를 베어버리는 것이 어떻겠나이까?"

양추는 본진으로 돌아와 모든 사실을 한수에게 보고했다.

한수가 부장들과 더불어 오늘밤 일을 모의하고 있는 중에, 돌연 마초가 방덕, 마대 등의 장수들을 이끌고 좌중으로 급히 뛰어들더니 소리쳤다.

"이 배은망덕의 배반자들아!"

모의를 하고 있던 한수 등은 크게 놀라 도망을 치려고 했다. 어느새 마초가 번개처럼 칼을 내리갈겨 한수의 왼팔을 잘랐다. 다른 장수들도 이 제는 어쩔 수 없어 칼을 들어 대항했다. 그러나 마초를 당해 낼 재간이 없어 마완, 양흥 등은 그 자리에서 칼을 맞고 쓰러졌다.

다시 밖으로 달려 나온 마초는 한수를 찾았다. 그러나 한수는 어디로 갔는지 자취가 없고, 때마침 장중에 불이 일어나더니 조조의 군사들이 어둠 속에서 함성을 지르며 노도와 같이 달려들었다.

'놈들이 어느새 여기까지 계략을 짜놓고 있었구나!'

마초가 크게 놀라 주위를 돌아보니, 방덕과 마대도 어디로 피신했는지 보이지 않았다.

마초는 절치부심하며 단기필마로 몸을 피하는 수밖에 없었다. 마초에 대한 조조 군의 추격은 맹렬했다.

"마초를 죽이는 사람은 상으로 천금(千金)에 만호후(萬戶侯)로 봉할 것이며, 그를 산 채로 잡아오는 사람은 대장군에 봉하리라!"

조조가 푸짐한 포상금을 내거니 웬만한 장수들은 목숨을 걸고 마초를 추격했다. 그러나 누구에게 쉽게 잡힐 마초가 아니었다. 그는 말을 달려 위수 강변에 이르자 겨우 숨을 길게 쉬었다. 그제야 뒤를 돌아다보니 뒤따르는 군사는 방덕과 마대 이외에 겨우 백여 명뿐이었다. 그는 조조의 간계에 속아 스스로 멸망의 길을 걷게 되었던 것이다.

마초가 위수 강변 다리 위에서 하늘을 우러러 탄식하고 있는데 돌연 한 장수가 일표군(一彪軍)을 이끌고 맹렬히 쳐들어왔다. 선두에서 달려오는 장수는 이감이었다. 마초는 이감이 자기편인 줄만 알았다. 그러나 이감은 마초를 보자마자 칼을 휘두르며 소리쳤다.

"마초란 놈이 저기 있다. 저놈을 잡아라!"

마초는 그 소리를 듣고 크게 노하여 이감을 향해 덤벼들었다.

"네 놈도 나를 배반하였더란 말이냐!"

이감이 기겁을 하고 놀라 도망을 쳤다.

마초가 급히 뒤쫓자 조조 군에서 대장 우금이 뒤를 쫓아오며 화살을 쏘아 갈겼다. 마초가 활시위 소리를 듣고 몸을 엎드리니, 허리 위로 날아간 화살이 이감의 등에 깊숙이 꽂혔다. 이감이 말에서 떨어지며 바닥에 나뒹굴었다.

마초는 말머리를 돌리기 무섭게 우금의 군사들에게 반격을 가하기 시작했다. 무수히 다가오는 군사들을 향해 마초는 찌르고 베기를 수 차례나 계속했다. 그제야 군사들이 멀리 달아나버렸다.

몸을 의탁할 곳이 없어진 마초는 농서(隴西)를 바라고 길을 떠났다.

조조는 적중작적(敵中作敵)의 계략을 써서 크게 성공하고 매우 만족했다.

"마초를 죽이지 못한 것이 천추의 유한이지만 그래도 이번 싸움은 큰 성공이었다. 이제 마초의 남은 군사가 얼마나 되는가?"

"장수는 방덕과 마대뿐이고, 군사는 천 명도 안 남았을 것입니다."

"천 명뿐이라고? 그렇다면 전멸이나 다름이 없구나. 누구든 마초를 잡아오면 상을 크게 내릴 터인즉 그리들 알고 있으라!"

조조가 새로운 군령을 내리고 장중으로 돌아오려는데 허도에 있는 순욱에게서 급보가 날아들었다.

북방 풍운이 급함을 알고 남방에서 침범을 도모하는 기색이 엿보이니, 승상은 군사를 거두시고 급히 환도하소서.

조조는 그 급보를 받아보고, 곧 군사를 수습하여 허도로 돌아갈 준비를 차렸다. 그리하여 팔 하나가 없어진 한수를 서량후로 봉하는 동시에 양추, 후선을 열후에 봉하며 명했다.

"그대들은 힘을 다해 위수를 지키라!"

이때 양주(凉州) 참군(參軍) 양부(楊阜)가 조조를 찾아와 간했다.

"마초의 용맹은 여포보다도 더 장합니다. 따라서 오늘날 그를 섬멸하지 못하고 그냥 내버려두면 후일에 반드시 보복을 당하게 되오리다."

"나도 그 점을 생각지 않은 바는 아니오. 그러나 중원이 다사하여 내가 이곳에 오래 머물러 있을 수 없으니 그대들이 좋은 사람을 얻어 양주를 끝까지 잘 지키도록 하오."

"전에 양주 자사로 있던 위강(韋康)이라는 사람이 있습니다. 그 사람은 양주의 사정에 밝을 뿐만 아니라 민심 또한 얻고 있습니다. 그 사람에게 군사를 주어 기성(冀城)을 지키게 하면 마초가 용수를 못하리다."

"그러면 그대가 그 사람과 협력하여 마초가 재기를 못하도록 힘써주오."

"그러자면 장안만은 다른 군사가 지켜주셔야 할 것입니다."

"그러면 장안에는 하후연이 남아 있되, 고릉(高陵) 사람 장기(張旣)를 경조윤(京兆尹)으로 삼아 장안을 다스리도록 하겠소."

조조는 수비 대책을 세우고 나서 허도로 떠나기 전날 밤에 남은 장수들을 한자리에 불러 주연을 크게 베풀었다. 군사들이 모두 즐기는 마당에서 누군가 조조에게 물었다.

"지난날, 승상께서는 적의 무리가 늘어갈 때마다 기쁜 빛을 보이셨는데, 그것은 무슨 까닭이었나이까?"

모든 장수들이 궁금하게 여기니, 조조가 웃으면서 대답했다.

"만일에 군적(群賊)들이 각처에서 웅거한다면 그들을 일일이 소탕하기는 매우 어려울 것이오. 그러나 군적들이 한데 모이고 보면 수효는 비록 많아도 목표가 하나뿐이니 깨치기가 훨씬 쉬울 것이오. 서량 군이 대거하여 침범해 오는 것을 기쁘게 여겼던 까닭은 그 점에 있었소."

장수들은 그 대답을 듣고 크게 감탄했다.

다음날 조조는 보무도 당당하게 대군을 거느리고 허도로 돌아왔다. 천자는 조조의 위풍에 눌려 친히 수레를 타고 성 밖까지 영접을 나왔다. 옛날 소하(蕭何)의 고사(故事)를 떠올린 천자는 조조가 전상(殿上)에 오를 때 신발을 신고 오를 수 있게 했고, 조정에 출입할 때에도 검을 마음대로 찰 수 있게 했다.

헌제(獻帝)는 명색만의 천자요, 조조는 칭호만이 승상일 뿐이었다. 사실상 천자의 위력을 마음대로 발휘하고 다닌 사람은 조조였다고 할 수 있다.

장송의 변심

그 무렵, 한중(漢中)을 다스리고 있는 사람은 오두미교(五斗米敎)라는 사교의 두령인 장로(張魯)였다.

서촉(西蜀)은 워낙 허도에서 멀리 떨어진 산악지대인 관계로 중앙의 세력이 미치지 못하는 곳이었다. 그런 지방일수록 사교의 세력이 극심한 법이어서, 장릉(張陵)이라는 사람이 서천(西川) 곡명산(鵠鳴山)에서 도서(道書)를 조작해 서천 오두미교라는 새로운 종교를 일으켰다. 그 종교의 신자가 되려면 쌀 다섯 말을 바쳐야 하기 때문에, 세상 사람들은 오두미교라고 부르게 되었다.

그 종교의 최고 두령을 사군(師君)이라 부르고, 일반 신노들은 귀졸(鬼卒)이라 부르고, 신도의 우두머리를 계급에 따라 제주(祭酒), 감령제주(監令祭酒), 치두대제주(治頭大祭酒)라는 명칭으로 불렀다.

오두미교는 병도 고치고 모든 죄악을 다스릴 수 있다고 유포했다. 병자를 고칠 때에 그들이 기도하는 방법은 매우 특이했다. 삼관수서(三官手

書)라고 부르는 복죄한다는 뜻의 글과 병자의 이름을 적은 종이 세 통을 만들어서, 한 통은 산꼭대기에서 소지(燒紙)하여 하늘에 아뢰고, 한 통은 땅에 묻어 지신(地神)에게 아뢰고, 나머지 한 통은 물에 띄워 수신(水神)에게 아뢰는 것이었다. 그리하여 병이 나으면 그때에도 쌀 다섯 말을 사례로 받았다.

그들은 개의사(蓋義舍)라는 건물에 각종 음식을 만들어놓고 오가는 사람이 음식을 맘대로 먹게 했다. 욕심을 내어 음식을 많이 먹으면 천주(天誅)를 받는다고 했고, 그 지방에 죄인이 나면 세 번까지는 용서해 주되 그 이상 죄를 범하면 사형에 처하도록 되어 있었다.

그와 같은 종교를 만든 장릉이라는 사람이 죽자 아들 장형(張衡)이 계승했다가 지금은 장형의 아들 장로가 사군의 직위를 이어받았다.

한중은 워낙 변방인 까닭에 관의 힘이 미치지 못하는 데다가, 오두미교의 세력이 강대해 한나라에서는 숫제 장로를 진남중랑장(鎭南中郞將)으로 삼아, 한녕(漢寧) 태수에 봉했다. 형세가 그쯤 되고 보니, 파촉(巴蜀) 지방에서는 오두미교의 사군인 장로가 사실상의 군주나 다를 바 없었다.

그 무렵 조조는 마초를 무찔러버리고, 그 위엄을 천하에 떨쳤다. 그러자 장로가 은근히 불안을 느껴 수하의 무리를 모아놓고 상의했다.

"서량의 마등이 죽었고, 이제 마초마저 패했으니 조조가 한중을 그냥 내버려두지는 않을 것이다. 사태가 이 지경에 이르렀으니 우리는 어떤 대비를 해야 좋을 것인가?"

모사 염포(閻圃)가 말했다.

"지금이야말로 사군께서 왕위에 즉위하실 때인가 합니다. 우리 한천(漢川)은 가구가 십만여 호나 되고, 재물이 풍부하고, 양식이 넉넉한 데다 사면이 험준한 산악으로 둘러싸여 있어 나라를 보위하는 데 유리한 입지 조건을 갖추고 있습니다. 사군께서는 파촉 사십일 주를 완전히 통합하신

후 한녕왕(漢寧王)으로 등극하셔야 마땅합니다."

장로는 그 말을 듣고 크게 기뻐했다.

장로의 동생 장위(張衛)도 즉석에서 찬동하며 말했다.

"염포의 말대로 우리가 파촉 사십일 주를 통합한 연후에 인정(仁政)으로 민심을 규합하면 천년 기업(基業)은 어렵지 않게 이룰 것입니다. 형님께서 큰뜻을 품으시고 저에게 병마(兵馬)를 내려주신다면, 저는 맹세코 목적을 달성해 보이겠습니다."

"음, 그대들의 결의가 그리 확고하다면 내 어찌 그 뜻을 막을 수 있겠는가? 그러면 오늘 당장이라도 거사를 준비하도록 하라!"

장로는 마침내 커다란 야심을 품고 군사를 일으켜 파촉을 침범하게 되었다.

파촉의 영주는 유장이었다. 유장은 한나라 노공왕(魯恭王)의 후예인 유언(劉焉)의 아들로, 영주의 직위를 물려받은 후로는 정사를 게을리 하고 날마다 주색에만 빠져 지냈다.

마침 그 무렵, 장로가 침범해 온다는 정보를 들은 유장은 크게 놀라 가신들을 급히 모아 대책을 강구했다.

그 석상에서 한 사람이 말했다.

"주공은 조금도 염려 마십시오. 제가 비록 재주는 없사오나 장로의 침범을 세 치 혀로 막아내도록 하오리다."

모두가 그 사람에게 시선을 모았다. 그는 키가 다섯 자가 될까 말까 한 단신에 코가 찌그러지고 이빨이 버드러진 사람으로 이름은 상송(張松)이었다.

"장송은 무슨 재주가 있다고 그리 큰소리를 치는가?"

유장이 묻자 장송이 말했다.

"제가 진헌(進獻)할 선물을 준비해 허도에 가서 조조를 만나면 만사가 순조롭게 해결될 것입니다."

"조조를 만나 어떤 말을 하려는가?"

"조조는 여포, 원술, 원소 등을 무찌른 바 있고, 근자에는 마등, 마초 부자까지 토벌해 기세가 드높으니 그를 움직여 장로를 치게 하는 것입니다. 조조를 막아내기에도 바쁜 장로가 무슨 힘이 남아 우리를 침범하겠나이까? 말하자면 우리는 이이제이(以夷制夷)의 술책을 써야만 합니다."

유장은 그 말을 듣고 크게 기뻐하며 진물(進物)을 많이 준비시켜 장송을 허도로 떠나게 했다. 장송은 비밀리에 서촉 사십일 주를 그린 지도를 준비해 허도로 떠났다.

허도에 도착한 장송은 그날 당장 조조를 만나려고 애썼다. 그러나 승상부의 관리를 통해 면회를 신청했지만 아무도 말을 들어주지 않았다. 장송은 마침내 뇌물로 관리들을 매수해 조조를 만날 수 있었다.

조조는 당상에 높이 앉아 장송이 가지고 온 많은 선물을 받고 나서 물었다.

"그대의 주인 유장이 오랫동안 진공(進貢)을 올리지 않은 것은 웬일이냐?"

장송이 대답했다.

"촉도(蜀道)는 길이 멀고 험할 뿐더러 산중에 도적이 많아 진공을 올리더라도 번번이 빼앗기기 때문입니다."

조조는 마땅치 않은 안색으로 말했다.

"내가 중원(中原)을 깨끗이 소탕했는데, 도적 때문에 진공을 못했다는 것이 무슨 소리냐?"

"죄송한 말씀이오나 중원이 완전히 소탕되기에는 아직 전도가 요원한 것으로 알고 있습니다. 한중에는 장로가 있고, 형주에는 유비가 있고, 강동에는 손권이 있는데 어찌 천하가 태평하다 하오리까?"

조조는 장송의 대답이 마뜩지 않은지 자리에서 벌떡 일어나더니 아무 말 없이 안으로 들어가버렸다.

좌우에 시립해 있던 시중들이 은근히 걱정하며 장송을 꾸짖었다.

"그대는 사신의 몸으로 어찌하여 예의도 모르고 입을 함부로 놀리시오? 더 이상 실언했다가는 큰일이니 어서 돌아가시오!"

장송은 킬킬 웃으면서 대답했다.

"당신네들은 어찌하여 아첨만 좋아하오?"

그러자 별안간 누군가 벽력같은 고함을 질렀다.

"말조심하오! 아첨이라니, 그게 무슨 소리요?"

그 사람은 용모가 청백하고 눈이 가느다랗게 생긴, 이십사오 세의 청년이었다. 그는 명문대가인 양표(楊彪)의 아들 양수(楊修)였던 것이다. 그는 소리를 크게 하여 꾸짖고 나더니, 무엇을 생각했는지 장송을 별실로 데리고 들어갔다.

"나하고 얘기 좀 하겠소?"

양수는 장송을 별실로 인도하더니 아까와는 딴판으로 새삼스러이 예의를 갖추며 말했다.

"험악한 길을 오시느라 수고가 많으셨소이다."

장송이 머리를 수그리고 대답했다.

"군명(君命)을 받들고 오는 몸이 어찌 불인 듯 사양하고, 끓는 물속엔들 뛰어들지 못하겠소."

"옳은 말씀이오. 귀국의 풍토가 어떠하오? 내 파촉의 이야기를 책으로는 많이 읽었으되, 아직 한 번도 가본 일이 없소. 나에게 파촉의 이야기를 좀 들려주시오."

"파촉은 대륙의 서부에 위치하는데, 금강(錦江)의 험한 것과 검각(劍閣)

의 웅장함이 이백팔 정(程)이나 되고, 종횡(縱橫)이 삼만여 리나 된다오. 그러나 인가가 번화하여 닭 우는 소리와 개 짖는 소리가 서로 들리고, 땅은 살이 찌고 나무는 무성하여 홍수와 가뭄의 걱정이 없고, 나라는 부유하고 백성은 넉넉하고 음악은 발달되어, 가히 지상천국이라 말할 수 있을 것이오."

"말씀만 들어도 꼭 가보고 싶구려. 그런데 노형은 그 나라에서 무슨 벼슬을 지내시오?"

"부끄러운 미관(微官)에 불과하오. 우리 촉국에서는 주군 밑에 별가(別駕)라는 벼슬이 있는데 나는 지금 그 자리에 있소. 노형의 벼슬은 무엇이오?"

"나는 승상부의 주부(主簿)이외다."

장송은 그 소리를 듣고 나더니 고개를 갸웃거리며 물었다.

"노형은 명문대가의 후예라고 들었는데, 어찌하여 조정에 들어가 천자를 보필하지 아니하고 조조의 그늘에서 구구하게 지내시오?"

양수는 부끄러움을 금치 못해 얼굴을 붉히며 대답했다.

"승상께서 나에게 군교(軍校) 전량(錢糧)의 중책을 맡기셨소. 승상에게서 여러 가지를 배우려고 이 자리에 있는 중이오."

장송은 그럴수록 고개를 갸웃거렸다.

"허허, 조조에게 무엇을 배우겠다는 말씀이오? 듣건대 조조는 문(文)에 있어서는 공맹지도(孔孟之道)에 밝지 못하고, 무(武)에 있어서는 손오지기(孫吳之機)조차 모르면서 운수가 좋아 대위(大位)에 올랐다 하던데, 그런 사람한테서 무엇을 배운단 말씀이오?"

"그건 너무도 심한 말씀이오. 변방에 있는 노형이 어찌 조 승상의 대재(大才)를 알 수 있겠소?"

"그런 게 아니오. 조조는 자기도취에 빠져 세상이 어떻게 돌아가는지도 모르고 있소. 만약 그에게 재주가 있다면 나에게 증거를 보여주오."

"좋은 말씀이오. 내가 그 증거를 보여드리리다."

양수는 자리에서 일어나 서고(書庫)로 가더니 '맹덕신서(孟德新書)'라는 책을 장송에게 갖다주었다.

"이 책은 승상께서 친히 저술하신 책이오. 한번 읽어보시면 반드시 놀랄 것이오."

장송은 그 책의 내용을 대강 훑어보고 나서 물었다.

"이 책을 누가 썼다구요?"

"조 승상께서 쓰신 병서(兵書)요."

그러자 장송은 별안간 소리 내어 웃었다.

"하하하, 우리 촉국에서는 어린아이들조차 이 책을 다 외우고 있는데, 이게 어찌 조조가 쓴 책이란 말이오?"

"그게 무슨 소리요? 그러면 조 승상께서 남의 것을 표절한 것이란 말이오?"

양수가 적이 노하여 물었다.

장송은 태연히 대답했다.

"물론이지요. 춘추전국시대에 이미 이와 비슷한 책이 있었는데, 다만 저자가 누구인지를 모를 따름이었소. 조조가 그 점을 알고 무식한 무리들에게 자기가 쓴 책이라고 선전하고 있는 데 불과하오."

양수는 어지간히 화가 치밀어 올랐다.

"그 말이 사실이라면 노형이 이 책을 한번 암송해 보시오."

"하하하, 촉국에서는 삼척동자도 외우는 책을 내가 어찌 못 외우리오."

"그러니까 거짓말이 아니라면 한번 외워보란 말이오."

"그러면 내가 외울 테니 들어보시오."

장송은 눈을 감고 글을 좔좔 외우는데, 그 내용이 '맹덕신서'와 한 자도 틀리지 않았다.

양수는 크게 놀라, 장송에게 새삼스러이 경의를 표했다.

"노형 같은 대현(大賢)을 몰라 뵈어 죄송하오. 내가 승상께 말씀드려 노형을 다시 만나 뵙도록 하리다."

양수는 즉시 승상부로 들어와, 장송을 다시 만나보도록 앙청했다. 그러나 조조는 고개를 흔들었다.

"그런 난쟁이처럼 못생긴 놈을 무엇 때문에 또 만나는가?"

"사람을 외모만으로 판단하다가는 현자를 놓치기 쉽습니다. 승상께서는 그 옛날 예형(禰衡)이라는 못난이를 높이 쓰셨던 일이 있지 않습니까?"

"예형의 문재(文才)는 배울 만한 점이 많았네. 그러나 장송 따위한테서 무엇을 취할 것인가?"

"아닙니다. 장송은 '맹덕신서'를 단 한 번 훑어보고 나서 일자일구(一字一句)도 틀리지 않게 암송했습니다. 그는 그 책이 춘추전국시대 때부터 전해 오는 책이지, 조 승상의 저서가 아니라면서 서촉에서는 삼척동자까지도 그 책의 내용을 다 외우고 있다 하더이다."

조조는 그 소리를 듣고 나자 매우 불쾌한 기색을 했다.

"산골에 사는 놈이 중원에 나와보고 얼이 빠져 잠꼬대를 하고 있는 모양이구나. 내가 내일 서교장(西敎場)에서 열병식을 거행할 테니 너는 그때에 그자를 데리고 나와 우리 군용의 성대함을 보여주어라. 그가 돌아가거든 내가 강동을 깨뜨리고 서촉을 거둘 것이라는 소문을 널리 퍼뜨리도록 하여라."

다음날, 양수는 장소를 데리고 열병식장에 나왔다. 이날은 호위병 오만 명을 조조가 친히 점군(點群)했다.

조조가 친히 열병하는데, 오만여 명의 전포가 찬연하고, 금고(金鼓)가 하늘을 울리니, 창과 칼이 햇빛에 번쩍였다. 조조는 자못 의기양양한 기세로 점군을 끝내고, 장송을 불러 물었다.

"서촉에도 우리 호위군 같은 군대가 있는가?"

"없습니다. 촉국은 문치(文治)와 도의(道義)를 숭상하기 때문에 군대의 필요를 느끼지 못하고 있습니다."

조조가 낯빛이 변하며 노려보았으나 장송은 태연히 먼 산을 쳐다보고 있었다. 다만 옆에 있는 양수만이 가슴을 졸일 뿐이었다.

조조는 마침내 노기를 참지 못해 장송에게 물었다.

"서촉은 인정(仁政)으로 다스리기 때문에 군대의 필요성을 느끼지 못한다고 했는가? 그런데 내가 이제 대군을 일으켜 서촉을 점령하는 날이면 순오자(順吾者)는 살고, 역오자(逆吾者)는 죽게 된다는 것을 생각해 본 일이 있는가?"

그러자 장송이 소리 내어 웃으며 대답했다.

"물론 조 승상은 군대를 일으킬 때마다 이겼다는 사실을 알고 있습지요. 그러나 복양(濮陽)에서는 여포에게 농락당했고, 완성(宛城)에서는 장수에게 크게 패했고, 적벽대전에서는 주유에게 참패를 당했고, 화용도(華容道)에서는 관우에게 목숨을 구걸했고, 위수(渭水)에서는 수염을 깎고 전포를 뒤집어쓰고 도망했던 것도 낱낱이 알고 있지요."

너무도 모욕적인 언사에 조조는 드디어 분통이 터지고 말았다.

"여봐라, 이놈을 당장 목 베고 대가리를 소금에 절여 서촉으로 돌려보내주어라!"

주위의 시중들이 크게 놀랐다. 양수가 장소의 기재를 내세워 극력 두둔했으나 조조는 끝내 듣지 않았다.

마침내 순욱이 간했다.

"장송을 죽이는 것은 쉬운 일이나, 사신을 죽였다는 소문이 퍼지면 어느 현자(賢者)가 승상을 따르려 하겠나이까? 죽이는 것만은 참으십시오."

"그렇다면 볼기를 매우 쳐서 객사로 돌려보내도록 하오."

이날 장송은 볼기를 죽도록 맞고 객사로 돌아왔다. 조조에 대한 원한이 장송의 골수에 맺힌 것은 말할 것도 없었다.

"나는 유장이 하도 어리석은 군주이기로 서촉을 조조에게 바칠 생각으로 찾아왔는데 사람을 못 알아보고 벌을 내리니 내 어찌 그를 도울 수 있으랴!"

장송은 혼자 탄식했다. 그러나 큰소리를 치고 고국을 떠났던 만큼 아무런 소득도 없이 돌아갈 면목이 없었다.

'형주의 유현덕이 인의(仁義)에 두텁다니 가는 길에 그 사람이나 한번 찾아볼까?'

생각이 거기에 미친 장송은 허도를 떠나 형주로 향했다.

장송이 형주 접경에 이르렀을 때 홀연 일대의 군마가 달려오더니 대장이 앞으로 나오며 물었다.

"거기 오시는 분은 촉국의 장 별가가 아니시오?"

"그렇소. 내가 장송이오."

상대방은 장송의 대답을 듣자 곧 말에서 내리더니 정중하게 인사를 올렸다.

"나는 상산 조자룡이오. 주공의 명을 받고 여기까지 마중을 나왔소이다. 원로에 오시느라고 고생이 많으셨습니다."

장송은 너무나 황송하여 말에서 내려 예의를 갖추며 물었다.

"그러면 당신이 바로 천하의 명장 상산 조자룡이시오?"

"그렇소이다. 먼 길 오시느라고 시장하실 것이오. 중참을 준비해 왔으니 여기서 드시고 떠나십다."

조자룡이 그렇게 말하더니, 미리 준비해 온 술과 안주를 듬뿍 내놓았다. 장송은 거듭 황송해 했다.

"유 황숙께서 어찌하여 나 같은 사람을 이처럼 융숭하게 대접해 주는 것이오?"

"우리 주공께서는 비단 장 대부(大夫)뿐만 아니라 손님이라면 누구에게나 정중하시지요."

장송은 거듭 감탄했다. 이날 저녁, 장송이 조자룡의 안내로 객관에 드니, 거기에는 이미 백여 명의 호위병이 배치되어 있었다. 장송이 다시 한번 놀라고 있으려니까 이번에는 관우가 영접을 나왔다.

"관우 장군이 아니십니까?"

"그렇소. 장 대부께서 원로에 와주셔서 어찌 반가운지 모르겠소이다. 어서 여장을 풀고 편히 쉬도록 하시오."

장송은 그저 감격과 감사가 있을 따름이었다.

이튿날 아침 조반 후에 다시 길을 떠나오는데, 이번에는 유비가 직접 와룡, 봉추 두 군사를 거느리고 십 리 밖에까지 마중을 나오는 것이 아닌가.

유비는 말에서 내리더니 장송의 손을 정답게 붙잡으며 말했다.

"대부의 고명은 진작부터 들어 모시고 있었으나 만나 뵙기가 너무 늦었소이다. 허도에서 서촉으로 돌아가시는 길이라니, 우리 성중에서 며칠 간 노독을 푸시면서 청담(淸談)이나 나누다가 가십시오."

"유 장군께서 이처럼 친히 영접을 나와주시니, 불초 상송은 오직 감격과 감사가 있을 뿐입니다."

조조 앞에서는 오만불손하기 짝이 없던 장송이었건만, 유비 앞에서는 겸손하기 이를 데 없었다.

이윽고 유비는 장송과 함께 성중으로 들어와 술을 나누며 청담을 즐겼다. 그러나 천하대세에 대해서는 한마디도 언급하지 않았다. 그러니까 장송이 먼저 말을 꺼내 물었다.

"지금 황숙께서 다스리는 지방이 몇 고을이나 되십니까?"

그러자 옆에 있던 제갈공명이 얼른 대답을 가로맡았다.

"주공께서 다스리는 지방은 단 일개 주도 없소. 지금은 형주를 점령하고 있긴 하지만 손권 장군에게서 잠시 빌려 쓰고 있는 것에 불과하오. 손권 장군이 빨리 돌려달라고 재촉이 빗발 같지만 다행히 주공께서 그분의 매제인 까닭에 오늘날까지 근근이 버티고 있소."

그러자 이번에는 옆에 있던 방통이 한마디 보태었다.

"우리 주군으로 말하자면 한나라의 당당한 종친이시건만 아직 그런 말씀은 한마디도 내세운 일이 없다오. 그런데도 일개 필부에 불과한 조조 따위가 천하를 휘두르고 있으니, 그런 불공평한 일이 어디 있겠소."

유비가 그 말을 듣고 공명과 방통을 조용히 나무랐다.

"두 분은 그런 말씀 마오. 나같이 덕이 없는 사람이 무엇을 탐내어 부질없는 욕심을 부린단 말이오."

그러자 장송이 손을 내저으며 말했다.

"아닙니다. 명공께서는 한실 종친으로 인의(仁義)가 사해에 떨치셨으니, 제위에 오르시기로 누가 감히 나무랄 수 있겠나이까?"

유비는 손을 모아잡고 사례했다.

"공의 말씀은 너무도 과분하오. 내가 무슨 덕으로 그런 중책을 감당할 수 있겠소."

장송이 체류하는 동안, 유비는 그를 극진히 대접했다. 그가 서촉으로 떠날 때에는 많은 수하를 거느리고 멀리까지 배웅을 나가주었다. 유비가 십리정(十里亭)에서 다시 한번 석별연을 베풀고는 눈물을 지으면서 말했다.

"대부께서 사흘간 체류해 주셔서 적이 회포는 풀었으나 이제 또 어느 날에나 뵈올 수 있으리까."

장송은 그 광경을 보고 마음속으로 결심하는 바가 있었다.

'현덕이 이렇게도 관인애사(寬仁愛士)하니, 내 돌아가거든 서천을 현덕 에게 취하게 하리라.'

그리하여 이렇게 말했다.

"저 역시 명공을 조석으로 모시고 싶은 생각이 간절합니다. 제가 이번 에 형주에 와보니 동에서는 손권이 범처럼 노리고 있고, 북에서는 조조가 고래같이 넘보고 있어 형주는 결코 영주할 곳이 못 됩니다."

"나 역시 그것을 모르는 바 아니오. 그러나 안신(安身)할 곳 없는 것을 어찌하리오."

"익주(益州)로 말하면 옥야천리(沃野千里)로 땅이 기름진 데다 백성들 이 또한 명공처럼 후덕한 어른을 오래 전부터 갈망하고 있나이다. 만약 형주의 군사를 일으켜 익주를 취하면 반드시 대업을 도모할 수 있을 것입 니다."

"나 또한 그것을 모르는 바 아니오. 그러나 서촉의 유장으로 말하면 나 와 같은 한실 종친이 아니오. 혈통을 같이하는 그분의 땅을 내가 어찌 노 릴 수 있겠소."

"아니올시다. 그것은 소의(小義)를 위해 대의(大義)를 저버리는 말씀이 십니다. 유장은 성품이 암약(暗弱)하여 어진 이를 쓸 줄 모르는 데다 장로 가 호시탐탐 노린 지 오래여서 백성들은 새로운 명주가 나타나주기를 간 절히 바라고 있습니다. 제가 이번에 먼 길을 떠난 것은 서촉을 조조에게 떠맡길까 하는 생각에서였습니다. 그러나 조조를 만나보니 그는 인재를 못 알아보고 덕이 부족하기로 명공을 찾아뵙게 된 것입니다. 부디 명공 께서는 먼저 서천을 취하신 뒤에, 한중의 장로를 도모하시고, 파촉에서 대업을 도모하십시오. 만약 그러한 뜻을 펴시겠다면 부족하나마 제가 견마지로(犬馬之勞)를 다 하겠나이다."

"그러나 내가 듣기로 촉도는 산세가 험하고 지리를 알기가 어렵다고 하던데 사실이오?"

그 말을 들은 장송이 소매 속에서 지도를 꺼내 유비에게 주면서 말했다.

"제가 느낀 바 있어 이 지도를 드리겠습니다. 이 지도만 있으면 서촉을 마음대로 휩쓸 수 있을 것이오."

장송이 건네준 서촉 사십일주도(西蜀 四十一州圖)는 세밀하기 짝이 없는 지도였다.

유비가 장송의 손을 잡고 사례의 말을 전했다.

"청산(靑山)이 불로(不老)하고 녹수(綠水)가 장존(長存)하니, 다른 날 일이 이루어지면 이 은혜를 반드시 갚겠소이다."

이윽고 장송이 길을 떠나자 유비는 십리정에서 눈물로 이별을 나누며, 공명과 관우에게 수십 리를 더 배웅하도록 명했다.

유비, 서촉으로 진군하다

익주는 서촉 또는 파촉이라고도 부르는 곳이었다. 장송은 익주에 돌아오자 현사 맹달(孟達)과 법정(法正)을 찾아보고, 차를 나누며 말했다.

"파촉은 어차피 망할 운명에 처해 있소. 형공들은 이 땅을 누구에게 맡기는 게 좋을 것 같소?"

법정이 의아스러운 표정으로 말했다.

"누구에게 맡기다니? 형공이 그 때문에 조조를 찾아갔던 것이 아니오?"

"물론 나는 그 일로 조조를 찾아갔었소. 그러나 정작 조조를 만나보니 그는 근심을 같이할 수는 있어도, 즐거움을 같이할 인물은 못 되었소. 그래서 실망하고 돌아오는 길에 형주에 들러 유 황숙을 만나보았더니 그는 관인애사하는 품이 명공의 자질이 충분해 보였소."

맹달이 그 말을 듣고 법정과 함께 입을 열어 말했다.

"형공은 애초부터 현덕을 찾아갔어야 했을 것이오."

"우연하게도 우리 세 사람의 의견이 완전히 일치되는 셈이구려. 그러면 유장이 형공을 부르거든 그 방향으로 일을 토론해 주오."

다음날 장송이 유장을 찾아가 조조를 깎아내리고 유비를 높이 칭찬한 것은 두 말할 것도 없었다.

"조조는 우리를 보호하기는커녕 장로보다도 먼저 우리를 정벌할 생각이더이다."

유장이 그 소리를 듣고 크게 놀랐다.

"장로가 우리를 노리는 이리인데 조조마저 우리를 노리는 호랑이라니 장차 이 일을 어찌했으면 좋겠소?"

장송이 신중을 기하여 대답했다.

"이제는 형주의 유현덕밖에는 믿을 사람이 없겠나이다. 주공과 현덕은 피를 같이 나눈 한실 종친이라기에 제가 돌아오는 길에 만나 뵙고 왔습니다. 유현덕은 과연 인자하고 관후한 어른이 분명했습니다."

"그러나 내가 현덕과는 지금껏 아무런 내왕도 없었으니 어떡하오?"

"주공께서 현덕에게 서한을 보내어 구원을 청하시면 그는 반드시 들어 줄 것입니다."

"그러면 누구를 현덕에게 보내는 것이 좋겠소?"

"맹달, 법정이 가장 적당한 사람이오이다."

바로 그때, 장막이 젖혀지며 별안간 한 사람이 달려 나오더니 유장을 향해 소리쳤다.

"주공은 장송의 말에 속지 마십시오. 만약 장송의 말을 들었다가는 촉국 사십일 주를 남의 손에 빼앗기게 될 것입니다."

자를 공충(公衡)이라고 부르는 현사 황권(黃權)이었다. 유장이 적이 놀라며 공충을 나무랐다.

"황 공은 어찌하여 그런 소리를 하는가?"

그러나 황권은 조금도 굴하지 않고 대답했다.

"유비는 조조도 겁을 내는 인물입니다. 그자는 외유내강(外柔內剛)한 까닭에 어디를 가나 신망이 높은 데다 수하에 와룡과 봉추가 있고, 관우, 장비, 조운 등 천하의 맹장들이 즐비합니다. 그런 까닭에 유비를 불러들이는 날 우리 서촉은 누란(累卵)의 위기에 빠질 것입니다. 장송이 조조를 만나러 간 것도 의심스럽지만, 귀로에 형주에 들러 유비를 만난 것은 더욱 경계해야 할 일입니다."

황권이 그렇게 나오니 이제는 장송도 잠자코 있을 수 없었다.

"황 공은 도가 지나치게 남을 의심하는 버릇이 있구려. 조조와 장로가 언제 쳐들어올지 모르는 이 판국에 현덕의 도움을 거절하는 대신 어떤 대책을 세울 수 있단 말이오? 황 공의 말은 구더기 무서워 장을 담그지 말자는 말과 무엇이 다르오!"

그러자 이번에는 옆에 있던 장전(帳前) 종사관(從事官) 왕루(王累)가 유장에게 간했다.

"주공께서 장송의 말을 들으셨다가는 후일에 반드시 화를 입게 될 것입니다. 서촉의 백년대계를 위해 장송의 말은 청허하지 마십시오. 장로가 국경을 침범해 오는 것은 심각한 병이라 할 수 없지만, 유현덕을 불러들이는 것은 심복지대환(心腹之大患)이라고 보아야 할 것입니다."

그러나 유장은 조조와 장로가 침범한다는 말에 겁이 시퍼렇게 났는지라 누군가의 도움을 받지 않고서는 마음이 불안해 견딜 수 없었다.

"그대들은 아무 걱정 마오. 현덕이 신망도 실력도 없는 사람이라면 우리가 그의 도움을 받을 필요조차 없는 일이 아니오. 더구나 현덕으로 말하자면 나와 같은 피를 갈라 받은 한실의 종친이 아니오. 이제 내가 현덕의 도움을 받는데 무엇을 주저하겠소. 내가 현덕에게 전할 친서를 써줄 터인즉 법정을 형주로 가게 하오!"

유장은 마침내 황권과 왕루의 간언을 물리치고 현덕과 제휴하겠다는 단안을 내리고야 말았다.

법정은 유장의 친서를 몸에 지니고, 그날 당장 형주를 향해 떠났다. 유비는 유장의 사신이 왔다는 소식을 듣고, 법정을 친히 맞아들인 다음 편지를 뜯어 읽어보았다.

종제 유장은 재배하고 종형 현덕 장군 휘하에 글월을 올리나이다로 시작되는 유장의 편지는 조조와 장로의 침략이 있을 듯싶으니 종형 현덕은 반드시 자기를 도와달라는 간곡한 사연이 적혀 있었다. 유비는 내심 기뻐하며 법정을 융숭하게 대접했다.

이날 밤, 유비가 손님을 객사로 보내고 혼자 있자니 홀연 방통이 찾아왔다.

"공명은 어디 갔습니까?"

"서촉에서 온 손님을 모시고 객사에 나갔소."

"주공께서는 법정에게 뭐라고 하셨습니까?"

"나는 좀 생각해 보겠다고 대답해 주었소."

"장송이 다녀가면서 그만큼 다짐을 두었는데, 무엇을 의심하고 주저하십니까?"

"의심스러워 주저하는 것은 아니오."

"그러면 왜 시원스럽게 대답을 안 하셨습니까?"

"생각해 보오. 조조와 나는 매사에 있어서 정반대요. 조조가 힘으로 행하면 나는 인덕(人德)으로 행하고, 조조가 급하게 서두르면 나는 일부러 완만한 태도를 취했고, 조조가 속임수로 대할 때에 나는 언제나 진실로 대했소. 지금껏 그렇게 살아온 내가 어찌 이제 유장에게 속임수를 쓸 수 있겠소."

"주공의 말씀은 천리(天理)에 맞사오나, 전시에 어찌 그런 것을 일일이

따질 수 있겠습니까?"

"장송, 법정, 맹달 등이 나를 도와준다고 하오. 우리가 군사를 일으키면 서촉을 손에 넣는 것쯤은 식은 죽 먹기보다도 쉬운 일이오. 그러나 내가 소리(小利)에 눈이 어두워 대리(大利)를 저버린다면 세상이 나를 얼마나 비웃겠소."

"죽느냐, 사느냐의 판국에 주공처럼 순리만 찾다가는 아무 일도 안 됩니다. 역(逆)으로 취했어도 순(順)으로 다스리면 그것이 참된 천리입니다. 만약 주공께서 오늘날 익주를 손에 넣지 않으면 후에는 반드시 누군가의 손에 빼앗기고 말 것입니다. 어찌하여 그 점까지는 생각을 아니하십니까?"

유비는 그 말을 듣고 나서 말했다.

"지금 그 말씀에 나도 깨달은 바가 많소이다. 선생의 금석 같은 말씀을 폐부에 아로새기고 실천에 옮기도록 하겠소."

마침 그때 공명이 돌아와 유비와 더불어 군사를 일으킬 계획을 세우기 시작했다.

"우리가 군사를 일으키면 조조나 손권이 형주를 침범해 오기 쉬우니, 먼저 그에 대한 방비를 튼튼히 해야 합니다. 그러자면 저는 형주를, 관운장은 양양성을, 장비는 강변 사군(四郡)을 맡아 지켜야 합니다. 주공께서는 황충을 전군으로 삼고, 위연을 후군으로 삼고, 방통을 군사로 삼아 유봉, 관평과 함께 오만 군을 거느리고 익주로 진군하십시오."

"모든 군략은 군사의 말씀대로 하리다."

유비는 군사 오만을 이끌고 서촉 정도의 길에 올랐다. 유비의 군사가 익주 접경에 이르니, 맹달이 군사 오천을 이끌고 영접을 나왔다. 유비는 맹달을 반갑게 맞았다.

그때 유장도 유비를 영접하려고 옷을 갈아입었다. 그러자 황권이 다시 간했다.

"주공이 영접을 나갔다가는 반드시 해를 입으실 터이니 그냥 영내에 계십시오."

"현덕은 나와 종친간인데 그대는 어찌하여 현덕을 그리도 의심하는가?"

유장이 말을 타고 떠나려 하자 이번에는 가신 이회(李恢)가 땅에 엎드려 울면서 간했다.

"임금에게는 간하는 신하가 있어야 하고, 아비에게는 간하는 아들이 있어야 하는 것입니다. 주공께서는 황권의 충실한 직언을 물리치지 마십시오. 유비를 서촉으로 맞아들이는 것은 호랑이를 맞는 것이나 다름없습니다."

"쓸데없는 소리 말고 빨리 비켜라!"

그 광경을 보고, 장송이 유장에게 말했다.

"지금 서촉의 중신들은 천하대세가 어떻게 돌아가는지 모르고, 눈앞의 안일만 도모하고 있어 큰 걱정입니다."

"공의 말이 옳소. 누구든지 이제부터 나의 길을 막는 자는 용서 없이 참할 것이오!"

유장은 서슬이 푸르게 외쳤다. 그리고 나서 유교문(榆橋門)을 막 나서려는데 성문 위에 사람 하나가 밧줄에 묶여 대롱대롱 매달려 있었다. 자세히 보니 그는 종사 왕루로 손에 간장(諫章)을 들고 있다가 유장에게 내던져주었다.

"왕 종사가 웬일이오?"

"저는 죽음을 각오하고 주공께 간장을 올립니다."

유장은 즉석에서 간장을 읽었다.

익주 종사 왕루는 피눈물로 이 간언을 올립니다. 대개 양약(良藥)은 입에 쓰나 병에 듣고, 충언은 귀에 거슬리나 행신(行身)에 이롭습니다. 옛날에 초회왕(楚懷王)이 굴원의 말을 듣지 않고 무관(武關)에 회맹(會盟)했다가 진(秦)에게 욕을 보았거니와, 이제 주공이 유비를 이 땅에 맞아들이신다면 가시는 길은 있어도 다시 돌아오시지는 못하오리다. 바라옵건대 장송의 목을 베시고, 유비와의 언약을 끊으십시오. 그래야만 익주의 기업이 길이 보존될 것입니다.

유장은 간언장을 읽고 나서 크게 노했다.

"내가 어진 이를 만나려는데 그대들은 어찌하여 이렇게도 답답한 소리만 하는가?"

왕루는 그 소리를 듣자 밧줄에 매달린 채 하늘을 우러러 탄식하고는 스스로 밧줄을 끊고 땅에 떨어져 목숨을 끊었다. 유장은 그래도 뜻을 굽히지 않고, 삼만의 인마를 거느리고 유비를 마중하러 나섰다.

한편, 유비는 이르는 곳마다 관민의 환영을 받으며 이미 익주성 백 리 밖까지 도달했다. 마침 그때 길잡이로 앞서 오던 법정에게 장송이 밀서를 보내왔다. 부성(涪城)에서 유장을 만나거든 기회를 놓치지 말고 죽여버리라는 내용의 밀서였다. 법정이 그 편지를 방통에게 보이자 얼른 읽어보고 나서 말했다.

"잘 알았소. 그 일은 내가 알아서 도모할 테니, 공은 편지 내용을 일체 발설하지 마시오!"

부성은 서촉의 수도인 성도(成都)에서 삼백육십 리나 떨어져 있는 먼곳이었다. 그러나 유장은 그곳에 먼저 도착하여, 환영연을 준비시키면서 유비의 일행이 도착하기를 기다렸다.

이윽고 유비가 도착하자, 두 사람은 일면(一面)이 여구(如舊)하게 기꺼이 만났다. 이내 화기애애한 주석이 벌어졌다.

"세상이 바뀌어도 핏줄만은 끊을 수 없는가 봅니다. 제가 오늘날 종형의 도움을 얻어 외침의 걱정을 잊게 되었으니 이런 고마운 일이 어디 있겠습니까?"

유비는 그 말에 감격의 눈물을 흘려 보였다.

연락이 얼마쯤 지난 뒤에, 유비는 몸이 피곤하다는 핑계로 먼저 진중으로 돌아왔다. 유비가 돌아가자 유장은 좌우 부하들을 둘러보면서 말했다.

"어떤가? 현덕은 과연 소문에 듣던 바와 같이 인의지사(仁義之士)가 틀림없지 않은가? 왕루, 황권 등은 그것도 모르고 부질없는 간언을 한 것이다. 현덕이 우리를 위해 대군을 이끌고 왔으니 이제는 조조나 장로가 침범해 와도 아무것도 무서울 것이 없게 되었다."

그 말에 유궤(劉璝), 냉포(冷苞), 장임(張任), 등현(鄧賢) 등의 장수들이 한숨을 쉬며 다시 간했다.

"주공께서는 사람의 겉모습만 보시고 그릇된 판단을 내리셔서는 안 됩니다. 유비의 마음은 측량하기가 어렵도록 깊습니다."

"그대들은 쓸데없는 걱정일랑 말고 어서 물러가오."

유장은 누가 뭐라거나 들으려고 하지 않았다.

한편, 유비가 영채로 돌아오자 방통이 방으로 따라 들어와 물었다.

"유장을 만나보니 인물이 어때 보였습니까?"

"유장은 사람이 무척 성실해 보였소."

유비가 대답하는 것으로 보아 유장을 없애버릴 결심이 또다시 흔들리고 있는 듯했다. 방통이 재빠르게 그 눈치를 채고 말했다.

"유궤와 장임 같은 장수들은 우리의 동태를 몹시 경계하고 있습니다. 우리가 섣불리 일을 도모하다가는 대사를 그르치기 쉬우니, 주공께서는 마음을 단단히 가지셔야 합니다."

"음……."

"내일은 주공께서 유장을 진중으로 초청해 답례의 주연을 베푸십시오. 그 자리에서 거사를 끝내버리고, 그 즉시 성도로 진군하여 서촉을 완전 장악해 버려야 합니다."

유비가 결단을 내리지 못하고 있는데, 마침 법정이 찾아와 말했다.

"성도에 있는 장송한테서 기별이 왔는데, 그쪽은 만반의 준비가 다 되어 있으니, 이쪽에서는 기회를 놓치지 말고 계획을 단행하라는 전갈이었습니다. 만약 유 장군께서 서촉을 취하지 않으시면 결국은 장로나 조조에게 빼앗기고 말 것이니 빨리 결단을 내리셔야 합니다."

유비 또한 그런 정세를 모르는 것은 아니었다. 다만 자기를 철석같이 믿고 있는 유장을 위계를 써서 죽여버리는 것이 괴로울 뿐이었다. 그러나 대세가 이미 기울어 더 이상 주저하고 있을 수도 없어 유비는 마침내 다음날 유장을 진중으로 초청하기로 결심했다.

이튿날 진중에서 유비와 유장의 주연이 벌어졌다. 피차에 흉금을 숨김 없이 털어놓자 주고받는 정의가 한없이 계속되었다. 주연이 한참 무르익어 올 무렵, 위연이 문득 자리에서 일어서 비틀거리는 걸음으로 걸어 나오더니 말했다.

"이런 좋은 술좌석에 여흥이 없어 되겠습니까? 심히 외람된 말씀이나 제가 검무(劍舞)를 추어 취흥을 돋우겠나이다."

위연이 허리에 차고 있던 장검을 빼어들고 춤을 추기 시작했다. 사전에 방통의 지시를 받은 소행임은 두말할 것도 없었다. 유장을 호위하고 있던 촉국의 장수들은 순간 얼굴빛이 새파랗게 질렸다.

"검무에는 반드시 상대가 있어야 하니 내가 위 장군과 함께 춤을 추어 드리겠소."

대장 장임이 구경만 하고 있을 수 없어 칼을 뽑아 들고 나오더니, 위연과 어울려 춤을 덩실 덩실 추었다.

두 장수가 한창 어울려서 춤을 추고 있는데, 눈에 보이지 않는 살기가 등등한 것은 말할 것도 없었다. 위연이 검무를 추며 유장을 흘겨보면 장임은 똑같은 눈초리로 유비를 흘겨보는 것이었다.

방통이 옆에서 감시하고 있다가 유봉에게 눈짓을 하니, 이번에는 유봉이 칼을 뽑아 들고 춤에 가담했다. 그러자 상대편에서도 냉포, 유궤, 등현 등의 장수가 제각기 칼을 들고 나와 춤판에 어울렸다.

유비는 살기가 충만해지는 데 놀라 소리쳤다.

"이 자리가 홍문(鴻門)의 잔치가 아니거늘 이 무슨 무례한 짓들인가? 우리 형제가 지금 기꺼이 만나 통음하고 있으니, 위연과 유봉은 즉시 검을 거두고 물러가오!"

유장이 그 소리를 듣고 크게 감격하여, 그 역시 자기 부하들을 큰소리로 꾸짖었다.

"우리 형제가 흉금을 털어놓고 대사를 도모하고 있으니 유궤, 등현, 냉포는 의심치 말고 썩 물러가거라. 만약 듣지 않으면 군율로 처벌하리라."

두 사람이 똑같이 추상같은 명령을 내리니, 춤추던 장수들은 제각기 칼을 거두고 물러갔다. 유장은 감격한 나머지, 유비의 손을 잡고 눈물을 지으며 말했다.

"형님의 은혜는 죽어도 잊지 못하겠나이다."

이날 밤 유장이 부중으로 돌아오니, 유궤의 무리가 또 간했다.

"주공께서도 오늘의 살벌한 광경을 보셨을 줄 압니다. 이제라도 후환을 미연에 방지하도록 하십시오."

"아니오, 그것은 그대들이 잘못 본 것이오. 현덕은 결코 이심(二心)을 품을 어른이 아니었소."

"현덕 자신은 그랬는지 모르나 수하 장성들이 주공을 노리고 있는 것만은 분명합니다."

"그대들은 이제 우리 형제 사이를 갈라놓는 짓을 그만하라!"

유장은 간언을 끝끝내 듣지 않았다.

그로부터 며칠 후에, 장로가 국경을 넘어 가맹관(葭萌關)으로 쳐들어온다는 급보가 날아들었다. 유장이 장로의 침략을 막아주기를 청하니 유비가 즉석에서 쾌락하고 가맹관으로 대군을 이끌고 나갔다.

유궤 등은 그제야 안도의 숨을 내쉬었다. 그러나 유비가 병변(兵變)을 일으켰을 때에 대비하기 위해 양회(楊懷)와 고패(高沛)에게 부수관(涪水關)을 지키게 하고 유장만이 성도로 돌아왔다.

조조, 위공이 되다

유비는 유장을 대신하여 장로를 치려고 가맹관에 도착하자 우선 민심을 수습하려고 백성들에게 은혜를 베풀었다. 그리하여 유비의 군사는 가는 곳마다 환영을 받았다.

강동에 있는 손권은 그 소식을 전해 듣자 막료들을 한자리에 모아놓고 물었다.

"현덕이 커다란 야심을 품고 천하를 점령하려고 파촉으로 들어갔으니, 우리는 어떤 행동을 취하는 것이 좋겠소?"

고옹이 대답했다.

"현덕이 많은 군사를 이끌고 파촉으로 들어갔으니, 형주에는 군사가 조금밖에 남아 있지 않을 것입니다. 우리는 이 기회에 형주를 빼앗아야만 할 것입니다."

"나 역시 그렇게 생각하고 있소. 그러면 곧 군사를 일으키도록 준비하오."

손권의 입에서 그 말이 떨어지기 무섭게 별안간 병풍 뒤에서 누군가가 튀어 나오며 큰소리로 외쳤다.

"내 딸을 멸망시키겠다는 놈이 누구냐?"

일동이 깜짝 놀라며 바라보니 손권의 자당인 태부인이었다. 그녀는 노여움이 가득 찬 시선으로 좌중을 둘러보며 다시 소리쳤다.

"내가 애지중지하는 딸을 유비에게 주었거늘, 너희가 형주를 쳐부수면 내 딸의 신세는 어떻게 된단 말이냐? 권은 듣거라. 너는 부형의 기업을 물려받은 덕택에 팔십일 주를 거느리게 되었다. 이제 무엇이 부족하여 누이동생이 살고 있는 땅까지 빼앗으려는 것이냐?"

"모든 일은 어머님의 말씀대로 따르겠습니다."

손권은 입으로는 대답을 얼버무렸지만 속으로는 이번 기회에 형주를 빼앗고야 말 결심이었다.

그날 저녁이었다.

손권이 그 일로 인해 혼자 걱정에 잠겨 있는데 장소가 와서 말했다.

"태부인께서는 따님 때문에 꾸지람을 내리신 것입니다. 영매(令妹)에 대한 대책만 세우면 형주를 빼앗아도 무방하실 것입니다."

"어머니를 무마시킬 무슨 방도가 없겠소?"

"좋은 방도가 없는 것은 아닙니다."

"그게 무슨 방도요?"

"장수 한 사람에게 군사를 오백가량 주어 형주로 밀서를 보내되, 어머님 병세가 위독하다고 말해 영매를 강동으로 오게 만드십시오. 그때 영매께 현덕의 외아들 아두를 데려오게 해서 아두를 인질로 붙잡아두는 것입니다. 그렇게만 되면 현덕이 형주를 아들과 교환하자고 교섭해 올 것입니다."

"과연 명안이오. 그러면 그 방면에 경험이 풍부한 주선(周善)을 보내도록 하겠소."

손권은 곧 주선을 불러 밀서를 써주면서, 이튿날 아침에 길을 떠나도록 명했다. 오백 명의 군사는 제각기 장사꾼으로 가장하고 몸에는 무기를 지니고 뿔뿔이 길을 떠났다.

주선은 형주에 도착하자 손 부인을 만나 밀서를 건네주었다. 손 부인은 밀서를 읽어보고 나서 깜짝 놀랐다.

"어머님께서 위독하시다니 그게 정말이오?"

"사실이 아니라면 주공께서 어찌 그런 불측스러운 글월을 보낼 리가 있습니까? 태부인께서는 병석에서 조석으로 부인만 찾으십니다."

"어머니가 병석에서 부르신다면 내 어찌 아니 갈 수 있겠소. 그러나 공교롭게도 황숙께서 출정 중이시니 내가 어찌해야 좋을지 모르겠구려."

"지금 곧 떠나시지 않으면 생전에는 뵈옵기 어려울 것입니다."

"내가 길을 떠나려면 공명 군사에게 알려야만 하는데, 허락하지 않을지도 모르오."

"그러면 공명에게 알리지 마시고 가만히 떠나시지요. 그러잖아도 당장 다녀오실 수 있도록 배를 대기시켜놓았습니다."

손 부인은 어머니가 세상을 떠나기 전에 만나보고 싶은 생각이 간절했다. 그리하여 공명에게 알리지도 아니하고 부랴부랴 옷을 차려입고 나섰다.

주선이 그 모양을 보고, 손 부인에게 말했다.

"제가 깜빡 잊어버리고 있었습니다. 태부인께서 말씀하시기를 아두 공자의 얼굴도 꼭 한번 보고 싶으니, 반드시 데리고 오라고 부탁하셨습니다."

"아이와 먼 길을 떠나는 것이 고생스럽겠지만 어머니의 마지막 부탁이라니 데리고 가겠소."

손 부인은 다섯 살 먹은 아두 공자까지 데리고 황망히 수레에 올랐다. 수행하는 삼십여 명의 호위군은 제각기 무장을 갖추고 손 부인의 뒤를 따랐다.

이윽고 일행이 사두진(沙頭鎭)에 이르러, 대기 중인 배에 올랐을 때였다. 멀리서부터 일표의 군사가 먼지를 일으키며 달려오더니 소리쳤다.

"그 배는 떠나지 말고 거기 섰거라!"

선두로 달려오는 장수는 상산 조자룡이었다. 주선은 조자룡이 비호같이 달려오는 것을 보자 가장한 뱃사공들에게 추상같은 호령을 내렸다.

"급히 배를 띄우고 조자룡에게 붙잡히지 않도록 노를 급히 저어라!"

조자룡은 급히 강가로 달려오며 소리쳤다.

"떠나시는 부인에게 여쭐 말씀이 있으니 배를 잠깐만 멈추라!"

그러나 이미 육지를 떠난 배가 돌아올 리 없었다. 조자룡이 말을 버리고 강가에 있는 배를 타고 뒤따라오기 시작했다. 배를 어떻게나 기운차게 젓는지, 조자룡의 배는 자꾸만 접근해 오고 있었다.

주선은 위험을 느끼자 마침내 칼을 뽑아 들고 뱃전으로 나서며 소리쳤다.

"조자룡을 쏘아 죽여라!"

명령일하에 화살이 빗발처럼 날아왔다. 그러나 조자룡은 방패로 화살을 막으면서 포기하지 않고 추격해 오더니 몸을 날려 배로 뛰어올랐다. 강동의 군사들은 조자룡의 호랑이 같은 기세에 눌려 제각기 몸을 피하느라 정신을 못 차렸다.

조자룡이 급히 손 부인 앞으로 달려와 꾸짖는 어조로 물었다.

"부인께서는 어디를 가시나이까?"

부인의 품안에서 자고 있던 아두가 그 소리에 깜짝 놀라 깨어나며 울음을 터뜨렸다. 부인은 아두를 달래면서 조자룡을 나무랐다.

"조 장군은 어느 안전이라고 무례하게 큰소리를 지르오?"

"주모께서는 공명 군사에게 알리지도 않고 어디로 가려고 그러십니까?"

"모친의 병환이 위급하시다기에 미처 알릴 사이도 없이 떠나는 길이오."

"그러시다면 아기님은 왜 데리고 떠나십니까? 아두 공자님은 주공께 두 분도 안 계시는 귀한 아기님이십니다. 소장이 장판교 싸움에서 백만 대군의 적들 속에서 아두 공자님을 구출해 낸 것도 그 때문이지 않습니까? 주모께서는 가시더라도 아두 공자님을 제게 맡기고 떠나십시오."

손 부인은 그 소리에 크게 노하며 말했다.

"조 장군은 한낱 장수에 불과한데 어찌 우리 집안일까지 참견이 그리도 심하오?"

"주모께서는 가시더라도 아두 공자님만은 못 데리고 가십니다."

손 부인은 더욱 노했다.

"네가 그런 소리를 하는 것을 보니, 반의(反意)를 품고 있는 것이 아니냐?"

"어떤 말씀을 하시더라도 도련님만은 못 데리고 떠나십니다."

조자룡은 그렇게 말하며 손 부인의 품에서 아두를 빼앗아 안았다. 손 부인이 비명을 지르며 옆에 있는 시종들에게 소리쳤다.

"어서 아이를 빼앗고, 저 사람을 쫓아낼 사람이 없느냐!"

그 소리에 배 안에 있던 모든 사람들이 조자룡의 주변으로 몰려왔다. 조자룡은 아기를 안고 뭍으로 올라오려 했다. 그러나 어느새 배는 기슭을 떠난 지 오래니, 망망한 장강만이 눈앞에 전개되고 있었다.

조자룡은 어쩔 수 없어 칼을 뽑아 들고, 주위를 노려보며 외쳤다.

"누구든 가까이 오면 용서 없이 죽일 테다!"

활과 창과 철봉을 가진 자들이 수없이 조자룡을 둘러싸고 있었다. 그러나 조자룡의 범 같은 기세에 눌려 감히 덤벼들지 못했다.

얼마를 가노라니, 홀연 수십 척의 배가 하루에서 올라오는데, 보니 깃발이 펄럭이고 북소리가 요란했다.

'아차, 이거 큰일이구나! 나까지 강동의 계략에 빠져버렸구나!'

조자룡이 아두를 끌어안은 채 눈을 감고 마음속에서 탄식을 하는데 문득 상대편 군선 속에서 일원 대장이 뱃전에 나서서 큰소리로 외쳤다.

"강동의 배는 거기 섰거라. 나는 유 황숙의 아우 연인 장비다! 형수님은 가시더라도 조카는 두고 가시오!"

"오오, 장비요!"

조자룡은 그 소리에 너무도 기뻐 뱃전에서 나서며 큰소리로 외쳤다.

"오오! 자룡이 거기 있었소? 내가 곧 올라갈 테니 조금만 기다리오!"

장비가 뱃전으로 달려 올라오자 주선이 장창을 휘두르며 덤벼들었다.

"이놈아! 너 같은 필부가 감히 덤벼들어서 어쩌자는 것이냐!"

장비는 장팔사모를 한번 후려갈겨 주선을 대번에 죽이고 나서 손 부인에게 다가갔다. 손 부인과 장비는 서로 노려본 채 오랫동안 말이 없었다. 그러다가 장비가 비장한 어조로 손 부인을 꾸짖었다.

"형수님은 주인 생각은 안 하시고 맘대로 강동으로 가시다니 이 무슨 짓입니까? 지금이라도 곧 형주로 돌아가십시다. 만약 못 돌아가신다면 시체로 만들어서라도 데리고 가겠소."

"그게 무슨 말이오? 어머님이 위독하시다기에 가는 길이오. 만약 못 가게 한다면 나는 강에 빠져 죽겠소."

그 소리에는 장비도 겁이 나는지 이내 조자룡을 불러 상의했다.

"자룡, 강동에 못 가게 하면 형수님께서 물에 빠져 죽는다니, 이 일을 어찌했으면 좋겠소?"

"부인을 자결하게 하는 것은 신도(臣道)에 어긋나는 일이니, 아기님만 데리고 가고 부인은 그냥 가시게 내버려두십시다."

"역시 그럴 수밖에 없겠지? 그러면 형수님만 다녀오십시오. 그러나 병 문안이 끝나거든 곧 돌아오셔야 합니다."

장비는 그 한마디를 남기고 조자룡과 함께 아두를 품에 안고 자기 배로 돌아왔다. 그리하여 형주로 돌아오노라니 공명이 많은 배를 인솔하고 강동의 배를 추격하려고 나오는 중이었다. 공명은 아두가 돌아오는 것을 보자 크게 기뻐했다. 그는 부중으로 돌아오자 곧 가맹관에 있는 유비에게 모든 일을 보고했다.

한편, 손 부인은 기어코 강동으로 돌아왔다. 손권이 누이동생을 보고 물었다.

"주선은 어찌하여 돌아오지 않았느냐?"

"도중에 장비와 조자룡을 만나 칼을 맞고 죽었습니다."

"너는 어찌하여 아두를 데리고 오지 않았느냐?"

"아두를 데리고 오다가 도중에 장비와 조자룡에게 빼앗겼습니다. 그 보다도 어머니의 병환은 어떠십니까?"

"어머님은 매우 건강하시다. 후궁에 계시니 어서 들어가보아라!"

"어머니가 건강하시다구요?"

"잔말 말고 어머니를 만나 뵈면 될 게 아니냐!"

손권은 누이동생을 후궁으로 쫓고, 곧 문무백관을 한자리에 불러 상의했다.

"누이동생이 집에 돌아왔으니, 현덕은 이제 남남지간이나 다름없게 되었소. 이제야말로 우리는 형주를 빼앗아야 할 터인데, 어떡하면 좋겠소?"

문무백관들이 형주를 칠 계획을 세우고 있는데, 홀연 급보가 날아들었다.

"조조가 사십만 대군을 이끌고 지금 남하 중이라고 합니다."

손권 이하 모든 사람이 크게 놀랐다.

게다가 엎친 데 덮친 격으로 또 하나의 불행한 보고가 날아들었다. 강동의 모사인 장굉이 오랫동안 투병 중이다가 오늘 아침에 한 장의 유서를 남겨놓고 세상을 떠났다는 소식이었다.

"건국공신 장굉 장군이 세상을 떠났단 말이오?"

손권은 크게 놀라며 장굉의 유서를 읽어보았다.

장굉은 유서에서 국사에 대해 많은 건의를 올린 뒤에, 다음과 같이 끝을 맺었다.

주공께서는 도읍을 말릉(秣陵)으로 옮기십시오. 말릉은 산천에 제왕지기(帝王之氣)가 있으니 하루바삐 그리로 천도하셔서 만세지업(萬世之業)을 이루소서.

"장굉은 실로 천하에 둘도 없는 충신이구려. 내 그의 유언을 어찌 무시할 수 있겠소. 우리는 도읍을 곧 말릉으로 옮겨야 하겠소."

손권은 즉시 도읍을 말릉땅인 건업(建業)으로 옮기고, 그곳에 석두성(石頭城)을 쌓았다. 그리고 여몽의 건의를 받아들여 조조에게 대비하기 위해 유수(濡須)에다 성을 크게 쌓았다.

한편, 조조가 사십만 대군을 일으켜 손권을 치려 하니 상사 동소(董昭)가 말했다.

"자고이래로 인신(人臣)으로 승상만큼 국가에 큰 공을 세운 분은 없을 것입니다. 주공(周公)이나 여망(呂望) 같은 사람도 승상에 견주면 문제가 안 됩니다. 승상께서는 군흉(群凶)들을 다스리시느라 즐풍목우(櫛風沐雨)

하시기를 삼십여 년의 성상을 보내셨습니다. 이제 만민이 모두 우러러 모시니, 승상께서는 마땅히 위공(魏公)의 위를 얻으시고 구석지례(九錫之禮)를 갖추시어, 공덕(功德)을 빛나게 하심이 옳을까 합니다."

그러면 동소가 말하는 '구석지례' 란 무엇인가?

1. 거마(車馬)…대로(大輅), 융로(戎輅) 각 한 채. 대로는 황금수레, 융로는 병거(兵車), 황마 여덟 마리.

2. 의복(衣服)…왕자(王者)의 의복에 붉은 신.

3. 악현(樂縣)…헌현(軒懸)의 악, 당하(堂下)의 악. 높은 곳에 오르내릴 때에는 반드시 음악을 주악함.

4. 주호(朱戶)…집 앞에 홍문(紅門)을 세움.

5. 납폐(納陛)…궁전의 계단을 마음대로 오르내리는 자유.

6. 호분(虎賁)…수문군(守門軍) 삼백 명.

7. 부월(斧鉞)…금도끼, 은도끼 각 한 개씩.

8. 궁시(弓矢)…붉은 활 하나에 붉은 화살 열 대, 검은 활 열에 검은 화살 천 대.

9. 거창(秬鬯)…제사를 지낼 때에 쓰는 술.

동소가 아첨하느라고 조조에게 신도(臣道)에 어긋나는 권유를 하자, 조조의 얼굴에는 희색이 만면해졌다.

그 모양을 보고 순욱이 말했다.

"승상! 동소의 말은 옳지 않습니다. 승상께서 의병을 일으키신 것은 한실을 광부(匡扶)함에 있었는데, 어찌 충의에 벗어나는 일을 할 수 있으오리까?"

조조는 대번에 안색이 변했다.

"내가 구석지례를 받는 것이 옳지 않다는 말이오?"

"그러합니다. 삼십여 년 간 한실에 충성을 다해 오신 승상께서 이제 무엇이 부족하여 신도에 어긋나는 대우를 받으시려 하십니까?"

조조는 그 이상 순욱의 말을 듣기 불쾌했는지 자리에서 벌떡 일어나더니, 아무 소리 아니하고 부중으로 들어가버렸다. 그러자 동소가 따라 들어와 다시 권했다.

"승상께서는 순욱 한 사람이 반대한다고 어찌 중망(衆望)을 막으시려 하십니까? 저희들이 천자께 표를 올릴 터이니, 승상께서는 모르시는 척하고 가만히 계십시오."

동소는 곧 조조로 위공을 삼도록 천자에게 표를 올렸다.

순욱은 그 사실을 알고는 길이 탄식했다.

"내 오늘에 이런 일이 있을 줄은 몰랐구나!"

그날부터 순욱은 칭병하고 조조의 앞에 일절 나타나지 않았다.

건안(建安) 십칠년에 조조는 다시 군사를 일으켜 원정길에 오르게 되었다. 조조는 출정에 앞서 순욱을 불렀다. 그러나 순욱은 병을 칭탁하고 끝끝내 부름에 응하지 않았다.

그로부터 며칠이 지난 어느 날, 순욱의 집에 홀연 조조가 보낸 사자가 나타났다.

"위공께서 이 물건을 보내셨습니다!"

사자는 조그만 그릇 하나를 내놓았다.

'조조 친히 봉하노라!'

그 그릇을 덮은 종이에는 그렇게 씌어 있었다.

순욱이 뚜껑을 열어보니 아무것도 들어 있지 않은 빈 그릇이었다. 새삼 의미를 알아볼 것도 없이, 독약은 내리지 않겠으나 스스로 자결하라는 암시가 분명했다.

"아아, 오늘이 있을 것을 내 이미 짐작하지 않았던가?"

이미 죽음을 면할 길이 없음을 깨달은 순욱은 약을 먹고 자결했다. 그
때 그의 나이 갓 쉰이었다. 순욱이 자결했다는 소식을 전해 들은 조조는
암연히 눈물을 흘리며 그에게 경후(敬侯)라는 시호를 내리고, 장사를 후
히 지내주었다.

부수관 점령

손권을 치기 위해 사십만 대군을 이끌고 유수에 도달한 조조는 이백여 리에 걸쳐 대대적인 진을 쳤다.

"적의 형세를 알아보고 나서 공격을 개시해야 할 것이오."

조조는 막료들을 거느리고 높은 산 위에 올라 적진을 굽어보았다.

손권의 군사들은 강가에 빼곡히 진을 치고 있었다. 강 위에는 병선이 정연하게 늘어서 있었는데, 오색 깃발과 다양한 병장 기구가 강과 그 일대의 하늘을 온통 뒤덮고 있었다. 대선(大船) 위에 우뚝 솟은 청라산(青羅傘) 아래 문무백관이 수풀처럼 시립해 있는 가운데 의연히 서 있는 손권의 모습이 보였다.

"과연 손권은 남방의 강자로다. 우리는 두 번 다시 적벽대전의 전철을 밟지 않도록 단단히 정신을 차려야 할 것이다."

조조가 좌우 장수들을 훈계하며 산을 내려왔을 때였다. 별안간 요란스러운 포성이 울리더니, 적의 병선들이 일제히 북을 울리며 나는 듯이 몰

려오기 시작했고, 육지에서는 엄청난 대군이 함성을 울리며 공격을 개시
해 왔다.

조조가 크게 당황하여 어찌할 바를 모르는데, 이번에는 산속에서 수천
기마가 먼지 구름을 일으키며 광풍처럼 몰려왔다. 그 기세가 어찌나 위
압적으로 보이는지 조조의 군사들은 앞을 다투어 달아났다.

"쫓기지 마라! 적들은 절대 대단하지 않다!"

조조는 몸소 지휘를 하면서 큰소리로 외쳤다. 그때 적진 속에서 일위
대장이 수많은 군사를 거느리고 조조 앞으로 달려오는데, 그 사람은 다름
아닌 손권이었다.

"적벽의 망장 조조가 아직도 살아 있었더냐!"

손권이 기세 좋게 달려드는 바람에, 조조는 기겁을 하고 놀라 말머리
를 돌려 도망을 쳤다.

강동의 맹장 한당, 주태가 조조를 뒤쫓기 위하여 채찍을 가했다. 조조
가 두 장수의 추격권 안에 들어섰을 때 허저가 앞을 막아서며 죽기를 각
오하고 싸웠다. 조조는 그 틈을 타서 간신히 영채로 돌아왔다. 첫 싸움에
서 참패를 당한 조조는 절치부심하며 전군을 독려했다.

그날 밤, 조조의 군사들이 지쳐 잠이 들었을 때, 손권의 군사들이 기습
을 감행해 사방에 불을 질렀다. 크게 당황한 조조의 군사들은 수많은 희
생자를 내고, 오십여 리를 후퇴했다.

조조가 자못 기분이 울민하여 며칠 동안 칩거한 채 계책을 강구하고
있는 중에 정욱이 들어왔다.

"승상, 피로하시겠습니다."

"손권을 깨칠 묘책이 없겠소?"

"이번 거병은 시기가 너무 늦었습니다. 그 동안 적들은 양병에 전력을
기울여 유수에 견고한 성을 쌓아놓았기 때문에 공격하여 깨뜨리기가 쉽

지 않습니다. 일단 허도로 돌아가 다른 방도를 생각하십시오."

"우리가 여기까지 왔다가 다시 허도로 물러간다는 것은 너무도 용렬한 일이 아니오?"

조조가 일언지하에 거부하는 바람에 정욱은 다시 입을 열지 못하고 그냥 물러 나왔다.

이날 밤 조조는 괴상한 꿈을 꾸었다. 용용대강(溶溶大江) 중에서 별안간 일륜태양(一輪太陽)이 솟아나더니, 하늘에 떠 있는 태양과 빛을 다투었다. 두 개의 태양이 한참 맞서다가 별안간 벼락을 치는 듯한 소리가 나더니, 하늘에 있던 태양이 없어지고 강에서 솟았던 태양만이 남았다.

조조가 소스라치게 놀라 깨어보니 장중일몽(帳中一夢)이었다.

다음날 석양 무렵, 조조는 오륙십 기의 수하를 거느리고 진지를 순찰했다. 마침 해가 서산을 향해 넘어가고 있을 때여서 어젯밤 꿈이 연상된 조조는 좌우에 꿈 이야기를 자세히 해주고는 물었다.

"그 꿈이 길몽이오, 흉몽이오?"

바로 그때였다. 적진에서 황금 투구에 전포를 입은 장수 하나가 전신에 찬란한 햇빛을 받으며 다가오고 있었는데, 그가 바로 손권이었다.

손권은 조조를 알아보고는 채찍으로 가리키며 소리쳤다.

"그대는 중원에서 이미 부귀를 다하고 있거늘, 이제 무엇이 부족하여 우리 강동을 침범하는가?"

조조가 한걸음 나서며 목소리를 가다듬어 말했다.

"나는 천자의 명을 받들어 너를 치러 왔다."

그러자 손권이 소리 내어 웃으며 말했다.

"하하하, 그대는 정녕 양심도 없는가? 그대가 천자를 등에 업고 제후들을 호령한다는 것은 천하가 다 아는 일이 아닌가? 나는 나라를 위해 그대를 치는 것이다."

조조는 크게 노했다.

"저 방자스러운 놈을 붙잡을 자 누구 없느냐?"

조조가 그렇게 호통을 치자 홀연 산중으로부터 양표 군이 광풍처럼 쏟아져 나오기에 보니 좌군은 주태요, 우군은 반장이었다.

이날의 싸움에서도 조조는 형편없이 패하고 말았다. 싸울 때마다 패배를 당하자 조조의 군사들은 날이 갈수록 사기가 상실되었다.

조조는 자꾸만 지난밤에 꾸었던 꿈이 일시도 머리에서 떠나지 않았다.

'손권이란 놈이 제왕(帝王)이 되는 것은 아닌가?'

그렇다고 이제 와서 뚜렷한 명분도 없이 회군하는 것도 기가 막힌 일이어서 시간만 질질 끄는 동안, 어느덧 해가 바뀌어 건안 십팔년이 되었다.

새로운 해 봄에는 때 아닌 비가 많이 내려 싸움터는 물바다로 급변했다. 군사들은 진흙 속에서 싸우느라 고생이 막심했다. 게다가 식량이 부족하여 병사들의 불만이 점점 표면으로 드러나기 시작했다.

마침 그때 손권이 편지를 보내왔다.

그대와 나는 모두 한나라의 신하다. 그러기에 보국안민(輔國安民)은 우리의 임무가 아니겠는가. 간과(干戈)를 일삼아 생령(生靈)을 부질없이 희생시키는 것은 옳지 못한 일이다. 하늘도 그 점을 생각하시어 봄철에 때 아닌 큰 비를 내리시니, 이는 그대가 허도로 돌아가기를 재촉하는 뜻인가 하노라. 그대가 끝까지 고집을 부리다가는 기어코 적벽지화를 모면하지 못할 터이니, 십분 고려해 선처하기 바란다.

조조는 편지를 보고 나자 마음이 크게 동하여 그날로 회군령을 내렸다. 손권의 군사들도 일단 말릉으로 회군했다. 그러나 조조와의 싸움에서 자신을 얻은 손권은 막료들을 둘러보면서 자못 기세등등하게 말했다.

"조조는 물러가고 유비는 아직 가맹관에서 돌아오지 않았으니, 우리는 이 기회에 형주를 빼앗아버리는 것이 어떻겠소?"

그러자 장소가 말했다.

"지금 당장 군사를 일으켜서는 아니 됩니다. 유비가 형주로 다시 돌아오지 못하게 할 계책이 저에게 있습니다."

손권이 급히 물었다.

"어떤 계책이오?"

"지금 군사를 일으키면 조조가 반드시 쳐들어올 것입니다. 주공께서는 촉의 유장에게 서신을 보내되, 유비가 우리와 결탁하여 서천을 취하려 한다고 하십시오. 또 장로에게도 편지를 보내 그에게 형주를 치게 하십시오. 그러면 유비는 오도 가도 못하게 될 것인즉, 그때에 치면 우리는 목적을 쉽게 달성할 수 있을 것입니다."

손권은 그 계교를 옳게 여겨 두 사람에게 즉시 서신을 보냈다.

그때 유비는 유장을 대신해 장로를 치려고 가맹관에서 적과 대전 중에 있었다. 유비는 공명의 보고를 통해, 손 부인이 강동으로 간 것과 조조가 군사를 일으켜 손권을 치고 있다는 것을 알고 있었다.

유비가 군사 방통을 불러 물었다.

"이번 싸움에서 조조와 손권 중 누가 이기든 형주를 그냥 둘 것 같지 않구려. 우리는 그것에 대비해 어떤 방비를 했으면 좋겠소?"

방통이 대답했다.

"형주에는 공명이 있으니, 주공은 염려 마십시오. 손권이 감히 형주를 빼앗지는 못할 것입니다."

"공명을 믿지만 어쩐지 마음이 놓이지 아니하는구려."

"그런 걱정보다는 차라리 이번 기회에 다른 계략을 한번 써보시는 게 좋을 것 같나이다."

"어떤 계략 말이오?"

"유장에게 서신을 한 통 보내십시오."

"어떤 내용의 서신을 보낸단 말이오?"

"조조가 대군을 거느리고 남침을 해온 까닭에 손권이 주공께 구원을 요청해 왔다고 하십시오. 형주는 강동과 지리적으로 인접해 있을 뿐만 아니라, 우리와 인척 관계도 있으니 반드시 응원을 해줘야겠다고 하십시오. 그런데 우리는 병력도 적고 군량도 부족하니 정병 삼사만과 군량 십만 곡(斛)만 도와달라고 청하십시오."

"우리의 요구가 너무 거창하지 않을까?"

"그런 요구를 통해 유장이 우리를 어느 정도 믿고 있는지 알아볼 필요가 있습니다. 만약 그 요구를 들어준다면 제가 따로 대책을 세우도록 하겠습니다."

유비는 방통의 말대로 유장에게 즉시 사자를 보냈다.

사자가 부수관(涪水關)에 이르니, 관을 지키고 있는 양회와 고패가 길을 막아섰다. 양회가 사자를 보고 말했다.

"나도 주공을 만나 뵈러 가는데 우리 동행하십시다."

양회는 사자와 동행하여 유장에게 서신을 전하고 나서 충고했다.

"현덕이 막대한 병력과 군량을 요구해 온 모양인데, 그 요구를 절대로 들어주셔서는 안 됩니다. 현덕은 지금 큰일을 꾸미고 있는 것이 분명합니다."

유장은 고개를 흔들며 대답했다.

"현덕과 나는 형제의 의를 맺었는데, 어찌 그를 의심해 청을 물리칠 수 있겠소."

그러자 옆에서 듣고 있던 자초(子初) 유파(劉巴)가 말했다.

"현덕은 잠자는 호랑이와 같은 인물입니다. 그에게 군사와 군량을 주어서는 안 됩니다. 주공은 사사로운 정에 이끌려 나라를 망치는 일이 없도록 해야 합니다."

그리고 동석했던 황권도 강경하게 반대하고 나섰다.

"현덕을 돕는 것은 우리 스스로 묘혈(墓穴)을 파는 것이나 다름없으니, 절대로 그를 도와서는 안 됩니다."

그러나 유장은 야박하게 거절하기 어려워 노약병(老弱兵) 사천 명과 식량 일만 곡을 보내겠다는 회신을 보냈다.

유비는 회신을 받아보고 크게 노했다. 즉석에서 회신을 찢어버리고 유장의 사자에게 호통을 쳤다.

"내가 촉을 위해 군사를 이끌고 와서 적을 막아주고 있거늘, 아무리 옹졸한 사람이기로 나를 이리도 홀대할 수 있는가? 지금 당장 돌아가 너의 주인에게 내 노여운 심기를 전하라!"

사신은 겁을 먹고 크게 당황해 하며 성도로 급히 돌아갔다.

그 광경을 본 방통이 말했다.

"주공께서는 여간해서는 노여운 모습을 보이지 않으시더니 오늘은 전에 없이 크게 노하시니 웬일이십니까?"

"사람을 홀대하는데 내 어찌 노하지 않을 수가 있겠소. 이제는 어찌했으면 좋겠소?"

"저에게 세 가지 계책이 있으니, 주공께서는 그 중 하나를 골라 쓰십시오."

"어서 말해 보오."

"첫째는 지금 곧 주야겸행으로 성도를 엄습하는 것인데, 그것은 상책입니다. 만약 그대로만 하면 반드시 성공할 수 있으오리다."

"음……."

"둘째는 주공께서 군사를 거두어 형주로 돌아가신다고 거짓 전하면 양회와 고패가 크게 기뻐하며 작별 인사를 올 것이니, 그때에 두 장수를 죽이고 부수관을 일거에 점령해 버리는 것인데, 그것은 중책입니다."

"또 한 가지는 뭐요?"

"셋째는 일단 군사를 거두어 백제성(白帝城)으로 돌아가 형주를 굳게 지키면서 다음 기회를 기다리는 것인데, 그것은 하책입니다."

"잘 알았소이다. 상책은 너무 급하고 하책은 너무 느리니 나는 중책을 취하도록 하겠소."

유비는 그날로 유장에게 서신을 보내어, 형주의 형세가 급박한 까닭에 고국으로 돌아가겠다는 뜻을 전했다.

"현덕이 나를 버리고 돌아간다니, 이것은 분명 나의 대접이 나빴기 때문이로다!"

유장은 편지를 받아보고 적이 뉘우쳤다. 그러나 유비를 경계하는 무리들은 그 소식을 듣고 크게 기뻐했다.

유비가 형주로 돌아간다는 소식을 듣고 누구보다도 놀란 사람은 장송이었다. 그는 일찍부터 유비와 내통해 오고 있었다. 그런데 유비가 모사를 포기하고 형주로 돌아가면 입장이 곤란해질 수밖에 없었다.

장송은 집으로 돌아오자 즉시 유비에게 밀서를 썼다.

송은 전일에 진언한 바 있거늘 황숙께서는 간단히 이룰 수 있는 대사를 포기하고 어찌하여 형주로 돌아가신다 합니까? 이 글을 보시는 대로 군사를 일으켜 성도로 진군해 오시면 송이 즉시 배웅할 수 있게 만반의 준비를 다 갖추었사오니, 조금도 염려 마시고 즉시 큰일을 도모하십시오.

장송이 서신을 여기까지 쓰고 있는데, 별안간 방문이 발칵 열렸다. 장송은 소스라치게 놀라며 쓰던 편지를 소매 속에 감추었다. 그러고 나서 들어오는 사람을 보니, 그의 친형 장숙(張肅)이었다.

"누군가 했더니 형님이시구려?"

"자네는 무엇 때문에 그리 놀라는가?"

"아무것도 아닙니다. 모처럼 오셨으니 한잔 나누십시다."

두 형제는 술잔을 주거니 받거니 하는 동안에 크게 취했다. 이윽고 술에 취한 장송이 용변을 보기 위해 자리에서 일어났을 때, 그의 소매 속에 감추었던 서신이 방바닥으로 떨어졌다. 그러나 장송은 그것을 알지 못했다.

아우가 방을 나간 뒤에, 형 장숙이 그 서신을 읽어보고 소스라치게 놀랐다.

'아! 동생이 이런 어마어마한 반역 모의를 한 줄은 몰랐구나.'

취기가 달아난 장숙은 그 길로 달려가 문제의 서신을 유장에게 바쳤다. 크게 노한 유장이 그 다음날 장송과 그 일가족의 목을 벤 것은 두말할 것도 없었다.

한편, 가맹관을 떠난 유비는 부성(涪城) 근교에서 군사를 멈춰 세웠다. 유비는 부성으로 사람을 보내 양회와 고패에게 작별의 술을 나눌 것을 청했다. 서신을 읽어본 고패는 손뼉을 치며 양회에게 말했다.

"우리가 현덕을 죽일 수 있는 기회가 이제야 왔나 보오. 내일 현덕이 성안으로 들어오거든 성대한 송별연을 베풀어주다가 그 자리에서 물고를 내버리기로 합시다. 그래야만 우리 촉이 무사할 것이오."

양회도 그 계획에 찬성했다.

다음날 유비는 방통과 말을 타고 부성으로 향했다. 그런데 별안간 회오리바람이 한차례 불고 지나가면서 유비의 수자기(帥字旗)의 깃대가 두 동강으로 부러졌다. 유비가 말을 멈추고 방통을 돌아보며 물었다.

"이 무슨 흉조요?"

방통이 웃으면서 대답했다.

"하늘이 흉사를 미리 알려주는 징조인가 봅니다. 그런 의미에서 길조라고도 볼 수 있겠습니다."

"길조라니요?"

"고패와 양회가 오늘의 연락석상에서 주공을 해할 계획을 세우고 있는 게 틀림없습니다. 주공께서는 결코 방심하지 마십시오."

유비는 방통의 충고대로 곧 갑옷을 겹쳐 입고 몸에는 보도를 찼다.

방통은 위연과 황충을 따로 불러 분부했다.

"양회와 주패가 주공을 만나 뵈러 들어오거든 밖에 있는 군사들을 모두 사로잡아두오."

이윽고 관문이 넓게 열리더니, 양회와 고패가 정중하게 마중을 나오며 말했다.

"황숙께서 먼 길을 떠나신다기에 박주나마 준비했으니 부디 즐겁게 드시고 쉬어가십시오."

유비가 그들을 따라 관중으로 들어오자 연락이 곧 시작되었다.

그 사이에 밖에 있던 양회와 고패의 이백여 군사가 위연과 황충에게 억류된 것은 말할 것도 없었다. 술이 몇 순배 돌아가자 유비는 양회와 고패를 보고 말했다.

"내가 두 분에게 긴밀히 전하고 싶은 말이 있으니 잡인들을 잠깐 물러가 있게 하오."

옆에 있던 호위병들마저 밖으로 물러가고, 양회와 고패 두 사람만이 남게 되자 유비는 홀연 호통을 쳤다.

"네 놈들이 나를 죽일 계획을 꾸몄으렷다?"

유비의 입에서 그 말이 떨어지기 무섭게 장막 뒤에 숨어 있던 관평과 유봉이 비호같이 뛰어나오며 두 사람을 꼼짝 못하게 결박 지었다.

"이놈들, 꼼짝 말아라!"

양회, 고패는 깜짝 놀라며 반항하려 했으나 미처 손을 쓸 사이가 없었다. 결박을 짓고 나서 두 사람의 몸을 수색해 보니 과연 그들의 가슴속에는 날카로운 비수가 숨겨져 있었다.

"이놈들아! 이 비수는 무엇에 쓰려고 했던 것이냐?"

"무기는 무사의 상용품일 뿐이오!"

"거짓말 마라! 정당한 무기라면 허리에 차고 다닐 것이지, 어찌하여 가슴에 숨겨서 다닌단 말이냐!"

양회와 고패는 이미 체념했는지 고개를 숙인 채 말이 없었다.

방통이 그 모양을 보고 큰소리로 외쳤다.

"저놈들을 당장 끌어내어 목을 베어라!"

도부수들이 번개같이 덤벼들어 그들을 밖으로 끌어내기 무섭게 목을 베었다. 그러나 유비는 매우 우울한 기색을 감추지 못했다.

"주공께서는 무슨 연유로 그리 언짢아하십니까?"

방통의 질문에 유비는 경황없이 대답했다.

"조금 전까지 나와 술잔을 나누던 양회와 고패를 죽였으니, 내 기분이 어찌 유쾌할 수 있겠소."

"그런 감정으로 주공은 어찌 그리도 많은 싸움을 겪어 오셨습니까?"

"싸움터와 이곳은 다르지 않소."

"아닙니다. 이곳 역시도 싸움터입니다."

"양회와 고패가 데리고 온 군사들은 어찌 되었소?"

"위연과 황충에게 억류되어 있습니다."

"그들은 아무 죄도 없으니 술을 대접해 돌려보내오."

"그들을 이용할 데가 있으니, 주공께서는 친히 나가서서 위로의 말씀을 들려주시며 술을 베풀어주십시오."

유비가 즉시 밖으로 나와 이백여 명의 군사를 좋은 말로 위로하며 술을 나눠주니, 그들은 모두 감격하여 눈물을 흘렸다. 그들은 한결같이 유비에게 충성을 다할 것을 자진해서 맹세했다.

그날 밤 유비는 이백여 명의 촉병을 앞장세우고 부수관으로 향했다. 그들이 관문 앞에 이르러 큰소리로 외쳤다.

"장군께서 돌아오시니 문을 열어라!"

내막을 모르는 수문장은 두말없이 문을 열어주었다. 유비의 군사들은 문이 열리기 무섭게 함성을 올리며 성안으로 밀려들었다. 그러나 아무도 항거하는 사람이 없어 유비는 피 한 방울 흘리지 않고 부수관을 점령했다.

"이제 촉은 이미 나의 손에 들었다!"

유비는 전에 없이 기뻐하며, 모든 군사들에게 술을 마음껏 마시게 하라고 명했다. 유비도 만취하여 옆에 있는 방통을 보고 말했다.

"군사, 오늘밤 이 자리가 꿈만 같구려!"

그러자 방통이 빈정거리는 표정으로 대답했다.

"남의 나라를 빼앗고 즐겁다 하심은 인자지병(仁者之兵)이 아니십니다."

유비는 그 소리를 듣자 울화가 치밀어 올라 자기도 모르게 큰소리로 소리쳤다.

"옛날에 무왕(武王)은 주(紂)를 치고 나서 잔치를 크게 베풀며 춤까지 추었다는데, 그러면 무왕도 인자지병이 아니었단 말인가? 어찌 그따위 말버릇을 하는가? 이놈, 썩 물러가거라!"

"하하하……"

방통은 소리를 내어 웃으며 밖으로 나갔다. 유비는 너무도 취하여 좌우의 부축을 받으며 후당으로 들어와 잠이 들었다.

　다음날 아침 유비는 잠이 깨어 어젯밤 방통에게 호통을 쳤던 이야기를 듣고 크게 뉘우쳤다. 그리하여 의관을 갖추고 방통을 불러들여 머리를 숙여 보이며 정중히 사과했다.

　"내가 어젯밤에는 취중에 군사에게 무례했는가 보오. 나쁘게 생각지 마오."

　방통은 아무 대꾸도 아니하고 웃기만 했다.

　"내가 실수를 했으니 부디 언짢게 생각 마오!"

　유비가 거듭 사과하니 방통은 소리 내어 웃으면서 말했다.

　"실수를 하기는 군신이 피차일반이었는데, 어찌하여 주공만이 사과를 하십니까?"

　유비는 그제야 소리를 내어 통쾌하게 웃었다.

위연의 실패

유비가 양회, 고패를 죽이고 부수관을 점령했다는 소식을 듣고 유장은
소스라치게 놀랐다.

"나와 결의(結義)한 현덕이 그럴 수 있단 말이냐!"

유장은 크게 노하여 즉시 문무백관을 모아놓고 선후책을 강구했다.

그 자리에서 황권이 말했다.

"주공은 걱정 마십시오. 낙현(雒縣)은 부수관을 제압하는 요충이니, 그
곳으로 군사를 몰아나가면 현덕을 깨는 것은 문제없습니다."

"그러면 장군이 부수관을 탈환해 주도록 하오."

무능한 유장은 모든 뒷수습을 오직 황권에게 맡길 뿐이었다.

황권은 유궤, 냉포, 장임, 등현의 네 장수에게 정병 오만을 이끌고 낙현
으로 떠나게 했다.

출병에 앞서 유궤가 세 장수를 보고 말했다.

"금병산(錦屛山) 석굴 속에 자허상인(紫虛上人)이라는 유명한 도사가

있다 하오. 그 도사는 미래의 길흉화복을 신통하게 꿰뚫어 알아맞힌다니, 이번 싸움의 승부를 미리 한번 점쳐보고 떠나는 것이 어떻겠소?'

장임이 일소에 부치며 말했다.

"국가의 흥망을 걸고 군사를 일으키는 마당에, 부질없는 야로(野老)에게 점을 쳐본다는 것이 웬말이오!'

"아니오. 내가 싸우기가 겁이 나 그런 소리를 하는 것이 아니오. 유명한 도사에게 점을 쳐 좋은 일은 지나고 나쁜 일은 피하는 것이 뭐가 나쁘단 말이오."

"그렇다면 혼자 가보시구려."

"그러지 말고 같이 갑시다."

유궤는 세 장수를 끌고 기어코 금병산으로 자허상인을 찾아 나섰다. 자허상인은 깊은 산속 석굴암 속에서 명상에 잠겨 있었다.

"도사님! 우리 네 사람이 이번에 출전을 하는 길인데, 앞날의 운수가 어떻겠습니까?'

유궤가 머리를 숙여 물었다.

자허상인은 네 장수의 얼굴을 한동안 멀거니 바라보더니, 대답 대신 글을 몇 구절 써주었다.

左龍右鳳　飛入西川

鳳雛墜地　臥龍昇天

一得一失　天數當然

見機而作　勿喪九泉

왼편 용과 바른편 봉황이 서천으로 날아드니

봉추는 땅에 떨어지고, 와룡은 하늘로 오르다.

얻고 잃는 것은 하늘의 운수이니

천기대로 행동하여 목숨을 잃지 말라!

이상과 같은 구절이었다.

"도사님! 이번 싸움에서 촉이 이길 것 같습니까?"

"정수(定數)는 피하지 못하는 법이오."

"우리 네 사람의 운수는 어떠하겠습니까?"

"그 역시 천수(天數)대로 될 수밖에 없는 것이오."

"그러면 현덕이 승리하리라는 말씀인가요?"

"일득일실(一得一失)이오. 거기 써 있는 것을 보면 알 게 아니오?"

도사는 귀찮은 듯 짜증을 내면서 눈살을 찌푸렸다.

유궤는 산을 내려오며 말했다.

"싸움은 우리에게 불리할 모양이니 조심해야 하겠소."

그러자 장임이 또다시 비웃었다.

"미신을 믿는 소리는 그만하오."

오만 정병은 그날로 출동했다.

그들은 낙현에 도착하자 요해처에 진을 치고, 부성을 노렸다. 냉포와 등현은 각각 군사 일만을 거느리고 전면에 나왔고, 유궤와 장임은 낙성을 지키고 있었다.

한편 유비는 부수관을 점령하고 방통과 더불어 낙성을 치려는데, 첩자가 돌아와 고했다.

"촉에서 네 장수가 오만의 정병을 거느리고 와서, 한 패는 낙성을 지키고, 한 패는 전방에 나와 진지를 구축하고 있습니다."

유비가 장수들을 불러 말했다.

"적의 선봉은 냉포와 등현이라는 장수들이오. 그들을 물리치는 사람이 제일착으로 성도를 점령하게 될 터인데, 누가 그들을 격파할 것인가?"

그러자 수많은 장수 중에서 백발이 성성한 노장 황충이 나서며 말했다.

"소장이 그 임무를 맡겠나이다."

그 말이 떨어지기 무섭게 옆에 있던 젊은 장수가 소리쳤다.

"연로한 황 장군께 그 임무는 너무 과중할 것입니다. 아직 젊은 소장에게 그 임무를 맡겨주시면 반드시 이기고 돌아오겠나이다."

그는 위연이었다.

황충은 불쾌한 어조로 위연을 나무랐다.

"위 장군이 공명을 세우려는 것은 좋은 일이나 나를 늙었다고 얕보지는 마오. 내가 어찌 그 임무를 감당하지 못한단 말이오?"

"듣건대 냉포, 등현은 촉이 자랑하는 명장들이니, 노장께서 어찌 그들의 기력을 당해 낼 수 있겠습니까? 저는 노장을 아끼는 마음에서 하는 말이었습니다."

"말을 삼가라! 늙었다고 어찌하여 젊은 사람을 당해 내지 못한단 말인가? 정말 그렇다면 지금 앞에서 그대와 내가 재주를 겨루어보기로 하자!"

황충이 위연을 노려보며 호통을 쳤다.

"노장께서 정 그렇게 나오신다면 한번 겨뤄보십시다."

마침내 두 사람은 계하에서 칼을 뽑아 들고 싸움을 시작하려 했다. 유비가 황망히 놀라며 말했다.

"어린애들처럼 이게 무슨 짓들이오? 대사를 일으키려는 마당에 두 장수가 싸우면 이긴들 어떠하며 진들 어떠하겠단 말이오? 두 분의 출전 문제는 군사가 잘 처리해 줄 터이니 잠자코 기다리시오."

유비는 그러고 나서 옆에 있는 방통을 돌아다보았다. 방통은 빙그레 미소를 지으며 잠시 생각에 잠겼다. 사세가 이미 이 지경에 이른 만큼 어느 한 사람을 보내고 다른 사람을 물리치는 것은 명예에 관계되는 일임은 두말할 것도 없었다.

방통이 잠시 생각하다가 말했다.

"다행히 적의 선봉부대가 냉포와 등현의 두 패로 나뉘어져 있으니, 두 장군은 각각 한 부대씩 맡아 싸우도록 하오. 그래서 먼저 승리하는 사람을 두공(頭功)으로 삼겠소."

실로 어느 누구에게도 치우치지 않는 공평한 작전 명령이었다. 유비도 명안에 즉시 찬동했다. 두 장수는 곧 군사를 이끌고 출진했다. 그러나 방통은 그것만으로는 안심되지 않아 유비에게 이렇게 말했다.

"두 사람이 도중에서 또 싸울지 모르니, 주공께서 군사를 이끌고 뒤따르셔야 합니다."

"그러면 부수관은 누가 지키오?"

"본성은 제가 맡겠습니다."

그리하여 유비는 유봉과 관평을 데리고 황충과 위연의 뒤를 따랐다.

황충과 위연은 각각 군사를 거느리고 출동할 준비를 했다. 위연은 경쟁심이 앞서서 부하들을 보고 물었다.

"황충의 군사들은 언제 출동한다더냐?"

"황충 장군의 부대는 이미 출동 태세를 다 갖추어서, 사경에는 밥을 지어 먹고, 오경에는 출동하여 좌편 산길로 쳐들어간다 합니다."

"그래? 그렇다면 우리는 이경에 밥을 지어 먹고 삼경에는 출동을 하도록 해야 할 것이다!"

위연의 안중에는 오히려 적보다 황충이 있을 뿐이었다. 출동 명령이 너무 급하므로 모든 군사는 급히 서두르지 않을 수 없었다.

원래 유비가 장령을 내릴 때, 황충은 냉포를 치고 위연은 등현을 치라고 명했다. 그러나 위연은 황충보다도 더 큰 전공을 세우고 싶은 욕망에서 자기가 먼저 출동하여 냉포와 등현을 혼자 무찔러버리려는 생각에 잠겼다. 한 발 앞서 출동한 위연은 조금 후에 황충의 군사가 진격하기로 한

좌편 산길로 진군했다.

날이 훤히 밝으니 적진이 보였다.

"적은 아직도 잠을 자고 있으니 급히 습격하여 일거에 분쇄해 버려라!"

위연은 추상같이 호령하며 진두로 달려나갔다. 그러나 적장 냉포도 산전수전 다 겪은 명장인지라 적을 앞에 두고 자고만 있을 리 없었다. 그는 기습에 대비하고 있었던 만큼, 위연이 접근해 가자 일성 포향을 신호로 조수처럼 밀려나왔다.

위연이 적장 냉포와 칼을 번개 치듯 하며 삼십여 합을 맹렬히 싸우고 있는데, 문득 후방의 군사들이 몹시 동요하고 있는 것이 느껴졌다. 적의 복병이 후방에서부터 공격을 개시해 왔기 때문이었다.

'아차! 속았구나!'

위연은 크게 당황하여, 곧 말머리를 돌려 우방(右方)으로 십 리 가까이 도망을 쳤다. 그리하여 간신히 숨을 돌리는 그 순간에, 이번에는 부근 일대의 숲속에서 복병들이 함성을 울리며 습격해 왔다.

"위연아, 네가 어디를 가려느냐?"

"목숨이 아깝거든 항복하라!"

위연이 기겁을 하고 놀라 다시 도망을 치는데 한 장군이 창을 꼬나 잡으며 급히 추격했다.

"위연아, 비겁하게 어디로 도망을 가려느냐?"

돌아다보니 비호같이 추격해 오는 장수는 다른 사람 아닌 적장 등현이었다. 등현은 목덜미를 누를 듯이 급히 추격해 오며 창을 쏘나 잡고 위연의 등을 찌르려 했다. 바로 그 순간, 어디선가 시위소리가 날카롭게 들리더니 등현이 그대로 땅으로 고꾸라져버렸다.

이번에는 냉포가 급히 달려오며 위연을 죽이려고 하는데, 별안간 산등으로부터 한 대장이 나는 듯이 말을 몰아 내려오며 큰소리로 호통을 쳤다.

"노장 황충이 여기 있다. 위연은 조금도 겁내지 마라!"

황충이 냉포를 목표로 달려드니, 기가 질려 그대로 달아나버렸다. 앞서 등현을 활로 쏘아 죽인 장수도 황충이었고, 지금 위연을 구해 준 장수도 황충임은 말할 것도 없었다.

냉포는 황충에게 쫓겨, 등현이 지키고 있던 진지로 돌아왔다. 그러나 웬일일까. 진지로 돌아오며 보니, 주위에 펄럭이는 깃발이 모두 생소하지 않은가. 그동안에 유비가 관평과 유봉을 거느리고 와서 등현의 진지를 이미 점령해 버렸던 것이다.

냉포는 돌아갈 곳이 없어 산중으로 피했다. 그러자 사방에서 별안간 함성이 일어나며 복병들이 몰려오더니 밧줄과 갈고랑이를 어지러이 던졌다.

"아아, 내가 이제야 너를 사로잡았구나!"

냉포를 향하여 큰소리로 외치는 사람은 위연이었다.

위연은 군령을 어기고 냉포를 치러 갔다가 크게 패하는 바람에 몹시 초조해 하다가 이번에는 최후의 전공을 세우려고 산중에서 대기하고 있었던 것이다.

첫번째 싸움에서 승리한 유비는 크게 기뻐했다. 유비는 장병들에게 은상을 후히 내리고, 수많은 포로들에게 특사를 내려 본인이 원하면 모두 부하로 삼았다.

노장 황충이 유비 앞에 나와 말했다.

"위연은 장령을 어겼으니 주공께서는 참형시켜야 마땅합니다. 만약 그를 처벌하지 않으면 장차 어떤 명분으로 군율을 유지하시겠습니까?"

유비는 크게 당황하며, 곧 위연을 불렀다. 위연은 유비의 부름을 받자 냉포를 데리고 나타났다. 유비는 위연의 용맹을 아끼는 마음에서 그를 참형에 처하고 싶지는 않았다. 그러나 황충의 감정을 무시할 수도 없어 이렇게 말했다.

"듣자하니 그대는 다 죽게 된 목숨이었는데 노장 황충 장군 덕분에 살 아났다고 하니, 내 앞에서 황 장군에게 감사의 뜻을 표하도록 하오."

위연이 황충 앞에 무릎을 꿇고 절하며 말했다.

"저는 장군의 구함을 받지 못했다면 등현에게 틀림없이 죽었을 것입니 다. 구명지은(救命之恩)을 진심으로 감사합니다."

"그대는 장령을 어기고 황 장군을 앞질러 나갔다니, 그것은 어찌 된 일 인가?"

유비는 황충의 감정을 충분히 풀어주기 위해 위연을 또 한 번 나무랐 다. 위연은 그 눈치를 아는 까닭에 이렇게 대답했다.

"제가 아직 나이가 어려 매사에 경솔한 까닭에, 밤에 방향을 잘못 잡아 황 장군에게 누를 끼쳤으니 거듭 용서바랍니다."

위연이 그렇게 나오니 황충도 더 나무랄 생각을 아니하고 가벼운 마음 으로 그를 용서했다. 내부의 분규가 해결되자 유비는 냉포를 끌어내어 결박을 풀어주며 말했다.

"그대는 항복할 뜻이 없는가?"

"장군께서 죽은 목숨을 건져주시는데, 제가 어찌 항복을 아니하오리 까."

"그러면 그대는 낙성으로 돌아가 다른 장수들을 우리에게 항복하라 설 복시키겠는가?"

"목숨을 걸고 노력하여 유궤와 장임을 설복시키겠습니다."

유비는 크게 기뻐하며 말을 내주었다. 그러나 위연은 그 처사를 매우 못마땅하게 여기며 말했다.

"저놈은 한번 가면 다시 돌아오지 않을 놈입니다."

유비가 고개를 저었다.

"모르는 소리 마오. 내가 인의(仁義)로 대하는데, 냉포가 어찌 나를 배반하겠소. 만약 돌아오지 않는다면 냉포는 신의가 없는 장수가 될 뿐이오."

그러나 위연의 예상대로 냉포는 돌아오지 않았다. 그는 낙성으로 돌아오자 포로가 되었던 사실을 숨기고 수다한 적들을 무찌르고 간신히 도망쳐 왔노라고 거짓말을 하면서 성도에서 구원병을 급히 보내줄 것을 요청했다.

한편 유장은 대장 등현이 전사했다는 소식을 듣고 크게 놀라며 곧 만아들 유순(劉循), 장인 오의(吳懿)와 오란(吳蘭), 뇌동(雷同) 장군들에게 군사 이만을 나눠주며 급히 낙성으로 가볼 것을 명했다.

오의가 낙성에 이르러 모든 장수들에게 물었다.

"적군이 지금 성 밑에 있다 하니, 그들을 무찌를 좋은 방법이 없겠는가?"

냉포가 말했다.

"유비는 지금 지형적으로 가장 낮은 지대에 진을 치고 있으니, 제가 오천 군사로 부강의 둑을 무너뜨리면 그들은 물속에 깨끗이 잠겨버리고 말 것입니다."

"그것 참 다시없는 묘안이오."

오의가 찬성하자, 냉포는 곧 제방을 무너뜨릴 준비에 착수했다.

한편, 유비는 점령 지역을 황충과 위연에게 지키게 하고, 자기는 일단 부수성으로 돌아왔다. 그가 성으로 돌아오니 정탐이 아뢰었다.

"손권이 동천(東川)의 장로와 동맹을 맺고, 머지않아 가맹관을 공격해 올 기미가 보인다고 합니다."

유비는 크게 놀라며 방통에게 물었다.

"만약 가맹관을 점령당하면 우리와 형주와의 연락이 완전히 두절될 판이니 이를 어찌했으면 좋겠소?"

"맹달이 가맹관의 지리에 밝습니다. 그에게 가맹관을 지키게 하면 좋을 것입니다."

유비는 곧 맹달을 불러 장령을 내리자 그가 말했다.

"일찍이 유표의 밑에서 중랑장을 지낸 바 있는 곽준(霍峻)을 데리고 가게 해주시면 소장이 가맹관을 능히 지킬 수 있겠나이다."

"장군의 소망을 들어줄 터이니, 그러면 그 사람을 데리고 가오."

맹달은 곽준을 데리고 그날로 가맹관을 향해 떠났다.

방통이 군사를 보내고 객사로 돌아오니, 문지기가 이상한 손님이 왔다고 말했다.

"이상한 손님이라니, 어떻게 생긴 손님이더냐?"

"키는 칠 척이나 되고, 머리를 짧게 깎아 어깨에 늘어뜨리고 있습니다."

"가만있어라! 내가 직접 나가보겠다."

방통이 대문까지 나와보니, 과연 위장부 하나가 서 있었다.

"댁은 누구시오?"

손님은 대답 대신 자기 집처럼 방안으로 서슴지 않고 들어왔다. 방통은 어이가 없어 따라 들어오며 물었다.

"대체 댁은 뉘시오?"

"그대가 주인인가?"

"내가 주인이오."

"그러면 나하고 함께 천하대사를 한번 얘기해 보세!"

괴상한 위장부는 말씨부터 반말이었다.

"도대체 당신이 누군지 알아야 천하대사를 논할 게 아니오?"

"그런 건 알아 무엇 하겠는가? 술이나 한잔씩 나누면서 얘기하세."

방통은 어쩔 수 없어 술상을 차려오게 했다.

괴상한 손님은 인사 체면도 없이 술을 마셨다. 그러더니 천하대사를 논할 생각은 아니하고, 술만 무섭게 마시다가 이내 그 자리에 쓰러져 코를 골기 시작했다.

방통이 너무도 어이없어 하는데, 때마침 법정(法正)이 달려왔다. 방통은 손님이 하도 수상스러워 그의 정체를 알아보려고 몰래 법정을 불렀던 것이다. 법정은 자고 있는 위장부의 얼굴을 물끄러미 들여다보더니 어깨를 잡고 흔들어 깨웠다.

"이 사람은 영언(永言)이오. 이 사람아, 자네가 웬일로 이곳에 나타났는가?"

손님은 눈을 떠보고 나서, 벌떡 일어나 앉으며 말했다.

"아, 법정인가? 자네가 지금 여기 웬일로 왔는가?"

"나는 가끔 오지만 자네야말로 웬일인가? 방통, 내가 좋은 친구를 한 사람 소개하리다. 이 사람의 성명은 팽양(彭羕)이요, 자는 영언이라고 하는데, 촉에서는 둘도 없는 호걸이오. 주군 유장에게 항상 지나친 직언을 하다가 벼슬을 빼앗기고 머리까지 깎이어 지금은 도예(徒隷) 신세로 있소."

"하하하."

팽양은 그 말을 듣자 남의 일처럼 소리를 크게 내어 통쾌하게 웃었다.

방통은 새삼스러이 예의를 갖추며 물었다.

"참으로 어려운 걸음을 해주셔서 감사합니다. 선생은 무슨 일로 나를 찾아오셨소?"

"유 황숙을 만나서 하고 싶은 말이 있어서 찾아왔소."

"그러면 법정과 함께 우리 세 사람이 황숙을 같이 만나십시다."

방통은 영언과 법정 두 사람을 유비의 숙소로 안내했다. 영언은 유비를 만나자 서슴지 않고 말했다.

"황숙 같은 장군이 어쩌면 그리도 지리에 어두우십니까?"

"내가 지리에 어둡다니 무슨 말씀이오?"

"황숙은 지금 황충과 위연을 시켜 부수에 진을 치고 있게 했는데 그곳은 강둑만 무너뜨리면 하루아침에 물바다가 되는 곳이오. 그러니 어찌 지리에 어둡다 하지 않을 수 있겠소?"

유비는 그 말을 듣고 크게 깨닫는 바 있었다.

영언이 다시 말했다.

"내가 요즘 천문을 보니, 머지않아 불길한 일이 있을 것 같소. 황숙은 십분 조심하시기 바라오."

유비는 크게 감격하여, 그 자리에서 영언을 막빈으로 삼는 동시에, 황충과 위연에게 사람을 보내 제방에 대한 경계를 엄중히 하라고 명했다. 그리하여 그날부터 낮과 밤으로 제방 경계가 심해지니, 냉포는 계획을 실천에 옮길 수 없게 되었다.

그로부터 며칠이 지난 어느 밤, 바람이 몹시 불면서 비가 무섭게 내렸다. 냉포는 그 기회를 이용해 목적을 달성하려고 오천 군사를 동원하여 둑을 무너뜨리기 시작했다.

그러나 둑을 절반쯤 무너뜨렸을 무렵, 후방에서 별안간 함성이 일어나며 적의 군사가 쳐들어왔다. 캄캄한 밤중인지라 냉포의 군사들은 어쩔 줄을 모르고 당황하다가 적의 칼과 창에 찔려 죽었다.

냉포는 기겁을 하고 놀라 달아나다가 위연에게 또다시 사로잡히는 신세가 되고 말았다. 촉의 오란과 뇌동이 냉포를 구하려고 낙성에서 달려와 위연을 추격했으나, 도중에서 황충을 만나 그들 역시 무참히 패주하고 말았다.

다음날 아침 위연이 사로잡아 온 냉포를 유비의 앞으로 끌고 나왔다. 유비가 냉포를 크게 꾸짖었다.

"네 이놈! 내가 너를 인의로 대해 주었거늘, 어찌 배반한단 말이냐? 너 같은 놈은 다시는 용서를 못하겠다!"

유비는 냉포를 밖으로 끌어내어 참하게 한 뒤에 위연과 황충에게는 상을 후히 내렸다. 그런 다음 막빈 영언을 향해 말했다.

"우리 군사가 사지에서 구원을 받은 것도 선생의 덕택이었고, 오늘날 이렇듯 승리를 거두게 된 것도 오로지 선생의 덕택이었소."

그때부터 유비는 영언을 더욱 융숭히 대접했다.

공명의 서촉행

그로부터 며칠이 지난 뒤였다. 형주의 소식을 몰라 무척이나 궁금하던 차에 마침 마량(馬良)이 제갈공명의 서신을 지참하고 당도했다. 유비는 크게 기뻐하며 공명의 서신을 개봉해 보니, 그 안에 씌어 있는 사연은 다음과 같았다.

양(亮)이 밤에 천문을 보온 즉, 강성(罡星)이 서방(西方)에 있고, 태백(太白)이 낙성 지경에 임하여, 주장(主將)에게 궂은 일이 많을 것 같습니다. 부디 주공께서는 매사에 신중을 기하시기 바라나이다.

서신을 읽고 난 유비는 기분이 매우 우울했다. 그리하여 마량을 돌려보내고 나서 숫제 형주로 돌아가버릴까 생각했다. 방통은 공명의 서신 때문에 우울해 하는 유비를 보자 더럭 의심이 생겼다.

'공명이 내가 서천을 빼앗아 큰 공을 세우게 될까봐 나를 시기하는 모양이구나!

방통이 유비를 보고 말했다.

"인명은 재천인데, 어찌 사소한 걱정 때문에 큰일을 그르치려 하십니까? 천문을 보아 태백이 낙성에 임했다 하더라도, 적장 냉포를 이미 베었는데 이제 무엇이 두려우리까? 주공은 기우를 거두시고 예정대로 진병(進兵)하십시오."

유비가 방통의 진언에 용기를 얻어 부성으로 군사를 다시 몰아 나아가니, 위연과 황충이 마중을 나와 반갑게 영접했다.

유비는 여러 막료들을 한자리에 모아놓고, 낙성을 공격할 계획을 세웠다. 유비가 전일 장송에게서 받은 서촉 사십일 주의 지도를 펼쳐놓고 지세를 검토하니, 법정도 자기가 가지고 있던 지도와 대조해 가면서 말했다.

"낙산(雒山) 북방에는 널찍한 대로가 하나 있는데, 그 길을 더듬어가면 낙성 동문(東門)에 도달합니다. 그리고 그 산 남쪽으로 소로(小路)가 있는데, 그 길은 낙성 서문(西門)으로 통하게 되어 있습니다. 그리 아시고 작전 계획을 세우십시오."

유비는 그 말을 듣고, 방통에게 명했다.

"그러면 군대를 둘로 나누어, 군사가 행군하기 편한 북쪽 길로 진군하오. 나는 행군에 익숙하니 험한 남쪽 길로 진군하겠소."

"아닙니다. 대로에는 반드시 군사가 지키고 있어 싸움이 크게 벌어질 것이니 주공께서 막으십시오. 저는 소로로 가겠습니다."

"나는 아무래도 상관없지만 내가 어젯밤 괴상한 꿈을 꾸었기 때문에, 군사를 그 길로 가라하기가 죄송스러워 그러오."

"무슨 꿈을 꾸셨는데 그러십니까?"

"간밤 꿈에 한 신인(神人)이 나타나 무쇠 망치로 내 오른팔을 때려 갈겼소. 그것이 어쩌나 아팠던지 아직도 팔이 뻐근하오. 그래서 내가 일부러 그 길을 택하려는 것이오."

"하하하, 주공께서는 공명의 편지를 보셨기 때문에 그런 꿈을 꾸셨습니다. 공명은 제가 큰 공을 세울까봐 시샘하는 마음에서 그런 서찰을 보낸 것이니 아무 걱정 마시고 저에게 소로를 택하게 해주십시오."

유비는 아무런 대꾸도 아니하고 방통의 요구를 그대로 들어주었다. 그때 말이 갑작스레 미친 듯이 날뛰며 타고 있던 방통을 땅으로 떨어뜨렸다. 유비가 급히 달려와 방통의 손을 잡아 일으키며 위로했다.

"군사는 어찌 이런 질 나쁜 말을 타시오?"

"전에는 이런 일이 없었는데, 오늘은 웬일인지 모르겠나이다."

"출정(出征)에 앞서 좋지 않은 일이니, 선생은 숫제 내 말을 타고 가시오. 내 말은 성질이 온순해 절대로 실수가 없소이다."

유비는 오래 전부터 애용해 오던 말을 방통에게 내주었다. 방통은 과분한 은총에 감격의 눈물을 지으며 유비의 백마를 타고 정도(征途)에 올랐다.

한편 낙성에서는 장임, 유궤, 오의 등이 한자리에 모여 앉아 냉포를 잃은 것에 대한 일대 보복전을 전개할 계획을 세우고 있었다. 그러던 중 유비가 다시 쳐들어온다는 소식을 듣고 크게 긴장했다.

"이번에야말로 적을 씨알머리도 없이 섬멸해 버립시다!"

그렇게 말한 장임은 명궁수(名弓手) 삼천여 명을 몸소 이끌고 남방 산협에 잠복해 적이 나타나기를 기다리고 있었다.

이윽고 탐마가 달려오더니 적정을 알렸다.

"적은 남북 두 패로 진군해 오는데, 우리 쪽 전방에 나타난 적장은 백마를 타고 있나이다."

"백마를 타고 있다면 그자가 바로 적의 총대장 유현덕일 것이다. 모든 궁수는 내가 명령을 내리거든 백마 탄 사람에게 화살을 집중시켜라!"

삼천 궁수는 적이 나타나기를 초조하게 기다리고 있었다.

때는 몹시 무더운 늦여름이었다. 방통은 군사들을 이끌고, 땀을 줄줄 흘리며 험한 산골길을 행군하고 있었다. 이윽고 방통은 나무 그늘에서 땀을 씻으며 조금 전에 붙잡은 포로에게 물었다.

"길이 몹시 험악한데, 대체 이 지방 이름이 무엇이냐?"

"낙봉파(落鳳坡)라고 부릅니다."

"내 도호가 봉추(鳳雛)인데, 이 지방 이름이 낙봉파란 말이냐?"

방통은 기분이 언짢은지 얼굴이 새파래지며 말했다.

"이곳은 이름이 불길하니 전군은 뒤로 물러가 다른 길로 진군하자!"

그 명령이 떨어진 순간 산협에서 별안간 요란스러운 함성소리가 들리더니 화살이 방통을 향하여 빗발처럼 날아왔다.

"앗!"

방통은 미처 몸을 피할 여지가 없었다. 수천 개의 화살이 집중되는 바람에 방통과 백마는 피를 흘리며 고꾸라져 절명했다. 그때 비통하게 숨겨간 방통의 나이는 겨우 서른여섯이었다.

장임은 백마를 탄 장수가 유비인 줄 알고 산을 달려 내려오며 큰소리를 쳤다.

"이제 유현덕을 사살했으니 나머지 군사들을 사정없이 무찌르라!"

촉병(蜀兵)들은 그 소리에 기세가 앙천하여 환성을 지르며 추격해 왔다. 그 바람에 유비의 군사들은 추풍낙엽처럼 쓰러졌다.

선봉장 위연은 이미 앞서가고 있다가 후방에서 전투가 벌어졌다는 정보를 듣고는 급히 되돌아왔다. 위연이 험한 산골짜기에 들어서자 산 위에 있던 장임의 군사가 돌을 굴리며 활을 사정없이 쏘아 갈겼다.

위연은 크게 당황하여 나가지도 못하고 물러설 수도 없어 어쩔 줄 몰랐다. 그때 문득 귀순해 온 촉병 하나가 앞으로 나오며 말했다.

"장군은 후퇴하실 생각을 말고 차라리 용감하게 전진해 낙성을 점령하십시오."

그 말을 옳게 여긴 위연은 말머리를 다시 낙성으로 돌려 용감하게 쳐들어갔다.

위연이 고개를 넘어 다시 전진하려니 숲속에서 별안간 수많은 적병이 나타나며 삽시간에 이중삼중으로 포위를 하기 시작했다. 깨닫고 보니, 그들은 낙성을 지키고 있던 오란과 뇌동의 군사들이었다.

위연은 포위망을 뚫기 위해 죽을힘을 다해 싸웠다. 그가 두 명의 적장을 맞아 혈투를 계속하는데 홀연 적의 후방이 몹시 소란해졌다. 정신없이 싸우던 적장들이 크게 놀라 말머리를 뒤로 돌려 달아났다. 용기를 얻은 위연이 그들을 급히 뒤쫓으니 한 대장이 후방에서 칼을 번쩍이며 달려왔다.

"위연은 안심하라! 황충이 그대를 구하러 왔노라."

적의 무리를 좌우로 갈라 헤치며 달려오는 사람은 노장 황충이었다. 두 장수는 힘을 합하여 오란과 뇌동을 추격했다.

이때 낙성에서 나온 유궤가 군사를 몰아 쳐들어왔다. 황충과 위연이 또다시 위기에 빠졌을 때, 유봉과 관평을 앞세운 유비가 삼만 군사로 적의 배후를 쳤다. 그 바람에 촉군은 후퇴를 하기 시작했다. 유비도 더 이상 적을 추격하지 않고 부관으로 일단 철수했다.

부관에 도착한 유비는 맨 먼저 방통의 소식을 물었다.

"군사 방통은 어찌 되었는가?"

"군사 방통은 낙봉파에서 장렬하게 전사하셨습니다."

유비는 그 소식을 듣자 서쪽을 향하여 목을 놓아 통곡했다.

그날 밤 유비가 초혼제(招魂祭)를 베푸니, 모든 군사들이 제단 앞에 무릎 꿇고 숙연히 머리를 조아렸다. 위연, 유봉 같은 젊은 장수들은 절치부심하며 맹세했다.

"우리는 죽음으로 낙성을 점령하여 선생의 원한을 풀어드리겠나이다."

유비는 제사가 끝나자 관평에게 서신을 주어 형주로 보내면서, 공명을 하루속히 서촉으로 오라 명했다.

그 무렵 형주의 정세는 어떠했던가.

칠월 칠석 밤이었다. 형주에서는 이날이면 칠석제(七夕祭)를 지내는 관습이 있었다. 공명도 그 지방 관습에 따라 여러 장수들과 야연(夜宴)을 베풀고 있었다. 그런데 술이 몇 순배 돌고 밤이 이슥할 무렵, 우연히 하늘을 쳐다보니 커다란 별 하나가 홀연 찬란한 빛을 이끌고 서쪽 하늘로 떨어져 버리는 것이었다.

"앗, 저 별은……."

공명은 소스라치게 놀라며 손에 들고 있던 술잔을 무심중에 떨어뜨렸다. 만좌의 장수들이 깜짝 놀랐다.

"군사께서는 무슨 일로 그처럼 놀라십니까?"

"아아, 방통이 세상을 떠났구려!"

공명이 비통한 어조로 대답했다.

"아무런 기별도 없는데, 군사께서는 그 일을 어찌 아십니까?"

"천문을 보니, 방통은 조금 전에 세상을 떠났소."

장수들이 모두들 어리둥절하고 있는데 공명이 수심에 잠긴 채 혼잣말로 중얼거리는 것이었다.

"아아, 주공께서 팔 하나를 잃으셨구나!"

그로 인해 그날 밤의 주연은 슬픔 속에서 막을 내렸다.

그로부터 며칠이 지난 뒤였다. 공명이 관우를 비롯하여 여러 장수들과 한자리에 앉아 있는데, 관평이 유비의 서신을 들고 나타났다. 즉석에서 서신을 펴보니, 과연 공명의 예언대로 방통은 칠석날 밤에 낙봉파에서 전사했다는 사연이 적혀 있었다. 공명은 다시 한바탕 울고, 모든 장수들도 그제야 눈물을 뿌리며 따라 울었다.

공명이 눈물을 거두며 말했다.

"주공이 부관에서 진퇴양난에 빠지셨다니, 이번에는 부득이 내가 가 봐야 하겠소."

관우가 말했다.

"군사께서 떠나시면 형주는 누가 지킵니까?"

"주공께서 관평을 보낸 것을 보면, 형주는 운장 부자가 지켜주기를 바라시는 것 같소. 운장은 도원결의를 생각해 형주를 지켜주셔야 하겠소."

"사력을 다해 지키오리다."

"그러면 이 인수(印綬)를 운장에게 전하겠소."

공명은 유비에게서 내려받은 형주 총대장의 인수를 관우에게 내주면서 말했다.

"형주의 운명은 오로지 장군에게 달려 있소."

"대장부가 한번 중임을 맡았으니, 죽음으로 지키겠나이다."

관우는 감격하여 말했다. 그러나 공명은 그 말을 달갑게 듣지 않았다. 중책을 맡은 사람이 죽음을 너무 가볍게 여기는 것이 못마땅하게 여겨졌던 것이다. 그러기에 공명은 시험삼아 관우에게 이렇게 물었다.

"만약 조조와 손권이 일시에 쳐들어오면 장군은 어찌하겠소?"

"군사를 둘로 나눠 싸울 수밖에 없겠지요."

그러자 공명은 즉석에서 고개를 가로 흔들었다.

"그것은 위험한 발상이오. 내가 형주를 지킬 방법을 여덟 자로 말해 보리다. 만약 장군이 그 병법만 명심한다면 능히 형주를 지킬 수 있으리다."

"그 병법을 말씀해 주십시오."

"북거조조(北拒曹操, 북으로 조조를 막음), 동화손권(東和孫權, 동으로 손권과 화친). 이것이 바로 형주를 지킬 수 있는 방법이오."

"군사의 말씀을 명심하겠습니다."

공명은 그제야 관우에게 인수를 내주었다.

관우를 보좌하는 문관으로는 마량, 이적, 미축, 향랑(向郎)이 있었고, 무관으로는 미방, 요화, 관평, 주창 등이 있었다.

한편 공명이 형주의 정병 일만 명을 거느리고 서촉으로 가는데, 장비에게는 일군을 거느리고 파주(巴州)를 거쳐 낙성 서쪽에 이르도록 하고, 조자룡에게는 선봉으로 배를 타고 강을 건너 낙성 전방에 이르도록 하고, 자신은 간옹(簡雍), 장완(蔣琬) 등과 함께 육로로 길을 떠났다.

공명은 장도에 앞서 장비에게 이렇게 충고했다.

"서천에는 영웅호걸이 허다하니, 장군은 만에 하나라도 그들을 업신여기지 말도록 하오. 가는 곳마다 백성들을 덕과 인으로 대하고 행여 약탈을 하거나 위협을 하는 일이 없도록 해야 하오. 그리고 부하들은 엄격한 군율로 다스리되, 혹시라도 사분(私憤)으로 처벌을 해서는 안 되오!"

"군사의 말씀을 명심하겠습니다."

장비는 공손히 배례하고 장도에 올랐다.

그로부터 얼마 후에 장비의 군사는 한천(漢川)에 이르렀다. 그의 군사는 약탈을 아니할 뿐만 아니라 백성들을 자애롭게 대하는 바람에 가는 곳마다 인심을 크게 얻었다.

이윽고 파군(巴郡)에 도달했다. 장비는 성 밖에 군사를 멈추고 파군 태수 엄안(嚴顏)에게 비보(飛報)를 전했다. 태수 엄안은 비록 몸은 늙었지만 촉국에서는 이름 높은 장수였다.

엄안에게 보낸 장비의 서한은 다음과 같았다.

노 필부(匹夫)는 지체 말고 항복하라. 만약 항복을 아니하면 성을 부수고 성안
의 백성들도 씨를 남기지 않으리라.

엄안은 그 서한을 받아보고 크게 노하여, 사자의 귀와 코를 베어 성 밖
에 높이 매달았다. 장비가 그 소식을 듣고 크게 노해 성을 공격하기 시작
했다. 그러나 적은 성문을 굳게 닫은 채 일절 응전하지 않았다. 군사들은
화가 치밀어 성벽으로 기어올랐으나 적의 화살에 맞아 무참히 죽어 떨어
질 뿐이었다.

장비는 밤과 낮을 계속하여 공격했다.

다음날 아침, 엄안이 성벽 위에 높이 올라서더니 장비를 멀리 굽어보
며 비웃는 소리로 말했다.

"장비는 들어라! 목숨이 아깝거든 지금이라도 곱게 물러가거라!"

장비가 노발대발하면서 고함을 질렀다.

"네 놈을 사로잡아 살을 발라 회를 쳐 먹고야 말리라!"

그 순간이었다. 엄안이 쏘아 갈긴 화살이 장비의 투구를 맞히고 미끄
러져나갔다. 다행히 해는 입지 않았으나, 화살의 기운이 어찌나 강했던
지 무거운 투구가 뒤로 절반쯤 벗겨지며 정신이 아찔했다.

장비는 안 되겠다 싶어 이날은 그대로 쫓겨 들어오고 말았다. 장비가
적에게 겁을 집어먹기는 이번이 처음이었다. 그는 높은 산에 올라 성안
의 정세를 살폈다. 멀리서 보기에도 성안의 군사들은 대오가 잘 갖춰진
정예군이었다.

'덮어놓고 우격다짐으로 싸우다가는 낭패를 보겠는걸!'

장비도 이제는 계교를 써서 싸워야겠다는 생각을 하고, 모든 군사를 영채 안에 머무르게 했다. 다만 수십 명의 군사를 내보내 적에게 욕설만 퍼붓게 했다. 약을 바짝 올려 적을 끌어내려는 심리작전이었다. 그러나 장비의 군사들이 제아무리 욕설을 퍼부어도, 적은 성문을 굳게 닫은 채 일절 응하지 않았다. 이틀 사흘 연거푸 건드려보았지만 묵살만 당할 뿐이었다.

적이 그리도 철저하게 나오니, 이제는 되레 약이 올라 죽을 지경이었다. 그리하여 모험을 무릅쓰고 군사 사오 명을 성문 앞까지 접근시켜 욕설을 퍼붓게 하니, 십여 명의 장사들이 비호같이 달려 나오더니 이쪽 군사를 그대로 사로잡아 성안으로 들어가버리는 것이었다. 그리고 나서는 또다시 성문을 굳게 잠근 채 아무런 반응이 없었다. 장비는 울화가 머리 끝까지 치밀었지만 글자 그대로 속수무책이었다.

낙성 공방전

아무리 싸움을 걸어봐도 엄안이 성문을 굳게 닫은 채 도무지 반응이 없자 장비는 새로운 계교를 쓰는 수밖에 없었다.

장비가 군사를 모아놓고 영을 내렸다.

"너희들은 오늘부터 산에 올라가 풀을 베어 오되, 낙성으로 빠지는 샛길이 있는지를 알아보아라."

그날부터 장비의 군사들은 날마다 풀만 베어 왔다. 엄안은 성중에서 그 소식을 염탐하고 고개를 갸웃거렸다.

'도대체 장비는 어쩌려고 군사들에게 풀만 베어 오게 하고 있을까?'

엄안은 십여 명의 부하를 장비의 군사로 변장시켜, 장비의 영채에 들어가 사정을 염탐해 오게 했다. 엄안의 군사들은 어렵지 않게 적진 속으로 들어갈 수 있었다.

산에서 내려온 군사들이 장비를 보고 말했다.

"대장님, 구태여 낙성으로 통하는 길을 무리하게 만들 것이 아니라, 파

성(巴城)으로 직통하는 길이 있으니 군사를 그리로 빠지게 하는 것이 어떻겠습니까?'

장비는 그 소리를 듣고 눈을 커다랗게 뜨며 놀랐다.

"그런 길이 있다면 진작 알리지 않고 왜 이제야 그런 소리를 하느냐?'

"저희들도 그 길을 오늘 처음으로 알아냈습니다."

"그런 길이 있다면 파성을 단숨에 때려 부순 다음에 낙성을 함락시켜야겠다. 오늘밤으로 행동을 개시할 테니 이경에 밥을 지어 먹고 삼경에 출동하도록 만반의 준비를 갖추라!'

명령일하, 모든 것이 일사천리로 진행되었다. 그리하여 삼경에는 모든 군사가 달빛에 젖으며 출동했다.

염탐꾼들은 그 사실을 즉시 본진으로 돌아와 자세히 보고했다. 따로 보낸 염탐꾼들의 보고도 모두 같으므로 엄안은 손뼉을 치며 기뻐했다.

"어리석은 장비는 우리가 싸움에 응해 주지 않으니 샛길로 돌아 쳐들어올 모양이구나! 그렇다면 우리도 장비를 단숨에 섬멸시킬 대책을 세워야겠다."

엄안은 곧 파성으로 통하는 샛길에 많은 군사를 매복시켜놓았다. 성미 급한 장비가 선봉으로 달려올 것이고, 치중부대는 뒤떨어져 올 것이므로, 허리를 잘라놓고 단번에 전멸시켜버리려는 작전이었다.

이윽고 밤이 깊자 장비가 선두에서 말을 타고 나타나고, 그의 뒤를 따라오는 군사가 보였다. 엄안은 치중부대가 나타나기를 기다렸다가 북을 드높이 울리며 적에게 돌진했다. 복병들은 사방에서 귀신 떼처럼 함성을 지르며 치중부대를 포위하고 공격했다. 그런데 이미 선봉에서 멀리 가버린 줄 알았던 장비가 홀연 뒤에서 나타나 하늘이 무너질 듯한 고함을 지르며 장검을 휘둘렀다.

"엄안아! 도망치지 마라! 내가 너를 기다린 지 오래다!'

엄안은 혼비백산하게 놀랐다. 그러나 사태는 이미 피치 못하게 되었으므로, 엄안은 창검을 휘두르며 외치는 수밖에 없었다.

"마침 잘 만났다. 덤빌 테면 덤벼라!"

"하하하, 늙은 것이 하늘 높은 줄 모르는구나!"

장비는 그렇게 말하며 비호같이 덤벼들기 무섭게 엄안의 허리띠를 움켜잡고 부하들에게 던져주며 소리쳤다.

"이놈을 단단히 결박 지어라!"

엄안은 꼼짝없이 포박당하고 말았다.

장비가 가까이 와서 엄안을 꾸짖었다.

"네가 이래도 항복을 안 하겠느냐?"

엄안은 결박을 진 채 눈을 부라리며 장비를 마주 꾸짖었다.

"너는 무사의 예절을 모른단 말이냐? 참된 장군은 목이 달아나는 일이 있어도 항복은 안 하는 법이다!"

장비는 그 소리를 듣고 멈칫했다. 그리하여 아무 말 없이 엄안의 뒤로 돌아가 그의 포박을 끌러주었다.

"나와 함께 진중으로 돌아갑시다."

장비는 엄안을 진중으로 데리고 돌아오자 그의 앞에 무릎을 꿇고 말했다.

"장군은 나의 무례를 용서하시오. 나는 장군이 호걸지사임을 알고 나의 무례를 뉘우치는 것이오."

엄안은 장비가 사람을 알아주는 데 크게 감동했다.

"오오, 장군이 패군지장인 나를 이렇게까지 대해 줄 줄은 몰랐소. 장군이 그처럼 사람을 알아주니, 유비와 관우 같은 분들이야 얼마나 후덕하시겠소."

"고마운 말씀이오. 만약 장군이 우리 편이 되어준다면 내가 형님들께 잘 말씀드려 영광된 자리를 마련해 드리도록 하리라."

"고마운 말씀이오. 나는 그 은총에 보답하는 뜻에서 견마지로를 다하겠소."

엄안은 그렇게 말하고 나서 잠시 생각에 잠겨 있다가 장비에게 말했다.

"화살 하나 쓰지 아니하고, 계교로 낙성을 얻도록 하는 것이 어떻겠소?"

"좋은 계교가 있으면 말해 보시오."

장비는 귀가 번쩍 뜨이는 것을 느끼며 반문했다.

엄안이 대답했다.

"여기서 낙성까지 가자면 도중에 대소 관문이 서른일곱 개나 있어 무력으로 밀고 들어가려면 백만 대군으로도 부족할 것이오. 그러나 내가 앞장서 설복하면 서른일곱 관문을 무사히 통과할 수 있을 것이오."

장비는 크게 감탄하며 엄안을 앞세우고 진군했다. 과연 엄안의 말대로 촉병들은 모두들 항복을 했다.

한편, 유비는 공명이 형주를 떠날 때 보낸 편지를 받아보고 크게 기뻐했다.

"오, 공명과 장비가 수륙 양면으로 쳐들어온다니, 그들과 만날 날도 이제 머지않았구나!"

유비는 부성에서 농성하면서 공명과 장비가 나타나기만을 기다렸다.

그 사정을 알고, 황충이 말했다.

"주공, 장임이 날마다 싸움을 걸어오다가 이제는 지쳐버린 모양이니, 오늘은 우리 편에서 쳐들어가보는 것이 어떻겠습니까?"

"그것도 좋은 생각이오."

유비는 백여 일의 농성을 깨뜨리고, 황충과 위연을 좌우 군으로 삼아 이날 밤 이경에 적을 기습했다.

과연 장임은 수비를 소홀히 하고 있다가 불의의 야습을 당하는 바람에 여지없이 참패했다. 군사들은 크게 당황하여 많은 무기와 군량을 내버리고 낙성으로 도주했다. 낙성으로 쫓겨간 장임은 성문을 굳게 잠가버리고 응전을 하지 않았다.

낙성에는 동서남북으로 네 개의 문이 있었다. 남문 밖은 첩첩산중이오, 북문 밖은 부수(涪水)의 강이 흐르고 있었다. 그러기에 유비는 남문과 북문을 내버려둔 채 서문을 공격하면서, 황충과 위연에게는 동문을 치게 했다.

동과 서를 사오 일째 공격했지만 장임은 성문을 굳게 닫은 채 꼼떡도 하지 않았다. 공격하는 유비의 군사만이 피로할 뿐이었다.

일방적인 공격이 닷새째 계속되는 날, 장임이 부하 장수들인 오란과 뇌동을 불러 말했다.

"그 동안 우리를 공격하느라 유현덕의 군사들이 무척 피로해졌을 것이오. 이제 우리가 적을 단번에 무찔러버릴 때가 온 것 같소. 오늘밤 이경에 두 장수는 군사를 거느리고 북문으로 나가 동문 쪽으로 돌아가며 황충, 위연의 무리를 섬멸해 버리시오. 나는 남문으로 나가 서문으로 돌아가며 현덕의 후방을 찌르겠소."

이날 밤 이경에 장임의 군사는 북을 울리고 함성을 지르며 동과 서에서 유비의 군에게 맹렬한 공격을 퍼부었다. 워낙 헛수고에 피로해진 유비의 군사들은 불의의 공격을 받고 여지없이 패주했다.

유비는 처음 얼마 농안은 항전했지만 적들의 사기가 워낙 왕성해 당해낼 재주가 없었다. 마침내 부하 군사들을 죄다 잃어버린 유비는 일기 단신으로 말에 채찍을 가하며 달아나기 시작했다.

얼마만큼 가다보니 저 멀리 산중에서 일지군이 이편으로 쳐들어오는 것이 보였다.

"앞에도 적병이요, 뒤에도 적병이니 이제는 죽는 수밖에 없구나."

유비는 무심중에 그런 비명을 지르며 전면의 군사를 다시 한번 살펴보니, 비호같이 말을 달려오는 사람은 장비가 틀림없었다.

"오, 장비 아우가 웬일인가?"

유비가 너무나 기뻐 떨리는 목소리로 외치며 손을 높이 들어 보였다.

"형님께서 혼자 웬일이십니까?"

장비도 부리나케 말에서 뛰어내려 유비의 손을 마주 잡으며 눈물을 흘렸다.

"여기서 한가하게 얘기하고 있을 때가 아닐세. 적의 추격이 심하니 자네는 급히 싸울 준비를 해주게."

"염려 마십시오. 저와 엄안이 있으니 백만 대군이라도 막아내겠습니다."

장비는 곧 엄안과 함께 적을 맞아나갔다. 유비를 추격해 오던 장임은 장비와 엄안이 달려오는 것을 보자 급히 말머리를 돌려 달아났다. 장임은 낙성 안으로 들어가더니 또다시 문을 굳게 닫아버렸다.

유비는 그제야 장비를 돌아보며 물었다.

"자네는 무슨 재주로 그렇게도 빨리 왔는가?"

"모든 공로는 엄안의 덕택이었습니다. 엄 장군의 계책으로 우리는 피한 방울 흘리지 않고 여기까지 올 수 있었습니다."

유비는 장비에게 자세한 설명을 듣고 나자 공로를 치하하는 뜻에서 입고 있던 황금 쇄자갑(鎖子甲)을 즉석에서 벗어 엄안에게 주며 말했다.

"오, 엄 장군이 아니었던들 오늘 나는 꼼짝 못하고 장임의 손에 죽고 말았을 것이오."

한편 오란과 뇌동은 황충, 위연과 싸워 이긴 것까지는 좋았으나, 뒤미처 유비, 장비, 엄안 등이 쳐들어오는 바람에 급기야 포로 신세가 되고 말왔다.

장임은 오란, 뇌동이 적에게 붙잡혀 항복했다는 소식을 듣고 하늘을 우러러 탄식하며 앞날을 걱정해 마지않았다. 그 광경을 보고 오의와 유궤가 한숨을 쉬며 말했다.

"우리의 형세가 매우 불리하게 되었으니, 이제는 최후의 일전으로 생사를 결하는 수밖에 없을 것 같소."

"이제는 그럴 수밖에 없게 되었소. 내일 내가 군사를 거느리고 나가 싸우다가 거짓 도망을 쳐들어올 테니, 그대들은 그때 적의 후방을 끊고 장비를 추격하오. 그러면 나도 되돌아서서 협공하겠소."

다음날 장임은 군사를 이끌고 나와 장비에게 싸움을 걸었다. 그가 수십 합 싸우다가 계획적으로 쫓기기 시작했다.

장비가 장임을 급히 추격해 가는데 문득 등 뒤에서 함성을 크게 지르며 오의의 복병이 덤벼왔다. 때를 같이하여 장임도 되돌아서서 반격을 가해 왔다.

진퇴유곡에 빠진 장비는 어찌할 바를 몰랐다. 포위된 적진 속에서 활로를 뚫고 나가려고 좌충우돌해 보았으나, 적의 수효가 너무도 많아 몸을 피할 데가 없었다. 게다가 장임과 오의가 앞뒤에서 공격을 가해 와, 바야흐로 생사존망의 위기에 처해 있는데, 홀연 등 뒤에서 한 대장이 적병을 좌우로 갈라 헤치며 질풍신뢰와 같이 달려왔다.

"장비, 나요. 조자룡이 왔으니 염려 마오!"

조자룡은 그렇게 외치며 오의와 싸우는가 싶더니 대번에 그를 사로잡아 장비한테로 달려왔다.

장비도 그제야 적을 무찌르고 마주 달려오면서 조자룡에게 감사를 표했다.

"오, 조 장군 덕택에 내가 살았소! 그런데 군사는 어디가고 조 장군 혼자만 오셨소?"

"군사께서는 지금쯤 부수성에 도착하여 주공을 뵙고 계실 것이오. 그러니 우리도 빨리 부수로 갑시다."

장비와 조자룡은 적장 오의를 묶어 부수성으로 돌아왔다.

부수성에 도착하니 때마침 공명이 간옹, 장완 등을 거느리고 유비에게 도착 인사를 올리고 있었다. 조자룡도 도중에 사로잡은 적장 오의를 유비에게 바치면서 귀환 인사를 올렸다.

유비가 오의를 보고 물었다.

"그대는 나에게 항복할 마음이 있는가?"

"이미 사로잡힌 몸이니 그밖에 무슨 도리가 있겠습니까? 덕망이 높은 장군께 견마지로를 다하겠나이다."

유비가 크게 기뻐하니, 공명이 옆에서 물었다.

"낙성엔 지금 어떤 장수들이 있는가?"

"유계옥(劉季玉)의 아들 유순(劉循)과 보장(輔將) 유궤, 대장 장임이 있습니다."

"모두 용력들이 어떠하오?"

"유순과 유궤는 대단하지 않으나 장임만은 지모와 기략(機略)이 뛰어난 천하 명장입니다. 그가 있는 한 낙성을 점령하기는 그리 쉽지 않을 것입니다."

"그러면 먼저 장임을 사로잡은 연후에 낙성을 점령하도록 해야겠군!"

공명이 혼잣말로 중얼거리는 소리를 듣고 오의는 그를 얼빠진 사람이 아닌가 생각했다. 그도 그럴 것이 오의는 공명에 대해서 들은 바가 없었기 때문이다.

낙성 동쪽에는 금안교(金雁橋)라는 다리가 하나 있었다. 다음날 공명은 그 일대의 지세를 살펴보고 돌아와 황충과 위연을 불러 말했다.

"금안교에서 동쪽으로 오륙 리쯤 가면 갈대밭이 있소. 위연은 창수(槍手) 일천 명을 거느리고 갈대밭 왼편에 매복해 있다가 말을 탄 적병이 나타나거든 모조리 찔러버리시오. 그리고 황충은 도부수 일천 명을 데리고 갈대밭 오른쪽에 매복해 있다가 말을 탄 군사가 나타나거든 인마의 다리만 잘라버리시오. 장임은 반드시 동쪽 산길에 나타날 것이니, 장비는 일천 군을 거느리고 있다가 그자를 사로잡도록 하시오."

마치 장기판의 말을 움직이는 듯한 작전 명령이었다. 그런 다음 공명은 조자룡을 따로 불러 말했다.

"자룡은 금안교 북쪽에 매복해 있다가 장임이 나를 추격해 다리를 건너오거든 그 즉시 다리를 끊어버리시오. 그런 뒤에는 북으로 도망을 못 가게 훼방을 놓으시오. 그래야만 장임을 생포할 수 있을 것이오."

이윽고 낙성 앞에서 전고(戰鼓)가 울렸다. 공명이 허술한 군사 수백 명을 거느리고 사륜거(四輪車)를 타고 도전해 온 것이었다. 망루에서 바라보니 공명이 학우선(鶴羽扇)을 들고 초라하게 앉아 있었다.

'저런 군사로 우리를 치러 온 걸 보면, 공명은 별것 아닌 존재로구나!'

장임은 교만한 생각이 들어 용기가 솟구쳤다. 그리하여 성문을 활짝 열어젖히고 몸소 공명 앞에 나타났다.

공명이 학우선을 들어 장임을 가리키면서 낭랑한 목소리로 꾸짖었다.

"천하 명장 조조도 내 이름을 듣고는 백만 대군을 이끌고 망풍(望風) 도주를 하였거늘 그대 같은 필부가 무엇을 믿고 항복을 아니하느냐?"

장임은 그런 꾸지람을 듣자 울화가 치밀어 모든 군사에게 돌격 명령을 내렸다. 명령일하, 좌우에 매복해 있던 군사들이 일제히 공명의 군사를 무찔렀다.

공명은 장임과 몇 번 입 싸움을 벌이다가 급히 말을 옮겨 타고 허겁지겁 달아났다. 장임은 이 기회에 최후의 승리를 거둘 생각에 금안교를 건너 공명을 급히 추격했다. 그러다가 문득 이상한 생각이 들었다.

'아차, 내가 공명의 계교에 속은 것이 아닐까?'

장임이 깜짝 놀라 말머리를 돌리려 했을 때 이미 금안교는 여지없이 끊어져 있었다. 때맞춰 후방에서는 적들이 불길처럼 일어났다.

"대장, 후방에서 조자룡이 쫓아오고 있습니다. 어서 남쪽으로 피하십시오."

그러나 부하의 말을 듣고 남쪽으로 말머리를 돌리니 갈대밭 속에서 적병이 수없이 덤벼들었다. 장임은 어쩔 수 없이 동쪽으로 도망을 치는 수밖에 없었다.

가까스로 강을 건너니, 저 멀리 들판에 사륜거와 군사가 보였다.

"저기 사륜거 위에서 부채로 나를 부르는 사람이 누구냐?"

"아까 쫓겨갔던 공명인가 봅니다."

"그래? 그렇다면 저자를 잡아라!"

장임이 용기를 내어 공명을 쫓으려고 하는데, 홀연 등 뒤에서 장비가 천하가 무너지는 호통을 지르며 번개같이 달려와 장임을 사로잡아버리고 말았다. 알고 보니 성도(成都)에서 낙성을 구하러 왔던 대장 탁응(卓應)도 조자룡에게 사로잡혀 있었다. 장임은 결박을 진 채 유비 앞에 끌려 나왔다.

유비 옆의 공명이 장임을 보고 말했다.

"촉의 모든 장수가 항복을 하는데, 그대만은 어찌 버티는가?"

장임은 그 얼굴에 두려운 빛이 추호도 없이 태연히 대답했다.

"충신이라면 어찌 두 주인을 섬길 수 있겠는가?"

유비가 타일렀다.

"세상에는 천시(天時)라는 것이 있는 법이오. 그대는 충의만 알고 천시는 모르는가? 이제라도 항복해 목숨을 보존하는 것이 어떤가?"

"나를 그만 욕보이고 어서 죽이라. 내게 항복이란 있을 수 없는 일이다."

공명은 차마 더는 볼 수 없었다.

"과연 충신이로구나. 주공, 충신에게 욕을 보일 수 없으니 어서 참하도록 군령을 내리십시오."

유비는 마지못해 장임을 참하여 금안교 옆에 묻어주고 충혼비를 세워주라는 명을 내렸다.

다음날 유비는 엄안, 오의 등을 앞세우고 낙성을 치려고 출정했다.

엄안이 성문 앞에 이르러 소리쳤다.

"속히 성문을 열고 항복하라! 낙성의 백성들은 그래야만 목숨을 보존하게 된다!"

성 위에서 유괴가 소리 높여 엄안을 꾸짖었다.

"네 이놈! 역적 놈이 무슨 개수작을 하느냐!"

바로 그때, 한 장수가 등 뒤에서 유괴를 떠밀어 땅에 떨어뜨려버리고, 성문을 활짝 열었다. 유비의 군사는 물밀 듯 성안으로 몰려들었다. 난공불락이던 낙성은 이리하여 유비의 손에 쉽사리 점령을 당하고 말았다.

유비는 낙성을 점령하고 나자 물었다.

"성벽 위에서 유괴를 밀치고 성문을 열어준 장수가 누구냐?"

"무양(武陽) 사람 장익(張翼) 장군입니다."

유비는 곧 장익을 불러, 상을 후히 주고 높이 등용했다.

풍운 속의 마초

유비는 낙성을 점령하고 나자 곧 방(榜)을 내어 백성들을 안심시켰다. 오랫동안 피난 중에 있던 백성들은 기쁜 마음으로 성안으로 돌아왔다.

공명이 유비를 보고 말했다.

"낙성을 이미 수중에 넣었으니 이제 남은 것은 성도뿐입니다. 그러나 성도만은 주위가 완전히 평정된 후에 정벌하는 게 낫겠습니다."

유비는 이 말을 옳게 여겨, 각 지방으로 선무부대(宣撫部隊)를 파견하기로 마음먹었다. 장비는 엄안과 탁응을 대동하고 파서(巴西)를 거쳐 덕양(德陽) 지방으로 파견되었고, 조자룡은 장익, 오의를 대동하고 정강(定江)을 거쳐 건위(犍爲) 지방에 파견되었다.

그 부대가 지방에 주둔해 있는 동안에 공명 자신은 항복한 장수 한 사람만을 데리고 성도를 도모할 생각이었던 것이다.

공명이 항복한 장수를 보고 물었다.

"낙성과 성도 사이에는 어떤 관애(關隘)가 있는가?"

"군사들이 면죽관(綿竹關)을 지키고 있으니 그것이 관애라고 볼 수 있습니다. 다른 난소(難所)는 하나도 없습니다."

공명이 면죽관으로 쳐들어갈 계략을 세우고 있는데, 때마침 법정(法正)이 찾아왔다. 법정은 성도 진군 계획을 듣고 유비와 공명에게 말했다.

"성도는 시간문제가 남았을 뿐이지 이미 점령한 것이나 다름없는데, 무엇 때문에 민심을 불안스럽게 만들며 군사를 일으키려고 그러시오. 내가 유장에게 편지를 보내 이해득실로 항복을 권해 보겠소."

공명은 법정의 말에 크게 탄복하며, 유장에게 곧 권항장(勸降狀)을 보내게 했다.

한편, 유비가 언제 쳐들어올지 몰라, 성도의 민심은 몹시 흉흉했다. 태수 유장은 막료들을 한자리에 모아놓고 방비책을 강구하기에 바빴다.

종사(從事) 정건(鄭虔)이 유장에게 열변을 토했다.

"우리가 만약 힘을 모아 이 난을 막아내기로 결심하면, 멀리서 원정 온 형주 군을 막아내기란 그다지 어려운 일이 아닐 것입니다. 현덕이 비록 오늘날까지 싸움에 이겼다고 하지만 백성들은 아직 아무도 그를 따르려고 하지 않고 있습니다. 이제 점령 하에 있는 지방의 모든 백성들을 부수 서편으로 피난을 시키고 곡식을 모조리 불살라버리면 현덕은 한 달이 못 가 손을 들어버리고 말 것입니다."

그러자 유장은 머리를 좌우로 흔들었다.

"그건 안 될 말이오. 옛날부터 제후가 적을 막아내는 것은 백성을 편하게 하기 위함이었소. 백성들을 움직여 적을 막아낸다는 것은 있을 수 없는 일이오."

마침 그때 법정의 서한이 전달되어 왔다. 유장은 즉시 편지를 펼쳐보았다.

법정은 천하의 대세를 논한 다음에, 유비가 아직 옛정을 잊지 않고 있으니 순순히 항복하여 가명을 이어나가도록 하라는 말이 간곡하게 적혀 있었다.

유장은 편지를 보고 크게 노했다.

"법정이 무슨 면목으로 배은망덕하게 내게 이런 편지를 보내온단 말이냐?"

유장은 노기충천하여 처남 비관(費觀)에게 면죽관을 지키라 명한 뒤에 자신은 이엄(李嚴)과 함께 삼만 대군을 거느리고 유비를 치러 나섰다. 다른 한편으로는 익주 태수 동화(董和)의 권고를 들어, 평소에 원수처럼 싫어하던 장로에게도 급사를 보내 시급히 도와달라고 편지로 청하여 구명지책을 수립하기에 바빴다.

한편, 마등의 아들 마초가 아비의 원수를 갚으려다가 조조에게 참패하고 어디론가 종적을 감춘 지 어언 두 해가 지났다. 마초는 그동안에 많은 군사를 길러 농서(隴西)의 주군(州郡)을 하나씩 평정해 이제는 무시할 수 없는 강대한 세력이 되었다.

'조조를 내 손으로 죽여 아버지의 원수를 갚기 전까지는 백 번 쓰러져도 반드시 일어나리라!'

마초는 그처럼 비장한 각오로 싸움에 임했던 까닭에 가는 곳마다 승리를 거두었다. 그러나 기주(冀州)만은 좀처럼 항복하지 않아 마초는 총력을 기울이고 있었다. 기주 자사 위강(韋康)은 사태가 위급하게 되자 장안의 하후연에게 급히 응원병을 청했다.

"조 승상의 허락이 있기 전에는 군사를 마음대로 움직일 수 없소."

하후연은 그렇게 답하며 좀처럼 응원병을 보내주지 않았다.

"하후연이 그리 냉담하게 나온다면 이제는 마초에게 항복하는 길밖에 없다!"

위강은 크게 노여워하며 부하들에게 그런 뜻을 밝혔다. 그러자 참군 (參軍)으로 있는 양부(楊阜)가 울면서 간했다.

"마초는 역적인데 어찌 그에게 항복을 한다는 말씀이오?"

그러나 위강은 그의 말을 듣지 않고, 성문을 크게 열어 마초를 받아들 였다. 마초는 성을 빼앗고 나자 위강과 그의 일가 사십여 명을 모조리 죽 여버렸다.

"네 놈들이 최후까지 항거하다가 이제 와서 항복하는 데는 반드시 무 슨 까닭이 있을 것이다."

옆에 있던 시신(侍臣)이 마초에게 말했다.

"주공, 위강에게 항복을 못하도록 간한 사람은 양부인데, 어찌하여 그 놈은 죽이지 않고 살려두십니까?"

"양부는 의(義)를 아는 사람이니, 그런 사람을 죽여서는 안 된다."

마초는 그렇게 대답하고 나서 양부를 죽이기는커녕 오히려 참장(參將) 으로 등용하여 기주성을 지키게 했다.

양부는 그때부터 마초를 극진히 섬기더니 어느 날 휴가를 청하면서 말했다.

"제 처가 임조(臨洮)에서 죽었는데, 두어 달 말미를 주시면 치장(治葬) 하고 오겠습니다."

"그런 일이라면 다녀오게!"

마초는 즉석에서 승낙했다.

양부는 허락을 받고 길을 떠나자 고향으로 돌아가지 아니하고 역성(曆 城)에 있는 그의 고모부터 찾았다. 그의 고모는 무이장군(撫彝將軍) 강서 (姜叙)의 어머니로 정절이 굳기로 유명한 현부인이었다.

양부는 고모에게 인사를 올릴 때 눈물을 흘리며 말했다.

"저는 성을 지키지 못했을 뿐만 아니라 성주가 죽은 뒤에 따라 죽지도 못했으니 고모님을 뵈올 면목이 없습니다."

고모가 위연히 말했다.

"양부야, 못나게 울긴 왜 우느냐? 모든 일은 최후의 진실을 다하면 그만이니라."

"제가 우는 것은 저 자신 때문이 아닙니다. 고모님의 아드님인 무이장군은 어찌하여 위강의 원수를 갚으려 하지 않습니까? 저는 그것이 분해 눈물을 참지 못하겠습니다."

"그게 무슨 소리냐?"

"우리의 성주인 위강이 마초의 칼에 죽었는데도 무이장군은 자신의 안일만 취하고 있으니 이 어찌 분개할 일이 아니겠습니까?"

"그런 일이 있었느냐? 그렇다면 내 아들을 불러 따져야겠다."

현부인은 곧 무이장군을 불러 추상같이 꾸짖었다.

"지금 양부의 말을 들건대, 너는 성주 위강이 마초의 손에 죽었는데도 모른 척하고 있다니 세상에 그런 비겁한 일이 어디 있느냐? 사람이란 언젠가 한번은 반드시 죽는 것, 네가 만약 나 때문에 용기를 내지 못하겠다면 내 손으로 목숨을 끊어 걱정을 덜어주겠다."

"어머님께서 그리 책망하시니 내일 당장이라도 군사를 일으켜 마초를 치겠습니다."

"만약 장군이 쳐들어오면, 저는 성안에서 기꺼이 호응해 드리겠습니다."

이리하여 무이장군 강서는 마침내 위강의 원수를 갚기 위해 군사를 일으키기로 결정했다.

강서의 휘하에는 두 장수가 있었으니 그들은 곧 통병교위(統兵校尉) 윤봉(尹奉)과 조앙(趙昻)이었다. 그런데 조앙의 아들 조월(趙月)은 마초에게 붙어 신임을 얻고 있었다. 마초 토벌의 논의가 결정되자 조앙은 집에 돌아와 아내를 보고 탄식했다.

"나는 머지않아 마초를 쳐야 할 것 같소. 만약 마초가 아는 날에는 우리 아이를 죽일 것이니 이를 어찌했으면 좋을지 모르겠구려."

조앙의 처는 눈물을 흘리며 남편을 격려했다.

"주군의 원수를 갚는 일인데 어찌 아들 하나를 생각하십니까. 당신이 그리도 비겁하게 나오면 제가 먼저 목숨을 끊겠습니다."

"그대가 그런 마음을 먹었다면 내 무엇을 주저하리오."

조앙은 아내의 격려에 감동되어 감연히 정도에 올랐다.

다음날 군사를 일으켜, 강서와 양부는 역성에 진을 치고, 윤봉과 조앙은 기산(冀山)으로 진출했다. 그런데 조앙의 부인 왕씨(王氏)가 집에 있던 금붙이와 의복을 모조리 팔아 술과 고기를 잔뜩 마련해 가지고 진중 위문차 찾아왔다. 모든 군사들이 크게 기뻐했음은 두말할 것도 없었다.

한편 마초는 조앙이 쳐들어온다는 소식을 듣고 크게 노하여 조월을 그날로 목 베어버리고 방덕, 마대 등으로 역성을 치게 했다.

마초가 바라보니 강서, 양부의 군사는 모두 하얀 전포를 입고 있었다. 작고한 주공의 원수를 갚겠다는 비장한 결의를 군포로 나타내고 있었던 것이다. 그러나 오합지졸이나 다름없는 그 군사는 마초의 정강한 군사 앞에서 상대가 되지 못했다. 그들은 변변히 싸워보지도 못하고 패주했다. 마초가 그들을 맹렬히 추격해 가려니 이번에는 배후에서 윤봉, 조앙의 무리가 협공을 해왔다.

마초는 적들의 계략에 빠져 일시 곤경에 놀렸으나 그들 역시 석수가 되지 못했다. 마초가 전후좌우의 적들을 용감하게 무찌르고 있는데 이번에는 난데없이 마군대대(馬軍大隊)가 쇄도해 왔다. 그들은 하후연의 군사들이었다.

하후연이 군사를 몰아오며 소리쳤다.

"조 승상의 명령으로 난적 마초를 치러 오니, 너는 목숨이 아깝거든 곱게 항복하라!"

마초는 전세가 불리해지자 곧 말머리를 돌려 기성(冀城)으로 달아났다. 그러나 성문 가까이 이르니 화살이 빗발치듯 날아왔다. 군사들에게 지시하여 마초에게 활을 쏘도록 지휘하고 있는 장수는 마초의 부하 양관(梁寬)과 조구(趙衢)였다.

"이놈들아! 너희들이 나에게 이럴 수 있느냐!"

마초는 너무나 어이가 없어 눈을 부릅뜨고 외쳤다.

그러자 그들은 대답 대신 마초의 부인 양씨(楊氏)를 성 위로 끌어 올리더니 목을 베어 던져버리는 것이었다. 그뿐이 아니었다. 그들은 마초의 세 아들과 일가친척까지 모조리 죽여 성 밖으로 내던졌다.

마초는 가슴을 움켜쥐고 절치부심하다가 하마터면 말에서 떨어질 뻔했다. 그러나 하후연의 추격이 가까워져 마음껏 비통에 잠겨 있을 수도 없었다. 마초는 이를 갈아붙이며 방덕, 마대와 함께 다시 쫓기는 수밖에 없었다. 한없이 쫓기는 동안 밤이 되었다. 이제는 적의 추격병도 보이지 않았다. 문득 깨닫고 보니, 밤안개 속에 우뚝 솟은 성이 하나 보였다.

"저게 웬 성이냐?"

"역성(曆城)입니다."

"그럼 적의 성이 아니냐?"

마초는 또 한번 기가 질렸다. 부하들을 돌아다보니 모두 적의 손에 죽고, 남은 군사는 겨우 오륙십 명에 불과했다. 그들로는 도저히 적을 이겨낼 수 없을 것 같았다.

지략이 풍부한 방덕이 말했다.

"강서가 돌아온 것처럼 꾸민 다음 성안으로 들어가, 한바탕 원수를 갚는 것이 어떻겠습니까?"

마초는 그러잖아도 적개심에 불타고 있는 처지인지라 방덕의 말을 듣고 전적으로 기뻐했다.

방덕이 성문 앞에 다다라 문지기에게 소리쳤다.

"강서 장군이 승리하고 돌아오시는 길이니 어서 문을 열어라!"

문지기는 아무 의구심도 없이 문을 활짝 열어주었다.

마초는 성안으로 들어가기 무섭게 적을 닥치는 대로 죽였다. 윤봉과 조앙의 집을 습격해 그들의 가족을 남기지 않고 몰살시켰다. 다만 조앙의 아내 왕씨만은 아직 일선에서 돌아오지 않았기 때문에 죽음을 면할 수 있었다.

역성은 마초의 손에 점령되었다. 그러나 오륙십 명밖에 안 되는 소수의 군사로 성을 방비할 수는 없었다. 다음날 아침 하후연의 군사가 강서, 양부와 함께 쳐들어오는 바람에, 마초는 역성을 포기하고 또다시 방랑의 길에 오르는 수밖에 없었다.

한편, 하후연은 마초를 섬멸하고 나자 역성의 수비를 강서에게 맡기고, 양부의 공로를 치하하기 위해 그를 조조에게로 올려 보냈다.

조조는 양부의 공로를 크게 칭찬하며 논공행상을 특별히 후하게 했다.

"이제부터 경을 관서후(關西侯)로 봉하오!"

그러나 양부는 벼슬을 받으려 하지 않으며 말했다.

"기성의 성주께서 목숨을 잃으셨고, 그분의 혈족이 학살당했을 뿐만 아니라 마초가 아직 살아 있는데 제게 무슨 공이 있다 하오리까."

조조는 그 갸륵한 마음을 더욱 가상히 여겨 그를 기어이 관서후에 봉했다.

마초는 그 후 한중(漢中) 오두미교(五斗米敎)의 종주인 장로에게 몸을 의탁했다. 장로에게는 과년한 딸이 하나 있었다. 마초가 영걸인 것을 알고 있었던 장로는 내심 그를 사위로 삼아 한중의 기업(基業)을 튼튼히 하려는 생각을 품고 있었다.

장로가 하루는 대장 양백(楊栢)에게 그 뜻을 말했다. 그러자 양백은 고개를 좌우로 흔들었다.

"그것은 안 됩니다."

"어째서 불가하다는 것이오?"

"마초는 용기는 있어도 지략이 부족한 장수입니다. 게다가 마초는 자신의 공명을 위해서는 처자식도 돌보지 않는 위인입니다. 그런 사람에게 어찌 영애(令愛)를 줄 수 있겠나이까?"

장로는 양백의 반대로 혼인을 단념해 버렸다. 그런데 마초가 그 소문을 듣고 분개해 마지않으며, 양백을 죽여버릴 마음을 먹었다. 그 기미를 알아챈 양백도 형 양송(楊松)과 짜고 마초를 죽여버릴 생각을 품었다.

바로 그 무렵, 유장의 밀사 황권이 장로를 찾아왔다.

황권이 장로에게 말했다.

"촉은 지금 유비의 위협을 받아 풍전등화의 운명에 처해 있습니다. 만약 촉이 망하게 되면 그 다음 차례는 한중이 될 것입니다. 그러하니 장군께서 원병을 보내어 유비를 물리쳐주신다면 우리는 촉의 이십 주(州)를 한중에 제공하겠습니다."

장로는 잇속에 눈이 어두워 군사를 보내려고 했다. 그러자 파서의 성주 염포(閻圃)가 즉석에서 반대하고 나섰다.

"주공과 유장은 원수인데, 영토를 나눠준다는 그 말을 어찌 믿을 수 있겠습니까?"

그러자 옆에 있던 마초가 일어나며 말했다.

"만약 저에게 군사를 주신다면 촉으로 가 유비를 사로잡아오겠소."

장로는 그 말을 듣고 크게 기뻐하여, 마초에게 이만 군사를 주고, 양백에게 감군(監軍)의 임무를 맡아 동행을 시켰다.

이때, 유비는 낙성에 본거지를 두고 성도를 공략하는 중이었다. 면죽 관만 깨뜨리면 성도는 수중에 들어오는 것이나 마찬가지이기에 위연을 시켜 맹렬하게 공격 중이었다.

유비가 전과 보고를 초조히 기다리고 있는데, 정보병이 급히 달려 들어오며 전황을 알렸다.

"주공, 위연 장군이 면죽관 제일의 용장인 이엄을 사로잡았답니다."

"오오! 그러면 승리는 우리의 것이로구나!"

유비는 춤이라도 출 듯 기뻐했다. 마침 그때, 위연이 이엄을 끌고 들어왔다. 유비는 위연의 공을 칭찬하며, 이엄의 결박을 풀어주도록 명하고는 말했다.

"아무리 승부의 세계라 하더라도 일국의 용장을 어찌 그리 대접하는가!"

이엄은 유비의 관후한 대접에 크게 탄복하여 말했다.

"면죽관의 주장(主將) 비관은 비록 유장과 친척이나 저하고도 막역한 사이입니다. 유 예주께서 말미를 주시면 제가 그를 만나 항복을 권해 보겠나이다."

유비는 두말없이 그의 청을 들어주었다.

이엄은 면죽관으로 돌아오자 비관에게 유비의 인덕(人德)을 극구 칭찬하며 항복할 것을 간곡히 부탁했다.

"자네가 그렇게 말한다면 유비야말로 참다운 인군(仁君)인가 보네. 자네와 나는 이미 생사를 같이하기로 맹세한 터이니, 유비에게 면죽관을 내주도록 하세."

이리하여 면죽관은 피 한 방울 흘리지 않고 유비의 손에 들어오게 되었다.

마초가 장로의 군사를 이끌고 가맹관으로 쳐들어온다는 정보가 입수된 것은 바로 그 무렵의 일이었다. 일난거(一難去)에 일난래(一難來)였다. 가맹관은 맹달(孟達)과 곽준(霍峻)이 지키고 있었으나 그들의 용맹과 지략으로는 도저히 마초를 당해 낼 능력이 없었다.

유비가 공명을 불러 대책을 논의했다. 공명도 이번만은 오랫동안 침묵했다.

"군사는 어서 대책을 말해 주시오."

유비는 마음이 답답하여 다시 재촉했다. 공명이 입을 열어 말했다.

"마초를 당해 낼 사람은 조자룡이나 장비밖에는 없습니다."

"자룡은 지금 출장 중이니, 그러면 장비를 보냅시다."

"그러나 장비를 그냥 보내서는 실패하기 쉬우니 미리 못을 박아둘 게 있습니다. 그것은 제가 알아서 처리하겠으니 주공께서는 저에게 맡겨주십시오."

마침 그때 장비가 황망히 들어오며 말했다.

"마초란 놈이 가맹관으로 쳐들어온다지요?"

공명이 대답했다.

"글쎄 그런 모양이오. 이제는 어쩔 수 없이 형주에서 관운장을 불러 올려야겠소. 그 대신 장비가 형주를 지켜주도록 하오."

장비는 그 소리를 듣더니 얼굴에 노기가 충만해졌다.

"군사는 나를 어찌 그리 얕본단 말이오? 마초 같은 필부가 무엇이기에 나는 안 되고 운장 형님을 불러 올려야겠다는 것이오?"

"장비는 너무 흥분하지 마오."

"그런 모욕적인 말을 듣고 내 어찌 흥분하지 않을 수 있겠소. 장판교에서 조조의 백만 대군을 혼자 물리친 사람이 내가 아니고 누구였단 말이오?"

"마초의 용맹은 조조에 비할 바가 아니오. 위교(渭橋)의 싸움에서 조조가 수염을 깎고, 전포를 벗어 던진 것은 바로 마초 때문이었소."

"나를 그렇게도 못 믿겠다면 군령장이라도 써놓고 출전하리다."

장비는 화가 머리끝까지 치밀어 올라 큰소리로 외쳤다. 공명은 어쩔 수 없다는 듯이 그제야 유비를 보고 말했다.

"장비가 저렇듯 말하니 군령장을 받아놓으시고 선봉을 서게 하시지요. 그리고 주공께서는 후진을 맡으십시오. 저는 여기 남아 있다가 자룡이 돌아오거든 다시 상의하겠나이다."

그러자 앞에 있던 위연이 말했다.

"저도 함께 나가게 해주십시오."

"음, 그러면 위 장군도 같이 떠나오."

공명은 위연에게 초마(哨馬) 오백을 주어 선행케 하고, 장비와 유비가 사이를 두고 제각기 그 뒤를 따르게 했다. 공명은 가맹관 싸움이 얼마나 중대한 승부처인지를 알기에 최대한 신중을 기한 것이었다.

천하의 용장 마초와 불세출의 맹장 장비와의 대결! 이 싸움의 결과가 장차 어찌 될 것인지, 아무도 예측할 수 없었다.

가맹관에서 맺은 인연

가맹관은 유비와 마초가 승부를 결하는 데 있어서 둘도 없는 요충이었다.

"유현덕의 군사들이 가맹관에 도착하기 전에 무찔러버려야 한다."

만약 유비의 군사들이 가맹관을 먼저 점령해 버리면 격파하기가 매우 어렵게 되므로 마초는 전력을 다해 진군을 지시했다. 그러나 정작 가맹관에 도착해 보니, 관문 위에는 이미 유비의 깃발이 드높이 휘날리고 있었다.

"유비의 군사는 먼 길을 급히 달려오느라 매우 피로해 있을 터이니 두려워할 게 없다. 지금부터 총공격을 가하라!"

마초는 선수를 빼앗긴 것을 탄식하며 그렇게 명했다. 그러자 관문 안에서 한 대장이 용감하게 달려 나오며 소리쳤다.

"나는 현덕의 휘하에 있는 위연이다. 나를 당할 자 있거든 나와 싸우자!"

그 소리를 듣고 마초군의 대장 양백이 비호같이 달려 나와 싸움을 맞았다. 두 장수는 즉시 싸움이 붙었으나 양백은 위연의 적수가 되지 못했다. 양백은 십여 합을 싸우다가 급히 쫓겨 달아나기 시작했다.

"이놈아, 어디를 달아나느냐!"

위연은 기세를 올리며 맹렬히 추격했다. 그리하여 적진 속으로 깊숙이 들어가자 한 장수가 고함을 지르며 마주 달려 나왔다.

위연은 그가 마초인 줄 알고 소리쳤다.

"너는 누구냐? 통성명이나 하고 싸우자! 나는 위연이다!"

그러자 상대방은 크게 기뻐하면서 덤벼들었다.

"아, 네가 바로 위연이었구나. 나는 마대로다!"

두 장수는 한바탕 번개 치듯 싸웠다. 삼십 합을 싸워도 승부가 날 것 같지 아니하더니, 마침내 마대가 힘이 빠진 듯 말머리를 돌려 도망을 쳤다. 위연은 이때다 생각하고 맹렬히 추격해 가는데, 쫓겨가던 마대가 홀연 몸을 뒤로 돌리며 활을 쏘아 갈겼다.

"앗!"

마대의 화살이 왼편 팔에 꽂히는 바람에 위연은 외마디 비명을 지르며 추격을 단념하고 돌아섰다. 그러자 이번에는 마대가 되돌아서며 공격을 가해 왔다.

위연은 어쩔 수 없어 급히 쫓기는데, 이번에는 성안에 있던 장비가 비호같이 달려 나오며 하늘이 무너질 듯한 고함을 질렀다.

"이놈, 너는 누구냐?"

마대가 맞서며 대답했다.

"너는 서량의 마대도 몰랐더란 말이냐?"

그러자 장비가 소리 내어 웃었다.

"하하하, 너 같은 놈은 썩 물러가고 빨리 마초를 내보내라. 내가 연인 장비라는 것을 몰랐더란 말이냐!"

마대는 모욕감을 참지 못해 창을 비껴 잡으며 장비에게 덤벼들었다.

"네 이놈, 어찌 나를 그처럼 업신여기느냐?"

그러나 마대는 장비의 적수가 되지 못했다. 마대는 십 합도 미처 못 싸워보고 급히 쫓겨 달아났다.

장비가 급히 추격해 가자 관문에서 유비가 징을 두드렸다. 장비는 마지못해 관내로 돌아왔다.

"싸움이 한바탕 어울려가는데, 형님은 왜 나를 부르셨소?"

"오늘은 마대를 이겼으니 그만 쉬고, 내일 또다시 싸우도록 하라!"

장비는 불평이 이만저만이 아니었으나 군령이라 어쩔 수 없었다.

다음날 아침에 마초의 군사가 관문 앞에까지 접근해 싸움을 청했다. 유비가 망루에서 바라보니, 기치가 수풀처럼 빽빽했다. 군사들이 일대를 새까맣게 덮고 있었는데 그중에 유난히 눈에 띄는 장수가 한 사람 있었다. 기골이 늠름한 데다 은갑백포(銀甲白袍)를 입은 용맹한 품이 대장 마초임이 분명했다.

유비는 그를 바라보다가 무심중에 감탄했다.

"아아! 내 듣건대 세상 사람들은 마초를 서량의 금마초(錦馬超)라고 부른다더니 과연 뜬소문이 아니었구나!"

마침 그때 마초가 달려와 큰소리로 외치며 싸움을 청했다. 장비는 그러잖아도 비위가 거슬린 판이라 몸을 날려 싸우러 나가려 했다.

그러자 유비가 말렸다.

"우선은 가만있거라! 예기(銳氣)가 한창 솟구쳐 오른 지금 싸워서는 안 된다."

"형님은 별 걱정을 다 하시우. 마초란 놈이 뭐기에 그처럼 무서워한단 말이오?"

"어쨌든 싸움은 이겨야 할 게 아니겠느냐? 조금만 더 참고 있어라!"

유비는 그 모양으로 장비를 진종일 억제하다가 해가 저물 무렵에 마초의 예기가 적이 둔해진 것을 보고 나서야 싸우기를 허락했다. 장비가 오백 기를 거느리고 질풍처럼 달려나가니, 마초는 예봉을 피하려고 군사를 한바탕 뒤로 물렸다.

장비가 창을 꼬나 잡고 돌진하며 소리쳤다.

"마초야, 너는 어찌하여 연인 장비를 모른단 말이냐!"

마초가 크게 웃었다.

"내 집은 누대로 공후(公侯)의 집안인데, 어찌 너따위 시골뜨기 필부를 알 수 있겠느냐!"

장비가 대로하여 덤벼드니, 마초도 본격적으로 싸움을 맞았다. 글자 그대로 용호상박(龍虎相搏)의 대결이었다. 우레같이 덤벼드는 장비에게, 맹호같이 몸을 날려 공격해 오는 마초였다.

두 장수가 숨 가쁘게 싸우기를 백여 합이 지났건만 좀처럼 승부가 나지 않았다. 해는 저물고 날이 어두웠다.

"두 장군은 횃불을 밝히는 동안 잠깐 쉬었다가 싸우는 것이 어떻겠소?"

양군 사이에 그런 의견이 나왔다.

두 장수는 각각 창을 거두고 자기 진영으로 돌아왔다. 투구를 벗으니 그들의 이마에서는 김이 무럭무럭 솟아올랐다.

유비가 장비를 불러 말했다.

"마초가 영용하여 얕볼 수 없으니, 오늘은 그만 쉬고 내일 다시 싸워라!"

"마초를 꺾기 전에는 잠을 못 자겠소."

마침 그때 횃불이 밝혀지더니 마초가 말을 바꿔 타고 나오며 소리쳤다.

"장비야, 용기가 있거든 빨리 나오너라!"

장비는 유비의 만류를 듣지 않고 달려나갔다.

마초는 십여 합 싸우다가 어이없게 쫓겨 달아났다. 술책임은 말할 것도 없었다. 장비도 그것을 모르지 않았다. 그러나 성격상 그냥 보고 있을수 없어 적진 깊숙이까지 따라 들어가고 말았다.

"이 비겁한 놈아, 도망은 왜 치느냐!"

두 사람의 간격이 잡힐 듯 가까워졌을 때, 마초가 휙 돌아서며 활을 쏘아 갈겼다. 장비가 머리를 숙이니 화살이 머리 위로 날아갔다.

장비는 본진으로 돌아오기 위해 말머리를 돌렸다. 그러자 이번에는 마초가 급히 쫓아왔다. 장비가 돌아서며 장팔사모를 후려갈기려는데 문득등 뒤에서 유비의 명령이 날아왔다.

"장비야, 그만 싸워라!"

어느새 유비가 쫓아 나온 것이었다.

유비가 마초 앞으로 나서며 말했다.

"나, 현덕은 오늘날까지 인의(仁義)로 살아왔지 사람을 속인 일은 없었소. 맹기(孟起)는 군사를 거두시오. 나도 군사를 이끌어 돌아가겠소."

마초도 어지간히 지친 판인지라 유비의 말에 창을 높이 들어 응했다. 그리하여 이날의 싸움은 그것으로 끝이 났다.

이날 밤에 군사 공명이 진지에 도착했다. 공명은 이날의 전황을 자세히 듣고 나더니 유비를 보고 말했다.

"마초와 장비로 말하면 모두 다 희대의 영걸인데, 몇 번이고 싸우게 내버려두면 둘 중 한 사람은 반드시 상하고 말 것입니다. 우리는 그런 어리석은 짓을 해서는 안 됩니다."

"나도 진작부터 걱정하고 있는 중이오. 군사께서는 무슨 좋은 대책이 있소?"

"마초가 주공께 항복하도록 계교를 꾸며보겠나이다."

"어떤 계교를 말하는 것이오?"

"마초는 몸을 의탁할 곳이 없어 장로에게 공을 들리려고 저렇듯 필사적으로 싸우는 것입니다. 결국 마초를 제압하기 위해서는 장로에게 술책을 써야 합니다."

"장로에게 어떤 술책을 쓴단 말이오?"

"장로는 평소부터 한녕왕(漢寧王) 자리를 몹시 탐내고 있습니다. 장로의 심복 양송은 재물을 무척 좋아하는 자입니다. 주공께서는 양송에게 뇌물과 밀서를 보내어 촉을 평정하는 날에는 장로를 한녕왕으로 봉할 터인즉, 마초를 불러들이라고 부탁하면 될 것입니다."

"과연 좋은 생각이오."

유비는 공명의 계교대로 손건에게 많은 보물을 주어, 양송을 찾아가게 했다.

양송은 유비에게서 많은 뇌물을 받고 크게 기뻐했다. 그가 유비의 편지를 장로에게 내보이며 말했다.

"만약 현덕이 서촉을 평정하는 날에는 주공을 한녕왕으로 봉하겠다는 약조를 했습니다. 차제에 현덕과 일전을 벌이고 있는 마초를 불러들이는 게 좋겠습니다."

장로가 고개를 갸웃거리며 물었다.

"현덕이 무슨 힘으로 촉을 평정한단 말이오?"

"현덕은 한실의 종친으로 천자의 숙부뻘 되는 분입니다. 그는 틀림없이 촉을 평정할 것입니다."

"그렇다면 현덕의 비위를 거스를 필요가 없으니 마초를 불러들이도록 하오."

장로는 양송의 말을 듣고 마초에게 회군하라는 군령을 내렸다. 그러나 장로의 많은 군사를 자기 부하로 삼은 마초가 호락호락 돌아올 리 없었다. 마초는 공을 이루기 전에는 회군을 안 하겠다고 회답했다.

장로가 다시 두 번씩이나 사람을 보냈으나 마초는 역시 돌아오지 않았다.

양송이 장로에게 말했다.

"마초는 믿지 못할 위인인데, 주공께서 세 번이나 불러도 듣지 않는 것을 보면 역시 반의(反意)를 품고 있는 것이 분명합니다."

장로는 그 소리를 듣고 크게 분노했다.

"마초가 저리도 불손하게 나오니 어찌했으면 좋겠소?"

양송이 대답했다.

"사람을 보내 마초에게 명하십시오. 진정으로 공을 세우고 싶으면 한 달 동안 말미를 줄 터인즉 세 가지 공을 이루라 하십시오. 첫째는 서천(西川) 땅을 얻을 것이고, 둘째는 유장의 목을 벨 것이고, 셋째는 형주의 군사들을 깨끗이 물리치라 하십시오. 그 셋 중 하나라도 이루지 못한다면 주공께서 마초의 머리를 베겠다고 하십시오. 그런 다음 장위(張衛)에게 군사를 딸려 보내어, 마초가 반란을 일으키거든 막도록 하십시오."

장로는 양송의 말을 옳게 여겨, 마초에게 당장 편지를 써 보냈다.

마초는 장로의 글을 보고는 매우 난처하지 않을 수 없었다.

"내 무슨 수로 한 달 안에 이리 큰 공을 세울 수 있단 말인가!"

마초는 마대와 의논한 결과 애초의 명령대로 회군하기로 결심했다. 그런데 마초가 급히 회군한다는 소문이 퍼지자 장로는 그의 마음을 크게 의심하지 않을 수 없었다.

'그리도 회군하지 않겠다고 고집을 부리던 마초가 급작스럽게 돌아오겠다는 것을 보면 필시 모반을 일으키려는 심사가 아닌가?'

장로는 그런 의심이 들자 황망히 군사를 나누어 관애를 굳게 지켜 마초를 통과하지 못하게 했다.

마초는 진퇴양난의 곤경에 빠져버렸다. 그 모든 것이 공명이 계교를 부린 결과였음은 말할 것도 없었다.

다음날 공명이 유비에게 말했다.

"마초는 지금 극심한 곤경에 빠져 있을 터이니 제가 그를 만나 항복을 권해 보겠나이다."

유비는 그 말을 듣고 크게 놀랐다.

"군사께서 직접 나서는 것은 위태로운 일이오. 만일의 경우 어쩌려고 그러오."

"염려 마십시오. 내일 아침에 일찍 길을 떠나도록 하겠습니다."

"그것만은 안 될 말씀이오."

유비는 종시 허락하려고 들지 않았다.

마침 그때 조자룡의 추천서를 가지고 투항해 온 사람이 있었다. 그는 건녕(建寧) 사람으로 유장의 모사인 이회(李恢)였다.

유비가 그를 보고 물었다.

"지난날 유장에게 진심으로 간언을 올린 사람은 선생뿐이었다고 들었는데, 어찌하여 나를 찾아 항복해 오셨소?"

"주인에게 간언을 올린 것은 신하의 도리입니다. 그러나 유장은 인물이 암매하여 반드시 망할 것이고, 유 예주는 인덕으로 두루 살피시니 반드시 성사하실 것이기에 이렇게 찾아왔습니다."

"선생이 오셨으니 나를 많이 도와주셔야 하겠소."

이회는 기다렸다는 듯이 말했다.

"마초가 지금 진퇴양난에 빠져 있는데, 제가 그와 면식이 있으니 항복을 권해 보겠나이다."

유비는 크게 기뻐하며, 공명 대신에 이회를 마초에게 보냈다. 마초는 이회가 찾아왔다는 소리를 듣고, 부하에게 일렀다.

"이회는 구변이 좋기로 유명한 사람이니, 필시 나를 꾀러 온 것이 분명하다. 그러하니 도부수 이십여 명을 장하(帳下)에 매복해 두어라. 내가 이회를 만나보고 명령을 내리거든 즉시 달려 나와 그자의 목을 베어라!"

이회가 장중으로 들어오자 마초는 당상에 높이 앉아 큰소리로 꾸짖었다.

"네가 무슨 일로 나를 찾아왔느냐? 너는 유비의 부탁을 받고 나를 설복하러 온 것이 아니냐?"

"그렇소. 나는 틀림없이 장군을 설복시키러 왔소. 그러나 현덕의 부탁을 받고 온 것은 아니오."

이회는 태연자약하게 대답했다.

"그러면 누구의 부탁을 받고 왔단 말이냐?"

"나는 장군의 돌아가신 선친의 부탁을 받고 온 것이오."

"이런 죽일 놈! 네가 어느 안전이라고 나의 가친을 들먹이느냐?"

"내 말을 좀 들어보오. 장군의 선친께서는 나한테 아들이 위기에 빠지거든 구해 달라고 당부하신 적이 있소!"

"이놈, 네가 무슨 잠꼬대 같은 소리를 하느냐? 내가 보검을 새로 갈아 놓았으니, 죽고 싶지 않거든 빨리 돌아가거라!"

그러자 이회는 냉연히 웃었다.

"전도가 양양한 장군이 왜 그다지도 사리를 가릴 줄 모르오. 도대체 장군의 선친을 모살한 사람이 누구요? 선친을 죽인 불구대천지 원수는 조조가 아니고 누구란 말이오?"

"……."

"장군은 조조에게 쫓겨 장로에게 몸을 의탁하고 있다가 이제는 현덕을 치려하고 있소. 그것은 결과적으로 장군의 원수인 조조를 도와주는 것과 무엇이 다르오? 만약 선친께서 이 사실을 안다면 땅을 치고 통곡하실 것이오."

"음……."

마초는 입을 굳게 다문 채 신음만 할 뿐 말이 없었다.

이회는 마초를 꾸짖듯이 다시 말했다.

"만약 장군이 현덕을 쳐부수면 기뻐할 사람이 조조밖에 더 있소?"

"그, 그것은 옳은 말씀이오!"

마초는 마침내 울부짖듯이 말했다.

"이제는 내 말을 알아들었소?"

"잘 알았소이다."

"내 말을 알아들었다면 무엇 때문에 장하에 도부수를 매복시켜두고 있소?"

이회가 대담무쌍하게 호통을 치는 바람에 장하에 숨어 있던 도부수들이 총총히 사라져버렸다.

이회는 마초의 손을 잡아끌며 말했다.

"자, 나와 같이 갑시다. 유현덕은 자비롭기 그지없는 현군이오. 그분은 지금 장군을 기다리고 있는 중이오! 그분을 도와 조조를 치는 것만이 선친의 원수를 갚는 길이오!"

마초는 용맹스러우면서도 단순한 사람이었다. 그는 이회와 함께 유비를 찾아 나섰다. 마초가 온다는 소리를 듣고 유비는 문까지 친히 마중을 나왔다.

"마 장군이 와주시니 얼마나 반가운지 모르겠소. 우리 힘을 다하여 광세(曠世)를 즐겨봅시다."

유비가 진심으로 기뻐하며 상빈으로 대접하니, 마초는 진심으로 탄복하며 대답했다.

"제가 명주(明主)를 만나니 비로소 안개가 걷히고 푸른 하늘을 보는 것 같습니다."

마침 그때 마대가 한중군(漢中軍)의 군감(軍監)인 양백의 머리를 베어 투항해 왔다. 이로써 가맹관의 싸움은 사실상 끝이 난 셈이었다.

유비는 곽준과 맹달에게 가맹관을 지키게 하고, 자신은 마초와 함께 남은 군사를 이끌고 성도를 도모하기 위해 면죽성(綿竹城)으로 향했다. 면죽성에서는 유비의 군사들이 적장 유준(劉晙), 마한(馬漢) 등의 군사들과 맹렬히 싸우고 있는 중이었다. 그럼에도 황충과 조자룡은 유비를 맞아 환영연을 성대하게 베풀었다.

"군사가 싸우고 있는 도중에 이 무슨 환영연이오?"

유비가 나무라자 조자룡이 술을 마시다 말고 일어섰다.

"주공께서 오신 것을 기념하기 위해 제가 잠깐 나가 적장의 목을 베어 오겠습니다."

조자룡은 그 말을 남기고 나가더니, 잠시 후에 정말로 적장인 유준과 마한의 목을 베어 들고 들어왔다. 만좌는 함성을 울리며 기뻐했고, 유비는 조자룡의 등을 두드려주며 치하했다. 동석했던 마초도 그 광경을 보고 크게 감탄했다.

마초가 유비를 향해 말했다.

"제가 유장을 불러내어 항복하도록 만들겠습니다. 그가 만약 항복을 하지 않는다면 우리 형제가 성도를 쳐서 주공께 바치겠나이다."

형주 쟁탈전

그로부터 며칠 후에 마초는 마대와 함께 성도로 유장을 찾아갔다. 마초는 성문 밖에서 큰소리로 외쳤다.

"나는 유 태수를 만나러 왔노라."

유장이 성루에 올라와 물었다.

"무슨 일로 나를 만나자는 것인가?"

"내 일찍이 익주를 구하러 왔으나 장로가 양송의 참소로 나를 도리어 해치고 있는 중이오. 그리하여 내 이미 유 황숙에게 항복했으니, 장군도 빨리 항복하여 만백성들을 도탄 속에서 구하도록 하오. 만약 어리석게 고집을 부리면 내가 이제부터 성으로 쳐들어갈 테요."

유장은 그 말을 듣고 얼굴이 창백해지더니, 정신을 잃고 땅에 쓰러졌다. 모든 신하들이 급히 부축하여 정신을 차리게 하니, 유장은 몸을 떨면서 말했다.

"이미 사태가 이 지경에 이르렀으니, 이제는 성문을 열어 항복하는 것이 옳은 것 같소!"

그러나 참모들 간에는 이론(異論)이 분분했다.

대장 동화(董和)는 삼만 대군이 남아 있으니 끝까지 싸우자고 주장했고, 모사 초주(譙周)는 천수(天數)를 인력으로 막을 길이 없으니, 깨끗이 항복하자고 주장했다.

황권, 유파 등이 대로하여, 초주를 잡아 죽이려는데 때마침 촉군 태수 허정(許靖)이 성벽을 넘어 달아나 유비에게 항복했다는 소식이 날아들었다. 유장은 하도 기가 막혀 회의 도중에 부중으로 돌아와버리고 말았다.

다음날 간옹이 부중으로 유장을 찾아와 말했다.

"현덕은 워낙 관후한 어른이니, 태수는 마음놓고 항복하기 바라오."

유장은 이미 대적할 수 없음을 알고 항복을 승낙했다.

다음날 유비가 성도로 들이닥친다는 소식이 있자 유장은 인수와 문적을 가지고 간옹과 함께 성 밖으로 영접을 나왔다. 유비는 유장을 보자 손을 맞잡으며 반가워했다.

"우리가 공적으로는 어쩔 수 없이 이렇게 되었으나, 사적인 정의(情誼)야 어찌 변함이 있겠소."

유비가 하도 정답게 대해 주니 유장은 지금까지 싸워온 것을 오히려 뉘우칠 지경이었다.

유비와 유장이 말을 나란히 하여 성안으로 들어오니, 성도의 백성들은 향을 피우고 등불을 밝혀 평화를 구가했다. 유비가 당상에 올라 제관(諸官)들의 영접을 받는데, 황권과 유파만은 나타나지 않았다.

"그자들은 아직도 반심(反心)을 먹고 있는 모양이다. 그렇다면 그들을 그냥 내버려둘 수 없는 일이 아닌가?"

수하 장수들이 비난의 소리를 퍼붓자 유비가 정색을 하며 말했다.

"만약 황권, 유파에게 위해를 가하는 자가 있으면 삼족을 멸할 터이니

그리 알아라!'

유비가 준엄하게 수하 장수들을 꾸짖은 뒤에 몸소 그들을 방문했다. 집에서 유비를 맞이하게 된 그들은 과분한 후대에 감동하여 진심으로 무릎을 꿇었다. 그리하여 드디어 성도는 완전히 평정되었다.

공명이 유비에게 말했다.

"서천에 두 주인이 있을 수 없으니 이제는 유장을 형주로 보내심이 좋을 것 같나이다."

유비는 고개를 기울이며 대답했다.

"내가 촉을 얻었다 하여 어찌 유장을 먼 곳으로 보낼 수 있겠소?"

"주공이 아녀자 같은 감상을 가지신다면 어찌 천하를 경륜하실 수 있겠습니까?"

"군사께서 그처럼 말씀하시니 유장을 보내겠소."

유비는 유장을 형주로 보내기 위해 연락을 크게 베풀었다. 그런 다음 그를 진위장군(振威將軍)으로 봉하여 많은 선물을 주면서 일가친척과 함께 형주로 떠나게 했다.

유비는 스스로 익주목(益州牧)이 되어 모든 장군들에게 논공행상을 내렸다. 엄안을 전장군(前將軍)으로 삼고, 법정을 촉군(蜀郡) 태수로 삼고, 동화로 하여금 장군 중랑장(掌軍 中郎將)을 삼고, 그밖에 투항한 장수들에게도 모두 다 벼슬을 주어 탁용(擢用)했다. 그리고 생사를 같이해 온 사람들에게도 새로운 호칭을 내렸는데, 그 내용은 다음과 같았다.

군사 공명(軍師 孔明),

탕구장군 한수정후 관우(盪寇將軍 漢壽亭侯 關羽),

정원장군 신정후 장비(征遠將軍 新亭侯 張飛),

진원장군 조운(鎭遠將軍 趙雲),

정서장군 황충(征西將軍 黃忠),

양무장군 위연(揚武將軍 魏延),

평서장군 도정후 마초(平西將軍 都亭侯 馬超),

그밖에도 어느 누구한테나 논공을 내리지 아니한 사람이 없었다.

이리하여 익주는 완전히 평정되었다.

유비는 제관(諸官)들에게 성도의 전택(田宅)을 나누어주려 했다. 그러나 거기 대해서는 조자룡이 반대하고 나섰다.

"익주의 백성들이 오랫동안 병화(兵火)에 시달렸으니 전택은 그들에게 나누어주어 빨리 민심을 수습해야 합니다."

유비는 그 말을 옳게 여겨, 공명으로 하여금 치국하는 법령(法令)을 제정하게 했다.

공명이 만든 법령이 매우 엄중하므로, 법정이 간했다.

"옛날 한고조는 약법삼장(略法三章)으로 나라를 다스렸습니다. 이번에도 법을 간략하게 하여 백성들을 편하게 해주는 것이 어떠하겠나이까?"

그러나 공명은 그 말에 반대를 표했다.

"그것은 하나는 알고 둘은 모르는 소리요. 옛날 진나라는 백성들을 가혹하게 다스렸기에 한고조는 약법삼장의 관후한 법령으로도 백성들을 다스릴 수 있었소. 그러나 유장은 매우 암매하여 국가의 기강이 문란해졌기에 지금은 법을 준엄하게 만들어 기강을 바로잡지 않으면 안 되오."

법정은 자신의 천려(淺慮)를 깨닫고 고개를 끄덕였다.

그로부터 수일 후에 공명은 모든 법령을 공포함과 아울러 사십일 주(州)에 군대를 나누어 주둔 진무(鎭撫)시키니, 촉을 재건하는 국가의 기틀이 완전히 편성되었다.

유비가 서천(西川)을 얻어 촉나라 건국의 기틀을 이루었다는 소식이 손권의 귀에 들어가지 않을 리 없었다. 손권은 그 소식을 듣고는 모사 장소를 불러 물었다.

"유현덕이 서천을 얻어 나라 배판을 새로 했다니, 이제는 약속대로 형주를 돌려받아야 하겠는데 이를 어찌했으면 좋겠소? 결국 듣지 않으면 군사를 일으킬 수밖에 없겠지요?"

장소가 고개를 흔들며 대답했다.

"이제 겨우 안정되어가는데, 무엇 때문에 군사를 일으키려 하십니까?"

"현덕을 그냥 내버려두었다가는 형주를 영영 돌려받지 못할 것 같아 그러오."

"형주는 계책을 세워 돌려받도록 해야 합니다."

"무슨 명안이라도 있소?"

"명안이 있습니다. 현덕이 하늘같이 믿고 따르는 사람은 공명입니다. 마침 공명의 형 제갈근이 우리 편에 있습니다. 제갈근의 가족을 감금시켜놓고 그에게 공명을 설복시키도록 하면 형주는 싸우지 않고도 돌려받을 수 있을 것입니다."

"그것 참 다시없는 명안이오. 그러나 제갈근에게 아무런 죄도 없는데, 무슨 명목으로 감금을 한단 말이오?"

"주공께서 모든 것이 계책이라고 말씀하시면 제갈근은 충분히 알아들을 것입니다."

"좋소. 그러면 그렇게 합시다."

손권은 제갈근의 일가족을 그날로 감금시켰다. 그런 다음 제갈근을 파촉으로 보내어 형주 반환의 교섭을 하게 했다.

수일 만에 성도에 도착한 제갈근은 유비에게 사람을 보내어 만나기를 청했다. 그러자 유비가 공명을 불러 물었다.

"군사의 백씨가 나를 만나러 오셨다니 무슨 일인 것 같소?"

"형주를 찾아가려고 왔을 것입니다."

"그러면 이 일을 어찌했으면 좋겠소?"

공명은 대답 대신 유비의 귀에 입을 갖다대고 무엇인가 한동안 소곤거렸다. 유비는 말을 들으며 연방 고개를 끄덕였다.

이윽고 공명은 부중을 나오자 그 길로 객사에 있는 형을 찾아갔다. 제갈근은 공명을 보자 대뜸 소리를 내어 울기 시작했다.

"형님, 우리 형제가 오래간만에 만났는데 왜 우십니까?"

"손권이 내 가족을 감금시켜놓고, 나더러 형주를 반환해 오라니 이 일을 어찌했으면 좋겠느냐?"

"그 일이라면 염려 마십시오. 형주를 반환해 드리면 모든 문제는 쉽사리 해결될 것이 아니오? 형님 가족이 투옥되었다는 말을 듣고 제가 어찌 그냥 있을 수 있겠소."

"오오! 아우가 그처럼 노력해 준다니 고맙기 한량없구나!"

제갈근은 크게 기뻐하며, 다음날 공명의 안내로 유비를 만나 손권의 친서를 전했다. 유비는 손권의 서찰을 보고 나더니, 금방 얼굴에 노기가 충만해지며 말했다.

"이런 괘씸하기 짝이 없는 서찰이 어디 있소? 나는 형주를 응당 돌려줄 생각이었소. 그런데 손권은 내게 시집보냈던 제 누이를 데려가는 불미스런 짓을 저질렀소. 그래놓고는 이제 와서 형주까지 돌려달라니 이런 파렴치한 짓이 어디 있소? 나는 절대로 이런 불의를 용납하지 않을 것이니, 차라리 대병을 몰고 강동으로 쳐들어가 원한을 갚을까 하오."

제갈근은 크게 놀라며 어찌할 바를 몰랐다.

공명이 울면서 말했다.

"주공께서 분노하시는 심정은 충분히 짐작됩니다. 그러나 손권이 저의 형님 가족을 잡아가두어놓고 형주를 찾아오지 못하면 죽이겠다며 으름장을 놓고 있다 합니다. 형님 가족이 그 일 때문에 몰살당한다면 아우인 저인들 어찌 마음 편히 살아갈 수 있겠습니까. 제 체면을 생각하시어 형주를 돌려주신다면 그 은혜 백골난망이겠습니다."

"군사가 그토록 간청하시니 나도 더는 고집을 부릴 수가 없구려. 그러면 장사, 영릉, 계양을 돌려주겠소. 그러면 백씨 가족들도 무사할 수 있을 것이오."

"주공의 은총에 그저 황공 무비할 따름입니다. 그러면 형님이 형주에 가서서 운장을 만나 뵐 수 있도록 그 뜻을 서찰로 일필 적어주십시오."

유비는 즉시 편지를 써 제갈근에게 건네주면서 친절하게 타일렀다.

"형주에 가시거든 내 아우 관운장을 만나 잘 말해 보오. 내 아우의 성미가 불같아 내 말조차 듣지 않을 경우가 더러 있지만 말이오!"

제갈근은 그날 당장 성도를 떠나 형주로 관우를 찾아갔다. 형주에 간 제갈근이 관우를 만나 유비의 서찰을 내주면서 말했다.

"이번에 유 황숙께서 형주의 삼 군을 강동에 돌려주도록 특별한 분부를 내리셨으니 잘 부탁드립니다."

그러나 관우는 편지를 보고 나더니, 매우 못마땅한 표정을 지으며 가타부타 말이 없었다.

"만약 장군께서 형주의 세 고을을 돌려주시기를 거부한다면 저의 집 일가족은 몰살을 당할 형편입니다."

제갈근은 불안한 나머지 울면서 호소했다. 그러자 관우가 눈을 부릅뜨며 대답했다.

"손권의 잔꾀에 누가 넘어간단 말이오. 나는 결코 못 내주겠으니, 그냥 돌아가오! 만약 다른 말이 나오면 내 칼이 용서하지 않을 것이오."

관우가 그렇게 말하며, 칼자루를 붙잡았다. 등 뒤에서 호위하고 있던 관평이 당황하여 만류했다.

"아버님, 이 어른은 공명 군사의 형님이시니 진정하십시오."

"알고 있다. 그런 관계가 아니었다면 내가 벌써 목을 베어버렸을 것이다!"

관우의 기상은 어디까지나 험악했다.

제갈근은 어쩔 수 없이 다시 성도로 돌아왔다. 그러나 유비를 만나려고 하니 병을 핑계로 만나주지 않았고, 공명은 지방 순찰을 떠나고 없었다. 제갈근은 천리 먼 길을 헛되이 돌아오는 수밖에 없었다.

손권은 제갈근이 돌아오자 가족들을 그날로 놓아주었다. 그러고 나서 막료들을 불러 명했다.

"유비는 형주의 세 고을을 분명히 돌려준다고 했소. 이제는 그곳에 관원을 보내 우리가 다스리도록 해야겠소. 장사, 영릉, 계양에 곧 우리 사람을 보내도록 하오."

형주의 세 고을에 강동의 관원들이 파견되었다. 그러나 그들은 사흘이 못 가 쫓겨 돌아오고 말았다. 관우의 부하들이 죽이려고 덤벼들어서 도저히 범접을 할 수가 없다는 것이었다.

손권은 크게 노하여, 노숙을 불러 말했다.

"현덕이 지난날에 노숙 공에게 철석같이 약속해 놓고도 아직 형주를 돌려주지 않고 있소. 서천을 얻은 지금에 와서도 약속을 이행하지 않으니 이를 어찌했으면 좋겠소?"

노숙이 대답했다.

"그러지 않아도 제게 계책이 있습니다."

"무슨 계책이오?"

"육구(陸口)에 있는 와강정(臥江亭)으로 관운장을 초대하여 큰 잔치를 베풀며 교섭을 해보다가 만약 말을 들어주지 않으면 미리 매복시켜두었던 도부수를 시켜 죽여버릴까 합니다."

"우리가 부른다고 그 사람이 와주겠소?"

"초대해도 오지 않으면 비겁자로 낙인찍힐 테니 반드시 올 것입니다."

"그러면 그렇게 해보시오. 형주를 지금 돌려받지 않으면 영원히 잃어버리게 되오."

노숙은 그날로 육구로 가 잔치를 차릴 준비를 하는 한편 관우에게 사람을 보내어 초대의 글월을 전했다. 관우는 초대의 서찰을 보더니, 즉석에서 고개를 끄덕였다.

"초대한 날에 반드시 와강정으로 갈 터이니, 돌아가거든 그리 전하라!"

관평은 그 말을 듣고 깜짝 놀랐다.

"노숙이 흉계를 꾸미고 초대하는 것이 분명한데 아버님께서는 어찌하여 그런 위지에 가시려고 그러십니까?"

"걱정 마라! 제가 재주를 부려봐야 얼마나 부리겠느냐?"

관우는 어디까지나 태연자약했다.

"나는 주창(周倉) 한 사람만 데리고 가겠다. 그 대신 너는 정병 오백 명과 쾌속선 이십 척을 강 건너편 숲속에 대기시켜놓고 있다가 내가 홍기(紅旗)를 들거든 급히 달려오너라!"

"모든 일을 명령대로 따르겠습니다."

관평은 부친의 명령대로 복종하는 수밖에 없었다.

마침내 와강정으로 가는 날이 왔다. 관우는 푸른 전포에 정관(正冠)으로 성장을 하고, 주창과 함께 배를 타고 와강정으로 향했다.

노숙은 관우가 대병을 이끌고 오면 도중에 없애버릴 생각으로 여몽, 감녕 등의 장수들에게 많은 군사를 주어 지키게 했다. 그런데 관우가 단지 주창 한 사람만 데리고 온다는 소리를 듣고는 오히려 기압을 느낄 지경이었다.

노숙은 도부수 오십여 명을 장막 뒤에 숨겨두고 관우를 융숭하게 대접했다. 이윽고 술잔이 오고 가는 동안에 담소가 시작되었다. 노숙은 딴마음을 품고 있는 까닭에 관우를 정면으로 바라보지 못했다. 그러나 관우는 어디까지나 태연자약했다. 술이 거나해질 무렵에 노숙이 관우를 보고 말했다.

"장군께 한 말씀 여쭐 얘기가 있습니다. 유 황숙이 우리 주공으로부터 형주를 잠깐 빌려가실 때 서천을 취하면 반드시 돌려주신다고 약속하셨소. 한데 아직도 돌려주지 않고 있으니 그러고서야 어디 유 황숙을 믿을 수 있겠습니까?"

관우는 껄껄 소리 내어 웃으며 노숙을 은근히 타일렀다.

"국가 대사를 어찌 이런 술자리에서 논하려 하시오."

노숙도 지지 않고 말했다.

"국사를 논하는데 어찌 자리를 탓할 수 있겠습니까? 장군들이 싸움에 패하고 강동을 찾아왔을 때, 황숙을 진심으로 도와드린 사람은 우리 주공이었소. 그렇건만 서천을 얻은 지금까지도 형주의 삼 군조차 돌려주지 않으니 너무하는 것 아닙니까?"

관우는 정색을 하며 대답했다.

"오림(烏林) 싸움에 좌장군(左將軍)이 목숨을 걸고 적을 격파시켰는데 어찌하여 우리더러 형주를 그냥 얻었다 하오?"

"그건 잘못 생각하신 것이오. 우리 주공께서 황숙을 도와드리지 않았다면 싸움인들 어찌할 수 있었으며, 하물며 오늘같이 서천을 취한다는 것은 생각조차 할 수 없는 일이 아니오?"

관우는 노숙의 정연한 이론에 당해 낼 수가 없었다.

"이런 일은 우리 형님께서 처리하실 일이지 내가 관여할 바가 아니어서 술이나 마십시다."

노숙은 얼른 그 말을 이용하여 반격을 가했다.

"장군은 옛날 황숙과 도원에서 형제의 결의를 맺었다고 들었소. 그렇다면 황숙과는 일심동체나 다름없는데 어찌 그 일을 모른다고만 하시

오?'

그러자 옆에 서 있던 주창이 얼른 대답을 가로맡아 노숙에게 큰소리로 외쳤다.

"천하의 토지는 덕망 높은 분이 다스려야 하는 것인데, 어찌하여 강동의 손 장군이 천하를 독점하려고 욕심을 부리오!"

관우가 얼굴에 노기를 띠며 자리에서 벌떡 일어서더니 주창이 들고 있던 청룡도를 와락 빼앗으며 큰소리로 꾸짖었다.

"네가 무엇을 안다고 함부로 지껄이느냐? 부질없이 떠들지 말고 이만 돌아가자!"

순간 좌중이 소란했다.

관우는 오른손에 칼을 잡고 왼손으로 노숙의 손을 덥석 쥐며 취한 척했다.

"술좌석에서 중요한 문제를 소란스럽게 떠들어서는 안 되겠으니, 형주 문제는 내가 공을 조용히 모셔놓고 말하리다."

그 말을 듣고 있는 동안 노숙은 등에 진땀이 흘렀다.

여몽과 감녕을 비롯하여 장막 뒤에 매복해 있던 도부수들은 모두 관우에게 덤벼들고 싶었다. 그러나 관우가 칼을 쥐고 노숙의 손을 놓지 않으니, 함부로 덤벼들 수도 없는 노릇이었다. 누구든지 덤벼들기만 하면 관우의 칼에 노숙의 목이 먼저 날아갈 것이 분명하기 때문이었다.

주창이 재빠르게 눈치를 채고 강변으로 달려 나와 홍기를 흔드니, 관평이 이십여 척의 쾌속선을 이끌고 나는 듯이 달려왔다. 관우가 뱃머리에 이르러서야 노숙의 손을 놓고 배에 올라 이별을 고했다. 노숙은 마치 넋을 잃은 사람처럼 멀리 사라져가는 관우의 배를 멍하니 바라만 보고 있을 뿐이었다.

노숙은 관우를 보내고 나서 절치부심하며 여몽, 감녕 등과 함께 새로운 계책을 세웠다.

"관운장이 저렇듯 배짱을 부리니, 이제는 주공께 아뢰어 결전으로 승패를 판가름하는 수밖에 없겠소!"

여몽, 감녕도 그 말을 옳게 여겨 손권에게 곧 자세한 보고를 올렸다. 손권이 그 보고를 듣고 크게 노한 것은 말할 것도 없었다.

"저들이 그렇게 나온다면 이제는 군사를 일으켜 형주를 힘으로 탈환하는 수밖에 없다. 전군에 출동령을 내리라!"

손권은 추상같은 군령을 내렸다. 그러나 바로 그날 밤에 뜻하지 않았던 소식이 날아들었다. 조조가 삼십만 대군을 이끌고 강동으로 쳐 내려온다는 비보였다.

손권은 깜짝 놀라 노숙을 불러 물었다.

"유비를 치려는 이 판에 조조가 대군을 이끌고 쳐들어온다니, 우리는 어찌했으면 좋겠소?"

"쳐들어오는 적에 대한 방비 없이 가만히 있는 적을 칠 수는 없는 일입니다. 형주는 언제든 칠 수 있으니 우선 조조부터 막아야 합니다."

그것은 너무나 당연한 말이었다.

손권은 형주 토벌을 단념하고, 출동시킨 군사를 합비, 유수로 보내어 조조의 군사들을 막도록 명했다.

이리하여 조조, 유비, 손권의 삼파전(三巴戰)은 시간과 더불어 양상을 달리하여가고 있었다.

감녕의 결사대

조조는 한중(漢中)을 차지하고 나자, 이번에는 손권을 정벌할 의욕이 새삼스러이 왕성해졌다. 적벽대전 이후로 손권에 대한 원한이 골수에 사무쳤던 것이다.

"한중은 장합과 하후연을 시켜 능히 지킬 수 있을 것이니, 다른 장수들은 모두 남정(南征)의 길에 오르라!"

조조는 드디어 일대 결단을 내렸다.

이리하여 한중에서 남쪽으로 내려가는 병선(兵船)들이 강을 메우고, 육로로 쳐내려가는 군사들이 대지를 덮었다. 양자강을 따라 군사들을 이끌고 내려가 손권을 일거에 파멸시킬 생각이었던 것이다.

한중을 떠난 지 십여 일 만에 조조의 군사는 강동의 요충인 유수에 육박했다. 손권도 가만히 있을 리 없었다.

"먼 길을 행군해 온 군사들이 무슨 힘이 있겠는가. 첫 싸움에서 적의 예기(銳氣)를 꺾어 사기를 완전히 떨어뜨려야 한다!"

그렇게 말하며 먼저 나가 싸우기를 자원하고 나서는 장수는 감녕과 능통이었다. 두 장수는 언제나 경쟁적으로 전공을 다투는 처지였다.

"그러면 두 장수가 모두 나가 싸우되 능통이 제일진이 되고, 감녕이 제이진이 되오!"

손권은 두 장수를 앞서 보내고 자기는 다른 장수들과 함께 후군이 되었다. 드디어 유수성을 중심으로 양군 사이에는 치열한 전쟁이 벌어졌다. 조조군의 선봉장을 맡은 장수는 울던 아이의 울음도 그치게 만든다는 천하의 용장 장요였다.

능통은 적을 경미하게 여기고 마구 덤벼들었다. 장요와 능통이 오십여 합을 싸웠으나 좀처럼 승부가 나지 않았다. 장수들의 싸움은 판가름이 나지 않았지만 능통의 군사들이 장요의 군사들에게 밀리고 있는 형편이었다.

본진에서 안타까이 그 상황을 바라보던 손권이 마침 옆에 있는 여몽에게 명했다.

"능 장군이 암만해도 불리해 보이니, 여 장군이 급히 나가 도와주도록 하오."

여몽이 명을 받고 크게 함성을 지르며 달려나갔다. 마침 그때 감녕이 손권의 옆에 와서 말했다.

"적의 병력은 사십만이 넘습니다. 더구나 사기도 왕성하여 정면으로 때려 부수는 것은 결코 용이한 일이 아닙니다. 주공께서 정병 백 명만 제게 주신다면 오늘밤 조조의 본진을 크게 위협하고 돌아오겠나이다."

"아무리 정병이기로 백 명의 군사를 가지고 무슨 일을 치르오?"

"제가 실패하거든 주공께서 마음껏 비웃어주십시오."

"그 용기가 참으로 가상하구려. 그러면 백 명을 줄 테니 일을 도모해 보오."

손권은 직속 부하 중에서 가장 용감한 군사 백 명을 뽑아 감녕에게 주었다.

감녕은 이날 밤 백 명의 용사들을 진중으로 불러 앉혀놓고, 커다란 술잔에 술을 가득 따라주며 말했다.

"이 술은 주공께서 특별히 하사하신 술이니, 용사들은 마음껏 마시오. 우리들은 이 술을 마음껏 마시고 나서 오늘밤 조조의 본진으로 돌격을 감행할 것이오."

백 명의 용사들은 술을 마시다가 말고 제각기 주저하는 빛을 보였다. 그러자 감녕은 칼을 뽑아 들고 용사들을 큰소리로 꾸짖었다.

"상장인 내가 오늘밤 목숨을 걸고 적의 본진을 기습하는 이 판에 그대들은 어찌하여 나라를 위해 싸우기를 주저하오."

용사들은 그 말을 듣고 크게 깨닫는 바가 있어 이구동성으로 소리쳤다.

"저희들도 장군을 따라 죽을힘을 다해 싸우겠습니다."

이경이 지났을 무렵, 백 명의 용사들은 뗏목을 타고 강을 건너, 조조의 본진으로 육박했다. 병사들이 일제히 함성을 지르며 파수병을 무찌르고 본진으로 달려 들어가, 크게 당황하는 적을 좌충우돌하며 무수히 사살했다. 그러고 나서 금고(金鼓)를 신호로 일제히 퇴각하여 본진으로 돌아와 보니, 백 명 중 한 사람도 죽지 않고 무사했다.

"장군의 쾌거는 조조의 간담을 서늘하게 하고도 남음이 있었을 것이오. 실로 통쾌하기 짝이 없는 일이오."

손권은 감녕의 쾌거를 크게 기뻐하며, 명도(名刀) 백 자루와 비단 천 필을 특별히 하사했다. 감녕은 손권이 하사한 선물을 백 명의 용사들에게 골고루 분배해 주었다.

바로 그 다음날 아침이었다. 장요는 어젯밤의 원수를 갚기 위해서인지 아침부터 싸움을 걸어왔다. 능통이 먼저 달려나가 싸움을 맞았다. 어젯

밤 감녕이 전공을 크게 세우고 돌아와 주공에게 상을 받는 것을 본 능통
은 자신도 공을 세우려고 서둘러 달려나간 것이었다.

능통이 칼을 휘두르며 다가오니, 장요는 싸우지도 아니하고 옆에 있는
악진을 시켜 싸우게 했다. 두 장수가 어울려 싸우기를 오십여 합이나 되
었으나 도무지 승부가 나지 않았다.

조조가 멀리서 그 광경을 바라보고 있다가 옆에 있는 조휴에게 명했다.

"네가 저놈을 활로 쏘아 죽여라!"

조휴가 즉시 앞으로 달려 나와 능통을 활로 쏘았다. 그러나 사람은 맞
지 아니하고 말이 화살을 맞았다. 말이 공중으로 뛰어오르며 비명을 지
르는 바람에 능통은 그대로 땅으로 곤두박질쳤다.

악진이 창을 꼬나 잡고 덤벼들어 능통을 찔러 죽이려는 순간이었다.

"쌔액."

어디선가 날카로운 화살소리가 나더니, 악진이 마상에서 떨어졌다. 양
군 군마가 일제히 앞으로 달려 나와 제각기 자기 편 장수를 구하여 병영
으로 돌아왔다.

능통은 손권의 앞으로 나와 머리를 조아리며 말했다.

"오늘 싸움은 면목이 없나이다."

"일승일패는 병가의 상사니 너무 면목 없게 생각 마오! 그런데 아까 악
진에게 활을 쏘아 장군을 구한 사람이 누구인지 아오?"

"누가 저를 구해 주었는지 저도 모릅니다."

"다름 아닌 감녕 장군이었소!"

"감녕 장군이 저를 구해 주었단 말입니까?"

능통은 평소에 감녕에게 사원을 품고 있었던 만큼 크게 감동했다. 그
는 그 길로 감녕을 찾아가 말했다.

"장군이 나의 생명을 구해 줄 것이라고는 미처 생각도 못했던 일이오!"

그 후부터 두 사람은 생사지교(生死之交)를 맺고 다시는 미워하지 않았다.

한편 조조는 화살 맞은 악진을 치료케 하고, 다음날 군사를 수륙 양면으로 동원하여 손권의 군사들을 다시 엄습했다. 장요, 이전, 서황, 방덕 등의 맹장들이 지휘하는 대군이었다. 그에 대비하여 손권 쪽에서는 동습, 서성 등이 대군을 이끌고 강을 건너 적을 맞았다.

동습, 서성은 이전과 싸워 크게 승리했다. 그리하여 조조의 본진에까지 육박해 가고 있었는데, 때마침 폭풍우가 일어나며 천지가 혼돈해지는 바람에 어쩔 수 없이 퇴각하지 않을 수 없었다.

조조의 군사들은 그 기회를 이용하여 역습을 감행했다. 동습은 병선이 강상에서 파선되는 바람에 전사했고, 서성도 마침내 적에게 포위를 당하고 말았다.

손권은 그 소식을 듣고 진무에게 응원병을 주어 그들을 구출하게 했다. 그러나 진무의 응원군마저 젊은 장수 방덕에게 크게 패하는 바람에 어쩔 수 없이 유수까지 총퇴각을 하고 말았다.

조조의 사십만 대군과 손권의 육십만 대군은 유수의 좌우 강변에서 다시 대진했다. 다시 시작된 싸움은 양군에게 흥망생사가 걸린 중요한 결전이었다.

조조는 백전 연마의 노장이었고, 손권은 불굴의 정신에 불타는 혈기를 갖춘 장수였다. 연일 격전을 계속하는 동안, 손권은 마침내 장요와 서황에게 포위를 당하고 말았다.

조조는 산상에서 그 광경을 보고 크게 기뻐했다.

"손권을 사로잡도록 하라!"

조조를 호위하고 있던 허저가 그 소리를 듣고 말을 달려 적진으로 뛰어들었다.

강동군의 시체는 강변에 쌓여 산을 이루었고, 강은 붉게 물들었다. 손권은 허저를 맞아 크게 싸웠다. 적의 포위 속에서 오래 싸우는 것이 불리한 것을 모르지 않았으나, 동서 사방에 모두가 적병뿐이므로 도망을 칠 길조차 없었다.

주태가 그 광경을 보고 적의 포위망을 배후에서 뚫고 달려오며 혈로를 열어주었다.

"주공은 빨리 후퇴하십시오. 주태가 여기 있나이다!"

그리하여 목숨을 걸고 둘이 함께 도망을 치는데, 때마침 여몽이 강가에 배를 대기시켜놓고 있다가 그들을 태웠다.

손권은 배에 올라 적진을 노려보며 큰소리로 외쳤다.

"서성은 어찌 되었는가? 서성은 나를 구하려고 혈로를 세 번이나 뚫었다. 그 서성은 어찌 되었는가?"

"제가 가서 알아보고 오겠나이다."

주태가 그 소리를 듣고 적진으로 달려나가더니, 잠시 후 피투성이가 된 서성을 데리고 본진으로 무사히 돌아왔다. 손권은 서성을 부둥켜안고 눈물을 지으며 크게 기뻐했다.

여몽은 그 사이에 군진을 새로 정비했다. 이번 조조와의 혈전 때 누구보다도 비장한 전사를 한 사람은 진무였다. 그는 적장 방덕과 맹렬히 싸우다가 나뭇가지에 옷소매가 걸려 말에서 떨어지는 바람에 무참한 죽음을 당하고 말았다. 손권을 위시한 대부분의 장수들도 전상(戰傷)을 입어 이제는 싸울 용기를 잃어버릴 지경이었다.

마침 그때에 손책의 사위인 육손이 십만 대군을 거느리고 응원을 나왔다. 손권은 지옥에서 구세주를 만난 듯 기뻐했다. 그러나 그 이상 더 싸울 자신이 없어 말했다.

"응원을 와준 것은 고마우나 대세가 불리하니, 일단 본진으로 돌아가 도록 하자."

그 소리에 육손은 고개를 저었다.

"아니올시다. 우리가 이대로 쫓겨 달아나면 조조는 필승의 신념을 갖 게 될 것이고, 우리 군사들은 사기를 상실하게 되고 말 것입니다. 설령 퇴 각하더라도, 적에게 실력을 보여주고 나서 해야 합니다."

육손의 말에도 일리가 있어 손권은 싸우기를 응낙했다.

육손은 자신이 거느리고 온 군사 십만 명을 이끌고 전선으로 나가 조 조의 진영을 엄습했다. 조조는 뜻하지 않았던 공격을 당하는 바람에 크 게 당황했다.

"저들은 웬 새로운 적이냐?"

"용장 육손이 십만 대군을 이끌고 가세했다고 합니다."

조조가 미처 대책을 수습할 사이도 없이 육손의 군사는 조조의 군사들 을 닥치는 대로 섬멸했다. 조조 군이 겁을 먹고 도망을 치기 시작하자 육 손의 군사들은 파죽지세로 몰아치며 돌격을 감행했다.

조조의 군사들은 이미 지칠 대로 지쳐 있었지만 방금 도착한 육손의 군사들은 원기가 왕성했다. 여기저기에서 칼과 창에 찔리고, 말발굽에 차이는 군사들이 속출했다.

조조는 마침내 많은 군사들과 군비를 잃어버린 채 참패를 거듭하며 쫓 겨 달아나는 수밖에 없었다. 육손은 적의 사기를 완전히 꺾어놓고 승전 고를 올리며 유수성으로 돌아왔다.

이날 밤 손권은 육손을 위하여 잔치를 크게 베풀었다. 그 자리에서 특 히 주태를 앞으로 불러내어 술을 권하며 말했다.

"경은 나의 생명을 두 번씩이나 구해 준 재생의 은인이오. 경이 적의 창에 찔려 전신이 상처투성이가 된 것도 모두 나를 위한 흉터이니, 내 어찌 은공을 잊을 수 있겠소. 경은 나의 둘도 없는 공신이니, 한평생의 영욕(榮辱)을 함께 나누고 싶구려."

손권은 주태에게 청라산(靑羅傘)을 내려, 그가 어디 갈 때에는 반드시 그 우산을 받고 다니게 했다.

그런 일이 있은 이후로, 양군은 강을 사이에 두고 대진한 채 달포가 넘도록 싸우지 않았다. 서로 상대방을 경계하여 감히 싸움을 걸지 못한 것이었다.

손권의 중신 장소, 고옹 등이 간했다.

"조조는 결코 만만하게 볼 상대가 아니니, 이 기회에 화의를 제의하는 것이 어떻겠습니까?"

손권은 그 말을 옳게 여겨, 보즐(步騭)이라는 신하를 조조에게 보내어 화평을 제의했다. 조조도 손권을 정벌하기가 진정 어렵다는 것을 이미 깨달은지라 보즐에게 말했다.

"손 장군이 해마다 세공을 바친다면 더 이상 공격하지 않겠소."

이리하여 조조와 손권 간에는 화의가 성립되었다. 그러나 그것이 영원히 계속될 화의가 아니라는 것은 누구보다도 당사자인 그들이 더 잘 알고 있었다. 조조는 다시 허도로 철수했고, 손권은 말릉으로 돌아왔다. 그러나 양국의 접경인 합비와 유수의 진지는 날이 갈수록 견고하게 구축되었다.

조조가 허도로 돌아오자, 그를 영접하는 만조백관의 환영이란 말로는 다할 수 없을 지경이었다.

"위공(魏公)은 한중을 정벌했고, 이제 손권마저 세공을 바치겠다고 굴복했으니 한나라를 통일하신 공적은 역사에 길이 빛나오리다."

아첨배들은 그렇게 떠들 뿐만 아니라, 조조를 위왕(魏王)으로 모시자는 운동을 또다시 일으키기 시작했다. 특히 시중 왕량(王粱) 같은 사람은 조조의 덕을 찬양하는 장시를 지어 아부했다.

이에 조조는 마음이 점점 동했다.

"제경(諸卿)들이 모두 그런 뜻을 품고 있다면 내 어찌 그 뜻을 무시할 수 있으리오."

조조는 공공연하게 그런 말까지 했다. 그러나 오로지 상서(尙書) 벼슬로 있는 최염(崔琰)만은 단호하게 반대했다.

"그건 안 될 말이오. 하늘에 두 해가 있을 수 없듯 한 나라에 두 제왕이 있을 수 없거늘 어찌 위공께서 왕위에 오를 수 있단 말이오."

그러나 모든 조관(朝官)들은 최염을 이렇게 달랬다.

"공도 순욱처럼 비참한 말로를 맞지 않으려거든 그만 반대하오."

그러나 최염은 크게 노하여 그들을 꾸짖었다.

"자고로 나라를 망치는 무리는 아첨배라고 들었소. 당신네들이야말로 과연 망국배(亡國輩)가 틀림이 없구려!"

아첨배들은 크게 분개하여, 그 사실을 조조에게 낱낱이 고해 바쳤다. 조조는 최염을 즉시 옥에 가두었다. 최염은 옥으로 끌려가며 큰소리로 외쳤다.

"조조, 네 이놈! 네가 기군간적(欺君奸賊)임은 누구보다도 너 스스로가 잘 알고 있을 것이다."

조조는 그 소리를 듣고 더욱 노하여 즉시 명했다.

"그놈이 다시는 주둥아리를 놀리지 못하도록 매로 쳐 죽여라!"

최염은 그날로 정위(廷尉)에게 타살을 당하고 말았다. 마침내 조조가 왕위에 오르는 날이 오고야 말았다.

건안 이십일년 오월, 군신들은 헌제에게 한 장의 표주문을 올렸으니, 그 사연은 다음과 같았다.

위공 조조의 공덕은 하늘에 이르러, 옛날 이주(伊周)도 이에 미치지 못할 것이 온즉, 위공을 위왕으로 진작(進爵)하심이 가하겠나이다.

헌제는 그 표주문을 읽고 아무런 표정도 보이지 아니하고, 즉시 종요(鐘繇)를 불러, 조조를 위왕으로 책립하도록 조서를 꾸미라 명했다.

조조가 오랜 옛날부터 바라던 지위였다. 그러나 그는 양심에 가책을 느꼈는지 상서를 올려 세 번이나 사양했다. 헌제가 그때마다 계속 조서를 내리니, 조조는 마침내 왕위의 작을 배수했다.

"성명(聖命)이 그처럼 간곡하시니 신이 배수하겠나이다."

그로부터 조조는 십이류(十二旒)의 면류관을 쓰고, 금과 은으로 만든 수레를 타고, 한번 거동할 때면 천자거복난의(天子車服鑾儀)를 사용하게 되었으니, 말이 왕일 뿐이지 사실상은 천자와 조금도 다를 바 없었다. 그러나 그뿐이랴. 그는 업군에다 위왕궁(魏王宮)을 짓고, 세자를 책립할 논의까지 했다.

조조에게는 네 명의 아들이 있었다. 조비(曹丕), 조창(曹彰), 조식(曹植), 조웅(曹熊)이 그들이었다. 조조는 그중에서도 머리가 총명하고 시문의 재(才)가 능한 셋째 아들 조식을 가장 사랑했다. 그는 조식을 세자로 책봉할 생각이었다.

낌새를 알아챈 맏아들 조비가 불만을 품고 중대부 가후에게 대책을 물었다. 가후가 계책을 세워 조비에게 일러주었다.

그로부터 얼마가 지난 후, 조조가 출정을 나가게 되어 네 아들 모두 전송을 나오는데, 조식은 송별시를 지어 아버지에게 바쳤다. 실로 더할 나위 없는 걸작이었다. 그러나 조비는 아무 말도 아니하고 눈물을 흘리며 절만 하니, 좌우 사람들이 그 충정에 모두 감동되었다.

'셋째는 시재(詩才)는 비상하지만 아비를 향한 충성은 맏이만 못하구

나.'

조조는 문득 그런 회의를 품게 되었다. 그런 데다가 조비는 많은 근시자(近侍者)들을 매수하여 자기의 인덕이 놀랄 만큼 높다는 것을 널리 퍼뜨렸다.

조조가 어느 날 가후를 보고 물었다.

"장차 세자를 책정해야겠는데, 경은 네 아들 중에 누가 적당하다고 생각하오?"

"……."

"왜 대답을 아니하오?"

"제가 새삼스러이 대답을 올리지 않더라도 위왕께서는 이미 짐작하고 계시오리다."

"내가 무엇을 짐작한단 말이오?"

"원소와 유표가 세자를 대의(大義)에 따라 책립하지 않은 까닭에 멸망한 사실(史實)을 위왕께서는 이미 알고 계시지 않습니까?"

"과연 경의 말이 옳구려!"

조조는 맏아들 조비를 그날로 왕세자로 책봉했다.

그해 시월, 조조는 위의 왕궁이 준공되자 사람을 각처로 보내 기화요초(琪花瑤草)를 널리 구해들이고, 강동의 손권에게는 위왕의 영지(令旨)를 보내는 동시에, 온주(溫州)에서 나는 감자(柑子: 귤)를 구해 보내라 명했다.

불타는 장안성

오의 손권은 조조의 명령을 받고, 백여 명의 짐꾼을 동원하여 크고 맛 좋은 귤 사십 상자를 업군으로 보냈다.

수륙 수천 리를 가던 귤 운반 짐꾼들이 어느 날 산중에 짐을 내려놓고 다리를 쉬고 있노라니까, 웬 초라하기 짝이 없는 노인 하나가 옆에 와 앉았다. 눈은 하나밖에 없는 애꾸인 데다, 다리도 절름발이였다. 그리고 머리에는 백등관(白藤冠)을 쓰고, 몸에는 청라의(靑羅衣)를 걸치고 있었다.

그는 옆에 와 앉으며 짐꾼들을 보고 말했다.

"무거운 귤 궤짝을 지고 가시느라 수고들 하시오."

짐꾼들이 그를 놀려주려고 말했다.

"우리 사정을 안다면 영감님이 좀 져다주구려!"

"소원이라면 내가 져다주리다."

노인은 그렇게 말하더니, 귤 궤짝을 정말로 지고 가는데 조금도 무거운 기색을 보이지 아니하면서 말했다.

"힘거운 사람이 있거든 모두 내 등에 짐을 지워주오!"

보기에는 형편없는 노인이건만 무거운 귤 궤짝을 열 개나 짊어지고도 뛰는 듯이 빨리 걸어가는 것이었다.

짐꾼들은 매우 괴상히 여겨 물었다.

"도대체 영감님은 어떤 분이오?"

노인이 대답했다.

"나는 위왕 조조와는 고향이 같은 사람으로, 이름은 좌자(左慈)라고 하오. 세상 사람들은 나를 오각(烏角) 선생이라 부르고 있소."

일행은 그날로 위 왕궁에 도착했다.

조조는 귤이 온 것을 크게 기뻐하여, 곧 짐을 풀고 한 개를 골라 쪼개보았다. 그런데 귤은 어느 것이나 모두 껍질뿐이고, 알맹이가 하나도 남아 있지 않았다.

"이게 웬일이냐? 세상에 이런 일이 있단 말이냐?"

짐꾼들은 마침내 도중에서 좌자라는 괴상한 노인을 만났던 일을 말해주었다.

"이놈들아! 네 놈들은 무슨 말 같지 않은 수작을 하느냐?"

조조가 더욱 노하여 짐꾼들을 무섭게 꾸짖는데 때마침 문리(門吏)가 들어오더니 아뢰었다.

"좌자라고 자칭하는 노인이 대왕을 뵙겠다고 하옵니다."

"이리로 들어오게 하라!"

궁중으로 들어오는 그 노인은 조금 전에 짐꾼들에게서 들은 좌자라는 늙은이였다.

조조는 그를 보자 대뜸 꾸짖었다.

"짐꾼들에게 들으니, 귤의 알맹이를 뽑아갔다고 하던데, 너는 무슨 요술로 그런 재주를 부렸느냐?"

"천만의 말씀이오! 귤에 알맹이가 없을 리 있으리까? 어디 내가 하나 까보겠소이다."

좌자가 그렇게 말하고 귤 하나를 까보니, 그 속에는 향기롭고도 먹음직스러운 알맹이가 가득히 들어 있는 것이었다.

"이것 보시오. 알맹이가 없다니, 무슨 말씀이시오? 어디 내가 한번 먹어볼까!"

좌자는 귤을 맛있게 먹으면서 감탄을 했다.

"그놈 참말로 맛이 희한하게 좋구나!"

이번에는 조조가 귤을 다시 하나 까보니, 역시 속이 텅텅 비어 있는 것이었다. 조조는 내심 매우 기이하게 여기며, 좌자를 방으로 불러들였다. 좌자는 거침없이 따라들어와 앉으며 말했다.

"술과 고기라도 좀 주시려오?"

"그건 어렵지 않은 일이다. 술과 고기를 얼마나 먹으려는가?"

"많을수록 좋을 것이오."

술과 고기가 무수히 나왔다.

좌자는 술을 다섯 말이나 마시고, 양 한 마리를 혼자 다 먹었건만 끄떡도 하지 않았다.

"그대는 필시 범인이 아니구려. 어디서 선술(仙術)을 배웠는가?"

조조는 내심 크게 놀라며 물었다.

좌자가 대답했다.

"나는 서천(西川) 가릉(嘉陵) 아미산(峨嵋山) 속에서 도를 삼십 년쯤 닦았습니다. 그래서 이제는 몸을 맘대로 변신할 재주도 가졌고, 칼을 던져 사람의 목을 자르는 것도 맘대로 할 수 있게 되었소. 그런데 대왕께서는 이미 최고의 지위를 누리게 되어 지상에서는 더 바랄 것이 없게 되지 않았소? 그러니 이제는 벼슬을 버리고 나의 제자가 되어 아미산에서 도를 닦아보는 것이 어떻겠소?"

"으음, 좋은 말이오. 나 역시 진작부터 그런 생각을 가지고 있었으나 국사를 맡길 만한 사람이 없어서 그러하지 못하였소."

"허허허, 무슨 말씀이오. 국사는 한실의 종친인 유현덕에게 맡기면 대왕보다는 훨씬 잘할 것이오."

조조는 그 소리를 듣고 크게 노했다.

"이놈, 너는 틀림없이 유비가 보낸 앞잡이로구나! 여봐라, 이놈을 당장 끌어내어 옥에 가두어라!"

"허허허, 대왕답지 못하게 무슨 씨도 안 든 말씀이오!"

옥졸들이 좌자를 끌어내어 무서운 고문을 가했다. 그러나 좌자는 아프다는 소리도 아니하고 마냥 맞기만 하더니, 나중에는 매를 맞으면서 코까지 골았다.

조조는 그 보고를 받고 더욱 화가 나 잠을 자지 못하도록 무쇠 칼을 씌우고 팔과 다리를 쇠사슬로 얽어매게 했다. 그러나 잠시 후에 보니, 무쇠 칼과 쇠사슬은 콩가루가 되어 땅에 깔려 있고, 좌자는 여전히 자유로운 몸으로 낮잠을 자고 있었다.

조조는 그 소식을 듣고 더욱 노하여, 이제부터는 음식을 일절 주지 말라고 일렀다. 그러나 하루가 지나고, 닷새가 지나고, 열흘이 지나도 그는 여전히 원기가 왕성했다.

그는 옥졸들을 보고 이렇게 말하는 것이었다.

"이 어리석은 놈들아! 나는 한꺼번에 백 마리도 넘는 양고기를 먹을 수 있는 대신에, 십 년을 굶어도 끄떡도 아니한다는 사실을 몰랐더란 말이냐?"

그로부터 며칠 후에 위 왕궁에서 낙성식을 축하하는 큰 연락이 베풀어졌을 때의 일이었다. 만조백관이 가득 모여 앉은 자리에 백등관을 쓴 거지 노인이 돌연 나타났다. 그는 다른 사람 아닌 좌자였다. 그는 조조 앞으로 가더니 서슴지 않고 이렇게 말하는 것이었다.

"이 술상에는 산해진미가 다 갖추어져 있으나 꽃은 한 송이도 없으니 웬일이오? 대왕이 원하신다면 내가 꽃을 갖다드리리다."

조조가 매우 못마땅하게 여기며 대답했다.

"그것 참 고마운 말이로다. 그렇다면 모란꽃 한 다발을 가져오너라."

겨울철이라 모란꽃이 없을 것을 알고 일부러 어려운 주문을 한 것이었다.

"그것 참 쉬운 일이오!"

좌자는 화분을 가져오라 일렀다. 그가 화분에 물을 뿌리며 입김을 불어넣으니 아무것도 없던 화분에서 모란이 꿈틀꿈틀 자라나더니 두 송이의 꽃이 활짝 피어났다.

모든 고관들은 눈이 동그래지며 놀랄 뿐이었다. 좌자는 술상 앞에 앉아 생선회를 들여다보더니 혀를 끌끌 차며 말했다.

"위왕의 잔치에 회가 어찌 이따위뿐이오. 생선회로는 송강(松江)의 농어회가 제일인데, 어찌 그것이 없는고?"

조조가 얼굴을 붉히며 말했다.

"그러면 그대는 송강의 농어를 잡아올 수 있단 말인가?"

"그것쯤은 어렵지 않은 일이오."

"그럼, 어디 한번 잡아와보라. 만약 농담이라면 용서를 못하겠다."

"농담이라니요? 천만의 말씀이오!"

좌자는 낚싯대를 달라 하더니, 뜰아래 연못에 내려가 낚시질을 하는 시늉을 하더니만 삽시간에 십여 마리의 농어를 잡아왔다.

"자, 이만 했으면 술안주로 넉넉할 것이오."

"이놈, 네가 그 연못에 농어를 미리 잡아다 넣었던 것이 아니냐?"

"대왕은 농담도 작작 하시오. 다른 곳 농어는 아가미가 두 개이지만, 송강의 농어는 아가미가 네 개인 것이 특색이오. 믿지 못하시겠거든 한 번 조사해 보시구려."

손님들이 시험삼아 조사해 보니, 과연 그 농어는 아가미가 모두 네 개씩이었다.

조조는 내심 경탄을 하면서도 어떡해서라도 좌자를 곤란에 빠뜨리고 싶어서 물었다.

"옛날부터 농어회는 반드시 자아강을 곁들여 먹어야 맛이 더 나는 법이다. 자아강은 있는가?"

"그것도 갖다드리다. 그릇을 하나 주시오."

좌자가 그릇을 받아들고 옷소매를 덮었다가 젖히니 비어 있던 그릇에 자아강이 가득했다.

"어디 이리 가져와보아라!"

시녀가 자아강 그릇을 조조에게 갖다 바쳤다. 조조의 손이 그 그릇에 닿는 순간 자아강은 온데간데없이 사라지고 『맹덕신서(孟德新書)』라는 책이 한 권 놓여 있을 뿐이었다.

조조는 희롱을 당하는 것 같아 내심 매우 괘씸하게 생각되었다.

"이 책은 누가 썼는지 아느냐?"

"글쎄올시다. 누가 썼는지는 몰라도 대단한 책은 아닐 것이오."

좌자는 술을 한잔 가득히 부어 조조에게 바치며 말했다.

"대왕은 이 술을 마시고 만수무강하소서."

"이놈, 네가 먼저 마셔보아라."

조조는 의심이 나서 외쳤다.

좌자는 서슴지 않고 절반쯤 마시더니, 남은 술을 조조에게 다시 내밀었다.

"너 이놈! 네 놈은 어찌도 이리 무엄한가?"

조조는 얼굴을 붉히며 좌자를 꾸짖었다.

좌자는 대답을 아니하고 술잔을 들어 공중으로 획 던졌다. 그러자 술잔은 한 마리의 하얀 비둘기로 변하더니, 전각 안을 훨훨 날아다녔다. 모든 사람들이 크게 놀라 비둘기를 구경하다가 문득 깨닫고 보니, 좌자가 어디론가 사라져버렸다.

"아차! 그놈이 도망을 갔구나! 여봐라! 그놈을 급히 잡아들여라!"

조조는 불호령을 내렸다. 그러나 문지기가 들어오더니, 그 노인은 이미 오래 전에 궁문을 나가버렸다고 말했다.

"허저는 철갑병(鐵甲兵) 오백 명을 거느리고 가서 그놈을 당장 잡아오도록 하라!"

허저는 군사를 거느리고 곧 좌자의 뒤를 추격했다. 그러나 허저가 아무리 말을 급히 달려가도, 좌자는 다리를 절룩거리며 잡힐 듯하면서도 잡히지 않고 마냥 그 거리를 유지한 채 걸어가는 것이었다.

깊은 산속까지 추격해 왔으나 좌자는 여전히 잡히지 않았다.

"어쩔 수 없으니 이제는 활로 쏘아 죽여라!"

오백 철갑군은 일시에 활을 쏘았다. 그러자 좌자는 온데간데없어지고, 백여 마리의 양 떼만이 산중에서 풀을 뜯어먹고 있었다.

"그놈이 양으로 변하여 양 떼 속에 숨어 있는 것이 분명하다. 양들을 모조리 쏘아 죽여라!"

허저가 양 떼를 몰살하고 돌아오는데, 어린아이 하나가 울고 있었다.

"얘, 이놈아! 왜 우느냐?"

"우리 집 양들을 당신 부하들이 모조리 죽이고 왜 우느냐고 물으니 무슨 개수작이오!"

어린아이는 그런 욕설을 퍼붓더니 부리나케 달아나버렸다.

철갑군들은 이상하다 싶어 그 아이마저 활로 쏘아 갈겼다. 그러나 그 아이는 화살을 요리조리 피하며 달아나버렸다.

다음날 아침 촌부 하나가 허저를 찾아와 말했다.

"어제는 우리 집 어린놈이 양 떼가 몰살된 줄 알고 철갑군에게 버릇없이 욕설을 퍼부었다고 들었소. 한데 오늘 아침에 보니 양이 한 마리도 죽지 않고 모두 살아 있었소. 장군께서는 부디 철없는 어린 것의 잘못을 용서하시오."

허저는 그 소리를 듣고 대경실색하여, 조조에게 모든 것을 사실대로 아뢰었다. 조조는 보고를 듣고 등골이 오싹해 오도록 놀랐다.

"이제는 어떤 일이 있어도 그놈을 살려둘 수 없다. 그놈의 화상을 그려 전국에 나눠주고 속히 잡아오도록 하라!"

좌자의 화상이 전국에 두루 배포되었고, 그를 보는 즉시 체포하라는 엄명이 내려졌다. 그 명령이 내린 지 불과 사흘이 못 가, 전국 각지에서 체포되어 왕궁으로 끌려오는 좌자가 무려 사오백이나 되었다.

"일일이 진위를 가려내기도 귀찮으니 잡아온 놈은 모조리 죽여버려라."

성남교장(城南敎場)에서 무려 오백여 명이나 되는 좌자의 목이 모조리 달아났다. 산더미처럼 쌓인 그 시체 중에서 문득 푸른 정기가 솟아나더니, 좌자가 백학(白鶴)을 타고 공중으로 훨훨 날아올랐다.

좌자가 위 왕궁의 상공을 손뼉을 치며 날아다니며 이렇게 소리를 지르는 것이었다.

"토서(土鼠)가 금호를 따르니 간웅(奸雄)이 하루아침에 끝나도다!"

그것은 조조가 자년(子年) 정월에 죽을 것이라는 뜻이었다. 조조는 공포에 떨며 모든 장수들더러 좌자를 잡아 죽이라 일렀다. 그러나 화살을 쏠 때마다 광풍이 일어나더니, 나중에는 모래가 날고 돌이 날아 눈을 뜰

수가 없었다.

그뿐이랴. 성남교장에 산처럼 쌓여 있던 좌자의 시체들이 점점 꿈틀거리며 달아나더니, 제각기 기기괴괴한 웃음을 지으며 왕궁으로 달려들었다. 조조는 기절초풍하게 놀라, 땅바닥에 쓰러진 채 정신을 잃고 말았다.

조조는 그날부터 병석에 누웠다. 백방으로 약을 써보았으나 별반 효력이 나지 않았다. 마침내 태사승(太史丞) 허지(許芝)가 허도로 불려왔다.

"나를 위해 점을 한번 쳐보오."

조조가 허지에게 부탁했다.

"대왕, 우리나라에서 점을 잘 치기로는 관로(管輅)가 제일이니 그를 불러다 물어보십시다."

"나도 이름은 익히 들었지만 그 사람이 점을 그렇게도 잘 치오?"

"관로야말로 신복(神卜)입니다."

"그는 어떤 사람이오?"

"관로는 자(字)를 공명(公明)이라 하고, 평원(平原) 사람입니다. 용모가 추악하고 풍채도 초라한 데다 술도 한이 없어서 인간으로는 보잘 것이 없으나 점만은 천하의 명수입니다."

"그가 그렇게도 점을 잘 치는가?"

"그에게는 수많은 일화가 있습니다."

"그러면 그 사람을 꼭 내게 데려오도록 하오."

허지가 몸소 평원으로 관로를 찾아갔다. 웬일인지 관로는 여러 차례 따라가기를 거절했다. 그러나 위왕의 명령이라 어쩔 수 없이 허지를 따라왔다.

조조가 관로를 보고 말했다.

"복성(卜星)! 나를 위해 점을 한번 쳐보오. 먼저 내 관상부터 보아주면 고맙겠소."

관로가 웃으면서 대답했다.

"대왕은 이미 인신(人臣)으로 극위(極位)에 오르신 어른이십니다. 이제 새삼스러이 무슨 관상을 보시겠나이까?"

"그러면 나의 병에 대해 점을 한번 쳐보오. 내가 어쩌면 좌자라는 요망스러운 늙은이의 요술에 피해를 입고 있는지도 모르겠소."

조조는 좌자에게 혼난 이야기를 자세히 들려주었다.

관로는 웃으면서 대답했다.

"그런 것은 모두 다 환술(幻術)에 불과하니 조금도 걱정 마십시오."

조조는 그 얘기만 들어도 눈앞이 밝아오는 것 같았다.

"그러면 그 얘기는 그만두고, 이제 앞으로 천하대사가 어떻게 될지, 그 얘기나 좀 들려주오."

"망망한 천수(天數)를 어찌 조그만 인지(人智)로 헤아릴 수 있겠습니까. 다만 사자궁(獅子宮) 안에 신위(神位)를 편케 하고, 왕도(王道)가 정신(鼎新)하여 자손이 극귀(極貴)하실 것만은 분명한가 보옵니다."

그 말은 조비가 천자의 지위에 오른다는 뜻이었다.

조조는 관로에게 크게 반하여, 그에게 태사(太史)의 벼슬을 주며 위궁에 길이 머물러 있기를 청했다. 그러나 관로는 고개를 저으며 사양했다.

"저는 이마에 주골(主骨)이 없고, 눈에 수정(守睛)이 없고, 콧대가 서지 못했고, 다리에 천근(天根)이 없고, 등허리에 삼갑(三甲)이 없고, 배에 삼임(三壬)이 없으니, 그저 산속의 귀신이나 다스릴 팔자입니다. 그런 즉, 벼슬에는 인연이 없는 위인입니다."

"그러면 나의 신하 중에서 관상학적으로 보아 누구를 가장 중히 쓰는 것이 좋을 것 같소?"

"그 점에서는 저보다도 대왕의 안목이 훨씬 높으실 것입니다."

관로는 웃으며 대답을 회피했다.

"그러면 이제 강동 손권의 운수는 어떠하겠소?"

"강동의 중신 중 한 분이 돌아가셨을 것 같나이다."

"그러면 유비의 운수는 어떻소?"

"촉군의 병기(兵氣)가 왕성하여 머지않아 이웃 경계를 침범할 것입니다."

"유비가 무슨 용기로 타국을 침범한단 말이오? 그것만은 믿기 어려운 말이오!"

그로부터 며칠이 지난 뒤였다. 하루는 합비성에서 급사가 달려오더니 소식을 전했다.

"강동의 공신 노숙이 중병으로 세상을 떠났답니다."

과연 관로가 말한 그대로였다. 잠시 후에는 한중에서 급사가 달려오더니 소식을 알렸다.

"촉의 유비가 마초와 장비에게 명하여 한중을 치게 했습니다."

그 또한 관로가 말한 그대로였다.

조조는 이내 출정할 차비를 차리면서 관로를 불러 앞일을 물었다.

관로가 대답했다.

"내년 봄에는 허도에 반드시 큰 화재가 일어날 것이니, 대왕께서는 아무 데도 가지 마시고 그냥 머물러 계시는 편이 가장 좋겠나이다. 그리고 삼팔종횡(三八縱橫)에 정군지남(定軍之南)에서 상절일고(傷折一股)할 것이니 조심하소서."

조조는 그 말을 믿고 출정을 단념하면서, 조홍에게 군사 오만 기를 주어 급히 유비를 막아내게 했다. 하후돈에게는 군사 삼만을 주면서, 허도 교외에 진을 치고 있다가 만약 불의의 변이 일어나면 막아내라고 일렀다. 그리고 장사(長史) 왕필(王必)에게는 부내(府內)의 어림군(御林軍)을 총지휘하는 권한을 주었다.

그러자 사마중달(司馬仲達)이 간했다.

"왕필은 술이 과하여 어림군 총사령관으로 적당한 인재가 아닌 줄로 아옵니다."

"나도 그의 단점은 알고 있으나 왕필은 나와 생사를 같이해 온 충신이니, 그 일을 한번 맡겨봅시다."

조조는 중달의 간언을 듣지 아니하고, 기어코 왕필을 어림군 총사령관에 봉했다. 조조는 허도에서 일어날지도 모를 불의의 사변에 대비해 군대로 미리 지키게 한 것이었다.

조조가 중달의 간언을 물리치고 왕필을 어림군 총사령관에 봉한 일은 뜻하지 않았던 비방을 사는 결과를 초래했다.

"조조는 왕위에 오르더니, 이제는 천자의 지위를 노리고 심복 부하들을 허도에 집결시키고 있다."

이상과 같은 비난이 민간에 자자하게 퍼지게 되었다.

그러한 말을 듣고 내심 크게 놀란 사람은 시중소부(侍中小府)로 있는 경기(耿紀)라는 사람이었다. 그는 막역한 친구인 사직(司直) 위황(韋晃)에게 뜬소문을 알려주면서 말했다.

"우리가 비록 벼슬은 낮지만 천자를 모셔 오던 충신으로 어찌 조조의 소행을 가만히 보고만 있을 수 있겠소."

위황도 주먹으로 땅을 치며 찬동했다.

"사태가 이미 이 지경에 이르렀다면, 우리가 동지를 규합하여 선수를 치기로 합시다."

"그러나 모두가 조조의 눈에 들지 못해 애쓰는 이 판국에, 우리 이외에 어디서 동지를 구한단 말이오?"

"내 친구 가운데 김위(金褘)라는 사람이 있는데, 그 사람이면 믿을 수 있을 것이오."

경기는 그 소리를 듣고 펄쩍 뛸 듯이 놀랐다.

"김위를 믿다니 그게 무슨 소리요? 그 사람은 조조의 심복인 왕필과 아주 단짝이란 말이오."

"왕필과 가까운 것은 알고 있지만, 그는 결코 나를 배반할 사람이 아니오. 의심스럽거든 지금 나와 함께 가서 그 사람을 만나봅시다."

이리하여 경기와 위황은 김위의 집으로 찾아가게 되었다.

위황이 김위를 보고 말했다.

"위왕이 머지않아 천자의 자리에 오르리라고 하는데, 만약 그날이 오면 왕필과 친분이 두터운 당신도 벼슬이 높아질 터인즉, 그때에는 우리들을 많이 보아주기 바라오."

김위는 그 말을 듣더니만 아무 말 없이 잠자코 자리에서 일어섰다.

마침 그때 하인이 차를 날라 왔다. 김위는 하인을 보고 호령했다.

"이런 작자들한테 차는 무엇하러 내왔느냐?"

김위는 그 말과 동시에 하인이 내온 차를 모조리 땅에 쏟아버리는 것이었다.

"공은 어찌하여 이다지도 분노하오?"

"생각해 보면 알 게 아니냐? 대의(大義)를 저버리고 불의(不義)를 도우려는 놈들을 내 어찌 친구로 대할 수 있단 말이냐? 그대들처럼 사람 같지 않은 놈들과는 두 번 다시 대면하고 싶지 않으니, 내 눈앞에서 냉큼 사라지거라!"

김위는 살기가 등등하여 꾸짖었다.

"진심에서 우러나오는 말이오?"

"진심이 아니면 어찌 그런 말을 함부로 토로하겠는가?"

경기와 위황은 비로소 김위의 손을 붙잡으며 말했다.

"실상인즉 우리들도 조적(曹賊)을 치고자 공을 찾아온 것이오. 이제 우리는 어떡하면 한실(漢室)을 도울 수 있겠소?"

김위는 처음에는 믿으려 하지 않았다. 그러나 두 사람의 진의를 알고 나더니 손을 힘 있게 붙잡으며 감격에 찬 어조로 말했다.

"우리 힘을 합쳐 맹세코 국적을 죽입시다."

"먼저 왕필을 죽이고 어림군을 손에 넣어야 하오. 그런 뒤에는 천자를 옹위하고 유현덕에게 급사를 보내어 힘을 합하면 조조를 치는 것은 그다지 어려운 일이 아닐 것이오."

두 사람은 김위의 기막힌 계교에 탄복을 마지않았다.

김위가 다시 말했다.

"내게 두 친구가 있는데, 그 사람들도 나와 생사를 같이할 것이오."

"그들은 어떤 사람이오?"

"그들은 조조의 손에 죽은 태의(太醫) 길평(吉平)의 아들 형제요. 형은 길막(吉邈)이라 하고, 동생은 길목(吉穆)이라 하오. 그들의 부친 길평은 동승(董承)과 함께 조조를 죽이려다가 사전에 발각되어 학살을 당한 사람이오."

그 소리를 듣고 경기와 위황은 더욱 용기를 얻었다. 그리하여 경기, 위황, 김위, 길막 형제는 그로부터 밤마다 긴밀한 연락을 가지면서 무기와 군사를 정돈하여 거사 준비를 착착 진행시켜가고 있었다.

이때 경기, 위황 두 사람은 각각 가동 삼사백 명을 거느렸으며, 길막 형제도 역시 삼백여 명의 의사들을 모았다. 중성에 불타는 다섯 젊은이는 거사의 날을 정월 대보름날로 정했다.

어느덧 해가 바뀌고 정월 대보름이 가까워졌다. 이날은 백만 장안이 집집마다 붉은 등불, 푸른 등불을 켜놓고 남녀노소 모두 모여 오락을 즐기므로 일부러 그날 밤을 택한 것이었다.

장비의 깊은 계책

정월 대보름날 밤, 드디어 정의의 깃발을 높이 들고 조조 일당을 섬멸하기 위한 거사의 날은 왔다.

이날 밤은 달이 밝아 하늘이 유난히 청명한 데다, 대보름 명절 밤인지라 집집마다 등불을 밖에 내걸었다. 가가호호 내걸린 등불은 지상의 꽃밭을 이루고 있었다.

어림대장 왕필이 이날 밤 영중(營中)에서 늦게까지 연락을 베풀고 있는데, 문득 영중 후면에서 불이 크게 일어났다. 왕필이 황망히 놀라 밖으로 뛰어나오니, 어느새 불길은 사방을 둘러싸고 있었다.

경기, 위황, 김위는 사백여 명의 부하로 조조 일당을 깨끗이 처부수고, 문무백관을 오봉루(五鳳樓)에 집합시켜, 헌제로 하여금 대권을 장악하게 한다는 선언을 공포케 할 계획이었다.

왕필은 하늘을 찌르는 화광이 심상치 않음을 직감하고 즉시 말을 달려 남문으로 나왔다. 남문을 막 나서는데 어디선가 화살이 날아와 도포 소매에 깊숙이 박혔다. 기겁을 하게 놀란 왕필이 이번에는 서문으로 도망을 쳐나오니, 미리 대기하고 있던 군사들이 아우성을 치며 덤벼들었다.

왕필은 가까스로 몸을 피하여 김위의 집을 찾았다. 김위는 누구보다도 믿을 수 있는 친구였기 때문이다.

김위의 집 대문을 두드리니, 그의 처는 남편이 왕필을 죽이고 돌아온 줄로 잘못 알고 대문을 열어주며 물었다.

"벌써 왕필을 죽이고 돌아오시나이까?"

"뭐?"

왕필은 김위가 모반을 일으킨 사실을 그제야 깨닫고, 말머리를 급히 돌려 그 즉시 조휴를 찾아가 모든 사실을 고했다. 조휴가 천여 명의 군사를 거느리고 어림영중(御林營中)으로 달려 들어와 모반군과 싸움을 시작했다.

"조조 일족을 몰살하고 한실(漢室)을 바로잡자."

배후의 아우성과 함께 불길이 높이 솟아올랐다.

사태가 그 지경에 이르고 보니, 조씨 일족도 반란군과 결사적으로 싸우지 않을 수 없었다. 맹렬한 전투가 벌어지는 동안에 불길은 동화문(東華門)에서 오봉루까지 번져 와 헌제는 어쩔 수 없이 심궁(深宮)으로 피신하여, 전후의 결과를 기다리고 있었다.

그러는 동안에, 궁성에서 오 리 밖에 주둔해 있던 하후돈이 멀리 비치는 불길을 보고 말했다.

"저 불길은 보통 불이 아니다. 필시 무슨 변괴가 일어난 것 같으니 우리도 출동을 해보자."

그렇게 말하고 수하에 있던 삼만군을 거느리고 성중으로 급히 달려왔다.

사태 변화가 그쯤 되고 보니 김위, 위황, 경기 등의 계획은 성공할 가망

성이 거의 없게 되었다. 그들은 황급히 천자를 만나고자 했으나, 금문(禁門)은 이미 조휴의 군사가 지키고 있었다.

위황은 경기, 김위 등과 연락이 끊어진 채 많은 적을 상대로 혼자서 악전고투를 하고 있는 지경이었다. 정세가 그쯤 되고 보니, 의병들은 지레 겁을 집어먹고 사기가 뚝 떨어지고 말았다.

길평의 아들 길막 형제는 최후까지 싸울 각오로 가두에 나서서 소리를 외치며 의병들을 격려했으나, 그들 역시 별다른 성과를 내지 못하고 하후돈의 창검에 찔려 처참한 죽음을 맞았다.

밤새껏 계속되던 소란은 새벽녘이 되어서야 끝났다. 그제야 깨닫고 보니 김위도 전사했고, 남은 사람은 경기와 위황뿐이었다.

경기와 위황은 달아나려고 성 밖으로 나오기는 했으나 일 마장도 못 가 하후돈의 군사에게 붙잡히고 말았다. 하후돈은 성안으로 들어와 주모자들의 가족과 친척을 모조리 체포해 놓고 그 놀라운 사실을 업군에 있는 조조에게 급히 알렸다.

조조는 그 비보를 듣고 크게 노하여 전령을 내렸다.

"경기, 위황 등의 주모자와 그들의 일가족을 모조리 장판에 끌어내어 참형을 하고, 조정의 대소백관(大小百官)은 모조리 업군으로 청후(廳侯)하도록 하라!"

의거의 두목인 경기는 장판에 끌려 나와 처형을 당하게 되자, 눈을 부릅뜨고 하후돈을 노려보며 소리쳤다.

"하후돈아! 네 귀를 가졌거든 내 말을 똑똑히 조조에게 전하라. 내가 살아서 조조를 죽이지 못했으나 이제는 귀신이 되어서라도 없애리라!"

위황 역시 이마로 땅을 두드리며 한탄하면서 망나니의 칼에 죽음을 당했다.

한편, 조정의 대소백관들은 조조의 명에 의하여 모두가 업군으로 달려왔다. 그들은 모두 위 왕궁의 화려 장대함에 놀라 새삼스러이 감탄의 말을 토로했다.

"아아, 참된 수도는 허도가 아니라 업군이었도다!"

위 왕궁 교장(教場) 좌우에는 백기와 홍기가 나란히 서 있었다. 조조는 백관들을 굽어보며 말했다.

"그대들 중에는 어젯밤 반란 때 겁에 질려 대문을 닫아걸고 떨고 있던 자도 있었을 것이고, 불을 끄려고 달려 나왔던 자도 있었을 것이다. 불을 끄려고 달려 나왔던 자는 붉은 깃발 밑으로 모이고, 집안에서 떨고만 있었던 자는 백기 있는 곳으로 모이라!"

그야말로 대소백관들을 모욕하는 어린아이 같은 장난이었다. 그들은 몸을 떨며 눈치를 보다가 거의 전부가 홍기 있는 곳으로 가고, 백기가 있는 곳에는 겨우 두 명만이 자리했다. 홍기 있는 곳으로 가야만 처벌을 면할 수 있으리라 생각했던 것이다. 그러나 조조는 높은 자리에서 굽어보며 천만 뜻밖에도 이렇게 외쳤다.

"홍기 아래 모인 놈들은 모두가 악심을 품고 있는 자들이 분명하니, 저들을 모두 강가에 끌어내어 목을 잘라 없애라!"

삼백여 명의 홍기파 관원들은 얼굴이 새파랗게 질려 애걸했다.

"저희는 아무 죄도 없나이다. 죄 없는 저희들을 왜 죽이려고 하시나이까?"

"닥쳐라! 어젯밤 너희들이 밖으로 달려 나온 것은 반란군을 돕기 위해서가 아니고 무엇이었더냐! 저것들을 속히 끌어내어 없애라!"

이리하여 삼백여 명의 관원들이 무참히 목숨을 잃었고, 백기 아래 모인 두 명만이 겨우 살아 허도로 돌아오게 되었다.

조조는 그와 동시에 궁중의 인사를 근본적으로 경질했다.

조휴를 어림군 총독(總督)으로 삼고, 종요(鐘繇)를 상국(相國)으로 삼고, 화흠(華歆)을 어사대부(御史大夫)로 삼으니, 조조와 인연이 없는 사람은 미관말직도 할 수 없게 되었다.

조조는 점쟁이 관로가 허도의 전화(戰火)를 예언하며 업군에 눌러 있으라고 권고한 일이 생각나 그에게도 상을 후하게 내렸다.

그러나 관로는 웃으면서 상을 받지 않았다.

"모든 일은 천수(天數)일 뿐인데, 제가 어찌 외람되이 상을 받을 수 있으오리까!"

그때, 장비는 뇌동과 함께 파서를 지키고 있었고, 마초는 오란과 함께 하판(下辦)을 지키고 있었다. 그들과 대진하고 있는 위군(魏軍)은 조홍, 장합, 하후연 등이었다.

어느 날 마초의 군사와 조홍의 군사가 충돌했다. 마초의 아장 오란과 임기(任夔)가 조홍의 군사와 싸웠다. 그 싸움에서 임기는 전사하고, 오란만이 쫓겨 돌아왔다.

"네가 내 말을 듣지 않고, 어찌하여 적을 얕잡아보다가 이 꼴이 되었느냐?"

마초는 준엄히 꾸짖으며, 다시는 싸우지 말고 지키기만 하라는 엄명을 내렸다.

조홍은 마초가 움직이지 않는 것이 무슨 꾀를 쓰는 것만 같아 군사를 거느리고 남정(南鄭)으로 후퇴해 버렸다. 장합이 그것을 보고 불만을 말했다.

"장군은 어찌하여 점령했던 땅을 버리고 후퇴하십니까?"

"허도를 떠날 때 명복(名卜) 관로가 이번 싸움에서 자칫 잘못하면 대장을 한 사람 잃게 될 것이라고 했소. 그래서 나는 몸조심을 하는 것이오."

장합이 소리 내어 웃으며 말했다.

"하하하, 천하의 무장께서 어찌 한낱 점쟁이의 말에 구애되시나이까? 군사 삼만 명만 저에게 주시면 장비를 무찌르고 파서를 점령하오리다."

조홍은 고개를 가로저었다.

"장비를 격파하는 것은 그리 용이한 일이 아니오."

"그것은 모르시는 말씀입니다. 남들은 장비를 천하의 맹장처럼 생각하지만 내가 보기에는 어린아이에 불과합니다. 저에게 시험삼아 한번 군사를 내주십시오. 제가 반드시 승리할 것이니 군령장에 다짐이라도 두겠나이다."

그렇게까지 자신 있게 고집하는 데에는, 조홍도 거절할 수가 없었다.

"그러면 군령장에 다짐을 두고 나가 싸워보오!"

마침내 장합은 삼만 대군을 거느리고 의기양양하게 파서로 향했다.

파서는 지대가 험악하기 짝이 없는 곳이었다. 장합은 험준한 곳에 군사를 나누어 세 개의 진지를 구축했다. 하나는 암거채(岩渠寨)라 하고, 하나는 몽두채(蒙頭寨)라 하고, 또 하나는 탕석채(蕩石寨)라 했다.

그 세 개의 진지에 군사 일만 오천을 매복시켜놓고, 나머지 일만 오천을 거느리고 장비의 진지를 건드리기 시작했다.

장비는 그 소식을 듣고 뇌동과 상의했다.

"뇌동! 적의 무리가 나타난 모양인데, 어찌했으면 좋겠는가?"

뇌동이 대답했다.

"장군이 먼저 나가 싸우시고, 저는 뒤에 매복해 있다가 덤벼드는 적을 무찌르면 승리하는 것이 그리 어렵지 않을 것입니다."

"그것 참 좋은 생각일세."

장비는 즉석에서 정병 오천을 뇌동에게 주고 자기는 일만을 거느리고 일선으로 나왔다.

양군은 낭중(閬中) 북방 삼십 리 지점인 산중에서 정면으로 맞붙었다.

장비가 말을 타고 내달아오니, 장합은 창을 꼬나 잡고 대들었다. 서로 어울려 싸우기를 삼십여 합쯤 되었을 때, 홀연 장합의 등 뒤로부터 요란한 함성이 터져 나왔다.

장합이 깜짝 놀라 뒤를 돌아다보자 산속에 숨어 있던 촉병들이 아우성을 치며 덤벼들었다. 장합이 혼비백산하여 달아나자 장비가 뒤를 쫓고, 뒤쪽에서 뇌동이 함성을 올리며 덤벼들었다.

장합은 대패하여 산속으로 달아났다. 암거채로 들어가버린 장합은 성문을 굳게 닫고는 싸울 생각을 하지 않았다. 장비가 날마다 싸움을 걸었지만 장합은 성안 높은 산 위에서 장비의 진지를 내려다보며 매일 술만 마실 뿐이었다.

"뇌동, 저놈을 어찌했으면 좋겠는가?"

장비는 약이 올라 뇌동에게 물었다.

"글쎄올시다. 제가 한번 싸움을 걸어보지요."

뇌동이 군사를 이끌고 나가 장합에게 욕설을 퍼부으며 싸움을 걸었다. 장합은 들은 척도 아니하고 술만 마셨다.

이제는 뇌동도 약이 올랐다.

"저놈이 저렇듯이 싸우려고 하지 않으니, 이제는 성을 기어 넘어가보는 수밖에 없겠습니다."

마침내 뇌동은 성벽에 사다리를 놓고 많은 군사들에게 기어 올라가게 했다.

군사들이 개미 떼처럼 성벽을 거의 다 기어 올라갔을 때였다. 성안에 있던 적이 별안간 성 위에서 암석과 통나무를 수없이 굴리는 바람에 촉군 수백 명이 잠깐 사이에 죽음을 당하고 말았다. 이번 싸움에서는 장비가 참패한 셈이었다.

다음날은 장비가 직접 나와 장합에게 욕설을 퍼부었다. 장합은 들은 척도 하지 않았다. 그와 같은 상태가 여러 날 계속되었다.

하루는 장합 편에서 큰소리가 났다. 의외의 사태에 놀라 바라보니, 많은 군사들이 산 위에서 입을 모아 욕설을 퍼붓고 있었다.

뇌동이 또다시 화를 내었다.

"저놈들을 그냥 둘 수 없으니 다시 공격을 개시합시다."

그러나 장비는 고개를 흔들었다.

"섣불리 출동했다가는 저놈들의 술책에 빠지기 쉬우니, 좀더 참으며 정세를 살핍시다."

장비는 그날부터 술을 마시기 시작했다. 그리고 술이 취하면 부하들과 산상에 올라가 적진을 향하여 함께 큰소리로 욕설을 퍼부었다. 그렇게 하기를 오십여 일이나 계속하니, 장합은 그 광경을 보고 내심 은근히 기뻐했다.

"장비가 이제는 어지간히 간이 타올랐을 터이니, 조금만 더 내버려두면 제풀로 나가떨어질 것이다."

마침 그 무렵, 성도에서 유비의 군사(軍使)가 나와 그 상황을 보고는 다음과 같은 보고를 올렸다.

"장비 장군은 장합과 대진한 지 오십여 일이 넘도록 싸울 생각은 아니하고, 날마다 진지에서 술을 마시고 적에게 욕설을 퍼붓고 있습니다."

유비는 그 보고를 받고 적이 놀라며 공명에게 물었다.

"장비가 싸울 생각은 아니하고 날마다 술만 마신다니, 이를 어찌했으면 좋겠소?"

공명이 크게 웃으며 대답했다.

"낭중에 좋은 술이 있을 것 같지 않으니, 성도에서 좋은 술을 오십 통쯤 구하여 장비에게 보내주십시오."

"장비는 술에 취하면 실수가 많은 사람이오. 술을 오십 통이나 보내라

니, 그게 무슨 말씀이오?'

"주공께서는 장비와 형제지간이시면서 어찌 그의 참된 가치를 모르십니까? 일찍이 우리가 촉으로 쳐들어올 때 장비는 엄안을 죽이지 아니하고 우리 편을 만들어 일을 용이하게 했습니다. 그것 한 가지만 보더라도 장비는 단순한 무장이 아니라는 것을 알 수 있습니다. 장비가 지금 장합과 대진하여 오십여 일이 넘도록 싸우지 않고 욕설만 퍼붓는 것을 보면, 거기에도 반드시 깊은 계략이 있을 것입니다."

"군사의 말씀을 들어보니 걱정이 다소 가시지만 그래도 어쩐지 불안스럽기만 하구려."

"염려 마십시오. 장비는 장합을 포로로 만들려고 위계를 쓰고 있는 것이 분명합니다."

"아무리 그렇더라도 위연을 보내 봅시다."

"주공께서 걱정되신다면 그렇게 하시지요."

공명은 즉석에서 위연을 불러 명했다.

"성도에서 명주(名酒) 오십 통을 구해 장비 장군에게 가지고 가시오."

위연은 의아심을 느끼면서도 명주 오십 통을 구해 놓았다.

공명은 술 수레에 진전공용미주(陣前公用美酒)라는 깃발까지 꽂아주면서 거듭 명했다.

"오늘 당장 길을 떠나 하루 속히 이 술을 장비 장군에게 전하시오!'

그로부터 이틀 후에 위연이 장비에게 술을 전달했다.

장비는 주공이 보낸 선물이라는 말을 듣고 크게 기뻐하며, 위연과 뇌동에게 말했다.

"머지않아 싸움이 있을 터인즉, 위연은 나의 우익(右翼)이 되고, 뇌동은 나의 좌익(左翼)이 되오. 중군(中軍)에서 붉은 기가 올라가거든 좌우익이 전력을 다하여 적을 총공격하오."

그런 다음 그 많은 술을 군사들에게 아낌없이 나누어주어 북을 치며 마음껏 마시게 했다. 술잔치가 크게 벌어지니, 진중의 군율은 어지러워 보이기 짝이 없었다.

장합은 그 정보를 듣고 친히 산 위에 올라가 적진을 관망했다. 과연 장비는 장하에서 술을 마시며 부하들에게 씨름을 시키고 정신없이 떠들고 있었다.

"우리가 승리를 거둘 때가 왔구나. 오늘밤에는 총공격을 개시할 테니, 모든 군사들은 출동 준비를 갖추라!"

장합은 내심 쾌재를 부르며 전군에 비상 동원령을 내렸다.

이날 밤은 달빛이 희미했다. 장합은 몽두(蒙頭)와 탕석(蕩石)을 좌우에 거느리고 많은 군사들과 함께 장비의 진지에 육박했다. 장비는 그런 줄도 모르는지 아직도 휘황한 불빛 아래 앉아 술만 마시고 있었다.

"돌격 개시!"

장합이 큰소리로 고함을 지르는 동시에, 북을 울리고 징을 두드리며 노도와 같이 술좌석으로 뛰어들었다.

모든 군사들이 크게 당황하며 사방으로 흩어졌다. 그러나 장비만은 태연히 앉아 꼼짝도 하지 않았다.

장합은 목이 터져라 고함을 지르며 비호같이 덤벼들어 장비를 한칼에 찔렀다. 창에 깊이 찔린 사람은 분명 장비였다. 그러나 분명 창에 찔리기는 했지만, 피는 한 방울도 나오지 않았다.

"앗!"

그제야 소스라치게 놀라 살펴보니, 창에 찔린 것은 장비가 아니라, 풀로 만든 허수아비였다.

"아차, 속았구나!"

장합이 크게 당황하며 말머리를 돌리려고 하니, 바로 그때 태산이 무너지는 듯한 고함을 지르며 눈앞에 나타난 사람은 다름 아닌 장비였다.

"장합아! 네가 연인 장비를 모르느냐! 용기가 있거든 싸워보자!"

장합은 어쩔 수 없이 사력을 다하여 싸우기 시작했다.

불을 뿜는 전투가 사오십 합이나 계속되었다. 그 동안, 위연과 뇌동은 두 패로 갈려 적의 좌우익을 여지없이 부쉈다. 장합은 목숨마저 빼앗길 위협을 느끼자 말머리를 돌려 급히 도망했다. 필마단기로 쫓겨 달아난 장합은 겨우 와구관(瓦口關)에 도달했다.

장비는 적을 완전히 쳐부수고 나서 첩보를 성도에 알렸다. 유비는 그제야 장비의 깊은 계교를 깨닫고 기쁨을 감추지 못했다.

"과연 공명은 장비의 참된 가치를 나보다도 훨씬 깊이 알고 계셨구려!"

노장의 큰 전공

장합이 대패하고 와구관으로 돌아와 잔병(殘兵)을 규합해 보니, 삼만 명에서 이만여 명이 죽고, 만 명도 채 남지 않았다. 장합은 어쩔 수 없어 조홍에게 구원병을 청했다.

조홍이 크게 노하여 장합에게 명했다.

"내 말을 듣지 않고 무리하게 진병(進兵)하여 요새지(要塞地)를 빼앗겼으니, 구원병은 한 명도 보낼 수 없다. 남은 군사로 역습을 가하여 본진을 탈환토록 하라!"

실로 가혹하기 짝이 없는 군령이었다. 이 군령을 받고 장합은 몹시 당황했다.

'그렇다면 이제는 남은 군사로 생명을 걸고 싸울 수밖에 없게 되었구나!'

장합은 비장한 각오로 진지를 새로 구축했다. 때마침 적장 뇌동이 군사를 이끌고 추격해 왔다. 장합은 몇 번 싸우다가 일부러 쫓겨 달아났다.

뇌동은 승리의 교병이 되어 자꾸만 추격해 왔다.

뇌동이 깊숙이 따라 들어왔다. 장합은 별안간 반격을 가하며, 배후의 복병들과 힘을 합하여 뇌동을 협공했다. 뇌동은 그제야 술책에 빠진 것을 알아챘으나 때는 이미 늦었다. 그는 역전 분투하다가 마침내 장합의 칼에 찔려 무참히 전사했다.

장비가 그 비보를 듣고 크게 분하여 달려 나왔다. 장합은 몇 번 싸우다가는 쫓기고, 다시 싸우다가는 쫓겨 달아났다. 장비는 얼마간 따라가다가 장합이 쫓기는 이유가 심상치 않음을 깨닫고 그대로 본진으로 돌아와 버렸다.

장비가 위연을 불러 말했다.

"장합은 뇌동을 위계(僞計)로 죽이더니, 나에게도 똑같은 수법을 썼소. 섣불리 쫓아가다가는 뇌동처럼 되기 쉬우니, 이제는 우리도 적을 계교로 이겨야 하겠소."

"좋은 계교가 있으십니까?"

"내가 내일 또다시 장합과 정면으로 싸울 테니, 장군은 뒤에 있다가 복병들이 나를 공격할 때에 그들을 무찔러주오."

위연은 장비의 계교에 진심으로 감탄했다.

다음날, 장비는 또다시 일선으로 나와 장합에게 싸움을 걸었다. 장합은 어제와 마찬가지로 싸우다가는 일부러 쫓겨 달아났다. 장비가 그런 줄 알면서도 깊이 쫓아 들어가니, 과연 험준한 산 고비에 이르렀을 때, 돌연 배후에서 복병들이 들고 일어났다.

미리 대기하고 있던 위연의 군사들이 좌우에서 복병을 협공하니, 불의의 습격을 받은 그들은 장비를 공격하기는커녕 제각기 살길을 찾기에 바쁠 지경이었다. 그 바람에 장합은 또다시 참패를 당하고, 와구관으로 들어가 성문을 잠그고 다시는 나오지 않았다.

장비와 위연은 연일 함성을 올리며 싸움을 걸었으나, 장합은 아무런 반응이 없었다. 어느 날, 장비와 위연이 싸우러 나와보니, 남녀 몇 사람이 등에 봇짐을 지고 산길을 걸어오고 있었다. 장비가 채찍으로 그들을 가리키며 위연에게 말했다.

"적을 무찌르는 데 저 백성들의 도움이 필요할 것 같소."

장비는 곧 수하를 불러 명했다.

"저 백성들이 놀라지 않도록 잘 타일러 이리로 데려오라."

병사들이 백성들을 데리고 오자 장비가 부드러운 말로 물었다.

"그대들은 어디로 가는 길이오?"

"저희들은 원래 한중(漢中)에 사는 백성들입니다. 우리는 고향으로 돌아가려다가 전쟁으로 큰길이 막혔다는 소문을 듣고, 창계(蒼溪)를 지나 자동산(梓潼山) 회근천(檜釿川)을 거쳐 한중으로 들어가려는 중입니다."

"여기서 와구관까지 가려면 어떻게 가야 하오?"

"자동산 소로로 넘으면 바로 와구관 뒤로 빠지게 됩니다."

장비는 그 말을 듣고 크게 기뻐했다. 그리하여 위연을 불러 이렇게 명했다.

"그대는 군사를 거느리고 와구관을 정면으로 공격하오. 나는 경기(輕騎)를 이끌고 자동을 넘어, 후방으로 쳐들어가겠소."

장비는 백성들의 안내로 경기병 오백을 이끌고 자동산 소로를 넘었다.

장합은 구원병이 오지 않아 걱정하고 있는 중에 문득 보고가 들어왔다.

"위연이 관문을 향해 정면으로 쳐들어오고 있습니다."

장합이 곧 말을 타고 나오려는데, 이번에는 다른 보고가 들어왔다.

"자동산에서 난데없는 군사들이 몰려오고 있습니다."

장합은 혹시 구원병이 아닌가 싶어, 몸소 말을 타고 마중을 나가보았다. 그러나 산중에서 달려오는 군사들은 구원병이 아니라 장비의 기습부대였다.

장합이 크게 당황하여 산중으로 도망을 치니, 뒤따르는 자가 겨우 십여 명뿐이었다. 게다가 천하의 용장 장비가 급히 추격해 오고 있었다.

장합은 가까스로 도망을 쳐 조홍이 주둔하고 있는 남정(南鄭)으로 쫓겨왔다. 조홍이 그 비참한 꼴을 보고 크게 꾸짖었다.

"그대가 내 명령을 어기고 군령장에 다짐을 두고 떠났다가 이 꼴이 되었으니 이제는 처벌을 받을 수밖에 없다. 장합을 끌어내어 참형에 처하라!"

행군사마(行軍司馬) 곽회(郭淮)가 조홍에게 간했다.

"삼군(三軍)은 얻기 쉬워도, 일장(一將)을 구하기는 어렵습니다. 비록 장합에게 큰 죄가 있으나 위왕(魏王)이 무척 아끼는 장수이니, 그에게 다시 군사 오천을 주어 가맹관을 치게 하십시오. 그 싸움에서 승리하면 한중은 절로 탈환하게 될 것이니, 공을 세울 기회를 한 번 더 주어보소서."

조홍은 그 말을 옳게 여겨, 장합에게 다시 오천 군을 주어 가맹관을 치게 했다.

이때, 가맹관을 지키고 있는 장수는 촉의 맹달과 곽준이었다. 장합이 가맹관으로 쳐들어온다는 소식을 듣고, 맹달과 곽준은 서로 상반된 대책을 고집했다. 곽준은 싸우지 말고 성을 굳게 지키자는 주장이었고, 맹달은 맞서 나가 싸워 이기자는 주장이었다.

그들은 몇 번이고 말다툼을 하다가 마침내 맹달의 고집대로 장합과 싸우기로 했다. 그러나 맹달은 장합의 적수가 되지 못했다.

맹달이 크게 패하여 쫓겨 오니 곽준은 유비에게 급보를 보내어 구원군을 청했다. 유비가 급보를 접하고 공명을 불러 대책을 물었다.

공명이 대답했다.

"가맹관의 형세가 위급하니, 부득이 장비를 불러 막아내는 수밖에 없겠나이다."

그 소리를 듣고 법정이 반대했다.

"그건 옳지 못한 말씀입니다. 와구관을 비워두고 장비를 불러와서는 아니 됩니다."

공명이 웃으며 말했다.

"장합을 당할 사람이 장비 이외에 또 누가 있다고 그런 말씀을 하오?"

그 말이 떨어지기 무섭게 장하에서 노장 하나가 벌떡 일어서며 큰소리로 외쳤다.

"군사께서는 어찌 노장을 무시하오. 내 비록 늙었으나 맹세코 장합을 무찌르고 오리다."

모두들 놀라며 바라보니, 그는 칠십 노장 황충이었다.

공명이 웃으며 말했다.

"황 장군이 비록 용감하나 장합을 대적하기에는 나이가 너무도 많으오."

황충은 더욱 노여워했다.

"내 비록 늙었으되, 아직도 천근지력(千斤之力)이 남아 있는데 어찌 장합 따위 필부를 당해 내지 못한단 말씀이오?"

황충은 그 말과 동시에 앞으로 달려 나와 대도(大刀)를 집어 들고 나는 듯이 칼춤을 추어 보였다.

공명이 웃으며 말했다.

"노장께서 그처럼 자신이 있으면 한번 나가 싸워보오. 부장으로 누구를 데리고 가시려오?"

"노장 엄안과 함께 가겠나이다. 만약 우리 두 늙은이가 추호라도 실수가 있다면 머리를 바치오리다."

유비는 두 노장의 늠름한 기세를 보고 크게 기뻐했다. 그러나 젊은 장수 조자룡이 고개를 저으며 반대했다.

"가맹관을 잃는 날에는 익주(益州)가 위태로워질 것입니다. 이다지도 중요한 싸움이거늘 어찌 허다한 장수를 죄다 내버려두고 하필 노장들을 보내려 하십니까?"

공명이 조자룡을 나무라며 대답했다.

"그대들은 노장들의 실력을 의심하지만 나는 저들이 승리할 것을 믿소."

조자룡은 쓰디쓴 웃음을 지으며 입을 다물었다.

황충, 엄안은 군사를 이끌고 가맹관에 도착했다. 맹달과 곽준이 그들을 보고 크게 실망하며 말했다.

"공명이 이제는 정신이 돌았구나! 어찌 살아 있는 송장들을 보낸단 말인가!"

황충은 내심 불쾌함을 참고 엄안에게 말했다.

"장군, 우리가 지금 뭇사람들의 조소를 받고 있으니, 온 힘을 합하여 큰 공을 세워 이 수모를 깨끗이 씻어야 하겠소!"

"나도 이미 각오한 바 있습니다. 원컨대 장군께서는 명령만 내려주십시오."

엄안도 입술을 굳게 깨물었다.

황충과 엄안이 일선으로 나왔다. 장합이 크게 비웃으며 외쳤다.

"진작 저승길로 떠났어야 할 그대들이 여기가 어디라고 엉금엉금 기어나왔는가?"

황충이 크게 노해 소리쳤다.

"젖비린내 나는 애송이 놈이 누구를 늙었다 하느냐? 내 칼을 받아보고 나서 주둥아리를 놀려라!"

황충과 장합이 어울려 싸우기를 이십여 합, 바로 그때 배후로부터 엄안이 협공을 해오는 바람에 장합은 대패한 끝에 팔구십 리를 퇴각했다.

조홍이 그 소식을 듣고 장합에게 죄를 다스리려 하니, 곽희가 다시 간했다.

"장합을 너무 괴롭히면 촉으로 투항할지도 모르니, 차라리 다른 장수를 보내어 그를 도와야 할 것입니다."

조홍은 그 말도 옳다 싶어, 하후돈의 조카 하후상과 한현의 아우 한호에게 군사 오천을 내주며 장합을 도우라 명했다.

장합은 새로운 응원군을 얻자 크게 기뻐하며 말했다.

"황충이 비록 늙었으나 보기 드문 영웅이며, 엄안 또한 천하의 맹장이니, 우리는 십분 경계해야 할 것이오."

한호가 말했다.

"저는 장사(長沙)에 있을 때 이미 그 늙은이를 만난 일이 있소이다. 그 늙은이는 위연과 함께 내 형을 죽인 우리 집안의 원수올시다. 나는 기필코 이 기회에 그 늙은이를 죽이고야 말겠소이다."

한호와 하후상은 군사를 이끌고 일선으로 나와 진지를 구축했다.

한편, 황충은 일시도 쉬지 않고 군사를 조련시키며, 자기 자신은 날마다 부근 일대의 지세와 지형을 조사했다.

어느 날 엄안이 황충에게 말했다.

"이 부근에 천탕산(天蕩山)이 있는데, 그 산중에 조조의 군량고가 있다 하오. 만약 우리가 그곳만 점령하면 별로 애쓰지 않고도 승리를 거둘 것 같소이다."

황충은 그 소리를 듣고 크게 기뻐하며, 엄안과 함께 천탕산을 공략할 계획을 논의했다.

작전 계획이 결정되자 엄안은 일지군을 거느리고 어디론지 길을 떠났다. 하후상과 한호가 황충에게 공격을 가해 온 것은 바로 그 무렵이었다.

"이놈! 의리를 모르는 늙은 역적 놈!"

한호는 그런 욕설을 퍼부으며 하후상과 함께 맹렬히 협공을 해왔다.

황충은 두 장수를 상대로 이십여 합을 싸우다가 마침내 견디지 못하고 패주하기 시작했다. 두 장수는 사정없이 뒤쫓기 시작했다. 황충은 그 바람에 영채를 빼앗기고 나서도 이십여 리나 더 후퇴했다.

황충은 영채를 새로 꾸미고, 다음날 다시 싸우기 시작했으나 이날은 십여 합밖에 못 싸우고 또다시 이십여 리를 쫓겼다.

그런 식으로 닷새를 연거푸 쫓기기만 하다가 마침내 가맹관에 들어와 숨어버린 황충은 숫제 싸울 생각조차 안 했다. 그 꼴을 보고 맹달이 매우 분개하며 유비에게 그 사실을 급히 알렸다.

"황충이 날마다 제대로 싸워보지도 못하고 쫓기기만 하더니, 지금은 숫제 성안에서 겁을 먹고 있다고 합니다."

유비는 그 보고를 받고 크게 실망하여 공명을 불렀다.

공명이 웃으며 말했다.

"주공은 걱정 마십시오. 그것은 황충의 교병지계(驕兵之計)입니다."

유비는 그래도 마음이 놓이지 않아 유봉(劉封)에게 군사를 주며 가맹관으로 황충을 도우러 가게 했다.

황충이 유봉을 보고 물었다.

"그대는 왜 왔는가?"

"노장께서 고전하신다는 소식을 듣고 주공이 가보라 하시더이다."

"나는 지금까지 교병지계를 써서 진지를 다섯 군데나 빼앗겼으나 오늘 밤 한 번의 싸움으로 진지를 도로 찾고 군량도 많이 얻을 테니 두고 보라!"

황충은 자신만만하게 말했다.

이날 밤 황충은 군사 오천을 이끌고 몸소 진두에 나서 적을 기습했다.

다섯 차례나 승리를 거듭한 하후상, 한호의 군사들은 완전히 교병(驕兵)이 되어 다리를 쭉 뻗고 잠들어 있었다. 그러다가 야반에 급작스러운 기습을 당하는 바람에 크게 당황하여 여지없이 분쇄되었다. 한호와 하후상은 말도 타지 못한 채 도보로 쫓겨 달아났다.

황충이 군사를 독려하여 패주하는 적을 급히 추격하자 유봉이 말했다.

"군사들이 피곤하니 잠시 쉬게 하는 것이 어떻소?"

"쇠뿔은 단김에 빼야 하는 법이오."

황충은 달리는 말에 채찍을 가해 가며 가차 없이 적을 휘몰아 때렸다.

한호와 하후상이 하룻밤 사이에 백여 리나 쫓겨 오자 장합이 걱정스런 목소리로 말했다.

"천탕산에는 군량 저장고가 있는데, 만약 적의 손이 그곳까지 미쳤다가는 큰일이오."

그러자 하후상이 대답했다.

"천탕산은 나의 숙부 하후연 장군과 나의 가형 하후덕(夏侯德)이 지키고 있으니 염려없소. 우리도 그리로 가서 힘을 도와 싸웁시다."

장합, 하후상, 한호 등이 천탕산으로 들어와 하후덕과 이야기를 나누고 있는데, 어느새 황충의 군사가 앞에 나타났다.

하후덕이 황충을 비웃으며 말했다.

"내 십만 군사를 거느리고 있는데 늙어빠진 황충이 무엇이 두려우리오. 그대들은 염려 말고 돌아가서 영채나 다시 찾도록 하오."

그러나 장합이 말했다.

"황충은 결코 얕볼 장수가 아니니, 싸우지 말고 지키기만 해야 하오."

"무슨 소리! 연일 피곤한 군사가 산중으로 깊이 들어왔으니, 이는 가엾게도 독 안으로 뛰어든 쥐의 신세와 무엇이 다르오. 정병 삼천이면 섬멸하고도 남을 테니 두고 보오."

하후덕은 자신만만하게 삼천을 거느리고 영채를 나왔다.

한편, 유봉이 황충을 보고 간했다.

"날은 저물고 군사는 피곤해 있으니, 잠시 싸움을 피하는 것이 어떻겠소이까?"

그러나 황충은 말을 듣지 않았다.

"안 될 말이오. 매사는 때에 순응하여 움직여야 하는 법이오. 하늘이 우리에게 기공(奇功)의 기회를 베풀어주셨는데, 이를 받지 않으면 천의(天意)에 어긋나는 일이오."

이리하여 양쪽에서 모두 다 진고를 올리고 함성을 올리며 싸움을 시작했다.

한호는 황충을 취하려고 마구 덤벼들다가 한칼에 목이 달아났고, 하후덕은 엄안을 취하려다가 그 역시 어이없게 목이 잘려버렸다.

장합과 하후상은 한호와 하후덕이 전사했다는 소식을 듣고 용기가 상실되어 제대로 싸워보지도 못하고 하후연이 있는 정군산(定軍山)으로 패주했다.

황충과 엄안은 아무도 상상하지 못했던 대승리를 거둔 것이었다.

칠순 노장이 하후연을 베다

황충과 엄안이 조조의 군사를 무찌르고 성도에 승전보를 올리니, 유비는 크게 기뻐하며 모든 장수들을 한자리에 모아놓고 축하연을 베풀었다.

그 석상에서 법정이 말했다.

"그 옛날 조조가 장로를 토벌하고 한중을 점령했을 때에, 그 여력으로 촉까지 밀어붙여버렸더라면, 오늘날 이런 참패는 당하지 않을 것입니다. 매사에는 기회라는 것이 있는 법인데, 조조는 하후연과 장합에게 한중을 지키게 하고 자기는 황성으로 돌아갔습니다. 그런 점에서 보자면 조조는 천하를 제패하기에는 기량이 부족한 사람입니다. 조조를 크게 물리친 이 기회에 주공께서 대병을 일으키시면 한중을 얻기는 지극히 쉬운 일일 뿐더러, 나아가 천하를 얻어 황실의 부흥까지 도모할 수 있을 것입니다. 주공께서는 하늘이 주신 이 기회를 부디 놓치지 마십시오."

유비는 법정의 말을 듣고 크게 감동했다. 그 의견에 공명도 찬성하자 유비는 즉시 십만 대군에게 출동령을 내렸다.

때는 건안 이십삼년 칠월이었다. 조자룡, 장비로 선봉을 삼고 자신은 공명과 함께 십만 군사를 친히 이끌고 나가되, 가맹관에 우선 진을 치고 황충과 엄안을 불러 상을 후히 주며 말했다.

"사람들은 장군을 늙었다고 얕보았으되 오직 군사만은 장군을 알아보고 이처럼 큰 공을 세우게 했으니, 이는 나의 다시없는 기쁨이오. 그런데 한중의 정군산으로 말하면 남정의 요새인 동시에 위군(魏軍)의 보루이기도 하오. 정군산만 점령하면 양평(陽平) 일로에는 거칠 것이 없겠소. 장군은 정군산을 점령할 자신이 있소?"

"노장이 비록 무력하나 군명이라면 목숨을 걸고 싸워보겠나이다."

황충이 감격에 겨워 그렇게 말하며 금방 출동할 기세를 보였다. 그러나 군사 공명이 손을 들어 황충을 만류하며 말했다.

"장군이 비록 만부지용(萬夫之勇)이 있으나 하후연을 당해 내기는 어려울 것이오. 하후연은 육도삼략(六韜三略)에 정통할 뿐만 아니라 용병법이 탁월한 천하의 명장이오. 조조 또한 그를 믿었기에 한중 수비의 책임을 맡긴 것이오. 비록 장합에게 이겼어도 하후연은 당해 내기 어려울 것이니 형주에 있는 관운장을 불러와야 하겠소."

황충은 공명의 말에 분연히 대꾸했다.

"군사께서는 그 무슨 말씀이십니까? 옛날 염파(廉頗)라는 장수가 나이가 팔십이 넘었어도 한 끼에 고기를 열 근이나 해치우자 제후들은 그가 두려워 감히 조(趙)나라를 침범하지 못했다 하오. 하물며 소장은 아직 칠십도 못 되었는데 무엇이 늙었다고 그런 경시의 말씀을 하십니까? 만약 저에게 군사 삼천만 주시면 맹세코 하후연의 목을 베어 오리다."

"마음은 젊어도 나이만은 어쩔 수 없으니 너무 무리를 해서는 안 되오."

공명이 좀처럼 승낙하지 않으니, 황충은 재삼 청원하다 못해 나중에는 억지로 출동 준비를 갖추는 것이었다.

그제야 공명은 마지못한 듯이 이렇게 말했다.

"황 장군이 기어이 가야 한다면 법정과 같이 가서서 매사를 상의하도록 하오. 나도 곧 뒤를 따라가겠소."

황충은 법정과 함께 용감하게 장도에 올랐다. 공명은 황충을 보내고 나서 유비에게 말했다.

"노장 황충이 큰소리를 치고 떠나기는 했으나 성공하기는 거의 불가능합니다. 곧 인마(人馬)를 징발해 황충을 뒤따르게 해야 합니다."

그러고 나서 조자룡을 불러 명했다.

"조 장군은 일지군을 거느리고 산중으로 진군하여 황충을 돕도록 하오. 황충의 전세가 유리하거든 결코 표면에 나타나지 말고, 다만 위태로울 때에만 돕도록 하오."

그런 다음 유봉, 맹달 등의 장수들에게도 군사 삼천을 주며 험지(險地)마다 수다한 정기(旌旗)를 꽂아 아군의 위세(威勢)를 적에게 과시해 보이도록 일렀다.

그들이 모두 임무를 띠고 떠나자 공명은 하판(下辦)에 사람을 보내 마초에게 새로운 계책을 전하는 동시에 엄안을 파서로 보내어 낭중의 관애를 지키게 하고, 장비와 위연을 불러들여 한중을 함께 치도록 했다. 실로 세밀하고도 질서정연한 계략이었다.

한편, 천탕산에서 크게 패한 장합과 하후상은 패전의 전말을 하후연에게 상세하게 보고하면서, 이제는 유비가 대군을 친히 거느리고 한중으로 쳐들어온다고 알렸다. 하후연은 그러한 급보를 받고 크게 놀라며 조홍을 시켜 응원군을 급히 보내주도록 조조에게 알렸다.

조조는 그 기별을 받아보고 크게 놀라 즉시 문무백관들과 긴급회의를 열었다. 그 석상에서 장사(長史) 유엽(劉曄)이 말했다.

"만일 한중을 잃는 날이면 중원이 크게 흔들리게 됩니다. 이번만은 수고스러우시더라도 대왕께서 몸소 정토(征討)하셔야 합니다."

조조는 비장하게 대답했다.

"내 지난날 경의 말을 듣지 않았다가 오늘날 이 꼴이 되었구려!"

조조는 그날로 사십만 대군을 일으켜 친정(親征)에 오르니, 때는 건안 이십삼년 칠월이었다.

조조는 출동에 앞서, 우선 전군을 삼로(三路)로 나누었다. 전부(前部) 선봉은 하후돈이요, 조조 자신은 중군을 거느리고, 조휴를 후비(後備)로 삼았다.

조조는 황금 안장의 백마 위에 높이 앉았는데, 옥대수의(玉帶繡衣)의 찬란하기가 이루 말할 수 없을 지경이었다.

용호(龍虎)를 본받은 이만오천 명의 근위병이 다섯 부대로 나뉘어 용봉일월기(龍鳳日月旗)를 휘날리며 산 위에서 호령하니, 그 호화로운 거동이란 실로 천자의 행차가 무색할 지경이었다.

어느덧 군마는 동관을 지났다. 조조가 마상에서 앞을 바라보니 푸른 수목 사이에 장원(莊園)이 보였다.

"저기가 어디냐?"

"남전(藍田), 채옹(蔡邕)의 장원입니다. 지금은 채옹의 딸 채염(蔡琰)이 그의 지아비 동기(董紀)와 함께 살고 있습니다."

조조는 그 말을 듣고 산장에 들러보고 싶은 생각이 들었다. 그 옛날 조조가 채옹과 각별히 지낼 무렵, 그의 딸 염(琰)은 위도개(衛道玠)와 결혼해 살다가 북방 오랑캐에게 끌려갔다. 채염은 오랑캐의 아내로 살며 자식을 둘이나 낳았다. 그러나 채염은 자식을 둘씩이나 낳고 살면서도 고국 생각에 하루도 눈물이 마를 날이 없었다.

더구나 오랑캐들이 즐겨 부르는 가(筋)라는 퉁소소리를 들을 때면 향수가 더욱 간절하여, 마침내 자기 자신이 고향을 사모하는 노래를 열여덟 곡이나 작곡했다. 조조는 그 곡을 들어보고 감탄한 나머지 오랑캐에게 사람을 보내어 황금 천 냥을 줄 테니 채염을 돌려달라고 했다.

오랑캐의 좌현왕(左賢王)은 조조의 비위를 거스르게 될까 두려워 어쩔 수 없이 채염을 돌려주었다. 조조는 기쁜 마음으로 채염을 맞아 동기와 결혼시켜주었다.

조조는 과거에 그런 인연이 있는 만큼 꼭 그들을 만나보고 싶었다. 때마침 동기는 출타 중이었지만 채염은 조조가 왔다는 기별을 듣고 반가워하며 정중히 영접했다.

조조는 당내에 들어와 사방을 두루 살펴보다가 벽에 걸려 있는 서축(書軸)을 보고 채염에게 물었다.

"저것은 누구의 글인고?"

"이것은 조아(曹娥) 비문(碑文)입니다. 옛날 화제(和帝) 때 상우(上虞) 땅에 조우(曹盱)라는 남자 무당이 있었는데 신악(神樂)에 매우 능하였습니다. 그런데 어느 해 오월 단오에 그는 술이 취해 배 위에서 춤을 추다가 잠깐 실수로 물에 빠져 죽었습니다. 그에게는 열네 살 먹은 딸이 있었는데, 아비의 죽음을 슬퍼한 나머지 낮이나 밤이나 강변을 헤매다가 칠일칠야 만에 물에 빠져 죽었습니다."

"그 사연이 저 비문과 무슨 관련이 있는고?"

조조는 크게 감동한 나머지 다음 말을 무심중에 재촉했다.

"닷새 후, 물에 빠져 죽은 그 처녀가 자기 아버지의 시체를 부둥켜안고 물위로 떠올랐다고 합니다. 동리 사람들은 그 광경을 보고 크게 감동하여 그 시체를 정중히 장사지내주었을 뿐만 아니라, 상우령(上虞令) 도상(度尙)은 그 사실을 조정에 보고하는 동시에 한단순(邯鄲淳)이라는 천재 아이로 하여금 글을 짓게 하고 비(碑)를 새겨 그 사실을 길이 전하였답니다. 한단순이라는 소년은 당시 나이가 열세 살에 불과했건만 한번 붓을 든 뒤에는 한 자도 고치지 않고 그냥 내리썼다고 합니다. 제 선친 채옹이 그 이야기를 들으시고 일부러 구경을 가셨으나 날이 저물어 눈으로는 비문을 읽을 수 없었던 까닭에 손으로 더듬어 읽고 크게 감격한 나머지, 비석 등에다 붓으로 여덟 글자를 써놓았답니다. 그 뒤에 사람들이 그 여덟 글자마저 비석에 새겨 넣었다 합니다."

채염이 그렇게 말하며, 손으로 가리키는데 거기에는 다음과 같은 여덟 자가 눈에 띄었다.

黃絹幼婦(황견유부)

外孫齏臼(외손제구)

조조는 한동안 바라보았으나 그 뜻을 알 길이 없었다.

"대체 그 글이 무슨 뜻인고?"

"선친의 친필이오나 첩도 그 뜻을 알지 못합니다."

"누가 저 글을 해독할 사람이 없는가?"

조조는 제장들을 돌아보며 물었다.

모두들 고개만 갸웃거리는 중에 주부(主簿) 양수(楊修)가 말했다.

"신은 그 뜻을 알 것 같습니다."

"그대는 뜻을 알 것 같단 말이지? 잠깐만 기다려보게. 나도 나름대로 한번 생각해 풀어보겠네."

조조는 산장을 떠나 말을 타고 가면서도 한동안 그 생각만 했다. 그러다가 문득 회심의 미소를 지으며 양수에게 말했다.

"나도 뜻을 얻었으니, 자네가 생각한 바를 먼저 말해 보게."

양수가 허리를 굽히며 대답했다.

"그 글귀는 아무리 보아도 은어(隱語)가 틀림없습니다. '황견(黃絹)'이라는 것은 빛깔 있는 '실'을 말하는 것이니 글자로 푼다면 '절(絶)' 자에 해당합니다. 그리고 '유부(幼婦)'라는 것은 곧 '소녀(少女)'의 뜻이니 여(女) 자 변에 소(少) 자를 곁들인 '묘(妙)' 자가 됩니다. 또 '외손(外孫)'이라 함은 곧 딸의 아들이니 '호(好)' 자를 의미하는 것이고, '제구(韲臼)'라 함은 '오신(五辛)' 즉 달고, 쓰고, 맵고, 짜고, 신 것을 받아들이는 그릇이니 '수(受)' 자에 '신(辛)' 자를 곁들인 '사(辭)' 자가 됩니다. 그래서 결국은 절묘호사(絶妙好辭)라는 네 글자로 한단순(邯鄲淳)의 문장에 대해 감탄한 글이 아닌가 합니다."

조조는 그 소리를 듣고 나서 무릎을 치며 감탄했다.

"과연 자네 해석은 나와 꼭 같네!"

이날 해가 지기 전에 조조는 남정에 당도했다. 조홍은 조조를 영접하자 장합이 연패한 사실을 상세히 보고했다. 그러나 조조는 패전한 사실을 그다지 대수롭게 여기지 않았다.

"그것은 장합의 죄가 아니다. 본시 승부는 병가의 상사이니라."

조홍이 현하의 정세를 다시 보고했다.

"유비가 몸소 대군을 거느리고 진군해 오면서 황충으로 정군산(定軍山)을 공격하게 했습니다. 한데 하후연은 웬일인지 대왕이 오신다는 말씀을 듣고 굳게 지키기만 할 뿐, 아직 출전하지 않고 있는 형편입니다."

"적에게 겁을 내고 있는 인상을 주어서야 말이 되는가? 지금 곧 사람을 보내 하후연에게 즉시 싸우라는 명령을 전하라!"

옆에 있던 유엽이 간했다.

"하후연은 천성이 강직한 까닭에 잘못하다가는 적의 간계에 빠지기 쉽습니다. 대왕께서 실수가 없도록 미리 친서를 보내시는 게 좋을 것 같습니다."

조조는 그 말을 옳게 여겨, 곧 다음과 같은 글발을 손수 적어주었다.

내 이제 붓을 들어 하후연 장군에게 알리오. 무릇 장수된 자는 강(剛)과 유(柔)를 겸비해야 하는 법이오. 부질없이 용맹만 믿고 만사를 용(勇)으로 해결하려는 자는 지혜로운 사람의 웃음만 사게 되오. 자고로 명장이란 싸움에 임할 때 제 용맹을 바탕으로 삼되 반드시 지략으로 적을 무찔렀던 것이오. 내 이제 대군을 거느리고 남정에 주둔하여 경(卿)의 묘재(妙才)를 볼까 하오. 경은 스스로 욕됨이 없도록 하오.

하후연은 그 친서를 받아보고 크게 기뻐하며, 곧 장합을 불러 말했다.

"내 오랫동안 수비만 하고 있다가 이제 출동하라는 위왕의 친서를 받았으니 내일은 마음껏 싸워 황충을 사로잡아버릴까 하오."

장합이 고개를 갸웃거리며 대답했다.

"황충은 지용(智勇)을 겸비한 장수인 데다 모사 법정까지 동행했으니 결코 경시할 바가 못 됩니다. 다행히 이곳은 지세가 험준하니 굳게 지키고 있는 것이 상책이 아닐까 합니다."

그러나 하후연은 말을 듣지 않았다.

"내가 수비만 하고 있다가 다른 장수들에게 공을 빼앗기면 무슨 낯으로 위왕을 대하겠소. 그렇다면 나 혼자 갈 테니, 그대는 여기를 지키고 있으시오."

그러고 나서 다른 장수들을 굽어보며 말했다.

"누가 나가서 적을 이끌어 올 자가 없겠는가?"

그러자 하후상이 얼른 대답하고 나섰다.

"소장이 선봉으로 나가 황충을 유인해 오겠나이다."

"으음, 그대가 먼저 나가 싸우되 끝까지 대적하지 말고 쫓겨 들어오도록 하라. 그러면 내가 묘계(妙計)를 써서 황충을 생포하겠다.”

하후상은 삼천 기를 거느리고 정군산 본영을 떠났다.

그 무렵, 황충은 법정과 함께 정군산 기슭에 진을 치고 열 번이나 도전해 보았으나 하후연이 전연 응하지 않자 공격 기회만 노리고 있었다. 그런데 하후상이 군사를 이끌고 나타났다는 정보를 받고 황충 자신이 출전하려 하자 아장(牙將) 진식(陳式)이 만류하고 나섰다.

“장군께서는 무슨 까닭으로 하후상 따위를 상대로 싸우시려 하십니까? 소장에게 천 기만 주시면 제가 산속에서 적의 배후를 무찔러버리겠나이다.”

황충은 그 말을 옳게 여겨 곧 승낙했다.

이윽고 진식과 하후상의 싸움이 시작되었다. 하후상이 얼마간 싸우다가 계획대로 쫓겨 달아나기 시작하니 진식은 그것이 적의 계략인 줄을 모르고 적진 속으로 깊숙이 추격했다.

진식은 얼마 후 적의 계략에 빠졌음을 깨닫고 즉시 회군하려 했으나 배후에서 하후연이 급히 진격해 오는 바람에 사로잡히는 신세가 되고 말았다.

황충은 그 소식을 듣고 크게 놀라 법정에게 대비책을 물었다.

법정이 말했다.

“하후연은 성미가 조급하기로 유명한 만용지장(蠻勇之將)이오. 우리가 적은 군사로 여러 차례 약 올리면 그는 격분하여 반드시 산을 내려와 우리를 공격할 것이오. 그러면 우리는 편히 앉아 그를 사로잡을 수 있을 것이오. 그것을 소위 반객위주(反客爲主)의 전법이라고 부르오.”

황충은 그 말에 따라 처처에 수많은 진영(陣營)을 쳐놓은 후 날마다 하후연에게 싸움을 걸었다. 하후연이 나가 싸우려 하니 장합이 간했다.

“적은 지금 반객위주지법을 쓰고 있으니, 지금 출전했다가는 반드시 패할 것이니 그리 아십시오.”

그러나 하후연은 듣지 않고, 몸소 대군을 거느리고 나와 하후상에게
먼저 싸우게 했다. 하후상은 황충과 변변히 싸워보지도 못하고 어이없이
붙잡히는 신세가 되고 말았다.

하후연은 크게 놀랐다. 조카 하후상이 적에게 생포된 사실은 하후연에
게는 커다란 충격이었다. 그는 여러 가지로 생각한 끝에 황충에게 사람
을 보내 진식과 하후상을 교환하자고 제안했다. 황충도 그 제안에 응하
여, 다음날 진전에서 교환하자고 약속했다.

바로 그 다음날이었다. 양군이 넓은 장소에 대치해 있는 가운데 황충
과 하후연이 제각기 말을 타고 진전에 나타났다.

황충은 하후상을 데리고 나왔고, 하후연은 진식을 데리고 나왔다. 무
장을 해제당한 두 포로는 북소리가 둥둥 울리자 제각기 자기 진지를 향하
여 달려왔다.

하후상이 막 본진에 도착한 순간이었다. 어디선가 난데없는 화살 하나
가 날아오더니 그의 등허리에 깊숙이 박혔다. 하후상은 그 자리에서 고
꾸라지고 말았다. 명궁 황충이 화살을 쏘아 갈긴 것이었다.

하후연은 크게 노하여서 즉시 황충에게 덤벼들었다. 두 장수가 십여
합을 싸워도 승부가 나지 않았는데, 문득 하후연의 본진에서 수군(收軍)
하라는 징소리가 요란스럽게 울렸다.

하후연이 마지못해 진지로 돌아와 압진관(押陣關)을 힐책했다.

“그대는 무슨 까닭으로 징을 울렸느냐?”

“조금 전에 저편 산중으로 촉의 깃발이 무수히 휘날려 보이기로, 복병
이 분명하기에 징을 울렸나이다.”

하후연이 그 말에 고개를 끄덕이며, 다시는 싸울 생각을 아니하고 종
전대로 지키기만 했다.

황충은 일단 회군하여 다시 법정과 상의했다. 법정이 산을 가리키며 말했다.

"저기 정군산 서편의 높은 봉우리에 오르기만 하면 적의 진지가 모두 내려다보일 것이오. 장군이 만약 저 산만 점령하면 적은 우리 수중에 들어온 것이나 다름 없을 것이오."

바라보니 과연 높은 산이었다. 산 위에는 다소의 진지가 있는 듯한데, 몇 사람의 군사가 그 산을 지키고 있었다.

이날 밤 이경에 황충은 몸소 군사를 거느리고 징소리, 북소리를 요란스럽게 울리며 산상을 공격했다. 그 산은 하후연의 부장 두습(杜襲)이 지키고 있었으나 황충이 급히 공격해 오는 바람에 변변히 싸워보지도 못하고 어이없게 쫓겨 달아나고 말았다.

산을 점령하고 나자 법정이 말했다.

"나는 산상에서 하후연이 오기를 기다릴 테니, 장군은 군사를 거느리고 산중 수풀 속에 잠복해 있으시오. 내가 백기를 들 때까지 숨어 있다가 홍기를 들거든 적을 공격하시오. 그러면 어렵지 않게 승리를 거둘 뿐 아니라 하후연을 사로잡을 수도 있을 것이오."

황충은 그 말을 따르기로 했다.

한편, 하후연은 자기 진영이 내려다보이는 중요한 고지를 적에게 빼앗긴 것을 못내 분하게 여겨 곧 탈환할 계획을 세웠다.

장합이 그 계획을 알고 또다시 간했다.

"저 산을 점령한 것은 법정의 계략이니, 장군은 섣불리 출정해서는 안 됩니다."

그러나 하후연은 말을 듣지 않았다.

"적군이 높은 산봉우리에서 우리 진영을 손바닥처럼 내려다보고 있는데, 그대로 내버려두면 어쩌란 말이오."

장합은 한사코 만류했으나 하후연은 끝끝내 고집을 부리며 군사를 출동시켜 그 산을 에워쌌다.

하후연은 군사를 거느리고 다가가 적에게 싸움을 걸었다. 그러나 적들은 웬일인지 전혀 대응이 없었다. 군사들이 저마다 욕설을 퍼부었으나 산상에서는 백기만이 휘날릴 뿐 죽은 듯이 고요했다.

하후연의 군사는 한나절을 두고 욕설을 퍼붓다가 나중에는 제풀로 지쳐 갑옷을 벗어젖히는 자가 있는가 하면 신발을 벗고 발을 씻는 자도 있었다.

산상에서 그 광경을 유심히 바라보고 있던 법정은 마침내 홀연 붉은 깃발을 휘둘렀다. 산중에 잠복해 있던 황충은 붉은 깃발을 보자 즉시 군사를 일으켜 천지가 진동할 듯한 함성을 올리며 쏟아져 내려와 적에게 총공격을 감행했다.

하후연의 군사는 불의의 기습을 당하는 바람에 제대로 싸워보지도 못하고 개미 떼처럼 흩어져 적의 칼에 쓰러지는 자가 그 수를 헤아리기 어려울 지경이었다.

하후연은 황충을 상대로 싸우려 했다. 그러나 쏜살같이 달려온 황충이 번개같이 내리갈기는 칼에 머리에서 어깻죽지까지 베이고 말았다. 그 바람에 하후연은 그 자리에서 절명했다.

황충은 하후연을 베고 나자 이번에는 기세를 올려 정군산 본진을 기습했다. 장합은 황충을 맞아 싸우려 했으나, 황충과 진식이 양편에서 협공해 오자 제대로 싸워보지도 못하고 산속으로 쫓겨 달아나는데, 이번에는 전방에서 일진 장수가 군사를 이끌고 오며 소리쳤다.

"상산 조자룡이 여기 있는 줄을 네가 몰랐더란 말이냐!"

장합이 혼비백산하여 다시 길을 바꾸어 달아나는데, 두습이 군사를 이끌고 쫓아오며 알렸다.

"정군산 본진은 기어코 적장 유봉과 맹달에게 빼앗기고 말았소!"

장합은 어쩔 수 없이 한수(漢水)로 쫓겨 와, 조조에게 하후연의 죽음을 보고했다. 조조는 목을 놓아 울며 복자 관로의 예언을 생각했다.

삼팔종횡(三八縱橫)이란 건안 이십사년이란 뜻이요, 정군지남(定軍之南)이란 정군산 남쪽이라는 뜻이요, 상절일고(傷折一股)란 조조와 형제처럼 친한 하후연을 잃어버린다는 뜻이었던 것이다.

조조는 너무도 신기한 점괘에 그저 감탄할 따름이었다. 그리하여 관로를 다시 한번 불러오라고 사람을 보냈다. 그러나 관로는 이미 어디로 사라졌는지 종적을 알 길이 없었다.

섣부른 배수진

하후연의 목을 벤 것은 노장 황충에게는 일생일대의 커다란 전공이 었다. 황충은 하후연의 수급을 들고 가맹관으로 달려와 유비에게 내보였다.

유비의 기쁨도 말로는 다할 수 없을 지경이었다. 유비는 곧 황충을 정서대장군(征西大將軍)에 봉하는 동시에 전승 축하의 잔치를 크게 베풀었다.

주연이 성대하게 벌어지는 도중에 부장 장저(張著)가 전선에서 급히 달려와 고했다.

"조조가 하후연의 원수를 갚기 위해 이십만 대군을 몸소 거느리고 쳐들어오고 있습니다. 장합은 양초(糧草)를 미창산(米倉山)에서 한수(漢水) 북산(北山)으로 이동시키고 있습니다."

공명이 유비에게 말했다.

"조조는 이십만 대군을 거느리고 오면서도 군량 문제가 걱정스러워 양초를 먼저 이동시키고 있는 것이 분명합니다. 조조의 약점은 그 점에 있으니, 군사를 파견하여 그의 치중부대를 격파해 버리면 싸우지 아니하고도 승리를 거둘 수 있을 것입니다.”

황충이 옆에서 그 소리를 듣고 공명에게 말했다.

“군사, 노부가 그 소임을 맡으오리다.”

공명은 냉정하게 머리를 좌우로 흔들었다.

“황 노장! 조조는 천하의 지장이니, 하후연처럼 만만하게 생각해서는 안 되오.”

황충이 분연히 말했다.

“제가 장합을 격파하지 못하면 저의 머리를 참하시오.”

공명은 어쩔 수 없다는 듯이 웃으면서 대답했다.

“그러면 조자룡을 부장으로 데리고 가오. 대신 모든 일은 조자룡과 상의해서 처리하도록 하오.”

황충은 곧 군사를 거느리고 떠났다.

한수에 도달하자 조자룡이 황충에게 물었다.

“적의 양초를 태우기는 결코 쉬운 일이 아닌데, 장군은 무슨 계책이 있으십니까?”

“장군은 내가 하는 일을 구경만 하고 있으오.”

“노장께서 가시면 위험하니, 제가 가도록 하오리다.”

“내가 주장이고 장군은 부장이니, 군소리 말고 내가 시키는 대로 하오.”

“모두 다 주공을 위해 목숨을 걸고 싸우는 이 마당에서 주장과 부장의 구별이 어디 있습니까? 그러면 제비를 뽑아 먼저 갈 사람을 정하십다.”

황충은 젊은 장수의 고집을 꺾을 수 없어 마침내 제비를 뽑기로 했다.

제비를 뽑고 보니, 황충이 선발대가 되었다. 조자룡이 못내 섭섭하여 황충을 떠나보내며 말했다.

"만약 장군께서 오시(午時)까지 돌아오시지 않으면 위험에 빠진 것으로 알고 응원군을 이끌고 가겠습니다."

"고맙소. 그래 주기 바라오."

황충은 그렇게 대답하면서도 마음속으로는 자신만만하게 출정의 길에 올랐다.

황충이 떠나가자 조자룡은 부장 장익(張翼)을 보고 말했다.

"내일 오시까지 황 장군이 돌아오지 않으면 내가 군사를 이끌고 가서 적을 물리칠 테니, 그대는 본진을 책임지고 지키고 있으시오."

한편, 황충은 오백여 명의 군사를 이끌고 부장 장저와 함께 한수에 도달하자 북산 기슭으로 소리 없이 진군했다. 마침 깊은 밤인지라 적의 수비병은 졸고 있어 산더미처럼 쌓여 있는 양초에 불을 지르기는 결코 어려운 일이 아니었다.

마침 그때, 한수에 있던 장합이 불길을 보고 크게 놀라며 급히 달려왔다. 장합이 선봉으로 달려와 보니, 양초에서 불이 일어나고 있는데, 적장 황충이 마상에서 지휘를 하고 있는 것이 보였다.

장합이 즉시 황충에게 달려들어 싸움이 붙었다. 싸움은 삼십 합이 계속되어도 좀처럼 승부가 나지 않았다.

조조가 본진에서 그 소식을 듣고, 급령(急令)을 내렸다.

"서황이 급히 나가 장합을 도우라!"

이리하여 황충은 장합과 서황을 좌우로 맞이하여 싸우니 전세는 시시각각 불리해졌다. 게다가 대장 문빙까지 가세하는 바람에 황충은 완전히 궁지에 몰려 단신으로 악전고투할 수밖에 없었다.

조자룡은 황충이 오시가 넘도록 돌아오지 않자 마침내 약속대로 삼천 군을 거느리고 황충을 도우러 떠났다. 한수를 향하여 급히 달려가노라니, 북산 기슭에서 문빙의 아장 모용렬(慕容烈)이 앞을 가로막으며 소리 쳤다.

"이놈, 어디를 가느냐?"

조자룡은 모용렬을 한창에 찔러 죽이고 겹겹이 싸인 적병을 좌우로 갈 라 헤치며 달려나가니 이번에는 적장 초병(焦炳)이 앞을 가로막았다.

"촉병(蜀兵)은 모두 어딜 가고 너희들뿐이냐?"

조자룡이 큰소리로 물었다.

그러자 초병이 가가대소(呵呵大笑)를 하면서 비웃었다.

"하하하, 황충을 비롯한 촉병들은 씨알머리도 남기지 않고 죄다 죽여 버렸다. 너도 이제 죽음을 찾아 이리로 왔느냐?"

"이놈! 네가 상산 조자룡을 모른다면 내가 이 자리에서 솜씨를 보여주 마!"

조자룡은 그렇게 외치기 무섭게 초병의 머리를 단번에 베어 창끝에 높 이 꽂아들고 적진 속으로 돌진하니, 아무도 앞을 막아서는 사람이 없었 다. 그야말로 무인광야(無人曠野)를 질풍신뢰와 같이 달려나가는 조자룡 이었다.

그 위풍이 얼마나 놀라웠던지 서황과 장합도 미처 싸울 생각을 못하고 길을 비켜섰다. 그때 적진 속에서 단신으로 악전고투하던 황충이 소리를 지르며 달려 나왔다.

"오오, 조 장군이 오셨구려!"

"오오, 황 장군! 얼마나 욕을 보셨소!"

"나는 살아났건만 장저가 보이지 않으니 그를 구해 내야겠소."

조자룡은 그 소리를 듣기 무섭게 다시 적진 속으로 뛰어들어 장저를 구해 내왔다.

이때 조조가 높은 곳에서 싸움을 관망하다가 큰소리로 외쳤다.

"저 장수가 누구인가?"

"상산 조자룡입니다."

"오오, 그러면 그렇지! 조자룡이 아니고서는 저렇듯 용감하게 싸울 장수가 어디 있겠소."

조조는 급히 징을 울려 쓸데없는 희생자를 내지 않도록 회군령을 내렸다.

한번 패하고 나서 잠자코 있을 조조가 아니었다. 그는 군사를 정비하여 설욕전을 벌이기 위해 몸소 대군을 거느리고 나섰다.

한편, 조자룡과 황충이 장저를 구출하여 본진에 막 당도할 무렵, 부장 장익이 황급히 뒤쫓아 오며 큰소리로 외쳤다.

"장군, 조조의 추격이 맹렬하니 급히 성안으로 들어가 문을 닫으십시다."

조자룡은 그 소리를 듣고 큰소리로 꾸짖었다.

"성문을 닫다니 그게 무슨 소리인가? 지난날 장판파 싸움에서 단기필마로 조조의 팔십만 대군을 상대한 내가 아니더냐? 이제 수많은 장수들과 함께 있는데 내가 무엇이 두려워 성문을 닫겠느냐?"

조자룡은 그러면서 창을 꼬나 잡고 성문 앞에 홀로 버티고 서 있었다.

날이 저물 무렵이었다. 장합과 서황이 성문 앞으로 달려가니 조자룡이 창을 꼬나 잡고 오연히 버티고 서 있었다. 패기만만한 기세로 달려오던 서황과 장합은 조자룡을 보자 말을 급히 멈추고, 서로 얼굴을 마주 보며 몹시 주저했다.

뒤쫓아 오던 조조가 그 광경을 보고 두 사람을 꾸짖었다.

"빨리 나가 싸우지 않고 왜 머뭇거리느냐!"

"조자룡이 혼자 성문 앞을 지키고 있사옵니다."

"조자룡이 성문 앞에 버티고 있단 말인가?"

조조는 무심중에 겁먹은 목소리로 반문하며 말을 급히 멈추었다.

바로 그때였다. 성문 앞에 버티고 있던 조자룡이 창을 번쩍 들어올리니, 성안에 있던 수많은 군사들이 급히 몰려나오며, 조조에게 화살을 마구 퍼부어댔다.

조조가 혼비백산하여 급히 달아나니 그를 믿고 따라오던 수많은 군사들이 화살에 맞아 죽고 발에 밟혀 죽었다. 조조는 또다시 참패의 고배를 마시며 도주하는 수밖에 없었다.

조조가 급히 쫓기고 있는 그 기회를 이용하여 유봉, 맹달 등은 미창산으로 쇄도하여 조조 군의 양초에 불을 질렀다. 조조는 양초를 잃어버리자 이번에는 장합, 서황과 함께 또다시 남정(南鄭)으로 일단 퇴각하는 수밖에 없었다.

유비는 공명과 함께 한수에 이르러 조자룡의 용감무쌍했던 전공을 듣고 그를 높이 치하했다.

"자룡은 일신(一身)이 온통 담(膽) 덩어리로구려!"

유비는 조자룡에게 호위장군(虎威將軍)이라는 명예로운 칭호를 내렸다. 그런 다음 축하의 연락을 성대하게 베풀고 있는데 또다시 급보가 날아들었다. 조조의 대군이 이번에는 사곡(斜谷) 산길을 통해 한수로 쳐들어온다는 것이었다.

유비는 그 소리를 듣고 나서 오직 비웃기만 할 뿐이었다.

"조조가 멸망하려고 혼이 나간 모양이로구나! 그렇다면 이번에는 내가 나가 조조를 격파하리라."

그 무렵, 조조는 한수에 도착하여 선봉장 서황과 함께 강을 건너가려 했다. 때마침 그 지방에 살고 있는 사람 하나가 조조 앞에 나타나더니 말했다.

"제가 이 지방 지리에 정통하니, 서 장군을 도와 촉군(蜀軍)을 격파하겠나이다."

그는 아문장군(牙門將軍)의 직책을 가진 파서 사람 왕평(王平)이었다. 조조가 크게 기뻐하며, 왕평을 서황의 부장으로 삼게 했다.

왕평이 서황을 보고 물었다.

"장군은 어찌하여 강을 건너 적의 면전에 진을 치려 하십니까?"

"배수진(背水陣)을 치기 위해서요. 그 옛날 한신(韓信)은 배수진을 치고 사지에서 생(生)을 얻어 적을 완전히 격파하였소."

"그건 안 됩니다. 배수진을 쳤다가 잘못되면 전군이 멸망하게 되니, 그것만은 포기하십시오."

"무슨 소리요? 내 기필코 이겨 보일 테니 두고 보시오."

그래도 서황은 불안했던지 한수(漢水)에 부교(浮橋)를 놓고 군사들을 건너게 했다.

서황은 강을 건너기만 하면 촉군이 맹렬하게 공격해 올 것이라 생각했다. 그럴 경우 이쪽에서 맹렬히 반격을 개시하여 일거에 승부를 결할 계획이었다. 그러나 강을 대거 건너왔지만 촉군은 죽은 듯이 잠잠했다. 너무도 잠잠한 것이 이상해 서황은 배수진을 치고 적의 반응을 살폈다.

한편, 서황이 군사를 이끌고 강을 건너온다는 정보를 입수한 유비는 곧 조자룡과 황충에게 서황을 격파하라는 장령을 내렸다.

장령을 받고 난 황충이 조자룡에게 계책을 말했다.

"적은 지금 공격받을 것을 각오하고 한수를 건너오고 있소. 우리는 지금 당장 공격할 것이 아니라 밤이 되기를 기다렸다가 적을 격파하는 것이 어떻겠소?"

조자룡도 그 계책에 찬동하여 각기 일군씩 나누어가지고 밤이 오기만을 기다리고 있었다.

그런 계책을 알 턱이 없는 서황은 언제까지나 기다리고만 있을 수가 없어 점심때가 조금 지날 무렵, 자기편에서 먼저 싸움을 걸었다. 촉진(蜀陣)은 죽은 듯이 잠잠했다. 서황은 약이 올라 궁노수더러 활을 마구 쏘아 갈기라는 명령을 내렸다. 화살이 빗발치듯 촉진으로 퍼부어졌다.

"저들이 화살을 맹렬히 퍼붓는 것을 보면 이 밤으로 강을 다시 건너가 버릴 모양이오. 적들이 강을 건너가기 시작하거든 우리는 때를 놓치지 말고 섬멸해 버립시다."

황충이 조자룡에게 말하며 회심의 미소를 지어 보였다.

드디어 날이 저물어, 서황의 부대가 움직인다는 정보가 들어오자 황충과 조자룡은 좌우에서 요란스럽게 북을 울리며 위군(魏軍)을 공격했다. 노도와 같이 몰려나가는 촉군의 기세에 피로한 위군이 제아무리 항전을 해보아도 당하는 재주가 없었다.

위군은 크게 패하여 많은 군사들이 강물에 빠져 죽었다. 그나마 서황은 무사히 강을 건넜다.

간신히 목숨을 건져 영채로 돌아온 서황은 부장 왕평을 크게 꾸짖었다.

"네 어찌하여 내가 위기에 빠져 있는 것을 알고도 구원하러 오지 않았느냐?"

그러자 왕평도 가만있지 않았다.

"그러기에 애초부터 강을 건너지 말라고 말하지 않았소? 만약 내가 응원을 나갔더라면 이 영채까지 적에게 빼앗기고 말았을 것이오."

"이놈! 네가 감히 누구 앞이라고 말대꾸를 하느냐!"

서황은 크게 노하여 왕평을 죽이려 했다. 그러나 좌우에서 모두 만류하고 나서는 바람에 왕평을 죽이지 않았다.

이날 밤, 왕평은 서황의 진영에 불을 지른 뒤에 많은 군사를 이끌고 유비에게 자진해서 투항하여 왔다. 유비는 왕평의 귀순을 크게 기뻐했다.

"왕평이 자진해서 우리에게 투항해 왔으니 우리가 한수를 점령할 길조

(吉兆)가 분명하오."

유비가 그렇게 말하며, 왕평을 편장군(偏將軍)에 봉하여 주로 진군로(進軍路)의 향도 역할을 맡게 했다.

한편, 서황은 싸움에 지고 왕평에게 배반을 당하자 조조에게 달려가 자초지종을 보고했다. 조조는 크게 분노하여, 이번에는 빼앗긴 영채를 탈환하기 위해 몸소 대군을 거느리고 나왔다.

강을 사이에 두고 양군이 대적하게 되었다. 공명이 전선을 상세히 살펴보고 나서 유비에게 말했다.

"이 강 상류에 일곱 개의 언덕으로 되어 있는 산이 하나 있습니다. 그 한복판엔 연꽃 모양의 분지(盆地)가 있는데, 그곳에 군사 오륙백을 매복시켜두면 반드시 큰 공을 세울 수 있을 것입니다."

"그러면 누구를 보냈으면 좋겠소?"

"적의 눈에 띄는 날에는 완전히 섬멸될 우려가 없지 않으니 역시 자룡을 보내는 것이 좋겠나이다."

유비는 곧 조자룡을 불러 공명의 지시대로 군령을 내렸다.

다음날 공명은 다시 전선으로 나와 적정을 살폈다. 이날 위군의 일부는 강을 건너와 징을 울리고 활을 쏘며 싸움을 걸어왔다. 그러나 촉군은 일절 응하지 않고 침묵만 지켰다. 위군도 함부로 덤비다가는 실수할까 두려워 공격을 멈추고 전투대세만 갖추고 있었다.

밤이 되었다. 조조의 진영에서는 초저녁에 휘황하던 불빛이 하나 둘씩 꺼지고 군사들은 잠에 빠져들었다. 드디어 밤이 깊어지자 불빛은 완전히 사라지고 말았다.

모든 군사들이 첫잠이 들어가는 바로 그 무렵, 홀연 어디선가 호포소리가 요란스럽게 울리더니 어둠 속에서 북소리가 연이어 들려왔다. 오백여 명이 일시에 두드리는 북소리는 마치 천병만마(天兵萬馬)가 천지를 뒤덮는 것만 같았다. 말할 것도 없이 그것은 공명의 지령에 의하여 조자룡의 군사들이 두드리는 북소리였다.

조조는 야간 기습을 당하는 줄만 알고 천방지축 허둥거리며 자다말고 달려 나왔다. 그러나 북소리가 요란스럽게 울리고 있었지만 적병은 한 명도 볼 수 없었다.

"적이 부질없는 장난을 치고 있으니, 아무 걱정 말고 모두들 들어가 자거라."

조조는 놀란 가슴을 가누며 군사들에게 명했다. 그러나 그와 같은 소동은 그 다음날 심야에도 다시 반복되었다. 사흘째 되는 날 밤에도 그와 꼭 같은 일이 또다시 반복되었다.

이제 조조는 겁이 와락 나서, 삼십 리나 후퇴해 넓은 들판에 진을 쳐버렸다.

공명은 그 소식을 듣고 크게 웃었다.

"조조가 병법에 정통하다지만 휼계(譎計)는 모르는 모양이구나!"

조조가 물러가자 이번에는 유비가 한수를 건너 배수진을 쳤다. 그런 다음 조조에게 결전장을 보냈다.

내일 오계산(五界山)에서 최후의 결전을 하자!

조조는 유비가 배수진을 쳤다는 소리를 듣고 내심 은근히 두려웠다. 그러나 결전장을 받은 이상 물러설 수도 없었다. 다음날 양군은 오계산 앞에 진을 쳤다.

유비는 조조가 마주 건너다보이는 위치에 나섰다. 천하의 영웅이 바야흐로 건곤일척(乾坤一擲)의 대결전을 벌이려는 순간이어서 인마는 숨을 죽였고, 깃발만 소리 없이 나부꼈다.

조조는 용봉정기(龍鳳旌旗)의 붉은 왕기(王旗)를 앞세우고 말을 천천히 몰아 나왔고, 유비는 유봉, 맹달을 좌우에 거느리고 진두에 나섰다.

조조가 큰소리로 외쳤다.

"현덕아, 네 어찌 배은망덕하게 반역을 일으키느냐?"

유비는 크게 노하여 꾸짖었다.

"역적 조조는 입을 닥쳐라. 나로 말하면 당당한 한실의 종친이다. 네 어찌 천자를 무시하고 왕호(王號)를 칭하며 천하를 농간하느냐!"

그 소리에 조조가 대로하여 외쳤다.

"서황아, 저놈을 당장 잡아라!"

서황이 번개같이 달려오자 유봉이 때를 놓치지 않고 마주 달려갔다.

양장의 불을 뿜는 듯한 싸움이 시작되었다. 유비는 그 틈에 본진으로 돌아와버렸다. 유봉도 십여 합을 싸우다가 지친 듯 본진으로 쫓겨 들어왔다.

서황이 기고만장하여 그들을 맹추격해 가는데 문득 조조가 징을 울려 군사들에게 회군령을 내렸다.

"한창 승리를 거두는 판에 어찌하여 회군령을 내리십니까?"

서황이 불평이 그득한 목소리로 물었다.

"암만해도 그들이 계획적으로 쫓겨가고 있는 것이 분명해 보였기 때문이었소."

조조가 그렇게 대답하며 흩어진 군사들을 급히 거두어들였다.

이번에는 조자룡과 황충을 위시한 촉군이 총동원되어 맹렬한 공격을 가해 오기 시작했다. 그야말로 유출유괴(愈出愈怪)하고도 자유분방한 전술이었다.

조조는 스스로 천하의 지장(智將)으로 자부했으나, 이번만은 그의 머리로는 도저히 판단을 내릴 수 없었다. 공명은 조조가 지략에 밝다는 것을

알고 있었기 때문에 늘 한술 더 떠 그의 지혜를 역이용하는 전법을 들고
나왔던 것이다.

사람을 죽인 닭의 갈비

황충과 조자룡은 공명의 명을 받아 밤새도록 적들을 추격했다. 조조는 남정으로 퇴각하려 했으나, 도중에 다섯 방면으로부터 위연, 장비의 군이 엄습해 왔다.

장비와 위연은 수비 지역인 낭중을 엄안에게 맡기고 출동하여 한발 앞서 남정을 기습 점령하고, 이제 퇴각해 오던 조조 군을 요격한 것이었다.

조조는 촉군이 사방에서 쳐들어오는 바람에 남정, 낭중, 포주(襃州)를 어이없게 빼앗기고 멀리 양평관(陽平關)까지 퇴각했다. 유비는 새로 점령하는 지방마다 선무 공작으로 민심을 수습하고 선정을 펴니 가는 곳마다 그를 따르지 않는 백성이 없었다.

양평관으로 쫓겨 온 조조는 여전히 불안초조하여 날마다 적정 탐색에 신경을 썼다. 하루는 유비의 군사가 양평관의 군량 저장고를 노리고 있다는 정보가 날아들었다.

"장비와 위연이 군사를 나누어 군량을 빼앗으려고 계획 중입니다."

조조는 그 정보를 입수하자마자 허저를 불러 말했다.

"차제에 양평관의 군량을 적에게 빼앗기지 않도록 안전한 후방으로 옮겨놓도록 하오."

허저가 천여 기를 거느리고 군량고로 나오니, 군량관(軍糧官)이 기쁘게 영접했다.

"만약 장군이 오시지 않았다면 이 군량은 이삼 일 중으로 적에게 모두 빼앗기고 말았을 것입니다."

군량관은 너무 기뻐 허저에게 주연을 베풀었다. 허저는 대취하여 군량을 실은 수레들을 이끌고 후방으로 이동하려 했다. 그러자 군량관이 반대하고 나섰다.

"포주까지는 산세가 험악하니 이 밤중에 출발하는 것은 매우 위험합니다."

"염려 마오. 내가 있는데 무슨 걱정이오. 오늘은 마침 달도 밝으니 밤 행군이라면 오히려 운치 있을 것이오."

허저는 취흥에 겨워 기어코 행군을 감행했다. 허저 자신은 칼을 뽑아들고 진두에서 행군을 독려했다. 수백 대의 수레가 달빛을 헤치며 험한 산길을 숙연히 행군했다. 수레의 행렬이 험난한 포주 산골로 접어들었을 때였다.

이미 이경도 넘은 밤인데, 문득 저 아래 산골짜기에서 적들의 호각소리가 들려왔다.

"적이 골짜기에 매복해 있으니, 돌과 바위를 굴려 모조리 죽어버려라!"

허저의 입에서 그 말이 떨어지는 순간, 산상에 숨어 있던 적들이 오히려 함성을 크게 울리며 돌과 바위를 굴려 내렸다. 허저의 군사들이 크게 당황하여 어쩔 줄을 모르는 중에 홀연 장비가 장팔사모를 휘두르며 눈앞에 나타나더니 소리쳤다.

"허저야, 네가 이래도 항복을 아니하겠느냐?"

허저가 황급히 말을 달려 싸우려들었다. 장비가 비호같이 덤벼들더니 장팔사모로 허저의 어깨를 찔렀다. 허저가 외마디 비명을 지르며 땅에 떨어져 졸개들의 구원을 받고 있는 사이에 장비는 양초를 실은 수레를 모조리 빼앗아 유유히 돌아가버렸다.

허저가 면목 없이 양평관으로 돌아오니 조조는 크게 실망했다.

조조는 촉군과 최후의 자웅을 결하려고 대군을 거느리고 양평관을 떠났다. 조조가 양평관을 떠나 야곡(斜谷)으로 진격하는데, 아득히 올려다보이는 산상에서 수만 군사가 먼지를 일으키며 내려오고 있었다.

"저들은 웬 군사들이냐?"

조조는 간담이 서늘해 오는 공포감을 느끼며, 사람을 놓아 급히 알아보았다. 알고 보니 그들은 적병이 아니라 조조가 불리하다는 소식을 듣고 응원병을 이끌고 오는 둘째 아들 조창(曹彰)의 군사들이었다. 조조는 크게 기뻐하며 아들을 친히 맞았다.

휘하에 오만 대군이 새로이 불어나자 용기백배해진 조조는 전군에 새로운 군령을 내렸다.

"우리는 새로운 군사 오만을 얻었으니 이제 유비를 쳐부수는 것은 시간문제일 뿐이다. 제군은 가일층 분투하여 최후의 승리를 거두라!"

이리하여 위군과 촉군의 불꽃 튀는 대전은 또다시 시작되었다.

유비는 싸우기에 앞서 제장들을 둘러보며 말했다.

"조조가 다시금 용기를 얻은 것은 그의 둘째 아들 조창이 오만 군사를 거느리고 왔기 때문이오. 우리가 서전에서 조창을 섬멸시키면 승리는 우리의 것이오. 나가서 조창의 목을 베어 올 장수가 없겠소?"

그 말이 떨어지기 무섭게 맹달과 유봉이 앞을 다투어 달려 나왔다.

"제가 가겠습니다."

"주공, 저를 보내주십시오."

유비는 두 사람을 번갈아 보다가 말했다.

"그러면 너희들에게 각각 병사 오천씩을 줄 터인즉 누구든지 공을 세우고 돌아오라."

두 장수 중 유봉이 선진이 되고 맹달이 후진이 되어 출전했다. 그러나 유봉은 조창과 싸운 지 미처 오 합을 못 넘기고 쫓겨 돌아왔다.

이번에는 맹달이 달려나가 싸우려는데, 때마침 위군의 배후에서 일대 소동이 일었다. 야곡에 숨어 있던 오란, 마초 등의 장수가 군사를 이끌고 와 후방에서 위군을 찔러 왔기 때문이다.

조창은 전세가 크게 불리하게 되자 군사를 급히 수습하여 본진으로 쫓겨 들어오고 말았다. 조창은 아버지 조조에게 병법을 배운 만큼 정세 판단에 매우 기민했던 것이다.

유비의 양자인 유봉은 면목 없이 본진으로 돌아왔다. 더구나 그는 맹달 때문에 더욱 면목 없게 되었다. 그때부터 유봉은 맹달에게 일종의 시기심을 품었다.

조조의 심정 또한 매우 복잡했다. 조창이 유봉을 이긴 것은 다행한 일이었지만 전군의 대세가 그것으로 결정된 것은 아니었다. 장비, 위연, 마초, 황충, 조자룡 같은 천하의 맹장들이 모두 야곡으로 모여들었기 때문이다. 조창은 그 후에도 몇 차례 싸우러 나갔으나 촉의 맹장들에게 걸려들어 제대로 싸워보지도 못하고 쫓겨 들어오곤 했다.

'여기는 허도에서 수천 리나 떨어져 있는 곳이다. 만약 크게 패하는 날에는 허도로 돌아갈 기약조차 막연해질 것이 아닌가?

군사를 거두어 돌아가자니 천하의 웃음을 사게 될 것 같고, 그대로 머물러 싸우자니 자칫 잘못하다가는 이곳에서 목숨을 잃게 될지도 모른다는 두려움이 엄습해 왔다. 울민한 심정에 싸여 있던 어느 날 저녁에 병사들이 저녁상을 차려 올렸다.

계탕(鷄湯) 그릇을 열어보니 그 속에 닭의 갈빗대가 섞여 있었다. 먹자니 먹을 것이 없고, 그냥 버리자니 아까운 것이 닭의 갈빗대였다. 조조는 그것이 바로 자신의 현재 심정과 비슷하다고 생각하는데, 하후돈이 들어와 물었다.

"오늘밤의 암호는 무엇이라 하오리까?"

조조가 무심중에 중얼거렸다.

"계륵(鷄肋), 계륵!"

영을 받은 하후돈은 곧 밖으로 나와 예하 부대에 전했다.

"오늘밤의 암호는 '계륵' 으로 하라는 분부이시다."

모든 군사들이 이상한 암호라며 고개를 갸웃거렸다. 그러나 행군주부(行軍主簿) 양수(楊修)는 그 암호를 듣자 곧 군사들을 시켜 회군할 준비를 갖추게 했다. 하후돈이 그 소식을 듣고 양수에게 연유를 물었다.

양수가 웃으며 대답했다.

"계륵이라는 암호를 보시면 아실 것이오. 닭의 갈비는 먹을 것도 없으면서 버리자니 아깝습니다. 지금 우리가 싸우고 있는 이 땅이 바로 닭의 갈빗대와 같은 곳입니다. 위왕께서 그런 암호를 내리신 것을 보면 이제는 회군하자는 뜻이 분명합니다."

하후돈은 그 말을 듣고 탄복을 마지않았다.

이날 밤 조조는 마음이 산란하여 밤늦게 은부(銀斧)를 손에 들고 진중을 순찰하다가 깜짝 놀랐다. 모든 군사들이 한결같이 짐을 꾸리고 있었기 때문이다. 조조는 크게 노하여 즉시 하후돈을 불렀다.

"모든 병사들이 짐을 꾸리고 있으니 웬일인가? 누가 부대 이동의 명령을 내렸기에 짐을 꾸리게 하였는가?"

하후돈이 적이 놀라며 대답했다.

"주부 양수가 대왕께서 회군하실 뜻을 알고 짐을 꾸리는 게 좋겠다 하더이다."

"뭐야? 양수가 그런 소리를 하더라고? 그놈을 당장 불러들여라!"

추상같은 호령이었다.

양수가 불려 왔다.

"그대는 누구의 명령으로 모든 군사들에게 짐을 꾸리라는 전갈을 내렸는가?"

양수가 머리를 조아리며 대답했다.

"대왕께서 오늘밤의 군호를 '계륵(鷄肋)'으로 정하라 하셨다기에 소신이 대왕의 의중을 짐작하고 그런 말을 했습니다."

"무슨 소리인가? 나는 그런 뜻으로 계륵(鷄肋)이라는 군호를 내린 것이 아니다. 여봐라! 저런 방자스러운 놈을 살려둘 수 없으니 곧 끌어내어 목을 베어라!"

명령일하에 양수는 그 시각으로 죄 없는 원혼이 되고 말았다. 생각하면 양수는 재주가 너무 비상했기 때문에 오히려 조조에게 미움을 사서 목숨을 잃게 된 것이었다.

양수는 재주가 뛰어나 많은 비화(秘話)가 있다. 한번은 이런 일이 있었다. 조조가 업도(鄴都)에 호화로운 궁전을 짓고 정원을 어마어마하게 꾸며놓았을 때의 일이었다. 조조는 그 정원을 돌아보고 나서 아무 소리 없이 문 위에 '활(活)' 자를 써놓고 돌아가버렸다.

아무도 그 뜻을 이해하지 못했다. 그러나 양수만은 조조의 뜻을 알아채고 정원을 절반으로 좁혀 아담하게 꾸며놓았다. 나중에 조조가 새 정원을 돌아보고 나서 크게 기뻐하며 물었다.

"누가 내 뜻을 짐작하고 정원을 이렇게 고쳤느냐?"

"양수의 명령이었습니다."

조조가 양수를 불러 물었다.

"그대는 나의 뜻을 어떻게 알았는가?"

"대왕께서 '門' 에 '活' 자를 써놓고 돌아가셨는데, '門' 에 '活' 자는 즉, 넓을 활(闊) 자가 아닙니까? 소신은 너무 넓다는 뜻으로 짐작하고 정원을 고쳐 꾸몄나이다."

조조는 크게 기뻐하며 그의 재주를 매우 칭찬했다.

또 이런 일도 있었다. 조조는 항상 누가 자기를 모해(謀害)할까 염려되어, 평소에 좌우에 이렇게 일러두었다.

"나는 꿈에 사람이 옆에 오면 죽여버리는 버릇이 있으니, 누구든지 내가 잠든 뒤에는 곁에 오지 말도록 하라!"

그런데 어느 날 조조가 장중(帳中)에서 낮잠을 자는데, 끈이 끊어지는 바람에 장막이 몸을 덮었다. 근시(近侍)가 황망히 끈을 고쳐 매려하자 조조가 벌떡 일어나더니 칼로 그를 베어 죽이고 다시 잠이 들었다. 일벌백계(一罰百戒)의 본보기로 죽인 것은 말할 것도 없었다.

조조는 낮잠을 늘어지게 자고 깨어나서 측근에게 물었다.

"누가 내 근시를 죽였느냐?"

측근자가 사실대로 알리니, 조조는 짐짓 통곡을 하면서 근시를 후히 장사지내주었다.

"내가 잘 때에는 옆에 오지 말라고 진작부터 일러두었건만, 네가 그만 부주의해 이렇게 되었구나!"

사람들은 조조의 말을 모두 믿었지만 양수만은 죽은 자의 관을 붙잡고 통곡하며 말했다.

"승상이 꿈속에 있었던 것이 아니라, 그대가 꿈속에 있었구나!"

조조가 그 말을 듣고 그때부터는 양수의 지혜를 은근히 미워하기 시작했다.

또 한번은 이런 일이 있었다. 조조는 큰아들 비(丕)와 셋째 아들 식(植)의 재간을 비교해 보려고, 각기 먼 곳으로 심부름을 시켜놓고, 수문장에게 비밀 명령을 내려 두 아들 모두 성문을 통과시키지 말라고 일러두었다.

큰아들 비가 먼저 성문을 나오다가 문지기에게 막혀 그냥 돌아와버렸다. 그러나 셋째 아들 식은 달랐다.

"왕명을 받들고 나가는 나의 앞길을 누가 방자스럽게 막느냐!"

식은 막아서는 병사의 목을 베고 그대로 통과했다.

조조는 셋째 아들 식의 용감성에 탄복을 마지않으며 매우 기뻐했다. 그러나 그것이 본인의 지혜가 아니라 모두 양수의 귀띔으로 얻어진 것임을 알고는 크게 실망했다. 그 다음부터 조조는 양수를 더욱 미워하게 되었다.

한번은 또 이런 일도 있었다. 양수는 조조가 셋째 아들 식을 무척이나 사랑한다는 것을 알고 그에게 『답교(答敎)』라는 책을 한 권 써주면서 말했다.

"만약 대왕께서 어려운 질문을 하시거든 이 책을 미리 잘 외어두었다가 그대로 대답하시오."

조조는 매양 군국지사(軍國之事)를 식에게 물었다. 식은 그때마다 유창하게 대답했는데 그 지혜가 여간 놀라운 것이 아니었다. 그때부터 조조는 식을 더욱 사랑하게 되었다. 그런데 훗날 큰아들 비(丕)의 고자질로 『답교』라는 책을 읽어보고는 크게 놀랐다. 양수가 지은 『답교』라는 책은 조조의 심중을 너무도 잘 꿰뚫어보고 있었기 때문이다.

조조는 그때부터 양수를 죽여버릴 결심을 굳히고 있다가 계륵(鷄肋) 사건을 기회로 드디어 목을 베게 된 것이었다. 자고로 재승박덕(才勝薄德)이라고, 양수의 재주는 비상했으나 덕이 부족한 까닭에 결국 비명횡사를 하게 되었던 것이다.

조조는 양수를 참하고 나자 그가 남겨놓은 예언을 뒤집기 위해 전군에 진군령을 내렸다.

"유비를 격파하지 않고서는 맹세코 퇴군하지 않을 테니 전군은 그리 알고 용감히 싸우라!"

어디까지나 양수의 예언을 뒤집기 위한 명령이었다. 그러나 조조는 대군을 거느리고 야곡을 나오기 무섭게 적과 부딪치게 되었다. 진두에서 조조와 맞선 장수는 위연이었다.

"위연아, 네 목숨이 중하거든 어서 항복하라!"

조조가 위연에게 투항을 권고했다. 위연이 크게 노하여 마구 공격을 가해 왔다. 그리하여 방덕에게 나가 싸우라고 하는데, 돌연 후방에서 놀라운 보고가 날아들었다.

"배반자가 불을 질렀습니다."

조조가 크게 놀라 뒤로 물러나오니, 후방에서 불이 일어난 것은 배반자의 소행이 아니라 마초가 태산준령을 넘어 후방으로 쳐들어오고 있기 때문이었다.

그 때문에 후방군의 혼란은 이만저만이 아니었다. 후방이 그토록 혼란하니, 후퇴해 오던 전방군도 수습하기 어려울 정도로 혼란에 빠지고 말았다.

"누구를 막론하고 진지를 함부로 이탈하는 자는 용서 없이 참하겠다."

조조는 위급한 사태를 수습하기 위해 추상같은 명령을 내렸다.

바로 그때였다. 촉군의 맹장 장비와 위연이 그 틈을 타서 조조를 목표로 사정없이 덤벼들었다.

"조조를 잡아라!"

조조는 진퇴양난에 빠지고 말았다. 그냥 대항을 하자니 장비와 위연을 당해 낼 재주가 없었고, 그대로 도망치자니 금방 내린 자기의 군령을 어기는 결과가 되기 때문이었다.

마침 그때 방덕이 위연을 막아내며 옆으로 다가와 소리쳤다.

"대왕께서는 빨리 혈로를 뚫고 피신하십시오."

그동안에도 적의 함성은 좌우 사방에서 천지를 진동할 듯이 가깝게 엄습해 왔다. 조조가 어찌할 바를 모르고 있는데, 방덕이 사방에서 노도처럼 밀려오는 적을 결사적으로 막아내며 소리쳤다.

"어서 피신하십시오! 어서!"

그 순간 조조는 비명을 올리며 말에서 떨어졌다. 인중에 적의 화살을 맞아 앞 이빨 두 개가 부러진 것이었다. 두 손으로 입을 감싸고 있는 조조의 손에서 붉은 피가 흘러내렸다.

"대왕, 대단한 상처는 아니옵니다. 빨리 말을 타고 피신하십시오."

방덕은 조조를 말에 태우고 급히 도망치기 시작했다. 이때에 야곡은 이미 불바다가 되어 있었고, 적의 함성이 도처에서 일어나고 있었다.

"이제는 어쩔 수 없구나. 어서 회군하라!"

조조는 마침내 방덕에게 그런 군령을 전했다. 그러자 문득 생각나는 것이 양수의 예언이었다. 조조는 양수의 시체를 수습하여 후하게 장사를 지내주도록 명했다. 이윽고 조조는 전차(氈車) 위에 누워 방덕의 호위를 받으며 귀로에 올랐다.

사태가 그쯤 되고 보니, 삼군의 예기는 땅에 떨어졌고, 군사들은 회군하는 데도 제각기 앞을 다툴 지경이었다. 그 광경을 바라본 조조의 심정은 자못 처량했다.

공명은 조조가 회군한다는 소리를 듣자 다시는 범접을 못하도록 얼을 빼놓기 위해 여러 장수들에게 번갈아가며 그의 뒤를 추격하게 했다.

조조는 그때마다 간담이 서늘하여 쫓겨가면서도 일시도 마음을 놓지 못했다. 그러다가 경조(京兆)에 도착하고 나서야 간신히 안도의 숨을 내쉬었다.

촉을 정벌하여 천하를 한 손에 장악하려던 조조의 대웅도(大雄圖)는 어이없게도 수포로 돌아가고 말았다.

한중왕 유현덕

조조가 물러가자 유비는 많은 장수들을 시켜 남은 고을을 치게 했다. 조조의 녹을 먹고 있던 성주들은 조조가 한중을 떠나는 바람에 모두들 싸울 기력을 상실하여 제각기 앞을 다투어 항복했다. 신담(申耽)과 신의(申儀)도 그런 장수 중 한 사람이었다.

유비는 백성들을 안심시키고, 삼군에 상을 크게 내렸다. 그런 식으로 정치, 경제, 군사에 안정을 기하니 이제는 아무도 함부로 침범을 할 수 없게 되었다. 영토가 사천(四川), 한천(漢川)에 걸쳐 광범위한 지역을 이루니 이제는 강동의 오(吳), 북방의 위(魏)에 비겨도 결코 손색이 없었다.

정세가 그쯤 되고 보니, 많은 장수들이 유비를 주존하여 제위(帝位)에 올리자는 의론이 나왔다. 그리하여 공명을 보고 의향을 물었다.

공명이 대답했다.

"내게 생각이 있으니, 그 일은 내게 맡겨두오."

어느 날 공명은 법정을 데리고 유비를 찾아갔다.

"주공께서는 인의(仁義)로 민심을 얻어 덕(德)이 사해에 미치게 되셨으니, 이는 하늘의 뜻이 아닌가 하나이다. 주공께서는 응천순인(應天順人)의 천리에 의하여 왕위에 오르셔서 국적(國賊)을 명정언순(名正言順)으로 다스리셔야 합니다."

유비는 그 소리를 듣고 크게 놀랐다.

"군사는 무슨 소리를 하는 것이오? 내가 한실의 종친임에는 틀림없지만 허도에 황제가 건재하신데 내 어찌 반역을 할 수 있으리오. 신하인 내가 왕위를 참칭한다면 조조와 다를 것이 없으니, 이제 앞으로 어찌 국정을 올바로 다스릴 수 있겠소."

"신은 주공께서 황제의 위에 오르시라고 한 것이 아니라 한중왕(漢中王)이 되셔야 한다고 여쭌 것입니다. 주공께서는 평생에 의(義)를 근본으로 삼으시어 존호(尊號)를 받지 않으려 하오나 만인이 우러러 모시려는 이 마당에 만민의 소원을 저버리신다면 장차 누구와 더불어 한나라를 통일하시겠나이까?"

"물론 여러 장수들과 백성들이 나를 높이 받들려는 갸륵한 뜻을 모르는 바는 아니오. 그러나 천자의 명조(明詔)도 없이 내가 어찌 왕위에 오를 수 있으리오. 그것만은 의에 벗어나는 일이니 할 수가 없소."

"지금은 모름지기 권도(權道)에 따르는 시대이지, 상리(常理)에 구애될 때가 아닙니다. 대의를 위하여 상리를 일시 눌러두는 것이 참된 의라 생각합니다."

"그래도 그것만은 못하겠소."

유비가 하도 고집을 부리니, 옆에서 듣고 있던 장비가 큰소리로 외쳤다.

"형님! 조가, 오가 놈도 황제가 되려고 야단들인데, 하물며 형님은 당당한 한실의 종친이면서 뭐가 부끄럽다고 거절하시오?"

"아우는 모르면 잠자코 있거라!"

유비는 장비를 큰소리로 꾸짖었다.

공명이 부드럽게 말했다.

"지금 한중 형편에 따라 우선 왕위에 오르시고, 천자의 명조는 추후에 받으셔도 좋을 것입니다."

유비는 재삼 사양하다가 여러 사람의 권고를 만류하지 못하여, 드디어 한중왕이 되기로 수락했다.

건안 이십사년 칠월에 성대한 즉위식이 거행되었다. 그때의 한중국의 위용은 다음과 같았다.

한중왕(漢中王) 유 황숙(劉皇叔),

왕세자(王世子) 유선(劉禪),

태부(太傅) 허정(許靖),

상서령(尙書令) 법정(法正),

군사(軍師) 제갈공명(諸葛孔明),

오호대장(五虎大將) 관우(關羽), 장비(張飛), 조운(趙雲), 마초(馬超), 황충(黃忠),

한중 태수(漢中太守) 위연(魏延),

그밖에 나머지 사람들도 공훈에 따라 작위를 후하게 내렸다.

유비는 즉위식이 끝나자 곧 허도로 사람을 보내 천자에게 자신이 왕위에 올랐다는 표를 올렸다.

한편, 업군에서 휴양 중이던 조조는 유비가 왕위에 올라 천자에게 표를 올렸다는 소식을 듣고 대로했다.

"시골에서 돗자리나 짜던 놈이 어찌 왕이 된단 말이냐? 내 기필코 유현덕을 멸망시키리라."

조조는 격분한 나머지 백만 대군을 일으켜 또다시 유비를 치려 했다. 그러자 젊은 사람 하나가 나서며 조조에게 간했다.

"대왕께서는 잠시 노여움을 진정하소서. 분노에 겨워 군사를 일으키는 것은 결코 정도(正道)가 아닙니다. 지금 당장 군사를 일으키지 않더라도 계책만 잘 쓰면 유비를 절로 망하게 하는 법이 있을 것입니다."

모두들 바라보니 그는 젊은 재사 사마의(司馬懿)였다. 자(字)를 중달(仲達)이라고 하는 사마의는 최근에 두각을 나타내어 조조에게 각별한 촉망을 받고 있는 사람이었다.

"중달은 촉을 멸망시킬 묘책이 있는가?"

"신의 계책을 말씀드리겠나이다. 손권은 일찍이 누이동생을 현덕에게서 도로 빼앗아간 채 아직 돌려보내지 않고 있습니다. 그 사실 하나만 보더라도 손권이 형주를 빼앗긴 원한으로 현덕을 얼마나 미워하는지 짐작하고도 남음이 있을 것입니다. 대왕께서는 손권에게 사람을 보내 형주를 치게 하십시오. 만약 손권이 형주로 쳐들어가면 우리가 그에 호응하여 후방에서 촉을 치겠다고 하십시오. 그러면 손권은 백발백중 현덕을 칠 것입니다."

"우리가 직접 싸우지 않고 손권에게 대신 싸우게 한단 말인가?"

"그렇습니다. 현덕이 형주를 빼앗기지 않으려고 그 방면에 전력을 기울일 때에는 반대로 한천(漢川)이 허(虛)해질 것이니, 그때에 대군으로 몰아치면 힘 안 들이고 섬멸시킬 수 있을 것입니다."

"과연 중달의 계책은 신묘하오!"

조조는 중달의 계책을 그대로 받아들여, 말 잘하기로 이름이 높은 만총(滿寵)을 손권에게로 보냈다.

손권도 유비가 왕위에 올랐다는 소식을 듣고 크게 당황했다. 유비의 세력이 커지는 만큼 자기가 위태로워지기 때문이었다. 그리하여 은근히 대책에 부심하고 있는데 조조의 사신이 왔다.

손권은 장소를 불러 물었다.

"조조가 무슨 까닭으로 사신을 보내온 것 같소?"

"아마 강화(講和)를 하자고 보냈을 것입니다. 어쨌든 예를 갖추어 만나 보십시오."

만총은 손권에게 정중하게 인사를 올리고는 말했다.

"본시 위나라와 오나라는 아무 원한도 없으면서 공명의 술책에 넘어가 싸웠던 것입니다. 그 결과 어부지리로 득을 본 나라는 촉뿐이고, 위와 오는 모두 막심한 손해를 보았습니다. 유비는 촉한을 이룩하고 이제는 왕위에까지 올랐습니다. 위왕께서는 이제 과거의 잘못을 절실히 깨달으시고 귀국과 더불어 힘을 합하여 양국의 영원한 안전을 도모하고자 촉을 쳐부수자는 생각을 가지고 계십니다."

만총은 황급하게 말을 마치고 나서 조조의 친서를 건넸다.

손권은 조조의 서신을 읽어보고 지극히 만족스러운 표정을 지었다. 그리하여 그날 밤 만총을 위해 성대한 환영연을 베풀었다.

만총은 이번 외교가 성공한 것을 확신하며 밤이 늦어서야 기쁜 마음으로 객사로 돌아왔다. 그러나 손권은 연락이 끝나자 곧 중신들을 모아놓고 조조의 제안을 검토했다.

모사 고옹(顧雍)이 말했다.

"조조의 야망은 천하통일에 있는 만큼, 이 서신은 물론 하나의 술책에 불과합니다. 그러나 이 청원을 거절하여 원한을 사게 되면 유비만 유리하게 될 것입니다. 결국 거절하는 것도 현명한 대책은 아닐 것 같나이다."

손권이 고개를 끄덕였다. 다른 중신들의 의견도 대동소이했다. 요컨대 화친하지도 않고 원한도 사지 않으면서 어름어름 지내는 동안에 국력을 기르자는 주장들이었다. 그 자리에는 제갈근도 동석해 있었다.

"경의 생각은 어떻소?"

손권이 묻자 제갈근이 대답했다.

"우선 만총을 돌려보내고 회신은 나중에 사람을 따로 보내도록 하십시오. 그런 다음 형주에 사람을 보내보십시다. 형주는 지금 관우가 지키고 있으니, 그만 우리에게 협력해 준다면 조조의 청원을 단호하게 거절해도 두려울 것은 없습니다."

그러자 장소가 반문했다.

"관운장이 우리를 도와 협력할 가능성이 있어보이오?"

제갈근이 손권과 장소를 번갈아 쳐다보며 대답했다.

"단순히 군사적인 협력을 요구하기보다는 혼인정책(婚姻政策)을 써보는 것이 효과적일 것이오. 관운장에게는 지금 일남일녀가 있는데, 그의 딸이 이미 혼기에 이르렀으니 그 처자를 주공의 세자비로 맞아 온다면 저절로 협력관계가 이루어질 것이 아니겠소?"

손권은 그 말을 옳게 여겨, 제갈근을 형주에 다녀오게 했다.

제갈근은 형주를 찾아가 관우를 만났다.

"귀공께서는 무슨 일로 오셨소?"

관우는 예를 마치고는 물었다.

"이번 행보의 용무는 다름이 아니라 혼담을 가지고 왔습니다."

"혼담이라니? 누가 누구와 혼인을 한다는 말씀이오?"

"지금 오후(吳侯)께서는 장성하고 총명한 세자를 두고 계신데, 운장의 영애께서도 재색을 겸비했다 하니, 양가에서 혼인을 맺으면 양국에 모두 경사가 아닐까 싶어 구혼을 하러 온 것입니다."

관우는 그 소리를 듣자 대뜸 얼굴에 노기가 충천해지며 추상같은 불호령을 내렸다.

"내 어찌 범의 딸을 개의 아들에게 시집보낸단 말인고? 내 공명의 체면을 보아 이번만은 그대를 죽이지 않고 돌려보낼 터이니 지금 당장 돌아가오!"

망신을 톡톡하게 당한 제갈근은 헐레벌떡 강동으로 돌아오자 손권에게 자초지종을 낱낱이 보고했다.

손권은 듣고 나서 크게 노했다.

"그놈이 나에 대해 어찌 그리도 방자스러울 수 있느냐. 그렇다면 이제는 군사를 일으켜 형주를 쳐부술 것이다!"

손권은 노여움이 극에 달하여 중신들을 모아놓고 형주 공략의 계획을 세웠다.

그 자리에서 보즐이 반대하고 나섰다.

"우리가 유비를 치는 것은 조조를 이롭게 할 뿐입니다. 우리가 형주를 점령하고 나면 우리는 조조 때문에 위태롭게 됩니다. 조조는 우리의 군사를 빌려 유비를 없애려고 그런 술책을 제안해 온 것에 불과합니다."

장수들 간에 이론이 분분했다.

"이것저것 다 생각하다가 무슨 큰일을 도모하겠소."

"나는 용렬한 생각 때문에 그런 말씀을 올린 것이 아니오. 지금 조조의 동생 조인이 양양과 번성에 진을 치고 형주를 노려보고 있소. 그들이 직접 싸울 생각은 아니하고 우리에게 형주를 치라는 것은 어부지리(漁父之利)를 얻어보겠다는 잔꾀가 아니고 무엇이겠소. 차라리 그럴 바에는 지금이라도 조조에게 사람을 보내어 조인이 형주를 친다는 조건부로 강화 협정을 맺자고 제안하십시오. 그러면 조조가 우리 술책에 넘어가는 결과가 될 것입니다."

손권은 보즐의 계책을 칭찬하며, 곧 조조에게 사신을 보내어 오위 공수동맹(吳魏共守同盟)을 제안했다.

조조는 손권의 서신을 받아보고는 즉시 응낙했다. 서로의 조건을 중요시하기보다는 손권을 자기편으로 끌어들여 유비를 고립시키는 것만이 살 길이라고 생각했기 때문이었다.

조조는 공수동맹을 맺자 만총을 조인에게 보내어 형주 침공을 돕게 했다.

한편, 유비는 한중왕에 즉위한 이후 더욱 정치에 근면하여 백성들을 도탄 속에서 구출하고 힘을 기울여 국방을 강화했다. 치민경세(治民經世)의 모든 정책은 전적으로 공명의 말을 따랐음은 말할 것도 없었다. 그렇게 바쁜 중에 돌연 형주에서 급사가 달려왔다. 조인이 형주를 침공해 온다는 급보였다. 공명은 놀라지 않고, 유비에게 이렇게 말했다.

"운장이 있는 한 형주는 조금도 염려할 것이 없습니다. 사마(司馬) 비시(費詩)를 보내어 운장을 격려하는 왕지(王旨)나 보내십시오."

왕지의 내용은 친밀하고도 간단했다.

형주의 운명은 오로지 아우의 손에 달렸소. 나는 아우만 믿는 터이니 지키고만 있을 것이 아니라 한걸음 더 나아가 적의 본거인 번성을 우리 편에서 먼저 취하도록 힘써주오.

관우는 유비의 두터운 신뢰와 뜨거운 정의(情誼)에 눈물을 흘리며 감격했다. 사마 비시는 관우가 왕지를 읽기를 기다렸다가 품에서 인수를 꺼내놓았다.

"이번 한중왕 즉위 때에 장군을 오호장군(五虎將軍)의 으뜸으로 봉하셨기에 소인이 그 인수를 가져왔습니다."

관우는 어리둥절해지며 물었다.

"오호장군이란 어떤 것이오?"

"왕정하(王政下)에 새로 마련된 명예직입니다. 말하자면 군인으로서의 최고 명예이지요."

"누가 또 그 직위에 오르게 되었소?"

"장군 이외에 장비, 마초, 조자룡, 황충 등의 네 장군입니다."

"하하하. 어린아이의 장난 같은 수작은 그만하오. 마초는 망명의 객장이고, 황충은 이미 쓸모없는 노장군인데, 그들과 나를 동렬에 두고 대우하는 것은 너무나 무시하는 처사가 아니오?"

관우는 안색이 변하며 매우 노여워했다. 그러자 비시가 달래듯이 말했다.

"장군은 어찌 그런 말씀을 하십니까? 이제 한중왕께서 장군께 오호장군의 벼슬을 내렸다 하지만 그것은 왕정하의 직제에 불과한 것입니다. 한중왕과 장군이 그 옛날 도원에서 결의를 맺은 것은 오늘날도 변함없는 사사로운 정리이거늘, 어찌 공과 사를 혼동하시어 불평을 말씀하십니까? 만약 한중왕께서 그 불평을 들으시면 너무도 섭섭해 하실 것입니다. 한중왕이 곧 장군이고, 장군이 곧 한중왕인데 어찌 장군은 스스로를 다른 장수들과 비기시나이까?"

이 말에 관우는 크게 깨닫는 바가 있는지 곧 비시에게 절을 해 보이며 말했다.

"노형의 일깨움이 없었던들 나는 대의를 그르칠 뻔했소. 나에게 영광된 인수를 내려주오."

관우는 회오의 눈물을 흘리며 두 번 절하고 인수를 우러러 받들었다. 대오일번(大悟一番)한 관우는 왕지대로 곧 번성을 공략할 계획을 세웠다.

요화(廖化)를 선봉장으로 삼고, 관평을 부장으로 임명하고, 마량, 이적을 참모로 삼는 동시에 뒤에 남아 성을 지킬 장수들도 모두 배정했다. 그러고 나서 관우는 내일 아침에 출동할 예정으로 밤이 깊어 눈을 잠깐 붙였는데 그 사이에 괴상한 꿈을 꾸었다. 어디선가 시커먼 멧돼지 한 마리가 급히 달려오더니 다짜고짜로 발뒤꿈치를 물고 늘어지는 것이었다.

"앗!"

관우가 막 소리를 지르며 칼을 뽑아 멧돼지를 냅다 찌르다가 자기 소리에 놀라 깨어보니 꿈이었다. 비록 꿈이었다지만 돼지한테 물린 발뒤꿈치가 아직도 아플 지경이었다.

관우가 놀라 외치는 소리를 듣고 관평이 달려왔다.

"아버님께서는 무슨 일로 소리를 치셨나이까?"

관우가 매우 걱정스러운 표정으로 꿈 이야기를 들려주었다.

관평이 웃으면서 말했다.

"멧돼지는 옛날부터 용상(龍象)에 속하니, 그 꿈은 길몽이 확실합니다."

관우는 고소하며 혼자 중얼거렸다.

"내 이미 오십이 넘었으니 길몽인들 어떻고, 흉몽인들 어떤가? 오직 청절(清節)을 지키며 싸우다가 죽을 생각이로다."

다음날 아침 관우가 예정대로 출동하려는데, 한중왕에게서 또다시 사신이 달려왔다. 사신은 관우 앞에 읍하며, 자신을 전장군(前將軍)에 봉한다는 한중왕의 교지를 전했다. 일동이 크게 기뻐하며 지난밤의 돼지꿈이야말로 길몽이 확실하다고 떠들었다. 이리하며 관우는 대군을 거느리고 노도와 같이 양양성으로 밀려들었다.

한편 양양성을 지키고 있던 조인은 때마침 관우가 쳐들어온다는 정보가 날아들자 크게 놀라 성문을 굳게 닫고는 나가 싸우지 않았다. 관우의 대군은 즉시 양양성을 바라보는 위치에서 대진했다.

위군(魏軍)은 관우의 대군과 대치한 채 의론이 분분했다. 관우와 직접 싸워서는 승산이 없으니 끝까지 성을 지키고만 있자는 자중파(自重派)와 지키고만 있는 것은 패배를 초래할 뿐이니 적극적으로 나가 싸우자는 주전파(主戰派)의 대립이었다. 자중파의 주모자는 참모 만총이었고, 주전파의 두목은 대장 하후존(夏侯存)이었다.

조인은 마침내 하후존의 주장대로 싸우기로 결정했다.

드디어 위의 부장 적원(翟元)과 촉의 대장 요화와의 싸움이 시작되었다. 싸움은 일전일퇴를 거듭하다가 요화가 거짓 패주하니, 적원은 그런 줄도 모르고 추격해 왔다. 다른 한편, 하후존과 싸우던 관평도 십여 합을 싸우다가 거짓으로 쫓기기 시작했다.

하후존과 적원이 이십여 리나 추격해 왔을 때 돌연 후방이 크게 소란해지며 티끌이 자욱해지더니 적의 군마가 구름 떼처럼 몰려왔다. 더욱 놀라운 것은 수(帥)자의 깃발을 휘날리며 관우가 진두에서 지휘하며 달려오고 있는 것이었다.

"큰일이다. 어서 퇴각하라!"

대장 조인은 기겁을 하며 달아나기 시작했다.

관우는 그 꼴을 보자 굳이 쫓아가려 하지 않고 호탕하게 웃었다.

"조인은 듣거라. 너무 급히 달아나다가는 말에서 떨어질 것이다. 더 이상 추격하지 않을 테니 조심하여 달아나거라! 하하하."

한편, 거짓 쫓기던 관평과 요화가 되돌아서며 반격을 가하는 바람에 적원은 관평의 칼에 맞아 죽고, 하후존 역시 미처 달아날 사이도 없이 관우의 칼에 피를 뿌리며 전사했다. 급박한 추격의 살육전이 전개되자 조인은 양양을 지탱할 힘이 없어 마침내 멀리 번성으로 후퇴했다. 관우는 당당하게 양양성에 입성하여 만민의 환영을 받았다.

수군사마(隨軍司馬) 왕보(王甫)가 관우에게 간했다.

"이번에는 다행히 승리를 거두었지만 승리감에 도취해 있다가는 큰일을 당하기 쉽습니다. 지금 오의 여몽이 육구(陸口)에 둔을 치고 형주를 노리고 있으니, 우리는 그에 대한 대비도 강구해야 할 것입니다."

"좋은 점에 착안하였소. 나도 진작부터 그 일을 걱정하고 있는 중이오. 육구의 변(變)을 급히 알 수 있는 무슨 묘책이 없겠소?"

"요소요소에 봉화대를 만들어 만약 밤에 오가 침범해 올 때는 불로 알리고, 낮에 오면 연기를 내어 알리면 될 것입니다."

"그러면 그대에게 그 임무를 맡길 터인즉, 지금 곧 형주로 돌아가 강변에 봉수대를 구축하도록 하오!"

이리하여 왕보는 새로운 임무를 띠고 형주로 돌아왔다.

왕보는 형주에 돌아오자 곧 군사들을 동원하여 봉수대를 구축하기 시작했다. 봉수대는 강변을 따라가며 지형에 따라 십리 또는 이십 리에 하나씩 높은 언덕 위에 세우고 군사를 오십여 명씩 주둔시켰다.

만약 오군에서 무슨 이상한 변동이 나타나기만 하면 제일 감시소에서 먼저 봉화를 올리고, 그에 따라 제이, 제삼 감시소에서 다시 봉화를 올려 단시간에 형주 본부에서 알아볼 수 있도록 만들었다.

봉수대 공사를 끝내자 왕보는 다시 양양으로 돌아와 관우에게 말했다.

"봉수대를 구축하였습니다. 이제 남은 일은 인사 문제가 아닌가 합니다."

"인사 문제라니, 무슨 뜻이오?"

"지금 강릉 방면을 미방(糜芳)과 부사인(傅士人)이 지키고 있으나 그들만으로는 힘이 부족합니다."

"나도 그렇게 생각되어, 반준(潘濬)을 보내어 그들을 돕게 할 생각이오."

관우의 대답이었다.

왕보가 고개를 갸웃했다.

"반준은 시기심이 많고 사욕이 많은 사람이니 중하게 쓰지 않는 것이 좋습니다."

"나도 반준의 사람됨을 알고 있으니 그 점은 염려 마오. 이제는 힘을 모아 번성이나 공략합시다."

관우는 즉각 번성을 향하여 출동령을 내렸다.

한편, 두 장수를 잃고 번성으로 쫓겨 온 조인이 만총을 보고 말했다.

"내가 공의 말을 듣지 않았다가 양양성을 잃었으니 이제 앞으로 어찌했으면 좋겠소?"

"관운장과 싸워서는 승리할 가능성이 전연 없으니 앞으로도 그가 침공해 오면 성문을 굳게 닫고 지키기만 하는 게 상책일 것이오."

마침 그때 관우가 대군을 이끌고 강을 건너 번성으로 쳐들어온다는 급보가 날아들었다. 조인은 크게 놀라 막료들을 불러놓고 대책을 상의했다.

"관운장이 침공해 온다면 수비만 해야지 결코 싸워서는 안 됩니다."

만총은 평소의 주장을 되풀이했다. 그러자 부장 여상(呂常)이 분연히 소리쳐 반대했다.

"싸우지 않고 수비만 하여서 무슨 이득이 있단 말이오? 병법에도 강을 절반쯤 건너왔을 때에는 치라는 말이 있소. 관운장이 지금 강을 건너오고 있으니 우리는 용감하게 나가 적들을 쳐야 하오."

"관운장을 경시했다가는 큰일 나오!"

"적장을 무서워해서야 무슨 싸움을 하오? 모두 나가기 싫다면 내가 나가 쳐부술 테니 군사 천 명만 주십시오."

여상은 크게 분노하며 조인을 보고 말했다. 조인은 그의 용기를 가상히 여겨 군사 이천 명을 주며 나가 싸우게 했다.

여상은 그 길로 형주 군을 급습했다. 그러나 관우가 적토마를 타고 진두에 나타나자 상황은 급변했다.

"저분이 그 유명한 관운장이구나!"

병사들은 그의 당당한 위풍에 기가 질려 도망갈 생각만 했다. 그리하여 여상은 단 한 번도 싸워보지 못하고 번성으로 쫓겨 오고 말았다.

관우는 다시 군사를 번성으로 진주시켰다. 사태가 매우 위급해지자 조인은 조조에게 급보를 띄워 사정을 말했다.

관운장의 공격을 받아 번성이 함락의 위기에 직면했으니, 구원병을 급히 보내주소서.

방덕, 관을 지고 출전하다

조조는 조인의 급보를 뜯어보고 크게 놀랐다. 급보의 내용인즉, 번성이 관우의 공격을 받아 함락의 위기에 처해 있으니 구원병을 급히 보내달라는 것이었기 때문이다. 상대방이 관우라면 그 이상 알아보지 않아도 조인이 얼마나 곤경에 빠져 있는가를 짐작할 수 있었다.

조조는 우금을 불러 급히 조인의 편지를 내보이며 말했다.

"그대가 번성으로 급히 달려가 조인을 도와줘야겠소."

조조의 특별 지명을 받았다는 것은 우금에게 다시없는 명예였다.

"소장이 달려가 전력을 다해 적을 물리치겠나이다. 다만 선봉장이 될 만한 장수 한 사람을 딸려주소서."

"그건 어려운 일이 아니오."

조조는 즉석에서 많은 장수들을 불러놓고 물었다.

"우금 대장의 선봉이 되어 관운장을 물리칠 용장이 없겠소?"

그러자 구척 장신에 얼굴이 검붉은 위장부(偉丈夫) 하나가 손을 높이 들며 외쳤다.

"소장이 국은에 보답코자 하오니 선봉장이 되게 해주십시오."

얼굴을 보니 그는 방덕이었다.

"그러면 방덕이 선봉장이 되어주오. 내가 칠지중병을 줄 터인즉 기어이 필승을 거두고 오기 바라오."

칠지중병(七枝重兵)이란 백만 대군 중에서 특별히 추리고 추려서 조조 자신이 거느리고 있는 막강한 북방 출신 정예병 칠군(七軍)이었다. 두 장수는 그 자리에서 인수(印綬)를 받아 정도(征途)에 오를 준비에 바빴다. 그런데 그날 밤 칠지중병의 한 사람인 동형(董衡)이 우금을 보고 이렇게 말하는 것이었다.

"장군께서는 어찌하여 방덕으로 선봉장을 삼으셨습니까? 저는 그 일이 암만해도 불안해 못 견디겠나이다."

"방덕을 선봉장으로 삼은 것이 어째서 불안하단 말이오?"

"방덕은 서량 출신으로 본래는 마초의 심복이었습니다. 한데 마초는 지금 유비의 그늘에서 오호장군(五虎將軍)의 한 사람이 되어 있습니다. 게다가 방덕의 형 방유(龐柔) 역시 유비를 섬기고 있습니다. 이런 중요한 싸움에 방덕을 선봉장으로 삼은 것은 위험천만한 일이니 장군께서 위왕에게 여쭈어 사람을 갈아버리는 것이 어떻겠나이까?"

"듣고 보니 재고할 여지가 충분히 있구려. 그러면 위왕께 한번 여쭈어 보도록 하겠소."

우금은 즉시 조조를 찾아가 그 사유를 들려주었다. 조조는 워낙 의심이 많은 성품인지라 그 말을 듣고 즉시 방덕을 불러 선봉장의 임무를 취소해 버렸다.

방덕이 크게 놀라며 물었다.

"소장이 대왕을 위해 공을 세우려고 준비를 완전히 갖춘 이 마당에 무슨 까닭으로 명령을 취소하십니까?"

조조가 대답했다.

"내가 그대를 의심해서 선봉장을 취소하는 것은 아니오. 다만 그대의 옛 주인 마초와 친형 방유가 모두 촉군에 있는 까닭에 모든 군사들이 그 대를 선봉장으로 삼는 데 반대하고 있소."

방덕은 그 말을 듣더니 아무 소리 못하고 입을 다물었다.

조조는 그를 위로하기 위해 다시 입을 열었다.

"내가 그대를 의심하는 것이 아니고, 대중이 그대를 믿지 않을 뿐이니 그 점에 오해가 없도록 하오."

방덕은 그 말을 듣고 땅에 주저앉아 이마를 짓찧어가며 고했다.

"소장은 대왕의 각별한 은총을 입어 이번 싸움에서 목숨을 걸고 보은 의 기회를 가지려 하였습니다. 한데 대중이 저를 믿지 않는다니 어찌합 니까. 소장은 친형 방유와 의절한 지 이미 오래이고, 옛 주인 마초는 저를 버리고 촉에 항복한 까닭에 제가 의(義)를 지켜야 할 아무런 이유가 없습 니다. 그러나 세상이 저를 믿지 않는다니 이를 어찌하면 좋겠나이까?"

조조는 방덕의 손을 친히 잡아 일으키며 대답했다.

"그만했으면 그대의 충성심은 충분히 알았소. 대중이 그대를 믿지 않 아 진실을 알리고자 그런 말을 해보았을 뿐이오. 그러하니 원래대로 선 봉장으로 나가 큰공을 세우도록 하오. 그대가 나를 저버리지 않는 한, 나 역시 그대를 저버리지 않을 것이오."

조조는 일단 거두어들였던 인수를 다시 내주었다. 방덕은 눈물을 흘리 며 사례를 표했다.

"목숨을 걸고 공을 세우겠나이다."

방덕은 집으로 돌아오자 곧 목수를 불러 관(棺)을 짜게 했다. 그리고 친 구들을 불러 관을 앞에 놓고 술을 나누었다.

모든 사람이 관을 보고 크게 놀랐다.

"장군, 출사를 앞두고 어이 상서롭지 못하게 관을 짜셨나이까?"

방덕이 친구들과 아내를 둘러보며 대답했다.

"내게는 위왕의 은혜가 망극하기로 이번 싸움에서 죽음으로 은혜를 갚을 생각이오. 이제 번성으로 떠나면 필시 관우와 싸워야 할 판이오. 내가 관우와 싸우게 되면 그가 죽거나 내가 죽거나 둘 중 한 사람은 반드시 죽어야 할 것이오. 아무튼 이번 싸움에서는 생환(生還)을 기할 수 없기에 관을 미리 짜놓았소. 그런 줄 알고 여러분은 오늘밤 최후의 술을 즐겁게 마십시다."

너무도 비장한 소리에 만좌의 사람들은 손을 마주 잡고 목을 놓아 울었다. 특히 부인 이씨(李氏)는 술심부름을 하면서도 아이들을 부둥켜안고 울음을 금치 못했다.

이윽고 날이 밝자 방덕은 수하 장병들을 거느리고 출사함에 있어서 관을 앞세우고 나서며 말했다.

"나는 이번 싸움에서 승리를 하더라도 나의 충성됨을 세상에 알리기 위해 살아 돌아오지 않을 생각이오. 내가 죽든 관운장이 죽든, 그 시체는 반드시 이 관 속에 담겨서 올 것이오."

오백여 명의 수하 장병들은 그의 비장한 각오에 머리를 숙였다.

조조는 그 소식을 듣고 크게 기뻐했다. 그러자 모사 가후가 물었다.

"대왕은 무얼 그리 기뻐하십니까?"

"방덕이 저렇듯 비장한 각오로 출진하니 내 무슨 걱정이 있으리오."

"매우 외람된 말씀이오나 대왕께서 그 점은 잘못 생각하고 계신 듯합니다."

"무엇이 잘못이란 말이오?"

"관운장으로 말하면 천하에 둘도 없는 맹장인 동시에 비길 바 없는 지장(智將)입니다. 단순한 용맹만 가지고 말한다면 관운장과 견줄 만한 장수는 방덕밖에 없을 것입니다. 그러나 지략(智略)으로 말하면 방덕은 상대가 안 되는데, 그에게 덮어놓고 만용만 내게 하는 것은 아까운 장수 한 사람을 헛되이 죽여버리는 것과 무엇이 다릅니까? 그러하니 대왕께서는 방덕에게 너무 기를 쓰지 말도록 넌지시 타일러두십시오."

조조는 그 말을 옳게 여겨 즉시 사람을 놓아 방덕에게 전지(傳旨)를 내렸다.

관운장은 지(智)와 용(勇)을 겸비한 맹장이니 무리하게 취할 생각 말고, 승산이 없거든 오직 지키기만 하라.

이를 본 방덕은 소리를 크게 내어 웃었다.

"하하하, 위왕은 어찌하여 관운장을 이렇게도 두려워하시는가? 그도 사람이거늘 내 어찌 두려워하리오."

우금이 옆에서 충고했다.

"장군은 모름지기 위왕의 말씀을 명심해야 할 것이오."

그러나 방덕은 어디까지나 자신만만한 기개를 보이며, 번성으로 군사를 독촉해 나갈 뿐이었다.

한편, 관우는 번성을 완전히 포위하고 적의 항복을 기다리고 있었다. 마침 그때 급보가 날아들었다.

우금이 칠지중병을 거느리고 방덕과 함께 진군해 오는데, 그 기세가 파죽지세(破竹之勢)와 같이 대단합니다. 더구나 선봉장 방덕은 관을 앞세우고 오는데 그의 깃발에는 '필살관우(必殺關羽)'라는 글자가 뚜렷하게 씌어 있습니다.

관우는 그 보고를 받고 얼굴에 노기를 띠었다.

"방덕이 그렇게도 방자스럽게 나온다면 그의 시체를 관 속에 넣어주도록 해야겠다. 관평아, 너는 나가서 번성을 쳐라. 나는 내 손으로 방덕의 원을 풀어주겠다."

관평이 아버지의 말고삐를 붙잡으며 간했다.

"아버님께서는 태산처럼 귀중하신 몸으로 어찌하여 방덕 같은 쥐새끼와 친히 싸우려 하십니까? 방덕은 제가 맡을 터이니 부디 자중하소서."

"음, 그러면 네가 나가 그놈을 취해 보도록 하라!"

관우는 아들의 충언을 기쁘게 여기며 그대로 눌러앉았다. 젊은 장수 관평은 날랜 군사들을 거느리고 일선으로 달려 나왔다.

맞은편에서 방덕이 '필살관우(必殺關羽)'의 깃발을 높이 휘날리며 달려왔다.

관평이 방덕을 향해 큰소리로 외쳤다.

"주인을 배반한 방덕아! 용기가 있거든 당장 나와 내 칼을 받아라."

방덕은 어이없다는 듯 좌우를 돌아보며 물었다.

"새파랗게 젊은 저 아이가 누구인가?"

옆에서 누군가 대답했다.

"관운장의 의자(義子) 관평이라는 청년 장수입니다."

방덕은 그 소리를 듣고 말을 달려 나오며 꾸짖었다.

"이놈, 듣거라. 내 위왕의 명을 받들어 네 아비의 목을 취하러 왔으니 속히 들어가 네 아비를 내보내라."

관평은 대로하여 칼을 번쩍이며 방덕에게 덤벼들었다.

비로소 싸움은 시작되었다. 삼십 합을 싸워도 승부가 나지 않았다. 두 장수는 싸우고 싸우다가 마침내 피차간에 지쳐 내일을 기약하며 일단 싸움을 중단했다. 관우는 그 소식을 듣고 크게 노하여 관평에게 명했다.

"번성은 요화더러 치게 하고, 내일은 내가 방덕의 목을 베어 올 터이니 너는 뒤에서 아비가 싸우는 것을 구경이나 하고 있거라."

다음날 아침, 관우는 적토마를 타고 적진으로 유유히 달려 나왔다. 그가 큰 칼을 비껴 잡고 적진을 노려보며 외쳤다.

"관운장이 여기 있다. 방덕은 죽고 싶거든 지체 말고 나오너라."

산이 쩡쩡 울릴 정도로 위압감이 느껴지는 소리였다.

바로 그때, 적진 속에서 커다란 함성이 울리더니 방덕이 나는 듯이 말을 달려 나왔다.

"내 위왕의 명을 받고 네 머리를 취하러 왔노라. 관우는 듣거라. 나는 죽음을 각오하고 관까지 짜가지고 나왔으니 지금이라도 죽고 싶지 않거든 곱게 항복하라."

관우는 고소하며 방덕을 꾸짖었다.

"하하하, 필부 주제에 감히 어느 안전이라고 큰소리를 치느냐? 다만 나의 청룡언월도를 너 같은 쥐새끼의 피로 더럽혀야 하는 것만이 유감이로다."

"무엇이 어쨌다고?"

방덕은 먼지를 일으키며 맹호같이 덤벼들었다.

두 맹장이 드디어 맞붙었다. 양편이 모두 어찌나 날랜지 자욱하게 풍겨 오르는 먼지 속에서 주고받는 기합소리만이 높이 울리고 서로 간에 후려치는 칼빛만이 수없이 번쩍였다.

백여 합을 싸웠지만 좀처럼 승부가 나지 않았다. 그러나 마상(馬上)의 두 명장은 싸우면 싸울수록 기운이 넘쳐올랐다. 양편 군사들은 넋을 잃고 구경만 할 뿐이었다. 문득 위군 쪽에서 징을 높이 올려 수군령(收軍令)을 내렸다. 혹시라도 방덕에게 실수가 있을까 두려워서였다.

관우도 어쩔 수 없이 싸움을 거두었다. 그는 진지로 돌아와 제장들을 보고 말했다.

"과연 방덕은 상당한 호걸이로다. 그는 나의 상대로 조금도 부끄러움이 없는 적수였다."

관평이 그 말을 듣고 간했다.

"하룻강아지 범 무서운 줄 모른다고 하지 않습니까. 아버님께서 방덕을 베어봐야 조금도 명예로울 것이 없지만 만일 어디 다치기라도 하는 날이면 큰아버님께서 얼마나 상심하시겠습니까?"

"아니다. 내 이미 방덕을 죽이기로 결심했으니 너는 아무 걱정 말아라."

관평은 그 이상 아무 말도 못했다.

한편, 방덕도 진지로 돌아와 관우를 크게 칭찬했다.

"내, 관운장이 희대의 영웅임을 오늘에야 비로소 알았소. 내가 비록 죽는다 하여도 그의 손에 죽는다면 무부(武夫)로서 조금도 여한이 없겠소."

우금이 그 소리를 듣고 충고했다.

"도저히 관운장을 당할 수 없을 것이니 이제라도 싸우기를 단념하는 것이 어떻소?"

그러나 방덕은 고개를 흔들었다.

"천하에 둘도 없는 호적수를 만났는데 싸움을 피하는 것은 무사의 도리가 아니오. 이제는 생사 간에 승부를 결해야 하겠소."

다음날 두 장수는 다시 맞붙었다. 오십여 합을 싸워도 승부가 나지 아니하더니 문득 방덕이 말머리를 돌려 달아났다.

관우가 급히 쫓아가며 소리쳤다.

"이놈아! 네가 위계(僞計)를 쓰기로 내가 두려워할 줄 아느냐?"

관평이 그 광경을 보고 급히 쫓아오며 간했다.

"아버님! 저놈의 속임수에 넘어가시면 큰일입니다. 앗, 방덕이 쫓겨가다 말고 활을 쏩니다."

그 말이 떨어지기 무섭게 방덕이 쏘아 갈긴 한 대의 화살이 날카로운 시윗소리를 내며 날아와 관우의 왼쪽 팔뚝에 깊숙이 꽂혔다.

"앗! 아버님!"

관평이 급히 달려들어 관우를 부둥켜안는데 방덕이 새로운 기세로 반격을 가해 왔다. 좌우편 군사들이 총동원되어 싸움이 어지럽게 벌어졌다.

마침 그때, 위군 진영에서 징소리가 높이 울렸다. 관우를 추격해 오던 방덕은 후방이 함락된 줄 알고 황급히 군사를 거두어 돌아갔다.

"운장을 거의 죽여가는 이 판국에 왜 철수령을 내렸소?"

방덕이 우금을 나무랐다. 그러자 우금이 이렇게 대답했다.

"위왕께서 관우와 싸울 때에는 특별히 주의하라고 말씀하셨소. 방덕 장군이 무턱대고 운장을 따라가다가 무슨 실수가 있을까 두려워 징을 울린 것이오."

실상인즉 우금은 방덕이 큰 공을 세우면 면목이 없을 것 같아 일부러 징을 울렸던 것이다. 그러나 우금의 심보를 모르는 방덕은 관우를 죽이지 못한 것만 한없이 애석해 할 뿐이었다.

관우는 영채로 돌아오자 곧 활촉을 뽑아버리고 그 자리에 금창약(金瘡藥)을 발랐다.

"내 반드시 이 화살의 원수를 갚으리라."

관우는 아픔을 참으며 맹세했다.

상처는 별로 깊어 보이지 않는데, 웬일인지 좀처럼 낫지 않았다. 방덕은 날마다 영채 앞에까지 다가와 싸움을 청했다. 그러면 관평이 얼른 달려나가 싸움을 가로맡았다. 십여 일이 지나도 관우가 나타나지 않자 방덕이 우금을 보고 말했다.

"관운장이 십여 일이 지나도록 나타나지 않는 것을 보면 필시 전창(箭瘡)으로 기동을 못하는 것 같소. 이 기회에 칠군을 휘몰아 들어가 적진을 무찔러 번성의 포위망을 뚫는 것이 어떻겠소?"

그러나 우금은 말을 듣지 않았다.

"관운장은 전면공격으로 격파될 어리석은 장수가 아니오. 방덕 장군은 용맹만 믿고 무리한 전법을 쓰려 하지만 전쟁은 용기만으로 되는 게 아니오. 서서히 기회를 보아 확실한 승리를 거두도록 합시다."

"이때를 놓치면 언제 또다시 기회가 있단 말이오?"

방덕은 총공격을 강력히 주장했으나 우금은 끝내 고개를 좌우로 흔들었다. 우금은 방덕의 말을 들어주지 않을 뿐만 아니라 혹시라도 그가 마음대로 군사들을 동원하지 않을까 두려워 계획적으로 깊은 산골짜기에 진을 치게 했다.

관우의 상처는 보름이 지나서야 아물었다. 관평이 크게 기뻐하는데 돌연 위의 칠군이 번성 북방으로 이동했다는 정보가 날아들었다. 관우는 그 소식을 듣고 곧 산상으로 올라가 적진을 굽어보았다. 번성 안에 있는 군사들은 이미 포위를 당한 지 오래여서 사기가 형편없었다. 그리고 아직은 응원군과 연락이 되지 않은 것이 분명했다. 응원군이 번성 북방 십 리쯤에 진을 치고 고립된 우군과 연락을 취하려고 애쓰는 모습이 보였다.

"평아! 지리에 밝은 이 지방 사람을 한 명 불러오너라."

관우는 불러온 노인에게 물었다.

"저들이 진을 치고 있는 저 산골짜기 이름은 무엇이오?"

"증구천(罾口川)이라 합니다."

관우는 그 소리를 듣고 회심의 미소를 지었다.

"흠, 이제야 우금이 나에게 사로잡히게 되었구나."

옆에서 듣고 있던 장수들이 물었다.

"우금을 어떻게 사로잡는다는 말씀입니까?"

"허허허, 이 사람들아! 증구(罾口)란 그물 아가리라는 뜻이 아닌가? 고기가 그물 아가리에 들어갔으니 이제는 우리에게 붙잡힐 수밖에 없지 않은가? 두고 보게! 적은 머지않아 전멸을 당할 것이야."

관우는 그날부터 싸울 생각은 아니하고, 군사들을 총동원하여 나무를 베어 배와 뗏목만 만들게 했다.

"뭍에서 싸우는데 배와 뗏목이 무엇에 필요합니까?"

관우의 심중을 모르는 장수들이 의아스럽게 물었다. 그러나 관우는 빙그레 웃기만 할 뿐 대답을 하지 않았다.

그로부터 며칠 후, 팔월로 접어들자 그 지방 일대에는 장마가 들었다. 한번 시작된 장마는 한없이 계속되어 비가 줄곧 내렸다. 관우는 증구천으로 통하는 산골짜기마다 둑을 쌓아올려 물을 모았다. 그리고 그 둑에 물이 잔뜩 고이기만을 기다리고 있었다.

한편, 증구천 산골짜기에 진을 치고 있는 위군은 장마가 오래 계속되자 사기가 점점 저하되었다.

하루는 독장(督將) 성하(成何)가 우금을 보고 말했다.

"장마가 이처럼 오래 지속되면 이 산골짜기가 물바다가 될 우려가 있으니 숫제 진지를 다른 곳으로 옮기는 것이 어떻겠나이까? 듣건대 촉군은 산 위에 진을 치고 배와 뗏목을 만들고 있다는 정보입니다."

그러나 우금은 코웃음을 칠 뿐이었다.

"비가 얼마나 많이 오기에 이 산골짜기가 물바다가 된단 말인가? 쓸데없는 걱정 말고 물러가 낮잠이나 자게."

성하는 무안을 당하자 이번에는 방덕을 찾아가 똑같은 말을 했다. 방덕은 고개를 끄덕이며 감탄했다.

"그대도 그렇게 생각하고 있었는가? 나도 그 점이 걱정스럽기 짝이 없었다네. 그러나 총사령관이 자네 말을 못 알아들었다니 어떡하겠는가? 이제는 우금 모르게 진지를 비밀리에 이동하는 수밖에 없겠네."

비는 여전히 철철 내리고 있었다. 방덕은 내일쯤 진지를 옮겨야 되겠다고 생각하며 성하와 술을 나누고 있었다. 그런데 자정이 넘었을 무렵 문득 어디선가 천병만마가 내닫는 듯한 소리가 나며, 공격의 북소리가 천지를 뒤집는 것이었다.

방덕이 소스라치게 놀라 밖으로 뛰어나왔다. 그리하여 얼른 말에 올라 바라보니 산골짜기마다 물이 무섭게 밀려 내려와 진지가 물바다로 변해가고 있었다.

촉군은 물위에 배와 뗏목을 수없이 띄워놓고 돌아다니며 탁류 속에서 허우적거리는 병정들을 모조리 몽둥이로 후려 때리는 것이었다. 그러나 관우는 주선(土船) 위에 버티고 서서 병선들을 지휘하면서 배와 뗏목으로 달라붙는 적병들을 죽이지 아니하고 모두 구해 주었다.

이리하여 위나라 칠군은 하룻밤 사이에 궤멸 상태에 이르고 말았다. 관우가 날이 밝아 살펴보니, 아직도 오백여 명의 적군이 제방 위에 진을 치고 있었다.

"방덕, 동형, 동초, 성하가 아직 저 진지에 모여 있구나! 이제는 저자들에게 총공격의 화살을 퍼부어라."

관우의 명령이 떨어졌다. 수많은 화살이 한 곳에 집중되니 오백여 명의 군사가 시시각각으로 삼백, 이백으로 줄어들었다.

동형, 동초 형제가 방덕에게 말했다.

"더 이상 견딜 수 없으니 이제는 백기를 들어 항복하는 것이 어떻겠나이까?"

"항복하고 싶거든 너희들이나 하라. 위왕의 은혜를 입은 나로서는 죽어도 변절은 못하겠다."

방덕은 그렇게 말하고는 허리에서 칼을 뽑아 동형, 동초의 목을 베어버렸다. 그리고 나서 성하를 돌아보며 말했다.

"용장은 죽음을 겁내지 않는다 했는데 어찌 구차스럽게 살려고 절개를 버릴 수 있으리오. 그대는 나와 힘을 다해 싸우다가 죽어서 이름을 영원히 남기세."

방덕의 입에서 그 말이 떨어지는 순간, 관우가 쏘아 갈긴 화살에 성하는 어이없게도 그 자리에 쓰러지고 말았다. 그 바람에 모든 군사가 앞을 다투어 항복하니 이제 남은 장수는 오직 방덕 한 사람뿐이었다.

방덕은 물가로 쏜살같이 달려 내려오더니 때마침 상륙하려는 적선으로 뛰어올랐다. 그리하여 적병들을 무수히 죽여 물속으로 처박아버리고 유유히 배를 저어나갔다. 그러자 가까이 있던 적선이 재빠르게 다가오더니 방덕의 배를 옆으로 떠넘겼다.

배가 뒤집히는 바람에 방덕이 물에 빠져 허우적거리니 이번에는 장수 하나가 물속으로 뛰어들어 그와 격투를 벌였다. 그제야 알고 보니 그는 헤엄을 잘 치기로 유명한 장수 주창이었다.

제아무리 천하의 용장인 방덕도 물속에서는 당해 낼 수가 없었다. 방덕은 한동안 격투를 하다가 마침내 주창에게 생포되고 말았다. 방덕은 우금 때문에 포로의 신세가 된 것이었다.

조조가 자랑하던 칠지중병은 중구천 싸움에서 전멸되었고, 총대장 우금도 도망칠 길이 없어 마침내 관우에게 투항하여 방덕과 같이 포로의 신세가 되고 말았다.

관우는 승리를 거두고 장중으로 돌아오자 곧 우금을 끌어내었다.

"네 어찌 나에게 항거를 했느냐?"

"소장은 위왕의 명령에 따랐을 뿐이니 목숨만은 살려주소서."

관우는 그 소리를 듣고 눈살을 찌푸렸다.

"그대 같은 자를 죽이기에는 칼이 아깝구나. 여봐라, 저놈을 형주로 데려가 옥에 가두어라."

다음은 방덕을 불러들였다. 방덕은 관우 앞에 오연히 버티고 서서 고개조차 숙이지 않았다.

"너의 형 방유는 지금 한중왕을 모시고 있다. 너도 살아 한중왕을 섬길 생각이 없느냐?"

그러자 방덕이 크게 소리 내어 웃었다.

"하하하, 쓸데없는 수작은 그만하라. 나의 주인은 오직 위왕이 있을 뿐이다. 너에게 유비를 배반하고 조조를 섬기라면 말을 듣겠는가?"

"네 뜻을 충분히 알았으니 이제는 소원대로 네 시체를 그 관 속에 넣어주겠다!"

관우가 노한 소리로 말하자 방덕은 눈을 감더니 무릎을 꿇고 목을 길게 늘여 죽음을 기다렸다. 그때 도부수의 칼이 방덕의 목을 사정없이 베어버렸다.

신의 화타

싸움은 그것으로 모두 끝난 것이 아니었다. 증구천의 공략이 끝나자 이번에는 군사를 번성으로 돌려 농성 중에 있는 조인을 공격하기로 했다.

그 무렵, 양식이 떨어져 조인의 군사들은 모두 굶주림에 허덕이고 있었다. 사정이 매우 급박해지니 어느 장수가 조인을 보고 말했다.

"이대로 버티다가는 굶어 죽을 판이니 밤중에 성을 비우고 일단 안전한 곳으로 퇴진하는 것이 현명합니다."

조인도 그럴 수밖에 없다고 생각했다. 그러나 만총이 정면으로 반대하고 나섰다.

"장마가 오래 지속돼 봐야 얼마나 가겠소. 앞으로 넉넉잡고 보름만 지나면 물이 빠질 터이니 그때까지 버팁시다. 성을 한번 버리고 나가면 다시는 찾기 어려울 것이오."

조인도 그제야 깨달은 바 있어 제 장군들을 둘러보며 말했다.

"최후까지 번성을 지키며 생사의 운명을 같이합시다."

과연 그로부터 이틀 후 장마가 개이고 주위에 가득하던 물도 점점 빠지기 시작했다.

조인은 성을 새로 튼튼하게 하는 동시에 많은 궁노수들을 성 위에 배치시켜 적의 내습에 대비하여 방비를 튼튼히 했다.

이때, 관우는 둘째 아들 관흥(關興)이 찾아왔으므로 그에게 군사 절반을 나누어주며 협하를 지키게 하고, 자신은 군사 절반을 거느리고 번성으로 떠났다. 번성 북문에 도달한 관우는 그날로 총공격령을 내리며 몸소 진두에 나섰다.

"아버님! 저희들이 싸워 충분히 이길 자신이 있으니 장중으로 돌아가 편히 쉬십시오."

관평과 왕보(王甫)가 걱정스러운 표정으로 돌아가주기를 간했다. 그러나 관우는 듣지 않았다.

"내 비록 늙었기로 어찌 너희들만 싸우게 하고 나는 편히 앉아 있을 수 있겠느냐!"

관우는 이날로 번성을 완전히 점령해 버릴 생각이었다. 싸움이 시작되자 그는 처음부터 진두에 나서 지휘했다.

관우가 일선에 나타났다는 것을 알자 성 위에 매복해 있던 궁노수들이 일제히 화살을 집중했다. 관우가 몸을 피하여 돌아오려는데 문득 화살 한 대가 그의 오른팔에 깊숙이 박혔다.

"앗!"

관우는 하마터면 말에서 떨어질 뻔했다. 관평이 급히 달려와 화살을 뽑았다. 그러나 화살 끝에는 독약이 발라져 있어 삽시간에 팔이 부어올랐다. 독이 뼈 속에까지 스며드는 느낌이었다.

총공격을 눈앞에 두고 관우가 그처럼 중상을 입었으니, 촉진에서는 걱정이 이만저만 큰 것이 아니었다. 관평을 비롯한 모든 장수들이 관우에게 진언(進言)했다.

"군후(君侯)께서는 일단 형주로 돌아가서 전창(箭瘡)을 속히 치료하심이 좋을까 하나이다."

그러나 관우는 그 소리를 듣고 크게 노했다.

"번성 공략을 눈앞에 두고 내가 돌아가다니 그게 무슨 소리냐! 번성을 함몰시키거든 허도까지 장구대진(長驅大進)하여 조조를 깨끗이 거꾸러뜨릴 생각이니, 너희들은 아무 걱정 말고 군무에나 충실하라."

관평과 제장들이 그 이상 아무 소리 못하고 물러 나왔다. 그런데 날이 갈수록 상처가 도져 관우는 마침내 한 쪽 팔을 쓰지 못하게 되었다.

촉군이 깊은 근심에 싸여 있는데 하루는 난데없는 사람 하나가 장중으로 찾아왔다. 그는 머리에 방건(方巾)을 쓰고 활복(濶服)을 입고 팔에는 푸른 주머니를 걸치고 있었다.

"댁은 뉘시오?"

"나는 강동에서 온 화타(華陀)라는 의원이오. 자(字)는 원화(元化)라고 하오. 관운장이 독전(毒箭)으로 신고하신다기에 내가 고쳐드릴까 해서 왔소."

관평이 그를 만나보고 크게 기뻐했다.

"그러면 오의 대장 주태(周泰)의 상처를 고친 명의(名醫)가 바로 선생이셨나이까?"

"그렇소. 주태의 전창을 고쳐준 의원이 바로 나요. 내가 평소에 경모하는 관 공께서 독전으로 고통을 당하신다기에 일부러 찾아왔소."

"우리 부친께서는 촉국의 총대장이시고, 의원님은 오국의 의원이신데 무슨 연고로 일부러 찾아오셨단 말씀이오?"

"젊은이는 모르는 소리를 그만하오. 자고로 군사(軍事)에는 국경이 있고 적이 있지만, 의(醫)에는 국경이 없고 오직 인(仁)이 있을 따름이오."

관평은 자신의 우매(愚昧)를 부끄럽게 여기며 곧 화타를 장중으로 데리고 들어갔다.

때마침 관우는 상처의 고통을 잊기 위해 심심풀이로 마량과 바둑을 두고 있었다. 독기가 전신에 퍼져 열이 부쩍 오르고, 상처가 쿡쿡 쑤셔 아픔이 뼈에까지 사무쳤으나 관우는 남이 보기에 아무 일도 없는 듯 태연자약하게 앉아 바둑을 두고 있는 것이었다.

관평이 옆에 와 공손히 앉으며 아뢰었다.

"아버님! 오에서 화타라는 명의가 찾아와 상처를 고쳐드리겠다고 합니다. 한번 보여드리시지요."

"음, 그래? 멀리서 일부러 찾아왔다니 들어오시라고 하여라."

관우는 바둑을 두며 말했다.

이윽고 화타가 들어왔다. 그는 진찰을 마친 뒤 말했다.

"활촉에 발라져 있는 오두(烏頭)라는 독약이 뼈에까지 침투되어 속히 고치지 않으면 팔을 못 쓰게 되십니다."

"음, 지금이면 고칠 수 있겠단 말씀이오?"

"고칠 수는 있으나 군후(君侯)께서 겁을 내실까 두렵나이다."

관우는 크게 웃었다.

"하하하, 죽음을 두려워 않는 내가 어찌 의원의 치료에 겁을 내겠소?"

"그러면 제가 치료해 드리겠습니다."

화타는 그렇게 말하더니, 푸른 주머니 속에서 쇠고리 두 개를 꺼내들었다.

"그 고리는 무엇에 쓰시려오?"

"상처를 치료하자면 누구도 고통을 견디지 못하니, 환자를 기둥에 비끄러매고 팔을 움직이지 못하게 해야 합니다."

"나를 기둥에 비끄러매다니 그게 무슨 소리요?"

"독에 썩은 살을 도려내고, 독이 침투한 뼈를 깎아내자면 환자를 움직이지 못하도록 기둥에 동여매야 합니다."

"그렇게 쉬운 일이라면 가만히 앉아 참고 있으면 그만이지, 굳이 몸을 동여맬 필요가 어디 있단 말이오. 그런 일이라면 아무 걱정 말고 이대로 치료나 해주오. 그동안에 나는 바둑이나 두고 있으리다."

관우는 화타에게 팔을 내맡긴 채 태연히 바둑을 두기 시작했다.

화타도 더는 어쩔 수 없어 수술에 착수했다. 화타가 썩은 살을 도려내니 검붉은 피가 은반(銀盤)에 몇 번이고 흘러넘쳤다.

살을 도려낸 뒤에 이번에는 예리한 칼로 썩은 뼈를 깎아내기 시작했다.

"아드득! 아드득!"

뼈를 깎아내는 소리만 들어도 소름이 끼쳤다. 화타는 비지땀을 흘려가며 전신이 피투성이가 되어 살을 도려내고 뼈를 깎았다.

관평을 비롯하여 옆을 지키고 있던 모든 장수들이 너무도 끔찍스러워 얼굴을 돌려 외면했다. 그러나 장본인인 관우는 아무 일도 없다는 듯 태연히 앉아 마량과 더불어 바둑만 두었다.

수술을 받고 며칠이 지나니 상처는 놀랍도록 빨리 회복되었다. 관우는 화타를 위하여 특별히 주연을 베풀었다.

"공은 진실로 천하의 명의요."

"지금껏 수많은 환자를 다루어보았지만 군후 같은 명환자(名患者)는 처음 보았나이다. 하하하, 그러나 앞으로도 백일 동안은 조심해야 합니다."

"무엇을 조심해야 하오?"

"결코 노기를 띠어서는 안 됩니다."

"알겠소. 고맙소이다."

관우는 사례로 황금 백 냥을 내주었다.

"저는 의인을 구하러 온 것이지 돈을 벌려고 온 것이 아닙니다."

화타는 끝내 돈을 받지 아니하고 표연히 그곳을 떠났다.

관우가 우금을 사로잡고 방덕을 생포하여 참했다는 소문이 퍼지자 다시 한번 그의 위명을 천하에 떨치게 되었다.

조조 또한 그 소식을 듣고 간담이 서늘하도록 놀랐다. 그리하여 문무백관을 한자리에 모아놓고 대책을 상의했다.

"내 본시 관운장을 호랑이로 믿어 왔던 터이나 우리가 이렇게까지 참패할 줄은 몰랐소. 운장이 허도로 쳐들어올지 모르니 미리 천도(遷都)를 하는 것이 어떻겠소?"

그러자 사마중달이 간했다.

"이번 싸움의 패인은 우리가 약해서가 아니라 홍수가 운장을 도왔기 때문입니다. 오의 손권을 설복해 관운장의 후방을 찌르게 하면 우리는 안전할 것이니 그 길을 택하십시오."

이번에는 주부(主簿) 장제(蔣濟)가 간했다.

"중달의 말씀은 과연 명안입니다. 손권에게 사람을 보내 관운장을 꺾도록 노력할 일이지, 우리가 천도를 하면 위신이 땅에 떨어지고 말 것입니다."

조조는 그 말을 옳게 여겼다.

"제경의 말이 모두 옳소. 그러나 손권을 말로만 설복하느니보다는 우리도 운장과 싸우면서 설복해야만 말발이 설 것이오. 우리에게 운장의 예기를 꺾을 사람이 없어서 걱정이오."

"제가 관운장과 대결해 보겠나이다."

대장 서황이었다.

조조는 크게 기뻐하며 즉석에서 서황에게 정병 오만을 내주었다.

서황은 여건을 부장으로 삼아 양육파를 향하여 출진했다. 오의 손권과 군사협정이 맺어지기만 하면 그 즉시로 관우를 치려는 계획이었다.

그 무렵, 관우가 위군과 싸워 크게 이겼다는 소식을 듣고 불안에 잠겨 있던 손권은 조조의 서신을 받아보고는 매우 기뻐했다.

'관운장을 쳐서 형주를 빼앗을 것인가? 아니면 쫓겨가는 조조의 후방을 찔러 서주를 차지할 것인가?'

손권은 양안(兩案)의 기로에서 쉽사리 단안을 내리지 못했다. 마침 그때 육구에서 여몽이 왔다. 손권이 여몽을 보고 물었다.

"장군은 양안 중에서 어느 쪽을 택하는 게 좋을 것 같소?"

"제 생각으로는 형주를 먼저 쳐서 장강(長江)을 국경으로 삼고, 그런 연후에 서주를 치는 것이 순리라 생각합니다. 더구나 우리는 수전(水戰)에 능한 까닭에 형주를 얻으면 지키기 쉬워도 서주는 지키기 어려울 것입니다."

"그러면 장군의 의견대로 형주를 먼저 쳐야겠소. 장군은 육구로 속히 돌아가 기병(起兵)할 준비를 하오."

여몽은 임지인 육구로 돌아오자 곧 촉군의 정보를 수집했다. 그런데 적정을 알아보니 관우의 경비 태세는 의외로 철벽같아 보였다. 장강 연안에 십여 리마다 봉화대가 설치되어 있었다. 봉화대에는 많은 군사들이 주둔하고 있다는 보고였다.

당장 침범해 보았자 도저히 승산이 없다는 것을 깨달은 여몽은 큰소리를 쳐놓은 까닭에 입장이 매우 곤란했다. 그리하여 칭병하고 일체 외출을 삼가면서 손권에게 병이 중하다는 기별을 보냈다.

손권은 의외의 기별을 받아보고 크게 근심하며 육손에게 말했다.

"여 장군의 병이 중하다고 하니 그대가 한번 병문안을 다녀오도록 하오."

그러자 육손은 대수롭지 않게 웃으면서 말했다.

"여 장군은 꾀병을 앓고 있는 것입니다."

"어쨌든 그대가 한번 다녀오는 게 좋겠소."

육손은 육구로 달려가 여몽을 만났다.

육손이 빙글빙글 웃으며 말했다.

"장군은 무엇 때문에 아프지도 않으면서 자리보전하고 누워 계시오?"

마치 남의 마음속을 꿰뚫고 들여다보는 듯한 말투였다.

여몽은 적이 놀라면서 육손을 나무랐다.

"장군은 앓고 있는 사람을 어찌 그리 농락하시오?"

"하하하, 여 장군의 병은 내가 잘 알고 있소. 장군의 병을 내가 잘 고쳐 드릴 테니 아무 걱정 말고 일어나 얘기나 나눕시다."

여몽은 육손을 속일 수 없음을 깨닫자 조용히 일어나 앉았다.

"나의 병을 고쳐줄 어떤 묘안이 있다는 말씀이오?"

그러자 육손은 앞으로 다가앉으며 조그맣게 속삭였다.

"장군은 관운장의 방비가 견고한 것을 보고 그만 자신이 없어져 칭병 하고 누워 계시지 않소? 내 말이 맞지요?"

여몽은 속일 수 없음을 깨닫고는 고개를 끄덕였다.

육손이 다시 말을 계속했다.

"관운장은 장강을 저렇듯 견고하게 지키고 있지만 우리가 전략만 잘 쓰면 이길 수 있소."

"어떻게 말씀이오?"

여몽은 귀가 번쩍 뜨이는 것 같아 다급하게 물었다.

육손이 다시 말을 계속했다.

"관운장이 장강을 저렇듯 견고하게 지키고 있는 것은 여 장군이 육구 에서 공격 태세를 갖추고 있기 때문이오. 만약 여 장군이 병을 칭탁하고 육구의 수비를 다른 사람에게 넘겨주면 관운장은 반드시 형주의 군사를 번성으로 불러올릴 것이오. 우리가 그때에 형주를 치면 영락없이 승리할 것이오."

"참으로 절묘한 계책이구려."

여몽은 무릎을 치며 감탄했다.

여몽은 그날로 육손과 함께 손권에게로 돌아왔다.

"제가 육구를 지키고 있는 이상 관운장의 방비는 조금도 늦추어지지 않을 것인즉, 이 기회에 저는 병을 칭하여 물러나 있을 생각입니다. 우선 저 대신 다른 사람을 육구 태수로 임명하시는 것이 좋겠습니다."

손권도 그 계교에 찬동했다.

"그러면 후임자로 누구를 택했으면 좋겠소?"

"저는 육손을 천거하고 싶습니다."

여몽의 추천에 손권은 적이 놀랐다.

"육손은 아직 나이가 어리고 경험이 부족한데 어찌 그를 육구 태수로 봉할 수 있겠소."

"육손이 비록 나이는 어리지만 지략에 있어서는 범인(凡人)이 따를 바 못 됩니다. 또한 육손을 임명해야 관운장이 그를 깔보고 방비를 소홀히 하게 될 것입니다."

손권은 그 계책이 옳다는 것을 깨닫고 육손을 불러 편장군(偏將軍) 우도독(右都督)에 봉하여 여몽의 후임자로 임명했다. 육손은 몇 차례 사양하다가 드디어 인수를 받들고 육구로 떠났다.

관운장의 패전

육손은 여몽의 후임으로 육구에 도착하자 관우에게 많은 예물을 보내 금후에는 가깝게 지내기를 요청했다. 관우의 경계심을 완화시키려는 술책이었다.

관우는 육손의 편지와 예물을 받아보고, 내심 매우 기뻐했다. 맹장 여몽이 병으로 퇴임하고, 풋내기 육손이 후임자로 왔기 때문이었다. 사자가 예물을 바치고 돌아오자 육손이 물었다.

"운장이 예물을 받고 뭐라던가?"

"여 장군이 물러나고, 육 장군이 부임하신 것을 매우 기뻐하는 눈치였습니다. 아마 이제는 형주의 군사를 거두어 번성을 공격할 모양입니다."

육손은 그 대답을 듣고 매우 만족스럽게 웃었다. 그때부터 육손은 계획적으로 군무(軍務)에 태만한 빛을 보이면서, 비밀리에 관우의 동태만 살피고 있었다.

아니나 다를까. 관우는 그때부터 번성을 공격하기 위해, 군사를 또다시 그쪽으로 이동시키고 있었다. 이에 육손은 손권에게 다음과 같은 건의안을 제출했다.

관운장은 지금 형주의 군사를 대부분 거두어 번성을 취하려 하고 있습니다. 이 기회에 군사를 일으켜 형주를 엄습함이 좋을 듯합니다.

손권은 건의안을 읽고 나자 즉시 여몽을 불러 말했다.

"여 장군이 육손과 함께 형주를 정벌해야겠소. 내 사촌 동생 손교(孫皎)와 함께 대군을 거느리고 떠나주시오."

손권의 명령을 받은 여몽은 정병 삼만을 팔십여 척의 군선에 나누어 싣고 형주를 향해 떠났다. 삼군의 장수인 한당, 장흠, 주연, 반장, 주태, 정봉 등의 맹장들도 참가했다. 그중 십여 척의 군선은 장삿배로 가장해, 많은 상품을 싣고 선발대로 떠났다.

선발대인 군선들은 다음날 밤중에 구강(九江) 강변에 도착했다. 그러나 그들은 즉시 관우의 파수병에게 발각되어, 일곱 명의 대표자가 진지로 붙잡혀갔다.

그들은 준엄한 문초를 받고 다음과 같이 대답했다.

"저희들은 남쪽 산물을 북쪽에 갖다 팔고, 북쪽 산물을 남쪽에 갖다 파는 장사꾼들입니다. 배에 싣고 있는 물건은 모두 상품들뿐입니다."

그들은 그렇게 대답하며, 취조하는 군사들에게 진귀한 물건들을 많이 주었다. 뇌물을 듬뿍 받은 취조관들은 일곱 명의 군사를 모두 놓아주었다.

"그렇다면 이번만은 특별히 보아줄 터이니 곧 이곳을 떠나라."

그리고 나서 그들은 뇌물로 받은 술을 마시고 모두 대취했다.

이날 밤 삼경쯤 되었을 무렵, 팔십여 척의 병선에 실려 온 손권의 군사들은 소리도 없이 강안에 상륙했다. 그 군사들은 제각기 봉화대로 몰려가 파수를 보는 군사들을 모조리 밧줄로 꽁꽁 묶었다.

한편, 여몽은 포로들에게 중상(重賞)을 주면서 자기를 돕는 자는 상을 후히 줄 것이고, 따르지 않는 자는 목을 베겠다며 은근히 회유했다. 여몽은 그와 같은 술책으로 가는 곳마다 큰 성공을 거두어, 마음을 돌리는 군사가 수없이 많았다.

마침내 여몽의 군사들이 형주에 도착했을 때에는 변절한 군사들이 성문을 열어주기까지 했다. 성문을 열기 무섭게 노도처럼 성안으로 밀려들어온 오군이 촉군을 사정없이 무찔렀음은 말할 것도 없었다.

결국 형주성은 싸움 한번 제대로 못해 보고 여몽의 손에 어이없게 떨어지고 말았다. 그 원인은 관우가 육손을 너무 경시하여 번성을 공략하는 데만 주력을 기울이고, 형주 경비에는 지나치게 소홀했기 때문이었다. 봉화대를 지나치게 믿었던 것도 실수의 하나였지만, 그보다도 더 큰 실수는 인사 배치가 잘못된 데 있었다.

형주를 지키는 총대장 반준과 공안의 주장 부사인(傅士人)은 경박하기 짝이 없는 인물이었다. 관우가 그 두 장수를 후방 수비로 돌린 것은 일종의 징계에 대신한 처사였다. 번성 출전에 앞서 그들에게 과오가 있었기 때문에 벌을 주는 대신 후방에 남아 있게 했던 것이다.

그들이 만약 유능한 장수였다면, 그 불명예를 회복하기 위해 형주를 굳게 지켰을 것이다. 그러나 그들은 명예를 회복할 마음을 먹기는커녕 오히려 관우에게 원한을 품고 오군이 쳐들어오자 간단히 항복을 하고 말았다.

여몽은 형주를 점령하고 나자, 즉시 거리마다 다음과 같은 방문을 내붙였다.

1. 사람을 죽인 자는 참형에 처한다.

2. 남의 물건을 훔친 자는 참형에 처한다.

3. 유언비어를 퍼뜨리는 자는 참형에 처한다.

손권이 입성도 하기 전에 여몽은 이상과 같은 방문을 붙여 민심을 크게 수습했다. 그리고 형주성에 남아 있던 관우의 가족들은 한 사람도 다치지 아니하고 부자유가 없도록 안전하게 보호해 주었다. 그러자 형주 사람들은 저마다 여몽의 자비와 인덕을 칭찬했다.

여몽은 오륙 명의 부하를 거느리고 날마다 거리를 오가며 민정을 살폈다. 소나기가 오는 어느 날이었다. 이날은 비를 맞아가며 순시를 하고 있는데 어떤 병사 하나가 농부의 삿갓을 빼앗아 쓰고 이쪽으로 달려오고 있었다.

"저놈을 잡아 오너라!"

병사 두 사람이 말을 달려나가 그를 붙잡아 왔다. 얼굴을 보니, 전에부터 잘 알고 있는 동향 출신이었다. 그러나 여몽은 서릿발 같은 시선으로 그를 노려보았다.

"내가 평소에 동향 사람만은 죽이지 않았으나, 너 같은 놈은 아무래도 살려두지 못하겠다. 내가 이미 벌칙 삼장을 뚜렷이 내걸었는데도 너는 백성의 삿갓을 빼앗아 썼으니, 법에 의하여 처단할 테다!"

그 병사는 땅에 엎드려 울면서 호소했다.

"죽을죄를 지었으니 한 번만 용서해 주십시오. 저는 장난삼아 한 짓이었습니다."

"안 된다. 네가 장난삼아 범한 짓인 것은 나도 알고 있다. 그러나 엄정한 법은 장난도 용서치 않는다."

여몽은 드디어 병사의 목을 베어 거리에 높이 내걸었다. 그 사실이 알려지자 여몽에 대한 백성들의 신뢰는 더 한층 높아졌다.

그로부터 며칠 후, 손권이 형주성에 입성했다. 그는 입성하는 즉시 반준의 항복을 받고, 옥에 갇혀 있던 우금을 풀어내어 조조에게 돌려보냈다. 오래 전부터 손권의 숙원이었던 형주는 완전히 오의 영토로 돌아오게 되었다.

손권이 형주를 탈환했다는 기별이 조조의 귀에까지 들려왔다.

'형주가 손권의 손에 들어갔다는데 우리가 가만히 있어서야 될 말인가? 이 기회에 관운장을 쳐서 번성에서 농성 중인 조인을 구출해야겠다.'

조조는 대군을 이끌고 낙양으로 떠났다. 그리고 양류파에 주둔 중인 서황에게 다음과 같은 명령을 내렸다.

"이번에는 위왕이 친히 진출하여 관운장을 완전히 섬멸시킬 터인즉, 서황은 군사 오만을 거느리고 선봉으로 나서 우선 적의 예기를 꺾어놓으라."

서황은 명령을 받고 나자 서상, 여건에게 대장기를 주면서 명했다.

"그대들은 깃발을 들고 나가 적장 관평과 싸우라. 나는 오백 기의 기습부대를 거느리고 면수(沔水)를 따라 언성(偃城) 후방으로 돌아가겠다."

이때 관평은 언성에 주둔해 있었고, 요화는 사가채(四家寨)에 진을 치고 있었다. 관평은 적의 대장기를 보자 크게 기뻐했다.

'이제야 서황과 싸우게 되었구나!'

적의 대장 서황을 거꾸러뜨리고 기선을 제압할 계획이었던 것이다. 그러나 정작 안전에 나타난 사람은 아장 서상(徐商)이었다.

"이놈! 네가 감히 나를 누구로 알고 덤벼드느냐?"

관평이 크게 외치며 적을 쫓았다. 서상이 사오 합 싸우다가 급히 쫓기니 이번에는 여건이 나왔다.

그때, 홀연 산중에서 한 무리의 군사들이 나타나며 큰소리로 외쳤다.

"이놈, 관평아! 형주는 이미 손권에게 빼앗겼거늘 너는 어쩌자고 이곳에 머물러 있느냐!"

깜짝 놀라 바라보니, 그는 다른 사람 아닌 서황이었다.

관평은 형주가 함락되었다는 소리를 듣고 소스라치게 놀랐다. 그리하여 싸움을 포기하고 번성으로 급히 퇴각했다. 그러나 성안에서는 검은 연기가 뭉게뭉게 솟아오르더니 시커멓게 화광이 충천해지는 것이었다. 서황의 부하가 성안에 잠입하여 도처에 불을 지른 것이었다.

관평은 절치부심하면서 즉시 사가채로 달려가 요화를 찾았다. 요화는 관평을 보기가 무섭게 말했다.

"형주가 함락되었다는 소문이 지금 사방에 퍼져가고 있는데, 사실이오?"

"나도 소문을 들었지만 적이 퍼뜨린 유언비어에 불과할 것이오. 만약 그런 말을 두 번 다시 퍼뜨리는 자가 있으면 참형에 처할 것이오."

관평은 크게 분개하며 말했다.

바로 그때, 탐마가 달려와 아뢰었다.

"지금 서황이 제일둔(第一屯)을 공격해 오는 중입니다."

관평은 그 보고를 받고 매우 초조했다.

"만약 제일둔이 함락되는 날이면 우리는 본거(本據)를 완전히 잃게 되오. 이곳은 면수(沔水)를 등지고 있어서 적이 감히 공격을 못할 것이니, 그대와 나는 다같이 제일둔으로 가서 적을 막아냅시다."

관평이 요화에게 말했다.

이리하여 관평과 요화는 약병(弱兵)만 남겨둔 채, 정병을 모두 거느리고 제일둔으로 나갔다.

관평이 전선에 나와보니 적은 그다지 높지 않은 곳에 둔을 치고 공격의 기회만 노리고 있었다. 관평은 그것을 보고 안심한 듯 요화에게 말했다.

"적진을 바라보니, 서황의 전법은 결코 대단한 것이 아니오. 저렇게 언덕 위에 둔을 친 것은 지(地)의 이(利)를 모르는 증거가 분명하오. 지금 정면으로 싸울 것이 아니라, 우리는 오늘 기습작전으로 겁채(劫寨)를 합시다."

"그래도 혹시 무슨 일을 당할지 모르니, 기습을 하더라도 군사를 절반만 동원하고, 절반은 본채를 지키고 있도록 하십시다."

"그러면 그대는 본진을 지키고 있으시오. 내가 혼자 기습을 나가겠소."

이날 밤 관평은 정병을 거느리고 기습을 감행했다. 그러나 정작 기습을 하고 보니 산상에는 깃발만이 서 있을 뿐 적은 한 사람도 없었다. 관평이 크게 당황하여 즉시 후퇴하려는데, 문득 바위틈과 굴속에서 무수한 군사들이 함성을 올리며 나타나더니, 돌을 던지고 창으로 찌르고 활을 쏘아갈기는 것이었다. 더구나 여건과 서상이 관평을 향하여 욕설까지 퍼부으며 급히 추격해 왔다.

"너의 아비는 도망가는 법밖에 배워주지 않더냐!'

관평이 정신없이 쫓기다 보니 요화가 지키고 있는 본진에서도 붉은 불길이 하늘을 찌를 듯이 높이 솟아오르고 있었다.

이에 관평과 요화는 사가채를 완전히 빼앗기고, 관우가 지키고 있는 번성으로 면목 없이 쫓겨 들어오는 수밖에 없었다. 그러나 관우는 그들을 나무라지 않았다.

"일승일패는 병가의 상사이니 조금도 걱정 말아라."

관평은 그 소리를 듣고 감격의 눈물을 흘리며 물었다.

"아버님, 형주가 손권에게 함락되었다는 것이 사실입니까?'

"그럴 리가 있느냐? 오의 대장 여몽이 병중이어서 지금은 육손이 대신 나와 있는데, 그자는 감히 우리에게 덤벼들 위인이 못 된다."

관우는 그때까지도 형주의 함락 사실을 모르고 있었던 까닭에 자신만만하게 대답했다.

마침 그때, 서황이 번성으로 쳐들어온다는 정보가 날아들었다. 조조의 수십만 대군이 산과 들을 뒤덮고 있다는 보고였다.

"서황이 공격해 온다면 내가 나가 싸울 테니, 말을 끌어내어 싸울 준비를 갖추어놓아라."

관우가 관평에게 명했다.

"아버님의 몸이 아직 충실치 못하신데, 어찌 교봉(交鋒)을 하려 하십니까?"

"염려 말아라! 서황은 누구보다도 나를 잘 아는 자로다. 만약 그가 물러가지 않으면 그자를 참하여 위장(魏將)을 훈계하리라."

아직 상처가 채 가시지 않았건만 관우는 오래간만에 청룡도를 비껴 잡고 싸움터로 나왔다. 위군들은 관우가 나타난 것을 보고 모두들 두려운 기색을 감추지 못했다.

서황이 십여 명의 맹장들을 거느리고 앞으로 나오더니 마상에서 예를 갖추며 관우에게 말했다.

"군후(君侯)와 상별한 후 어느덧 여러 해가 지났습니다. 군후께서는 못 뵈는 동안 수염과 머리가 백발이 되셨으니 실로 세월이 서글플 따름입니다. 오늘 다시 만나 뵙게 되어 감개무량합니다."

관우가 마상에서 말했다.

"오오, 서 공이 근년에 영명을 떨치고 있어 나는 은근히 기뻐하고 있었소. 그런데 서 공은 어찌하여 나와의 친분을 저버리고 내 아들 관평을 그리도 괴롭히오?"

그러자 서황은 거기에는 대꾸도 아니하고 좌우 장수들을 돌아보며 별안간 큰소리로 외쳤다.

"누구든지 운장의 머리를 취해 오는 자가 있으면 중상(重賞) 천금을 주리라."

그 소리가 떨어지기 무섭게 십여 명의 맹장들이 관우를 목표로 맹수의 무리처럼 사납게 덤벼들었다. 서황 자신도 그중의 한 사람임은 말할 것도 없었다. 관우는 크게 노하여, 맹수처럼 덤벼드는 맹장들을 이리 막고 저리 피하며 싸웠다.

싸움은 한없이 계속되었다. 팔십여 합쯤 싸웠으나 좀처럼 승부가 나지 않았다. 관우는 이미 오십이 넘은 고령인 데다 팔 하나를 자유롭게 쓰지 못하는 까닭에 전세는 별로 우세하지 못했다. 관평은 그 위태로운 광경을 보다 못해, 마침내 징을 울려 싸움을 중지시켰다.

관우가 말머리를 돌려 진지로 돌아오는 바로 그때였다. 오랫동안 번성에 농성 중이던 조인이 응원군의 힘을 얻어 급작스럽게 성문을 열고 노도와 같이 몰려나왔다.

형주 군은 급격한 혼란에 빠져들었고, 관우도 패주하는 수밖에 없었다. 이편이 몰리는 기세가 보이자 적은 도처에서 공격을 퍼부었고, 그 때문에 촉군은 가는 곳마다 무참한 떼죽음을 당하고 말았다.

관우가 간신히 양양 강가에 도달하여 군사를 수습해 보니, 그 수효가 삼분의 일도 채 못 되었다. 관우가 눈물을 흘리며 한탄해 마지않는데, 보발군이 헐떡거리며 급히 달려오더니 비보를 전했다.

"군후, 큰일 났습니다. 형주성이 여몽의 손에 함락되고, 군후의 가족들도 그의 손에 붙잡힌 몸이 되었습니다."

관우의 충격은 이만저만이 아니었다. 그는 비탄의 눈물을 흘렸다.

"이제는 양양으로 가는 것을 포기하고 공안(公安)으로 가자!"

공안을 향하여 얼마쯤 가노라니, 또다시 보발군이 달려와 비보를 전했다.

"공안의 수비대장 부사인이 오에 항복한 지 오래랍니다."

관우가 하늘을 우러러 절치부심하는데 또 다른 급보가 날아들었다.

"부사인이 모든 군량을 오에 바치고, 자기도 그 편이 되었을 뿐만 아니라 미방까지 거둬가지고 갔다 합니다."

들려오는 소식마다 어찌나 비통했던지 관우는 전신을 와들와들 떨며 분노하다가 갑자기 마상에서 푹 쓰러졌다. 거의 아물어가던 상처가 노기 때문에 터져버려 그대로 기를 빼앗긴 것이었다.

수하 장수들이 급히 몰려들어 부축하니 관우는 다시 정신을 차리더니 눈물을 흘리며 옆에 있는 사마 왕보를 향해 탄식했다.

"내 그대의 간언을 듣지 않고 여몽을 너무 업신여겼다가 이 꼴이 되었으니, 이제 무슨 면목으로 주공을 뵈올 수 있겠소."

그리고 보발군을 보고 물었다.

"오의 군사들이 쳐들어왔을 때, 그 많은 봉화대에서는 어찌하여 불을 밝히지 않았더냐?"

보발군이 대답했다.

"여몽이 봉화대를 점령하고 나서 본격적으로 군사를 일으켰기 때문에 봉화를 밝힐 수 없었다고 합니다."

관우는 그 말을 듣고 발로 땅을 구르며 탄식했다.

외로운 성에 지는 해

형주로 가자니 오군이 있고, 공안으로 가자니 위군이 있고, 진퇴양난에 빠져 오직 패주(敗走)만을 거듭해야 하는 관우는 걸음마다 눈물이 솟았다.

뒤따라오던 관량(管糧) 도독 조루(趙累)가 말했다.

"지금이라도 성도로 사람을 보내시어 원병을 청해 형주를 다시 탈환하도록 하시지요."

관우는 그 말을 옳게 여겨, 마량과 이적(伊籍)을 성도로 보내고, 자기 자신은 선봉장이 되어 관평, 요화와 함께 형주를 향하여 진군했다.

관우는 군사를 이끌고 형주로 돌아왔다. 그러나 형주로 들어서자 군사들이 하나 둘씩 자취를 감추어버리기 시작했다. 그도 그럴 것이 관우의 군사는 모두가 형주 출신이었던 까닭에 제각기 부모형제들을 찾아 밤도망을 가버린 것이었다.

"가고 싶은 자들은 모두 가거라! 나는 혼자서라도 형주를 향하여 전진하겠다!"

관우는 비통하게 부르짖었다. 이제 남은 군사는 겨우 사오백 명밖에 안 되었지만 관우는 그들을 이끌고 여전히 전진했다.

관우는 전진하는 도중에 오의 장수 장흠, 주태 등을 만나 용감하게 싸웠다. 얼마 안 되는 군사들을 이끌고 관우는 능히 대적들을 물리쳤다.

다시 얼마를 전진하니, 이번에는 적장 서성이 북을 울리고 나팔을 불며 앞길을 막아섰다.

"이놈들아! 백만 대적인들 내가 두려워할 줄 알았느냐?"

관우가 그렇게 외치며 선두에서 대항하니, 적들은 두려움에 떨며 달아나버렸다.

관우는 다시 전진하여 깊은 산속으로 들어왔다. 때마침 달이 밝아 산골짜기가 낮같이 밝은데, 문득 숲속에서 남녀 노유가 무수히 나타나더니, 군사들이 있는 곳으로 달려오며, 아들의 이름을 부르고, 남편의 이름을 부르고, 아비의 이름을 부르짖었다. 그 바람에 사기가 왕성했던 군사들도 뿔뿔이 흩어져 가족들을 찾느라 야단법석이었다.

오래간만에 가족들을 만난 군사들은 서로 얼싸안고 눈물을 뿌리면서 살아 있음을 기뻐했다.

관우는 그 광경을 보고 달을 우러러보며 울부짖었다.

"아아, 여몽의 계략이 이렇듯 교묘할 줄은 몰랐구나. 나는 이제 어찌해야 한단 말인가!"

가속을 만난 군사들은 전의가 상실되어, 날아가는 새처럼 제각기 뿔뿔이 흩어졌다. 서릿발처럼 엄한 군령으로도 정작 그것만은 막을 길이 없었다.

"이제는 모두 만사휴의(萬事休矣)로구나!"

관우는 언덕 위에 높이 서서 달을 우러러보느라고 동상처럼 움직일 줄 몰랐다.

관평과 요화는 어떡하든지 활로를 타개할 생각에 얼마 안 되는 군사를 수습하며 관우에게 진언했다.

"여기서 맥성(麥城)이 멀지 않으니, 우선 그리로 가보십시다."

맥성은 이름만 성일 뿐, 성벽도 무너지고 성문도 제대로 없는 폐성이었다. 맥성에 도착한 관우는 군사들을 수습하여 성문을 지키게 했다. 그러고 나서 선후책을 논의하려고 하자 조루가 말했다.

"여기서 상용(上庸)이 그다지 멀지 않습니다. 지금 상용성은 유봉과 맹달이 지키고 있으니, 그들의 원병(援兵)을 얻으면 형주를 탈환할 수 있을 것입니다."

"내가 생각하기에도 이제 남은 것은 오직 그 방법뿐인 것 같소."

관우는 고개를 무겁게 끄덕이며 수긍했다.

"그러나 적에게 겹겹이 포위되어 있으니 누가 상용성으로 가 원병을 청할 수 있겠소?"

그러자 요화가 앞으로 나서며 말했다.

"소장이 죽을 각오로 소임을 맡겠나이다. 제가 도중에서 죽을지 모르니, 제 뒤에 또 한 사람을 보내주십시오."

드디어 요화는 관우의 서신을 가슴에 품고 길을 떠났다.

철통같이 둘러싸고 있던 적들이 요화를 보기 무섭게 북을 울리고 함성을 올리며 공격해 왔다. 관평이 얼마 안 되는 군사를 이끌고 적을 막았다. 관평의 응원을 받은 요화는 적장 정봉(丁奉)과 피투성이로 싸우며 포위망을 뚫고 돌진했다.

죽을 고비를 무려 십여 차례나 넘긴 요화는 상용에 무사히 도착하여 유봉을 만났다. 그러나 유봉은 관우의 편지를 보고 나서 대답이 시원치 않았다.

"맹달과 상의하여 이 일을 결정하겠소."

이편은 한시가 바쁘건만 유봉은 한가롭게 맹달을 불러왔다.

부름을 받고 급히 달려온 맹달은 사연을 듣고 나자 이렇게 말했다.

"우리 또한 외침의 위협을 받고 있는 이 판국에 어찌 관운장을 돕기 위해 군사를 보낼 수 있겠습니까? 절대로 군사를 보내서는 안 됩니다."

요화는 그 소리를 듣고 눈앞이 캄캄했다.

"만약 원병을 보내지 않으면 관운장께서 비참한 최후를 맞게 될지도 모르오. 어떡하든 원병을 보내 도와주셔야 하겠습니다."

그 애원을 들은 맹달이 한마디로 잘라 말했다.

"우리가 원병을 보낸다 해도 맥성을 지탱하기는 어려울 것이오. 그러니 차라리 지금이라도 한중왕에게 구원을 청해 보시오."

요화는 크게 노하여 자리를 박차고 일어섰다.

"이놈들! 의리를 모르는 네 놈들의 말로가 어찌되는지 두고 보자!"

요화는 지친 몸을 채찍질하며, 성도로 길을 떠나는 수밖에 없었다.

한편, 관우는 맥성에서 농성하고 있으면서 상용에서 구원병이 와주기를 애타게 기다리고 있었다. 유봉과 맹달이 구원병을 보내지 않으리라고는 꿈에서조차 생각하지 않았던 것이다. 그러나 아무리 기다려도 구원병은 오지 않았고, 중대 사명을 띠고 떠난 요화조차 아무런 소식이 없었다.

관우는 날이 갈수록 노심초사했다. 수하의 군사들이 삼백 명도 채 안 되는 데다 그나마 군량이 떨어져 기아에 허덕이게 되었던 것이다.

어느 날 성문을 지키고 있던 군사가 들어와 관우에게 알렸다.

"오에서 제갈근이 군후를 뵈러 왔다 합니다."

"들어오도록 문을 열어주어라."

이윽고 제갈근이 들어오더니, 예를 갖추어 인사하고는 말했다.

“오후(吳侯)의 명을 받고 운장을 찾아뵈러 왔습니다. 운장께서는 지난
날 다스리던 한상 구군을 다 잃으시고 이제 고성(孤城)만 남았는데, 안으
로 양초(糧草)가 없고 밖으로 원병이 없으니 이제 무엇으로 지난날의 꿈
을 다시 찾으실 수 있으오리까. 운장께서 만약 오후에게 귀순하시면 영
화를 길이 누리실 수 있을 뿐만 아니라, 지금 붙잡혀 있는 가권(家眷)들도
모두 안전할 것인즉 차제에 마음을 돌리는 것이 어떠하겠나이까?”

제갈근은 지극히 공손한 언어로 예의를 다하여 귀순을 권고했다. 관우
는 눈을 감은 채 제갈근의 이야기를 다 듣고 나서 정색을 하여 대답했다.

“나는 손권과 더불어 오직 사전(死戰)이 있을 뿐이니, 공은 속히 돌아가
그 말만 전해 주오.”

그래도 제갈근은 끈덕지게 회유했다.

“만약 운장께서 오후를 돕는다면 조조를 쳐부수고 천하를 평정할 수
있을 것입니다.”

그러자 옆에 있던 관평이 칼을 뽑아 들고 나서며 벼락같이 외쳤다.

“이놈! 아가리를 닥치지 못하겠느냐? 네가 여기서 죽고 싶으냐?”

관우가 손을 들어 아들을 만류하며 말했다.

“저 사람의 입놀림이 괘씸하기로 당장에 목을 베고 싶으나 네 백부를
돕는 공명을 보아 살려 보내야 하겠다. 저 사람을 빨리 내쫓기나 하여
라!”

제갈근은 망신만 당하고 그 자리를 떠나버렸다.

상용의 원병은 아무리 기다려도 오지 않았다. 게다가 양곡마저 떨어지
게 되니 군사들은 저녁마다 줄어들었다.

조루가 한숨을 지으며 관우에게 말했다.

“유봉과 맹달이 원병을 보내주지 않는 것이 분명합니다. 차라리 그럴
바에야 여기서 고성(孤城)을 지키고 있을 것이 아니라 지금이라도 성을

버리고 서천(西川)으로 들어가 재기를 노리는 것이 상책일 것입니다."

"그 말이 옳을 것 같소. 그러면 이 성을 버리고 서천으로 떠나기로 합시다."

옆에서 듣고 있던 왕보와 주창이 말했다.

"군후는 조루와 함께 서천으로 떠나십시오. 저희들 두 사람은 맥성을 그대로 지키고 있겠나이다."

"어찌하여 그대들은 남겠다는 것이오?"

"지금 저희에게 남아 있는 유일한 근거는 이 맥성 하나가 있을 뿐입니다. 그런데 여기를 버리고 떠나면 우리는 유량의 무리와 무엇이 다르겠습니까? 우리 두 사람은 죽음을 각오하고 맥성을 지킬 터이니 군후께서는 속히 서천으로 가서서 권토중래(捲土重來)의 계책을 세워주십시오."

실로 비장하기 짝이 없는 말이었다.

"그대들의 심정을 충분히 이해하리라. 두 분은 쓰러져가는 맥성이나마 우리들의 본거지로 지키고 있어주오. 떠나가는 나나 맥성을 지키고 있는 그대들이나 이것이 최후의 작별이 될 것 같소."

관우가 눈물을 지으며 그렇게 말하니, 왕보와 주창도 통곡하며 말했다.

"바라옵건대 군후께서는 부디 몸조심하소서."

밤이 점점 깊어가고 이별의 때는 다가오고야 말았다. 가는 사람도 죽음을 각오하고 떠나는 길이요, 남은 사람도 죽음을 각오하고 남는 것인지라 생이별이자 사별이 되는 이 마당에 눈물을 아니 흘리는 사람이 없었다.

"후사(後事)를 잘 부탁하오."

"군후께선 부디 조심하십시오."

목 메인 마지막 인사를 주고받는 그들에게는 밤바람조차 몹시 차가웠다.

이윽고 관우는 관평, 조루와 함께 최후까지 남아 있던 백여 명의 군사를 데리고 서천으로 소리 없이 떠났다. 대로를 버리고 험준한 산길을 택하여 걸어가노라니, 얼마 안 가 어둠 속에서 적의 복병이 나타나 공격을 가해 왔다. 적막을 뒤흔드는 함성을 지르며 공격해 오는 군사들은 주연이 거느린 오군이었다.

"운장은 게 섰거라! 투항을 하면 죽음을 면하리라!"

주연은 창검을 휘두르면서 달려오며 큰소리로 소리쳤다.

관우는 대로하여 마주 나와 싸웠다.

일대일의 싸움에서 관우를 당해 낼 주연이 못 되었다. 주연이 급히 쫓겨가자 관우는 추격을 아니하고, 다시 혈로를 타개하여 앞으로 전진했다.

얼마를 달려 험한 산중에 다다르니, 다시 복병이 나타났다. 이번에는 반장이 거느린 오의 군사였다. 반장이 칼을 휘두르며 말을 달려 나오자 관우는 대전을 아니할 수 없었다.

싸우기 시작한 지 사오 합에 반장은 말을 돌려 달아나니, 남은 군사들이 모두 흩어져 달아나버렸다. 관우가 안도의 한숨을 쉬고 있을 때 관평이 급히 달려와 말했다.

"조루가 지금 적과 싸우다 난군 속에서 목숨을 잃었나이다."

"조루마저 죽었다고?"

관우는 크게 당황하며 슬퍼했다. 이제는 최후의 운명이 시시각각 절박하게 다가오는 듯한 느낌이었다.

관우는 눈물을 뿌리며, 몇 명 안 남은 보병들을 거느리고 다시 전진했다. 밤은 이미 오경이어서 바람은 몹시 차가운데, 길은 험준하기 짝이 없고 좌우에 우거진 잡초들이 앞길을 방해했다. 어느 좁다란 골짜기에 접어들었을 때 또다시 오의 복병들이 아우성을 치며 들고 일어섰다. 그들은 창검을 가지고 덤비는 것이 아니라, 갈고리와 쇠줄과 쇠그물을 사방에서 던져왔다.

관우가 타고 있던 적토마의 뒷발과 앞발에 쇠줄이 감겼다. 앞뒤에서 쇠줄을 잡아당기니 말이 대번에 땅바닥에 고꾸라져버렸다. 마상의 관우도 땅바닥으로 곤두박질쳤다.

그 순간, 적병들이 노도와 같이 몰려들어 쇠줄로 관우의 전신에 결박을 지었다. 적장 마충이 기고만장한 기세로 관우 앞에 나타나더니 통쾌하게 웃어젖혔다.

"천하의 영웅 관운장도 내 앞에서는 꼼짝을 못하는구려. 하하하."

관우는 눈을 무겁게 감은 채 말이 없었다.

"운장의 아들 관평도 이미 사로잡혔으니, 이제는 부자가 모두 마음을 돌리오."

관우는 모든 것을 체념한 듯 대답이 없었다.

이윽고 날이 밝아올 무렵, 관우는 포로의 몸으로 손권 앞에 끌려 나왔다. 손권이 크게 기뻐하며 말했다.

"오랫동안 장군을 사모해 오던 터에 이제 서로 만나게 되니 매우 기쁘오. 오늘날 장군이 사로잡힌 몸이 된 것은 늙었기 때문이 아니라 천운(天運) 때문인가 하오. 장군과 나는 본시 사돈간이니, 하늘의 뜻을 알아 나와 함께 천하를 도모하는 것이 어떻겠소?"

관우는 소리를 가다듬어 손권을 꾸짖었다.

"이 쥐새끼 같은 놈아! 네가 어찌 하늘의 뜻을 깨달을 수 있느냐? 이제 내가 분명히 일러줄 터이니, 너는 이제나마 분명히 하늘의 뜻을 깨닫도록 하라. 유 황숙과 나는 도원에서 결의를 맺을 때 맹세코 한실(漢室)의 부흥을 돕자고 했다. 내 이제 포로의 몸이 되었기로 어찌 너 같은 반적(反賊)과 앞길을 같이하겠는가!"

관우의 음성이 하도 우렁차 장중은 일시 숙연해졌다. 관우는 백발이 성성한 머리를 높이 들며 다시 말했다.

"나는 너희들의 계책에 빠져 이미 사로잡힌 몸이다. 내 이제 의를 깨달을 줄 모르는 너희들에게 옳고 그름을 타일러본들 무슨 소용이랴. 내게 오직 죽음만이 남았을 뿐이니 일절 다른 말은 말아라."

듣는 사람의 가슴을 후벼내는 듯이 비장한 말이었다.

손권이 좌우를 돌아보며 속삭여 물었다.

"관운장은 당대의 무쌍 호걸이니, 그를 설복하여 귀순시킬 무슨 방도가 없겠소?"

주부(主簿) 좌함(左咸)이 대답했다.

"일찍이 조조도 관운장을 사로잡았을 때, 마음을 돌려보려고 후(侯)로 봉하고 작(爵)을 주면서 삼 일에 소연(小宴), 오 일에 대연(大宴)을 베풀며 곁에 두기를 앙망했던 적이 있습니다. 그리하였는데도 관운장은 후일에 조장(曹將)들을 수없이 죽여가면서 유 황숙을 찾아가고 말았습니다. 그러한 관운장의 절개를 우리가 무슨 재주로 꺾을 수 있겠나이까?"

"좌함의 말씀이 옳습니다."

모든 장수들이 입을 모아 동의했다.

"그렇다면 관운장을 구할 길이 없게 되었구려. 그러면 저들 부자를 모두 참하오!"

드디어 손권은 비통한 명령을 내렸다. 이리하여 관우와 관평은 손권의 손에 한 많은 최후를 마쳤다.

관우는 도원결의 이래로 천하를 바로잡으려던 장한 뜻을 끝까지 펴지 못하고 유비, 장비보다 앞서 적의 손에 꽃잎처럼 지고 말았으니 때는 건안 이십사년 시월, 그의 나이 오십팔 세였다.

맥성을 지키고 있던 왕보와 주창은 그후 어찌 되었던가.

관우를 떠나보낸 두 장수는 밤이 깊도록 근심에 싸여 잠을 이루지 못했다. 새벽녘에 간신히 잠이 들었던 왕보가 문득 꿈에서 깨어 주창에게 말했다.

"나는 지금 이상한 꿈을 꾸었소."

"무슨 꿈이오?"

"주공이 온통 피투성이가 되어 내 앞에 나타나시더니 무엇인가 물어보시는데, 도무지 알아들을 수가 없었소. 이것이 무슨 징조인지 모르겠구려."

"글쎄요. 나 역시 그 꿈을 어찌 해몽해야 좋을지 모르겠구려."

주창은 그렇게 대답하면서도 속으로 불길한 상상을 금할 길이 없었다. 피차 간에 말을 입 밖에 내지는 않았지만 그것이 길몽이라고 생각되지는 않았던 것이다.

바로 그때였다. 밖에서 인기척이 나더니 누군가 소리쳤다.

"지금 오의 군사들이 관운장 부자의 수급을 높이 들고 성으로 쳐들어오고 있습니다."

그러잖아도 불안에 싸여 있던 왕보와 주창은 하늘이 무너지는 듯 눈앞이 캄캄해 왔다.

"세상에 이런 일이 있을 수가 있소. 우리 눈으로 확인해 봅시다."

"같이 나갑시다."

왕보와 주창은 황황히 밖으로 달려 나와 성 위에서 적을 내려다보았다.

'아아! 천하에 이리도 비참한 일이 또 있을 수 있으랴!'

오병들은 관우와 관평의 수급을 창끝에 높이 꽂아들고 제각기 승리의 함성을 외치고 있었다.

"주공이 저렇게 됐을 리 만무하오. 저것은 적의 조작인지도 모르오."

관우의 용명을 알고 있는 그들은 그 수급이 진짜라는 것을 믿으려 하지 않았다. 그러나 아무리 자세히 살펴보아도 그것은 틀림없는 관운장 부자의 수급이었다.

사후의 관운장

　손권은 관운장 부자를 죽이고 오래 전부터의 숙원이던 형양(荊襄) 땅을 탈환하자 삼군을 거느리고 입성하여 승리의 잔치를 크게 베풀었다. 그가 여몽에게 술잔을 권하며 치하했다.

　"이번에 관운장 부자를 죽인 것은 오로지 여 장군의 공로요. 여 장군의 지략이 아니었던들 우리가 어찌 형양 땅을 탈환할 수 있었겠소."

　"너무도 과분한 칭찬이옵니다. 주공의 명철하신 지휘가 아니셨던들 소장이 어찌 관운장 부자를 죽일 수 있었겠습니까."

　"아니오. 관운장 부자를 죽인 것은 오로지 여 장군의 공로요!'

　손권은 여몽의 전공을 극구 칭찬하며 다시 술잔을 내렸다.

　여몽은 술이 취해 오자 웬일인지 안색이 점점 창백해졌다. 자신이 천하의 영웅 관우를 살해했다는 사실이 어쩐지 불안해 견딜 수 없었기 때문이다.

　마침 그때, 손권이 여몽에게 세 번째 칭찬을 했다.

"관운장을 죽인 것은 분명히 청사에 길이 빛날 공적이오."

손권의 입에서 그 말이 떨어지자 여몽은 별안간 얼굴에 노기가 충천해 졌다. 여몽이 갑자기 손권의 멱살을 움켜잡으며 외쳐댔다.

"네 이놈! 네 놈이 내가 누군 줄 알고 그런 방자스러운 소리를 함부로 지껄이느냐?"

여몽의 이 돌발적인 행동에 만좌가 소스라치게 놀랐다. 모든 장수들이 덤벼들어 손권을 구하려 했다. 여몽이 손권을 힘차게 밀쳐버리며 또다시 소리쳤다.

"이런 쥐새끼 같은 놈! 너는 내가 누군 줄 알고 그런 방자스러운 주둥 아리를 함부로 놀리느냐? 너는 내가 바로 한수정후 관운장인 줄 모른단 말이냐?"

여몽은 관운장의 영혼에 눌려 미쳐버린 것이었다.

손권은 그 놀라운 호통을 듣자 전신에 소름이 끼쳐서 부리나케 밖으로 뛰쳐나오고 말았다. 그러자 조금 후에 다른 장수들이 쫓아 나오며 소리 쳤다.

"주공, 여 장군이 지금 막 피를 토하고 그 자리에 쓰러져 세상을 떠나 셨습니다."

사실 여몽은 관우의 혼백이 반드시 공격을 할 것만 같아 공포감에 위 압된 나머지 그 자리에 쓰러져 죽고 말았던 것이다. 그런 불상사가 있은 이후로 손권은 관우의 이야기만 나오면 전율과 공포감을 금치 못했다. 그러던 어느 날, 장소가 손권을 찾아와 말했다.

"유, 관, 장 세 사람이 도원에서 결의하고 생사를 같이할 것을 맹세한 것은 천하가 다 아는 일입니다. 그런데 이제 우리가 관운장을 죽이고 형 양 땅까지 빼앗았으니 유비가 온 힘을 기울여 보복을 시도해 올 것은 불 을 보듯 명확한 일입니다. 주공은 그 문제를 어떻게 생각하십니까?"

손권은 그 말을 듣고 등골이 오싹해졌다.

"그 일에 대해서는 나도 걱정을 하고 있는 중이오. 유비가 총력을 기울여 우리를 공격해 올 터인데, 그들을 무찔러버릴 좋은 방도가 없겠소?"

"그들이 만약 보복을 하려고 총력을 기울여온다면 아무도 막아낼 수 없을 것입니다. 서촉의 모사 제갈공명이 워낙 비길 데 없는 전략가인 데다 그 밑으로 장비, 조자룡, 마초, 황충 같은 천하무쌍의 용장들이 즐비합니다. 게다가 유비의 덕망이 워낙 높아 가는 곳마다 백성들이 친아비처럼 따르니 누가 감히 그들을 당해 낼 수 있겠습니까."

손권은 점점 불안스러웠다.

"그러면 이 일을 어찌했으면 좋겠소?"

장소가 한동안 심사숙고하다가 입을 열어 대답했다.

"우리에게 그들의 공격에 대비할 방도가 아주 없는 것은 아니니, 주공은 너무 걱정 마십시오."

"그 방비책을 어서 말해 보오."

"지금 조조가 천하를 잡아보려고 백만 대군을 대기시켜놓고 호시탐탐 기회를 노리고 있는 중이니, 우리는 그를 이용해 어부지리(漁父之利)를 얻을 수밖에 없습니다."

"조조를 어떻게 이용하면 좋겠소?"

"유비가 우리를 침범하려면 먼저 조조와 화약(和約)을 맺어야 할 것입니다. 우리는 선수를 쳐서 조조와 먼저 화약을 맺어야 합니다. 유비는 우리를 치고 싶어도 조조의 침범이 두려워 감히 군사를 일으키지 못할 것입니다."

"그것 참 좋은 생각이오."

"그러기 위해서는 관운장의 수급을 조조에게 보내야 합니다. 그러면 관운장을 죽게 만든 배후의 인물이 조조였다는 인상을 주게 될 것이며,

유비는 조조와 죽어도 화약을 맺지 않을 것입니다. 그렇게 되면 조조와 우리는 저절로 가까워지게 되는 것입니다."

"과연 명안이오. 그러면 관운장의 수급을 조조에게 속히 보내줍시다."

이리하여 손권은 친서(親書)를 곁들여 관우의 수급을 조조에게 보내게 되었다.

그때 조조는 마파(摩坡)에서 군사를 거느리고 낙양으로 돌아가던 중이었다. 조조는 낙양으로 돌아가던 도중에 오의 사자를 만나 관우의 수급을 받아보고 크게 기뻐했다.

"아아, 관운장이 죽었다니 내가 이제야 마음을 놓고 잘 수 있게 되었구나."

관우의 죽음은 조조에게도 고마운 일이 아닐 수 없었다. 그러나 옆에 서 있던 모사 사마의가 말했다.

"주공은 그다지 기뻐하실 일이 아닙니다."

"평생 두렵게 생각하던 관운장이 죽었는데, 이 어찌 기뻐할 일이 아니란 말이오?"

"손권이 관운장의 수급을 보낸 것은 장차 그들에게 닥칠 재앙을 우리에게 전가시키려는 술책에 불과합니다."

"운장이 죽었는데 이제 무슨 재앙이 있을 수 있겠소?"

"유비와 장비가 관운장의 죽음을 가만히 보고 있을 리 만무하지 않습니까? 그들은 반드시 생사를 걸고 보복해 올 것입니다. 손권은 그것을 미연에 막아내기 위해 관운장의 수급을 주공에게 보내 모든 책임을 우리에게 돌리려는 것입니다."

"과연 듣고 보니 경의 말이 옳구려. 그렇다면 장차 이 일을 어찌했으면 좋겠소?"

"좋은 대비책이 있습니다. 우선 운장의 수급을 받아 대신지례(大臣之

禮)로 장사를 후하게 지내주십시오. 그러면 유비는 그 일을 반드시 알게 될 것이니 모든 원한이 손권에게 집중될 것입니다. 다시 말하면 우리는 손권의 계략을 역이용해야 합니다. 결국은 유비와 손권이 싸우게 될 것입니다. 쌍방 간에 전투를 벌여 어느 하나가 쓰러졌을 때에 우리가 그를 쳐버리면 어렵지 않게 천하를 도모할 수 있을 것입니다."

조조는 그 말을 듣고 크게 기뻐했다.

그리하여 조조는 관우의 수급을 왕후지례(王侯之禮)로 융숭하게 장사 지내주고, 그의 무덤을 낙양 남문 밖에 만들어주었다.

한편, 한중왕 유비는 그 무렵에 동천(東川)에서 성도로 돌아와 있었다.

어느 날, 법정이 유비에게 말했다.

"주상(主上)의 선부인(先夫人)이 세상을 떠나신 지 이미 오래이고, 손부인은 친정인 오로 돌아가 돌아오실 기약이 막연하니, 이제는 왕비를 새로 세우는 것이 좋을까 하나이다."

"어디 적당한 여인이 있어야 말이지요."

"신이 생각하기에는 적당한 여인이 한 분 계십니다."

"그 여인이 누구요?"

"오의(吳懿)의 매씨(妹氏)가 바로 그분입니다. 그 여인으로 말하자면 용모가 아름다울 뿐만 아니라 행실이 매우 현숙합니다. 어렸을 때부터 관상가들이 후일에 반드시 귀인이 되리라고 일러 왔습니다. 한때에는 유언의 아들 유모(劉瑁)와 결혼했다가 그가 일찍 죽는 바람에 지금은 과댁(寡宅)으로 있으니, 그를 비로 삼으심이 어떠하십니까?"

"그러면 공의 말대로 하리다."

이리하여 유비는 세 번째의 아내를 맞이하게 되었으니, 그 후에 그의 몸에서 난 아들이 유영(劉永)과 유리(劉理)였다.

유비가 삼취를 얻은 지 열흘이 지난 뒤였다. 하루는 날씨가 춥지도 않은데 까닭 없이 전신이 와들와들 떨렸다. 그래서 의원을 불러 진찰을 받아보았으나 아무 병도 없다는 대답이었다.

하도 이상하여 이날 밤은 초저녁부터 불을 끄고 자리에 누웠다. 얼마간 누워 있노라니 비몽사몽 간에 어둠 속에서 관우가 보이는 것이었다.

"아, 현제(賢弟)가 웬일이오?"

유비는 크게 기뻐하며 관우를 기쁘게 맞았다. 그러나 관우는 대답을 아니하고 눈물만 지었다.

"형님은 나의 원한을 풀어주소서."

관우는 그렇게 중얼거리기 무섭게 온데간데없이 사라져버렸다.

유비가 소스라치게 놀라 깨어보니 꿈이었다. 때는 바로 삼경(三更)이어서 북소리가 세 번 울려오고 있었다. 유비는 그 불길한 꿈에 크게 당황하여 심야임에도 공명을 불러들였다. 공명은 유비의 꿈 이야기를 자세히 듣고는 조용히 대답했다.

"주상께서 항상 관운장을 그리워하시는 까닭에 그런 꿈을 꾸셨을 뿐이지, 관 공에게는 아무 일도 없을 것입니다."

"오늘 하루종일 몸이 떨리고 있는 것을 보면 암만해도 마음이 놓이지 않는구려."

"신이 모든 일을 알아볼 터인즉, 주상께서는 안심하고 취침하십시오."

공명이 유비를 위로하고 전각(殿閣)을 나왔다. 그러나 공명은 진작부터 심중에 염려하고 있던 일이었는지라 전각을 나서는 그의 안색은 자못 우울했다.

공명이 중문을 나서는데 마침 허정이 부랴부랴 달려오다가 공명을 보고 말했다.

"군사, 큰일 났습니다. 관운장께서 여몽의 손에 돌아가셨다 합니다."

공명은 그 급보를 받고 조금도 놀라지 않았다.

"내가 간밤에 천상(天象)을 보니 장성(將星) 하나가 형주 방면으로 떨어지더니 역시 관 장군이 돌아가셨구려. 그러나 이 일을 주상이 아시면 과도히 슬퍼하실 것이니, 지금 당장은 알리지 말아야 하오."

공명의 입에서 그 말이 떨어지는 순간이었다. 문득 등 뒤에서 떨리는 목소리로 말하는 사람이 있었다.

"군사는 어찌하여 이토록 흉한 말을 나한테 알려주지 않으려 하오?"

깜짝 놀라 돌아다보니 바로 유비였다.

공명은 적이 당황해 하면서 조용히 말했다.

"모든 이야기는 전해 오는 소문에 불과하고 사실 여부는 아직 모르는 일이니 주공은 너무 상심하지 마십시오. 뒷일은 양이 알아서 다시 여쭙겠나이다."

바로 그때 근시(近侍)가 달려 나와 아뢰었다.

"형주에서 마량과 이적이 왔습니다."

"뭐, 형주에서 사람이 왔어? 그 사람들을 이리로 급히 데려오라."

유비는 마량과 이적을 보기 무섭게 물었다.

"운장은 지금 무고한가?"

"여몽의 공격이 강해 관 장군께서는 지금 고전하고 계십니다."

이때 형주에서 온 두 번째의 사자 요화가 나타나서 말했다.

"주공, 관 장군은 지금 맥성에서 누란지위(累卵之危)에 빠져 있습니다. 유봉과 맹달이 배신을 하는 바람에 생사조차 경각에 달려 있습니다."

"맹달과 유봉이 배신했다면 운장은 이미 무사하기 어렵지 않소?"

유비는 전신을 와들와들 떨며 슬픔과 분노에 잠겼다. 그러자 공명이 얼른 앞으로 나섰다.

"유봉과 맹달이 배신했다면 그냥 둘 수 없는 일입니다. 사태가 매우 위급하니 양이 일려지사(一旅之師)를 거느리고 나가 관 공을 돕겠나이다."

그러나 유비가 울면서 말했다.

"운장이 세상을 떠났다면 내가 무슨 면목으로 살아 있으리오. 이번만은 내가 친히 군사를 거느리고 운장을 도우러 가겠소."

유비는 즉석에서 낭중에 있는 장비에게 사람을 보내 이 사실을 알리고 밤을 새워 군사 진발의 준비를 차렸다.

날이 새어 올 무렵에 세 번째의 사자가 형주에서 달려왔다. 급사는 유비 앞에 엎드려 슬프게 울음을 터뜨리며 아뢰었다.

"관 공께서는 맥성에서 최후까지 싸우시다가 오장(吳將)에게 생포되어 끝까지 절개를 굽히지 않으시다가 목숨을 잃으셨습니다."

그 말이 채 끝나기도 전에 유비는 별안간 외마디 비명을 지르며 땅에 쓰러져 정신을 잃었다.

"으악!"

문무백관들이 급히 모여들고, 의원들이 비호같이 달려왔다.

유비는 기절한 채 오랫동안 의식을 잃고 있다가 날이 밝아서야 간신히 정신을 회복했다.

공명이 조용히 아뢰었다.

"사람은 누구나 죽음을 면치 못하는 법입니다. 관 공이 전사한 것은 이미 천운이니 주상은 너무 상심치 마시고 존귀한 몸을 소중히 보존하소서. 부질없이 상심하셔서 몸을 해치지 마시고, 부디 건강한 몸으로 관 공의 원수를 갚으셔야 합니다. 그 길만이 관 공을 진실로 사랑하시는 길일 것입니다."

"내 운장, 장비 두 아우와 함께 도원에서 의를 맺을 때 죽어도 같이 죽고, 살아도 같이 살자고 맹세하였소. 한데 이미 운장이 세상을 떠났으니 내게 이제 부귀가 무슨 소용이 있으리오."

마침 그때 관우의 아들 관흥이 부친의 별세를 알고 울면서 달려왔다. 유비가 그 광경을 보자 더욱 슬픔이 사무쳐 서로 얼싸안고 목을 놓아 통곡했다. 그러다가 유비는 또다시 혼절했다. 유비는 이미 천하를 도모할 생각을 포기했을 뿐만 아니라, 그날부터 식음을 전폐하고 울기만 했다.

관우의 죽음을 슬퍼하는 사람은 비단 유비뿐만이 아니었다. 문무백관들 또한 관우의 인격을 흠모해 오던 터인지라, 그들 역시 비통에 잠겨 마치 성도 전체가 슬픔의 도가니가 되어버린 듯한 느낌이었다. 이에 공명의 걱정은 이만저만이 아니었다. 공명이 유비를 위로해 말했다.

"슬퍼할수록 슬픔은 더욱 깊어지는 것입니다. 세상은 날로 어지러워지고 있고, 할 일은 산적해 있는데 비통에만 잠겨 계시면 어찌합니까?"

유비는 그제야 굳은 결의를 내보이며 대답했다.

"오(吳)와는 한시도 일월(日月)을 같이할 수 없으니 이제는 내 힘으로 그들을 없애버리든지, 불연이면 나도 그들의 손에 멸망을 당하고 말겠소."

유비의 말에는 여생을 관우의 원수를 갚는 데 바칠 결의가 역력하게 나타나 있었다.

공명이 말했다.

"손권이 운장의 수급을 조조에게 보냈고, 조조가 운장을 왕후지례(王侯之禮)로 장사지냈다는 말을 들으셨습니까?"

"들었소. 조조가 무슨 연유로 그리 했을 것 같소?"

"손권이 운장의 수급을 조조에게 보낸 것은 장차 닥쳐올 재앙을 전가시키려는 회피책이 분명합니다."

"그러면 조조가 운장을 융숭하게 장사지내준 이유는 무엇이었소?"

"조조는 손권의 심중을 알고 있는 까닭에 운장을 정중하게 장사지내 장차 닥쳐올 재앙을 오에게 다시 돌려보내려고 한 것입니다. 그들 모두

운장의 시신을 그렇듯 중대시하여 금후 촉의 동향을 주목하고 있으니, 우리가 어찌 경솔하게 움직일 수 있겠습니까?"

"아무튼 나는 곧 오를 무찔러 운장의 원한을 풀어주고야 말 생각이오."

그러나 공명은 조용히 고개를 흔들었다.

"그것은 안 됩니다."

"군사는 어찌하여 안 된다고 말씀하시오?"

"지금 오는 우리가 위를 무찔러주기를 바라고, 위는 우리가 오를 무찔러주기를 바라고 있습니다. 제각기 남이 싸우는 틈을 타서 주도권을 확보하려는 계획을 품고 있습니다. 그런 까닭에 우리는 경솔히 움직여서는 안 됩니다. 발상(發喪)을 이유로 신중을 기하며 저들이 불화로 싸우는 틈을 이용해 일거에 무찔러버려야 합니다."

그러나 유비는 좀처럼 말을 듣지 않았다.

"그때까지 어찌 기다릴 수 있겠소?"

그러자 모든 중신들이 일제히 간했다.

"군사의 말씀이 옳은 줄로 아뢰옵니다."

유비는 중론을 거역할 길이 없어 그제야 정식으로 발상령(發喪令)을 내렸다. 그 영에 의하면 서촉의 군사들은 계급의 상하를 막론하고 누구든 상복을 입고 관우의 죽음을 조상하도록 했다. 그리고 한중왕 자신이 상주(喪主)가 되어 관우의 제사를 지내니, 이 날은 어느 누구든 울지 않는 사람이 없었다.

간웅의 죽음

조조는 관우를 정중하게 장사지내준 뒤에도 항상 그의 영혼에 쫓기는 듯한 불안감에 사로잡혀 있었다. 밤만 되면 관우에게 위협 당하는 꿈을 꾸던 조조는 마침내 자리보전하고 눕게 되었다.

화흠이 병문안을 와 조조에게 말했다.

"대왕은 혹시 화타라는 신의를 알고 계십니까?"

"강동에서 주태의 병을 고쳐주었다는 사람 말인가?"

"예, 그러하옵니다. 화타는 천하에 둘도 없는 명의이니 그에게 치료를 받아보는 것이 어떻습니까?"

"그러면 화타를 곧 불러오도록 하오!"

조조의 명에 의하여 때마침 가까운 금성(金城)에 있던 화타가 그날로 불려왔다.

화타는 조조를 진찰하고 나서 말했다.

"대왕께서 골머리가 쑤시는 것은 환풍(患風)이 뇌수(腦髓)에 뿌리를 박고 있기 때문입니다. 이 병은 보통 약을 써가지고는 고치기가 어렵습니다."

"그러면 언제까지나 이렇게 앓고 있어야 한단 말인가?"

"대왕의 병을 고칠 방법이 노상 없지는 않습니다. 다만 그 방법을 대왕께서 들어주실지 의문입니다."

"무슨 방법인지 어서 말해 보라!"

"먼저 마폐탕(麻肺湯)을 써서 의식을 완전히 잃어버리게 한 뒤에 날카로운 도끼로 두골(頭骨)을 쪼개고 뇌수를 꺼내어 풍연(風涎)을 씻어버리면 깨끗이 나을 수 있을 것입니다."

조조는 그 소리를 듣자 별안간 화를 내며 꾸짖었다.

"네 이놈! 내가 너와 무슨 원수가 졌다고 그런 끔찍한 소리를 하느냐?"

그러자 화타는 태연히 대답했다.

"지난날 관운장은 독전(毒箭)으로 오른쪽 팔을 상했을 때, 뼈를 깎아내는데도 바둑을 두고 계셨습니다. 이제 대왕께서 저를 믿어주지 않는다면 어찌 병을 고칠 수 있겠습니까?"

조조는 그 소리를 듣고 더욱 노했다.

"이놈아, 팔이 쑤셔서 뼈를 깎아내는 것과 머리를 쪼개는 것이 어찌 같다는 말이냐? 그리고 보면 너는 관운장의 원수를 갚기 위해 나를 죽이려는 놈이 분명하구나."

"대왕은 병을 고칠 생각은 아니하고 어찌하여 부질없는 오해만 하십니까?"

조조는 더 이상 분노를 참지 못해 좌우를 돌아보며 벼락같이 호령했다.

"저놈을 당장 옥에 가두고 이실직고할 때까지 사정없이 고문하라!"

화타는 즉시 옥으로 끌려들어가 갖은 고문을 당했다. 화타는 지독한 고문을 당하면서도 아무 말도 하지 않았다. 그는 환자의 병을 고쳐주려는 일념 이외에는 아무런 욕심이 없는 사람이었기 때문이다.

화타는 옷이 찢어지고, 살이 문드러져나가고, 뼈가 으스러지도록 고문을 당하고도 말이 없었다. 화타가 옥에 갇혀 있는 동안, 그를 극진히 생각해 주는 옥졸이 하나 있었다. 성이 오(吳) 씨라 하여 오 압옥(狎獄)이라고 불리는 옥리였다.

화타는 그의 온정을 고맙게 여겨, 하루는 그를 보고 말했다.

"내가 이번에는 조조의 손에 틀림없이 죽게 될 것이오. 내가 죽는 것은 원통하지 않으나 나의 의술을 소상히 적어놓은 청낭서(靑囊書)를 세상에 전하지 못하는 것만은 안타깝기 짝이 없소. 그대에게 편지를 써줄 터인즉 만약 내가 죽거든 그 편지를 내 아내에게 보여주며 청낭서를 그대가 받아서 세상에 전하도록 하오. 그 책만 있으면 옥리의 신세를 면하고 구차스럽지 않게 살아갈 수도 있을 것이오."

"선생님, 고맙습니다. 만약 선생님께서 불행하게 되시면 그 책을 꼭 저에게 물려주소서."

옥리는 연신 머리를 조아리며 간청했다.

그로부터 며칠 후 화타는 예언한 대로 조조의 손에 무참히 죽고 말았다. 오 압옥은 화타를 장사지낸 뒤에 곧 그의 집으로 찾아가 청낭서를 물려받아 들고 집으로 들어왔다. 그리하여 아내에게 그 책을 소중히 간직하도록 부탁하고 나서 옥사에 잠깐 나갔다 들어오니, 옥리의 아내는 그 사이에 소중한 책을 모조리 찢어 불쏘시개로 태우고 있었다.

오 압옥은 소스라치게 놀라며 아내에게 덤벼들어 손에 들고 있는 의서를 빼앗았다.

"이년아, 네가 미쳤느냐? 천하에 둘도 없는 의서를 불쏘시개로 태우다니 이게 웬일이냐?"

그러나 빼앗아놓고 보니 이미 중요한 부분은 모두 불타버리고 짐승을 치료하는 부분만이 두어 장 남아 있을 뿐이었다.

"이 빌어먹을 년아! 어쩌자고 이 귀중한 책을 태워버렸느냐!"

오 압옥은 화가 동하여 마누라를 마구 때렸다. 그러나 매를 맞으면서도 대답하는 아내의 대답이 걸작이었다.

"그까짓 의술은 배워서 뭘 하우? 화타 같은 천하의 명의가 되어본들 옥살이를 하다가 죽게 되는 수밖에 없지 않소?"

어쨌든 귀중한 의서 '청낭서'는 어이없게도 영원히 재가 되고 말았다. 화타를 죽이고 난 뒤에 조조의 병은 날이 갈수록 악화되었다. 그런 중에도 조조는 촉(蜀)과 오(吳)의 동태에 신경을 쓰지 않을 수 없었다.

하루는 근시가 들어와 아뢰었다.

"오에서 사신이 왔나이다."

"이리 들어오게 하라!"

오의 사신은 조조 앞에 나와 손권의 친서를 전했다.

그 내용은 대략 다음과 같았다.

손권이 생각건대, 천명(天命)이 대왕에게 돌아간 지 이미 오래인데 무엇을 주저하고 대위(大位)를 아니 받으시려 하십니까. 하루 속히 촉(蜀)을 평정하시고 천하에 군림하소서. 신은 때를 기다려 강동을 곱게 바치려 하나이다.

조조는 손권의 편지를 읽어보고 나서 크게 웃으며 군신들에게 말했다.

"손권이 작은 계교로 나를 화롯불 위에 앉히려고 하는구나!"

그러나 군신들이 아뢰었다.

"손권도 천명이 대왕에게 돌아온 것을 깨닫고 강동을 곱게 바치려 하는데, 대왕은 어찌하여 대위에 오르기를 주저하십니까?"

조조가 웃으며 다시 말했다.

"천명이 내게 돌아왔는지 내 스스로 판단하기가 매우 어렵구려."

그러자 옆에 있던 사마의가 말했다.

"천명 여부는 둘째 치고 손권이 칭신(稱臣)을 해온 것만은 사실이니 그에게 관(官)을 봉하고 작(爵)을 내리시어 그로 하여금 유비를 치게 하시는 게 좋을 것 같나이다."

"옳은 말씀이오. 그것이 바로 내 뜻이오."

조조는 사마의의 말대로 손권을 표기장군(驃騎將軍) 남창후(南昌侯)에 봉하는 동시에 형주목(荊州牧)으로 삼는다는 분부를 내렸다.

그런 일이 있은 뒤로도 조조의 병은 날이 갈수록 심해지기만 했다. 어느 날은 머리가 쑤셔 밤이 깊도록 잠을 이루지 못하고 있는데, 문득 어디선가 날카로운 비명이 들려왔다.

소스라치게 놀라 머리를 드니 눈앞에 피투성이의 수많은 허깨비들이 나타나 보였다. 자세히 보니, 그들은 조조의 손에 죽은 복 황후(伏皇后)를 비롯하여 동 귀인, 두 황자, 복완, 동승 등이었다. 모두가 조조에게 원한을 품고 죽은 사람들이었다. 그들은 제각기 피를 철철 흘리며 그악스럽게 외치고 있었다.

"나의 목숨을 달라!"

"나 좀 살려내라!"

조조는 너무도 전율할 광경에 기가 질려 그대로 벌렁 나자빠지고 말았다.

해괴한 일은 그뿐이 아니었다. 날마다 해만 저물면 조조가 거처하는 내전 후원에서 남녀의 곡성이 들려오기도 하고, 때로는 요사스러운 웃음소리가 끊이지를 않았다.

조조의 몸은 그럴수록 점점 더 쇠약해져갔다. 그러다가 하루는 열이 부쩍 오르며 몸이 불덩어리처럼 뜨거웠다. 조조는 이내 죽음이 머지않았음을 깨닫고 조홍, 진군, 가후, 사마의 등의 중신들을 머리맡에 불러 앉혔다.

"내가 운명할 때가 머지않은 것 같으니 경들에게 후사를 부탁하오."

조조는 이제부터 유언을 하려는 것이었다.

"대왕께서는 너무 상심치 마시옵소서. 수일 안으로 반드시 쾌차하시오리다."

그러나 조조는 그 말을 믿지 않았다.

"나의 운명을 내가 어찌 모르리오. 내 천하를 종횡하기 삼십여 년에 군웅들을 거의 평정했건만 촉의 유비와 오의 손권을 무찌르지 못하고 죽는 것이 천추의 유한이오. 그러나 그것도 천운이라면 낸들 어찌하리오. 내게 비, 창, 식, 웅의 네 아들이 있소. 식은 문재(文才)가 풍부하나 위인이 허화(虛華)하고, 창은 용기는 있으나 지혜가 부족하고, 웅은 병약하여 단명할 것 같고, 오직 맏아들 비가 나의 대업을 계승할 수 있을 것 같소. 경들은 내가 죽거든 그 아이를 후사로 삼아 나를 도와준 것처럼 그를 도와주기 바라오."

모든 중신들은 아무런 대꾸도 하지 못하고 슬픔 속에서 울기만 했다.

조조가 다시 말했다.

"내가 죽거든 창덕부(彰德府) 강무성(講武城) 밖에 나의 능을 만들고, 그 주변에 의총(疑塚) 칠십이 기를 만들어 내가 묻힌 곳이 어느 무덤인지를 모르게 하오. 나의 무덤을 알면 뼈를 파낼 사람이 있을까 두려워서 하는 말이오."

최후의 순간까지도 의심이 많은 조조였다.

조조는 모든 유언을 끝내자 그대로 큰 한숨을 쉬며 숨을 거두고 말았다. 때는 건안 이십오년 정월이었다.

혹자는 그를 효웅(梟雄)이라고 불렀다. 혹자는 그를 만고의 영웅이라고 불렀다. 어쨌든 삼국시대의 어지러움 속에서도 천하를 호령하던 조조도 죽음만은 피하지 못했다. 천하를 호령하며 천년 대계에 분망하던 그도 역시 죽음을 면하지 못한 점에서 전야(田野)의 한 필부와 조금도 다를 바가 없었다.

조조가 죽고 나니 세상은 발칵 뒤집힌 듯 소란했다. 그도 그럴 것이, 위로 헌제가 계시지만 오로지 명색만의 천자일 뿐이고, 한나라의 권세를 마음대로 휘둘러 온 사람은 조조였기 때문이다.

'이제 누가 조조의 왕위를 계승할 것인가?

세상 사람들은 슬픔에 잠겨 있는 중에도 그 문제가 크게 궁금했다. 물론 조비로 왕위를 계승하게 하라는 조조의 유언이 없었던 것은 아니었다. 그러나 그것은 조조가 살았을 때의 일이었고, 그가 죽고 난 지금에는 유언보다도 네 아들의 실력 여하로 왕위가 결정될 가능성이 있었기 때문이다. 지금 성도에는 세자 조비만이 남아 있고, 다른 세 아들 조창, 조식, 조웅은 모두 지방에 태수로 나가 있었기 때문에 그들이 부친의 부음을 듣고 어떤 태도로 나오게 될지 더욱 궁금했다.

사태가 그쯤 되었는데도 중관(衆官)들은 애도에 잠긴 채 후사에 대해서는 아무런 대책도 세우지 않고 있었다.

이에 중서자(中庶子) 사마부(司馬孚)가 중관들을 보고 말했다.

"위왕이 떠나시니 민심이 어지러워 안정할 바를 모르므로 속히 사왕(嗣王)을 정하여 민심을 수습해야 하오."

옳은 말이었다. 숭관늘은 고개를 끄덕이며 대답했다.

"지당하신 말씀이오. 위왕의 유언도 계셨으니 응당 세자께서 왕위를 계승하셔야 하겠지만, 아직 천자의 칙명이 내리지 않았으니 어찌 우리 마음대로 할 수 있으리오."

조조가 살아 있을 때에는 있어도 없는 것과 다름없는 천자의 존재였다. 그러나 조조가 죽고 나니, 천자의 조명을 무시하고 왕위 계승 문제를 제멋대로 결정할 수는 없었다. 그렇다고 해서 왕위 계승을 언제까지나 지연시키며 어지러운 민심을 그냥 둘 수도 없었다.

병부상서(兵部尙書) 진교(陳矯)가 일어나 소리를 높이 질렀다.

"천자의 조명이 없다고 이런 중대한 문제를 언제까지 지연시킬 수는 없는 일이오. 만약 그러다가 네 왕자가 제각기 왕위를 계승하겠다고 나서면 어떡하오? 왕위 계승은 선왕의 유언도 계셨으니 비록 조명이 없더라도 마땅히 세자로 계승하게 해야 하오. 만약 이에 반대하는 사람이 있다면 내가 이 칼로 목을 베어버리겠소."

그렇게 외치며 그는 허리에 차고 있던 검을 높이 뽑아 들었다. 말할 것도 없이 그는 조비의 심복이었다.

군신들은 불안에 떨며 입을 다물었다. 조명도 없이 왕위를 제멋대로 결정한다는 것이 말도 안 되는 소리이나 병부상서의 서슬이 너무도 푸르렀기 때문에 겁에 질려 침묵을 지키고 있을 뿐이었다.

마침 그때 밖으로부터 통보가 날아왔다.

"화흠이 허도에서 말을 타고 달려왔나이다."

중관들이 무슨 일인가 싶어 무척 궁금해 하는 중에 화흠이 들어오더니 의기양양한 어조로 말했다.

"세자로 왕위를 계승케 하라는 한제의 조서(詔書)를 내가 받들어 모시고 왔으니 제관들은 빨리 왕위를 계승케 하오!"

화흠은 득의만면하게 말하며 품속에서 조서를 꺼내 보였다.

그 조서는 다음과 같은 내용이었다.

封曹丕爲魏王承相冀州牧
조비를 위왕, 승상, 기주목으로 봉하노라!

이상과 같은 조서가 내렸으니 왕위 계승에 대해서는 이론이 있을 수 없었다. 그러면 그 조서는 어떻게 해서 화흠에게 내려지게 되었던가? 실상인즉 그 조서는 진짜 조서가 아니고 화흠이 만들어낸 가짜 조서였다.

화흠은 워낙 꾀가 많고 아첨을 좋아하는 위인인지라 왕위 계승 문제가 조서로 인해 결정되지 못하고 있음을 알자 가짜 조서를 만들어 군신(群臣)들 앞에 나타난 것이다. 그것으로 조비가 신왕이 되어 등위(登位)하니, 그 문제는 일단락되어진 셈이었다.

전중(殿中)에서 경축 대연이 한창 벌어지고 있는데, 문득 밖으로부터 급보가 날아들었다.

"언릉후(鄢陵侯) 조창(曹彰)이 십만 대군을 거느리고 장안으로부터 쳐들어오고 있습니다."

신왕 조비와 군신들은 그 보고를 받고 깜짝 놀랐다. 부왕의 부음을 듣고 급히 달려왔다는 것까지는 이해할 수 있으나, 상주(喪主)가 십만 대군을 거느리고 쳐들어온다는 것은 도저히 이해할 수 없는 일이기 때문이었다.

"아우 창이 군사를 거느리고 왔다면 그것은 왕위를 빼앗기 위한 것이 아닐까?"

마침내 신왕 조비는 군신들을 둘러보며 떨리는 목소리로 물었다. 그러자 간의대부 가규(賈逵)가 나서며 대답했다.

"언릉후가 십만 대군을 거느리고 왔다면 뜻이 왕위 계승에 있음이 분명하오. 그렇다면 신이 그분을 만나 한마디로 그의 뜻을 꺾어버리겠나이다."

"만사를 대부에게 부탁하오!"

신왕이 떨면서 간청했다.

가규가 신왕의 명을 받들고 성 밖으로 나와 조창을 만났다. 조창의 위세는 자못 삼엄했다. 그가 가규를 보고 물었다.

"선왕의 새수(璽綬)가 지금 어디 있는고?"

왕의 옥새를 찾는 것을 보면 뜻이 왕위 계승에 있는 것이 분명했다. 가규는 오연히 대답했다.

"선왕이 서거하시자 세자가 이미 왕위를 계승하셨는데, 군후께서는 무슨 연유로 새수의 소재를 물으시오. 신왕은 이미 조서를 받들고 위에 오르신 지 오래요."

"……."

조창은 그 소리를 듣고 크게 실망하는 기색이었다.

"이번 행차의 목적은 분상(奔喪)에 있으시나이까? 혹은 쟁위(爭位)에 있으십니까?"

간의대부 가규는 눈을 딱 감고 핵심을 찔러 물었다. 그렇게 정통을 찔리고 보니 조창도 당황하지 않을 수 없었다.

"나는 선왕을 조상하러 왔을 뿐이니 너무 걱정 마오!"

"그러시다면 군사는 여기 머무르게 하고 군후 단독으로 입전(入殿)하심이 좋을까 하나이다."

조창도 이제는 어쩔 수 없었다. 그는 군사를 성 밖에 머무르게 하고 혼자서 조조의 영전에 나와 목을 놓아 울었다.

이리하여 신왕 조비는 안심하고 왕위에 오르게 되었다. 조비는 왕위에 오르자 연호를 건안에서 연강(延康)으로 고쳤다. 건안 이십오년을 연강 원년(元年)으로 한 것이다. 그리고 모든 군신들의 벼슬을 올렸으니, 가후를 태위에 봉하고, 화흠을 상국(相國)으로 삼고, 왕랑(王郎)을 어사대부(御史大夫)로 승진시키고, 그밖의 모든 관료들의 벼슬을 한두 급씩 모조리 높여주었다. 그런데 이번 신왕경축승진 절차 중에 한 가지 이채로운 일이 있었다. 그것은 대장 우금에 대한 처사였다.

신왕은 우금을 조조의 무덤인 고릉(高陵)을 지키는 능사(陵事)로 봉했던 것이다. 우금은 신왕의 명을 받고 고릉에 이르러 재당(齋堂)을 살펴보니, 바람벽에 커다란 그림이 그려져 있었다. 그런데 그 그림은 우금을 지독히 모욕하는 그림이었다.

　지난날 우금이 관우에게 붙잡혀 왔을 때의 광경을 그린 그림인데, 관우는 상좌에 앉아 호통을 치고 있고, 방덕은 그 앞에서 분노를 참지 못해 와들와들 떨고 있으나, 우금은 땅에 엎드려 관우에게 목숨을 애걸하고 있었다. 당시 우금이 전쟁에 패하고 포로가 되었을 때, 죽음으로 절개를 지키지 못하고 변절한 것을 비웃는 그림이었다.

　우금은 그 그림을 보자 부끄러워 얼굴을 들 수 없었다. 우금은 신왕이 자기를 능사로 봉한 뜻을 그제야 깨닫고 그날부터 시름시름 앓기 시작하더니 한 달이 못 가 세상을 떠나고 말았다.

　조조가 죽고 신왕이 등위하는 데 따라 인사도 많이 바뀌었다. 그러나 밖에서는 서촉의 유비와 강동의 손권 같은 강적이 호시탐탐 기회를 노리고 있고, 안으로는 멀리 떨어져 있는 두 아우 조식과 조웅이 선왕이 서거했다는 소식을 듣고도 아무런 기별이 없으니, 신왕을 받든 위국(魏國)은 그야말로 다사다난했다.

〈제4권 끝〉

삼국지 4

1판 1쇄 1985년   2월   5일
1판 37쇄 1993년   7월 20일
2판 1쇄 1993년 10월 20일
3판 1쇄 1995년   7월   1일
4판 1쇄 1996년   5월   1일
5판 1쇄 1997년   4월 10일
6판 1쇄 2004년   6월 24일
6판 14쇄 2025년   6월   9일

옮긴이 · 정비석
펴낸이 · 주연선

(주)은행나무

04035 서울특별시 마포구 양화로11길 54
전화 · 02)3143-0651~3 ㅣ 팩스 · 02)3143-0654
신고번호 · 제 1997—000168호(1997. 12. 12)
www.ehbook.co.kr
ehbook@ehbook.co.kr
ehbook@ehbook.co.kr

ISBN 978-89-5660-064-2 04810
      978-89-5660-067-3 (세트)